BRIDGERTON

SEDUCIENDO A MR. BRIDGERTON

JULIA QUINN

BRIDGERTON

SEDUCIENDO A MR. BRIDGERTON

Argentina • Chile • Colombia • España
Estados Unidos • México • Perú • Uruguay

Título original: *Romancing Mister Bridgerton*
Editor original: Avon Books
Traducción: Amelia Brito

1.ª edición en **books4pocket** Julio 2024

ISBN: 978-84-19130-26-6
E-ISBN: 978-84-17780-76-0
Depósito legal: M-12.531-2024

Fotocomposición: Urano World Spain, S.A.U.

Impreso por Novoprint, S.A. – Energía 53 – Sant Andreu de la Barca (Barcelona)

Impreso en España – *Printed in Spain*

A las mujeres de Avon, colegas y amigas, gracias por darme a alguien con quien hablar todo el día. Vuestro apoyo y amistad significan para mí mucho más de lo que puedo expresar.

Y para Paul, aun cuando lo más romántico en este asunto sería una charla titulada «El beso de la muerte».

Agradecimientos

Un agradecimiento muy especial para Lisa Kleypas y Stephanie Laurens por prestarme con tanta amabilidad sus personajes.

Ya ha llegado abril y con él otra temporada social en Londres. Las ambiciosas madres ya recorren las tiendas de ropa y los talleres de las modistas con sus queridísimas hijas debutantes, impacientes por comprar ese vestido de noche mágico, el que saben que puede marcar la diferencia entre el matrimonio y la soltería.

En cuanto a sus presas, los solteros empedernidos, el señor Colin Bridgerton ocupa nuevamente el primer lugar en las listas de maridos deseables, aunque todavía no haya regresado de su reciente viaje al extranjero. No tiene título, cierto, pero posee una buena apariencia, fortuna y, como lo sabe cualquiera que haya estado un solo minuto en Londres, encanto.

Pero el señor Bridgerton ha llegado a la avanzada edad de treinta y tres años sin mostrar nunca interés por ninguna damita en particular, y hay pocos motivos para esperar que la temporada de 1824 difiera de la de 1823 a este respecto.

Tal vez las queridísimas jovencitas que se presentan en sociedad y, más importante aún, sus ambiciosas madres, harían bien en poner la atención en otra parte. Si el señor Bridgerton anda en busca de esposa, oculta muy bien ese deseo.

Aunque, por otra parte, ¿no es eso justamente el tipo de reto que más gusta a las jovencitas que se presentan en sociedad?

REVISTA DE SOCIEDAD DE LADY WHISTLEDOWN

Prólogo

El 6 de abril de 1812, dos días antes de que cumpliera los dieciséis años, Penelope Featherington se enamoró.

Fue algo, resumido en una palabra, estremecedor. La tierra tembló, el corazón le dio un vuelco y el momento la dejó sin aliento. Y puede decirse, con cierta satisfacción, que el hombre involucrado, un tal Colin Bridgerton, se sintió exactamente igual.

Pero no respecto al amor. No se enamoró de ella en 1812 (ni en 1813, 1814, 1815, ni, ¡ay, maldición!, en los años que van de 1816 a 1822, ni siquiera en 1823, pues en esos periodos estuvo ausente del país). Pero sí le tembló la tierra, le dio un vuelco el corazón y, Penelope lo sabía sin la menor sombra de duda, también se quedó sin aliento, al menos unos diez segundos.

Caerse del caballo suele provocarle eso a un hombre.

Los hechos ocurrieron de la siguiente manera:

Ella iba paseando por Hyde Park en compañía de su madre y sus dos hermanas mayores cuando sintió un atronador retumbo en el suelo (véase arriba: el temblor de tierra). Su madre no le prestaba demasiada atención (rara vez lo hacía), así que ella se alejó del grupo un momento para ver qué ocurría. El resto de las Featherington estaban embelesadas conversando con la vizcondesa Bridgerton y su hija Daphne, la que acababa de comenzar su segunda temporada en Londres, así que fingían no haber oído el ruido. La familia Bridgerton era de una gran importancia, por lo que no se podía desatender la conversación que mantenían con ellas.

Cuando Penelope se asomó por detrás de un árbol especialmente ancho, vio a dos jinetes galopando hacia ella a una velocidad infernal o cual fuera la expresión idónea para describir a dos locos a caballo indiferentes a su seguridad, salud y bienestar. Se le aceleró el corazón (habría sido muy difícil mantener un pulso tranquilo ante aquella temeridad y, además, eso le permitió decir que el corazón le dio un vuelco cuando se enamoró).

Entonces, por uno de esos inexplicables caprichos del destino, al viento se le ocurrió soplar fuerte en una ráfaga repentina. Le levantó la papalina (cuyas cintas, para gran fastidio de su madre, no se había atado bien bajo el mentón) y la echó a volar por los aires hasta que, ¡plaf!, fue a parar a la cara de uno de los jinetes.

Penelope hizo una inspiración entrecortada (que la dejó sin aliento) y el hombre se cayó del caballo y fue a parar, de un modo nada elegante, a un charco de barro.

Ella corrió, casi sin pensarlo, gritando algo que pretendía ser una pregunta acerca de su salud y bienestar, pero que le salió más bien como un chillido ahogado. Sin duda, él se mostraría furioso con ella, pues era quien había provocado que se cayera del caballo y estuviera cubierto de barro, dos cosas que garantizaban que un caballero se pusiera de muy mal humor. Pero cuando él se puso de pie y se pasó la mano por la ropa para quitarse el barro que era imposible quitarse, no arremetió contra ella, no le dijo nada despectivo, no le gritó y ni siquiera la miró furioso.

Se echó a reír.

¡Se rio!

Penelope no tenía mucha experiencia con risas de hombres, y la poca que tenía era de risas muy poco amables. Pero los ojos de aquel hombre, de un color verde intenso, solo mostraban diversión mientras se quitaba una mancha de barro de la mejilla.

—Bueno —dijo—, no lo he hecho demasiado bien, ¿verdad?

Y en ese preciso instante, Penelope se enamoró de él.

Cuando por fin encontró su voz (lo que ocurrió tres segundos después de que una persona con cierta inteligencia hubiera contestado, como hubo de reconocer), dijo:

—¡Oh, no! Soy yo la que debo pedir disculpas. Se me voló la papalina y...

Se interrumpió al darse cuenta de que él no le había pedido disculpas, por lo que no tenía ningún sentido contradecirlo.

—No pasa nada —dijo él, mirándola con expresión divertida—. Yo... ¡Ah! ¡Buenos días, Daphne! No sabía que estabas en el parque.

Penelope se giró y se encontró mirando a Daphne Bridgerton, que estaba al lado de su madre (la de ella, no la de Daphne), que al instante siseó: «¿Qué has hecho, Penelope Featherington?», y ella ni siquiera pudo contestar su habitual «Nada», porque el accidente había sido culpa suya, y acababa de ser toda una estúpida delante de un soltero que, a juzgar por la expresión de su madre, era todo un partido.

Y no era que a su madre se le pasara por la cabeza que *ella* pudiera tener ninguna oportunidad con él. ¡Oh, no! La señora Featherington solo tenía grandes esperanzas de matrimonio con sus hijas mayores. Además, Penelope ni siquiera se había presentado en sociedad.

Pero si la señora Featherington tenía la intención de continuar regañándola, no pudo hacerlo, porque eso le habría exigido desviar la atención de la familia Bridgerton, que incluía (como Penelope ya iba comprendiendo) al hombre que estaba cubierto de barro.

—Espero que su hijo no se haya hecho daño —dijo la señora Featherington a lady Bridgerton.

—Estoy de maravilla —terció Colin, apartándose antes de que lady Bridgerton pudiera atraparlo con su preocupación maternal.

Se hicieron las presentaciones, pero el resto de la conversación fue insustancial, sobre todo porque Colin no tardó en comprender, y con acierto, que la señora Featherington era una madre casamentera. A Penelope no la sorprendió en absoluto que él se diera prisa por marcharse.

Pero el daño ya estaba hecho. Ella ya tenía un motivo para soñar despierta.

Aquella noche, mientras revivía el encuentro por milésima vez, pensó que sería maravilloso poder decir que se enamoró de él cuando le besó la mano antes de un baile y sus ojos verdes brillaron de forma traviesa cuando le apretó los dedos con más de fuerza de la que sería considerada decorosa. O podría haber ocurrido cuando él cabalgaba valientemente por un páramo barrido por el viento y el viento (ya mencionado) no impidió que él (o mejor dicho, su caballo) galopara con la intención (de él, no del caballo) de acercarse cada vez más a ella.

Pero no, tenía que enamorarse de Colin Bridgerton cuando se cayó del caballo y fue a parar a un charco de barro. Eso era algo muy extraño y muy poco romántico, pero no estaba carente de cierta justicia, puesto que no iba a salir nada de ahí.

¿Para qué desperdiciar sueños románticos en un amor que jamás sería correspondido? Era mucho mejor reservar las presentaciones en un páramo barrido por el viento a personas que realmente pudieran tener un futuro juntas.

Y si había algo que Penelope sabía ya entonces, a los dieciséis años menos dos días, era que en su futuro no figuraba Colin Bridgerton en el papel de marido.

Sencillamente no era el tipo de jovencita que atraería a un hombre como él, y temía que nunca lo sería.

El 10 de abril de 1813, exactamente dos días después de cumplir los diecisiete años, Penelope Featherington hizo su presentación en la sociedad londinense. No quería hacerlo; le suplicó a su madre que la dejara esperar otro año. Pesaba, como mínimo, diez kilos más de lo que debería y su cara todavía tenía la horrible tendencia a llenarse de granos cuando estaba nerviosa, lo que significaba que siempre tenía granos, puesto que nada en el mundo la ponía más nerviosa que un baile en Londres.

Intentó convencerse de que la belleza estaba bajo la piel, pero eso no le ofrecía ningún alivio cuando se regañaba por no saber qué decir a las personas. No había nada más deprimente que una niña fea sin personalidad. Una niña fea sin... ¡Ah, bueno! Tenía que darse algún mérito... De acuerdo, una niña fea con muy poca personalidad.

En el fondo sabía quién era y esa persona era inteligente, amable y muchas veces incluso ingeniosa y divertida, pero no sabía por qué su personalidad siempre se perdía entre su corazón y su boca, y acababa diciendo algo erróneo o, con más frecuencia, nada en absoluto.

Para empeorar las cosas, su madre no le permitía que eligiera su propia ropa y, cuando no vestía del color blanco que llevaban la mayoría de las jovencitas (y que de ninguna manera sentaba bien a su tez), se veía obligada a vestir de amarillo, rojo o naranja, colores que la hacían verse como un desastre. La única vez que sugirió el color verde, la señora Featherington se plantó las manos en sus anchas caderas y manifestó que el color verde era demasiado triste.

El amarillo, en cambio, dijo la señora Featherington, era un color «feliz», y una jovencita «feliz» cazaría un marido. En ese momento, Penelope decidió que era mejor no intentar comprender el funcionamiento de la mente de su madre.

Y así fue como siempre acababa vestida de amarillo con naranja y, de vez en cuando, de rojo, aun cuando esos colores la hacían parecer totalmente «infeliz» y quedaban fatal con sus ojos marrones y su cabello castaño con reflejos cobrizos. Pero, como no podía hacer nada al respecto, decidió soportarlo con una sonrisa y, si no lograba sonreír, por lo menos no se echaría a llorar en público. Y eso, llorar, se enorgullecía de poder decir que no lo hacía jamás.

Por si fuera poco, 1813 fue el año en que la misteriosa lady Whistledown comenzó a publicar su *Revista de Sociedad*, que aparecía tres veces por semana. Esta hoja de cotilleos se convirtió en la sensación al instante. Nadie sabía quién era la tal lady Whistledown, pero al parecer todos tenían sus teorías al respecto. Durante semanas (no, en realidad, durante meses) nadie habló de otra cosa en Londres. Durante dos semanas (las justas para crear adicción) la revista se distribuyó gratis y, de repente, eso se acabó; simplemente los niños que las repartían comenzaron a cobrar el escandaloso precio de cinco peniques por revista. Pero ya nadie podía vivir sin su dosis de cotilleo y todos pagaron sus cinco peniques.

En algún lugar, una mujer (o tal vez un hombre, como decían algunos) se estaba haciendo muy rica.

Lo que diferenciaba a la *Revista de Sociedad de Lady Whistledown* de todas las publicaciones anteriores sobre la alta sociedad era que la autora ponía los nombres completos de las personas mencionadas. No los escondía tras abreviaturas como «lord P.» o «lady B.». Si lady Whistledown deseaba escribir acerca de alguien, ponía su nombre completo.

Y cuando lady Whistledown deseaba escribir acerca de Penelope Featherington, lo hacía. La primera mención de Penelope en la revista de lady Whistledown fue la siguiente:

El desafortunado vestido de la señorita Penelope Featherington hacía parecer a la desafortunada jovencita un cítrico demasiado maduro.

Fue un golpe bajo, sin duda, pero no faltaba a la verdad. Su segunda mención en la hoja no fue mucho mejor:

No salió ni una sola palabra de la boca de la señorita Penelope Featherington ¡y no es de extrañar! La pobre jovencita parecía estar ahogándose entre los volantes de su vestido.

Eso no era algo que fuera a aumentar su popularidad, pensó Penelope. Pero la temporada no fue un desastre total. Había unas cuantas personas con las que se sentía capaz de hablar. Lady Bridgerton, nada menos, le tomó simpatía y ella descubrió que podía decirle cosas a la encantadora vizcondesa que ni soñaría decírselas a su madre. Gracias a lady Bridgerton conoció a Eloise Bridgerton, la hermana menor de su amado Colin. Eloise acababa también de cumplir los diecisiete años, pero su madre le había permitido juiciosamente retrasar un año su presentación en sociedad, aun cuando la joven tenía la buena apariencia y el encanto típicos de los Bridgerton.

Y mientras pasaba las tardes en el salón verde de la casa de los Bridgerton (o, con más frecuencia, en el dormitorio de Eloise, donde las dos se reían y charlaban con entusiasmo de todo lo que existe bajo el sol), de vez en cuando se encontraba con Colin, que a sus veintidós años aún no se había marchado de la casa familiar para alquilar una habitación de soltero.

Si antes se había creído enamorada de él, eso no fue nada comparado con lo que sintió después de conocerlo realmente. Colin Bridgerton estaba dotado de ingenio, atractivo y un sentido del humor tan travieso a la hora de hacer bromas que hacía desmayar a las mujeres, pero sobre todo...

... Colin Bridgerton era simpático.

Simpático, ¡qué palabra tan estúpida! Debería considerarse banal, pero en cierto modo le venía a la perfección. Siempre tenía algo agradable que decir a Penelope y, cuando ella por fin lograba armarse de valor para decir algo (aparte de las habituales palabras de saludo y despedida), él la escuchaba, lo cual le hacía todo más fácil la próxima vez.

Al final de la temporada, Penelope calculaba que Colin Bridgerton había sido el único hombre con el que había logrado mantener una conversación entera.

Eso era amor. ¡Ah! Eso era amor amor amor amor amor amor. Una estúpida repetición de palabras, tal vez, pero eso fue exactamente lo que Penelope escribió en una hoja de papel carísima junto con las palabras: «Señora de Colin Bridgerton», «Penelope Bridgerton» y «Colin Colin Colin». (El papel desapareció consumido por el fuego de la chimenea en el mismo instante en que oyó pasos en el pasillo.)

¡Qué maravilloso era sentir amor por una persona simpática, aunque fuera un amor no correspondido! Eso la hacía sentirse increíblemente sensata.

Claro que no hacía ningún daño que Colin tuviera, como todos los hombres Bridgerton, una gran belleza. Estaba ese famoso cabello castaño de los Bridgerton, así como la boca grande y sonriente, los hombros anchos y la altura de metro ochenta también de los Bridgerton, pero en el caso de Colin, se añadían los ojos verdes más extraordinarios que podían adornar una cara.

Eran el tipo de ojos que atormentan los sueños de una jovencita.

Y Penelope soñaba, soñaba y soñaba.

El mes de abril de 1814 encontró a Penelope de vuelta en Londres para su segunda temporada, y aunque consiguió atraer al mismo número de pretendientes que en la temporada anterior (cero), la temporada no fue tan mal en su conjunto. A esto contribuyó que había bajado unos diez kilos de peso y ya podía calificarse de «agradablemente redondeada» y no «odiosamente gordinflona». Todavía distaba bastante de ser el esbelto ideal de mujer que decretaba la época, pero por lo menos había cambiado lo bastante para justificar la compra de todo un guardarropa nuevo.

Desgraciadamente, su madre volvió a insistir en el amarillo, el naranja y una ocasional pincelada de rojo. Y, esta vez, lady Whistledown escribió:

La señorita Featherington (la menos necia de las hermanas Featherington) llevaba un vestido amarillo limón que dejaba un regusto agrio en la boca.

Lo cual significaba que ella era el miembro más inteligente de su familia, aunque el cumplido fuera hecho, efectivamente, del revés.

Pero Penelope no fue la única elegida por la mordaz columnista. A Kate Sheffield, de pelo moreno, la comparó con un narciso chamuscado con su vestido amarillo, y resultó que Kate se casó con Anthony Bridgerton, el hermano mayor de Colin y vizconde por añadidura.

Así pues, Penelope mantuvo la esperanza.

Bueno, la verdad es que no la mantuvo. Sabía que Colin no se iba a casar con ella, pero por lo menos bailaba con ella en todos los bailes, la hacía reír y, de tanto en tanto, ella lo hacía reír a él, y sabía que con eso tenía que conformarse.

Y así continuó su vida. Tuvo su tercera temporada y luego la cuarta. Sus dos hermanas mayores, Prudence y Philippa, encontraron marido finalmente y se marcharon de casa. La señora Featherington mantuvo la esperanza de que ella lograra casarse, puesto que tanto a Prudence como a Philippa les llevó cinco temporadas cazar un marido, pero Penelope sabía que estaba destinada a continuar siendo una solterona; no sería justo casarse con alguien cuando seguía perdidamente enamorada de Colin. Y tal vez, en el último y más recóndito recoveco de su mente, escondido detrás de las conjugaciones de los verbos franceses que jamás logró dominar y la aritmética que no usaba jamás, seguía conservando una diminuta chispa de esperanza.

Hasta *aquel* día.

Incluso en esos momentos, siete años después, continuaba llamándolo «aquel» día.

Había ido a tomar el té a la casa de los Bridgerton como solía hacer, con Eloise, su madre y sus hermanas. Esto ocurrió justo antes de que el hermano de Eloise, Benedict, se casara con Sophie, aunque en esos momentos él todavía no sabía quién era realmente Sophie y, bueno, esto no tenía mayor importancia, aparte de que la verdadera identidad de Sophie era, tal vez, el único secreto de los diez últimos años que lady Whistledown no había logrado descubrir.

En todo caso, terminado el té, ella iba caminando por el vestíbulo de la entrada, oyendo sus pisadas sobre el suelo de mármol, en dirección a la puerta. Iba arreglándose la caída de su capa, preparándose para caminar la corta distancia hacia su casa (que estaba justo a la vuelta de la esquina), cuando oyó voces. Eran las voces de los tres hermanos Bridgerton mayores: Anthony, Benedict y Colin. Estaban conversando como suelen conversar los hombres, con muchos gruñidos y gastándose bromas entre ellos. A ella le encantaba observar a los Bridgerton cuando hablaban entre ellos de esa manera. ¡Qué maravillosa familia!

Los vio por la puerta abierta, pero no oyó lo que estaban diciendo hasta que llegó al umbral. Y, como para confirmar la inconveniencia que había atormentado toda su vida, la primera voz que escuchó fue la de Colin, y sus palabras no eran amables:

—... y no me voy a casar con Penelope Featherington.

—¡Ah!

La exclamación se le escapó de los labios antes de que pudiera pensar, una especie de chillido que perforó el aire como un silbido desentonado.

Los tres hermanos se giraron a mirarla con caras igualmente horrorizadas, y ella comprendió que esos serían, sin duda, los cinco minutos más horribles de toda su vida.

Guardó silencio un buen rato, que le pareció una eternidad, hasta que al fin, con una dignidad que jamás había soñado tener, miró a Colin a los ojos y dijo:

—Nunca te he pedido que te cases conmigo.

Las mejillas de Colin pasaron del rosa a un rojo subido. Abrió la boca, pero no le salió ningún sonido. Esa era, tal vez, la única vez en su vida, pensó Penelope con sarcástica satisfacción, que él no sabía qué decir.

—Y nunca... —continuó ella, tragando saliva al cortársele la voz—. Nunca le he dicho a nadie que deseara que me lo pidieras.

—Penelope —logró decir Colin al fin—. Perdona, lo siento mucho.

—No hay nada que perdonar.

—Sí que lo hay —insistió él—. Herí tus sentimientos y...

—No sabías que yo estaba aquí.

—De todos modos...

—No te vas a casar conmigo —dijo ella, y sintió hueca su voz—. No hay nada malo en eso. Yo no me voy a casar con tu hermano Benedict.

Era evidente que Benedict había estado tratando de no mirar, pero al oír eso se irguió, atento.

Ella apretó las manos en sendos puños.

—No hiero sus sentimientos cuando manifiesto que no me voy a casar con él. —Giró la cabeza hacia Benedict y se obligó a mirarlo a los ojos—. ¿Verdad, señor Bridgerton?

—Claro que no —se apresuró a contestar él.

—Todo arreglado entonces —dijo ella entre dientes—. No se ha herido ningún sentimiento. Y ahora, si me disculpan, caballeros, tendría que irme a casa.

Los tres caballeros se apartaron para dejarla pasar, y ella habría logrado escapar sin más problemas si Colin no hubiera soltado de repente:

—¿No te acompaña una doncella?

—Vivo solo a la vuelta de la esquina —contestó ella, negando con la cabeza.

—Lo sé, pero...

—Yo te acompañaré —dijo Anthony tranquilamente.

—Eso no es necesario, milord, de verdad.

—Dame el placer —dijo él, en un tono firme que no le dejaba otra opción.

Asintió y los dos echaron a andar calle abajo. Cuando ya habían pasado por delante de tres casas, Anthony le dijo en tono respetuoso:

—Él no sabía que estabas ahí.

Ella notó que se le tensaban las comisuras de la boca, aunque no de rabia, sino simplemente por resignación.

—Lo sé —dijo—. No es una persona cruel. Supongo que su madre le ha estado acosando para que se case.

Anthony asintió. Las intenciones de lady Bridgerton de ver felizmente casados a cada uno de sus ocho hijos eran legendarias.

—Le caigo bien —dijo ella—. A su madre, quiero decir. Pero la verdad es que no importa si le gusta la esposa que elija Colin.

—Bueno, yo no diría eso —murmuró Anthony, con una voz que no sonaba a la del muy temido y respetado vizconde, sino más bien a la de un hijo de muy buen comportamiento—. A mí no me gustaría estar casado con alguien que le cayera mal a mi madre. —Sacudió la cabeza en un gesto de respeto—. Es una fuerza de la naturaleza.

—¿Su madre o su esposa?

Él lo pensó durante más o menos medio segundo.

—Las dos —contestó.

Continuaron en silencio un momento y entonces ella soltó:

—Colin debería marcharse.

—¿Cómo has dicho? —preguntó Anthony, mirándola curioso.

—Debería marcharse. Viajar. No está preparado para casarse y su madre no dejará de insistirle. Tiene buenas intenciones...

Se mordió el labio horrorizada. Era de esperar que el vizconde no pensara que ella pretendía criticar a lady Bridgerton. En su opinión, no había una dama más magnífica en toda Inglaterra.

—Mi madre siempre tiene buenas intenciones —dijo Anthony, sonriendo indulgente—, pero tal vez tienes razón. Colin debería marcharse. Y le encanta viajar. Aunque acaba de regresar de Gales.

—¿Ah, sí? —dijo ella muy amableemente, como si no supiera que Colin había estado en Gales.

—Hemos llegado —dijo él, asintiendo—. Esta es la casa, ¿verdad?

—Sí, muchas gracias por acompañarme.

—Ha sido un placer, te lo aseguro.

Ella lo observó alejarse, después entró en la casa y se echó a llorar.

Justo al día siguiente apareció el siguiente relato en la *Revista de Sociedad de Lady Whistledown*:

¡Vaya si no hubo emoción ayer en la escalinata de la puerta principal de la residencia de lady Bridgerton en Bruton Street!

La primera fue que se vio a Penelope Featherington en la compañía, no de uno ni de dos, sino de TRES hermanos Bridgerton, ciertamente una proeza hasta el momento imposible para la pobre muchacha, que tiene la no muy buena fama de ser la fea del baile. Por desgracia (aunque tal vez previsiblemente) para la señorita Featherington, cuando finalmente se marchó, lo hizo del brazo del vizconde, el único hombre casado del grupo.

Si la señorita Featherington llegara a arreglárselas para llevar al altar a un hermano Bridgerton, querría decir que habría llegado el fin del mundo tal como lo conocemos, y que esta autora, que no vacila en reconocer que ese mundo no tendría ni pies ni cabeza para ella, se vería obligada a renunciar a esta columna en el acto.

Por lo visto, hasta lady Whistledown comprendía la inutilidad de sus sentimientos por Colin.

Transcurrieron los años y, casi sin darse cuenta, llegó el día en que Penelope se encontró sentada entre las señoras mayores que hacían de carabinas, vigilando a su hermana menor Felicity, sin duda, la única hermana Featherington agraciada con belleza y encanto, que disfrutaba de sus temporadas en Londres.

Colin se aficionó a viajar y comenzó a pasar cada vez más tiempo fuera de Londres; no bien pasaba unos pocos meses en la ciudad, volvía a marcharse hacia un nuevo destino. Cuando estaba en Londres durante la temporada, siempre reservaba un baile y una sonrisa para Penelope, y ella se las arreglaba para fingir que nunca había ocurrido nada, que él nunca había declarado su aversión hacia ella en una calle pública y que sus sueños no habían sido aplastados jamás.

Y cuando él estaba en la ciudad, lo que no ocurría con frecuencia, se establecía entre ellos una apacible amistad, si bien no demasiado profunda, la cual era lo único que podía esperar una solterona de casi veintiocho años, ¿verdad?

El amor no correspondido nunca ha sido fácil, pero por lo menos Penelope se acostumbró a él.

1

Las madres casamenteras están unidas en su dicha: ¡Colin Bridgerton ha regresado de Grecia!

Para información de aquellos amables (y desconocedores) lectores que vienen por primera vez a la ciudad, el señor Bridgerton es el tercero del legendario octeto de hermanos Bridgerton (de ahí su nombre, Colin, cuya inicial es la «C»; sigue a Anthony y Benedict, y precede a Daphne, Eloise, Francesca, Gregory y Hyacinth).

Si bien el señor Bridgerton no posee título de nobleza, y es muy improbable que lo posea (es el séptimo en la línea de sucesión para el título de vizconde; viene detrás de los dos hijos del actual vizconde, de su hermano mayor Benedict y sus tres hijos), sigue siendo considerado uno de los mejores partidos de la temporada, gracias a su fortuna, su cara, su figura y, por encima de todo, su encanto. De todos modos es difícil pronosticar si el señor Bridgerton sucumbirá a la dicha conyugal en esta temporada; sin duda está en edad para casarse (treinta y tres años), pero nunca ha manifestado un interés decidido por ninguna damita de linaje adecuado, y para complicar aún más las cosas, tiene una detestable tendencia a marcharse de Londres en un abrir y cerrar de ojos con rumbo a algún lugar exótico.

REVISTA DE SOCIEDAD DE LADY WHISTLEDOWN
2 de abril de 1824

—¡Mira esto! —exclamó Portia Featherington con un grito agudo—. ¡Ha regresado Colin Bridgerton!

Penelope levantó la vista de su labor. Su madre sostenía el último número de la *Revista de Sociedad de Lady Whistledown* como uno se aferraría, digamos, a una cuerda salvavidas al estar colgando de lo alto de un edificio.

—Lo sé —murmuró.

Portia frunció el ceño; detestaba que alguien, cualquiera, se enterara de un cotilleo antes que ella.

—¿Cómo leíste la revista de lady Whistledown antes que yo? Le dije a Briarly que me la apartara y no permitiera que nadie la...

—No lo vi ahí —la interrumpió Penelope, antes de que su madre fuera a castigar al pobre mayordomo—. Me lo dijo Felicity ayer por la tarde. A ella se lo dijo Hyacinth Bridgerton.

—Tu hermana se pasa muchísimo tiempo en la casa de los Bridgerton.

—Como yo —observó Penelope, tratando de averiguar adónde quería ir a parar su madre.

Portia se dio unos golpecitos con el dedo a un lado del mentón, como hacía siempre que estaba tramando algo.

—Colin Bridgerton está en edad de buscarse una esposa.

Penelope alcanzó a cerrar los ojos antes de que se le salieran de las órbitas.

—¡Colin Bridgerton no se va a casar con Felicity!

—Cosas más raras han ocurrido —dijo Portia haciendo un leve encogimiento de hombros.

—No que yo haya visto —murmuró Penelope.

—Anthony Bridgerton se casó con esa tal Kate Sheffield, y eso que era aún menos popular que tú.

Eso no era del todo cierto, pensó Penelope, pues en su opinión las dos habían estado en un peldaño igualmente bajo de la escala social. Pero no tenía mucho sentido decirle eso a su madre, que tal vez creía haberle hecho un elogio a su tercera hija al decirle que no había sido la menos popular durante aquella temporada. Notó que se le tensaban los labios; los «elogios» de su madre tenían la costumbre de clavársele como aguijones de avispa.

—No pienses que ha sido mi intención criticar —dijo Portia, de repente toda consideración—. La verdad es que me alegra que te hayas quedado soltera. A no ser por mis hijas, estaría sola en este mundo, y es agradable saber que una de vosotras podrá cuidar de mí en la vejez.

Penelope tuvo una visión del futuro, el futuro que acababa de describir su madre, y sintió el repentino deseo de salir corriendo y casarse con el deshollinador. Hacía ya tiempo que se había resignado a una vida de soltería eterna, pero siempre se las arreglaba para imaginarse sola en una encantadora casita en un barrio residencial tranquilo. O tal vez en una casita junto al mar.

Pero Portia solía condimentar sus conversaciones con referencias a su vejez y a la suerte que tenía porque tendría a su hija para cuidar de ella. ¡Qué más daba que tanto Prudence como Philippa se hubieran casado con hombres adinerados y poseyeran sus buenos fondos para dar todas las comodidades a su madre! O que su madre fuera moderadamente rica; cuando su familia le estableció su dote, le reservaron la cuarta parte de ese dinero para su cuenta personal.

No, cuando Portia hablaba de «ser cuidada» no se refería a dinero; lo que deseaba era una esclava.

Exhaló un suspiro. Era demasiado dura para juzgar a su madre, aunque solo fuera en sus pensamientos, y eso lo hacía con muchísima frecuencia. Sabía que su madre la quería. Y ella quería a su madre.

Solo ocurría que, a veces, no le caía nada bien su madre.

Era de esperar que eso no la hiciera una mala persona. Pero, sinceramente, su madre era capaz de poner a prueba la paciencia de la más amable y bondadosa de sus hijas y, como su tercera hija, era la primera en reconocer que podía ser un poquitín sarcástica a veces.

—¿Por qué no crees que Colin podría casarse con Felicity? —le preguntó Portia.

Penelope levantó la vista, sorprendida. Pensaba que ya habían acabado con ese tema. Debería haberlo sabido; su madre era muy tenaz.

—Bueno —dijo, haciendo una pausa para pensar—, es doce años menor que él.

—¡Puf! —masculló Portia haciendo un gesto con la mano para descartarlo—. Eso no es nada y lo sabes.

Penelope frunció el ceño y, a continuación, lanzó un gritito al clavarse la aguja en el dedo.

—Además —continuó Portia alegremente—, tiene —repasó la revista de lady Whistledown en busca de la edad exacta— ¡treinta y tres años! ¿Cómo pretende evitar una diferencia de doce años entre él y su esposa? Supongo que no esperarás que se case con alguien de *tu* edad.

Penelope se chupó el dedo herido aun sabiendo que era muy grosero hacerlo. Pero necesitaba meterse algo en la boca para no decir algo horrible.

Todo lo que decía su madre era cierto. En muchas bodas de la aristocracia, tal vez incluso en su mayoría, los hombres eran doce y más años mayores que sus prometidas. Pero no sabía por qué encontraba que la diferencia de edad entre Colin y Felicity era mayor aún, tal vez porque... No logró evitar una expresión sarcástica:

—Es como una hermana para él. Una hermanita.

—Sinceramente, Penelope, a mí no me...

—Es casi incestuoso —masculló Penelope.

—¿Qué has dicho?

—Nada —repuso, volviendo a retomar su labor.

—Estoy segura de que has dicho algo.

—Me aclaré la garganta —explicó Penelope, negando con la cabeza—. Tal vez oíste...

—Te oí decir algo. ¡Estoy segura!

Penelope gimió. Su vida se extendía larga y tediosa ante ella.

—Madre —dijo, con la paciencia de, si no de una santa, al menos de una monja muy devota—, Felicity está prácticamente comprometida con el señor Albansdale.

Portia empezó a frotarse las manos.

—No se comprometerá con él si logra pescar a Colin Bridgerton.

—Felicity preferiría morirse antes que ir detrás de Colin.

—No, desde luego que no. Es una niña inteligente. Cualquiera puede ver que Colin Bridgerton es mejor partido.

—¡Pero Felicity ama al señor Albansdale!

Portia se desinfló, desanimada, en su mullido sillón.

—Está eso.

—Y el señor Albansdale posee una fortuna muy respetable.

Portia se dio unos golpecitos en la mejilla con el dedo índice.

—Cierto. No tan respetable como la de los Bridgerton —añadió en tono agudo—, pero nada despreciable, supongo.

Penelope vio que era el momento de dejarlo estar, pero no pudo evitar que se le abriera la boca una última vez.

—Con toda sinceridad, madre, es una pareja maravillosa para Felicity. Deberíamos estar encantadas por ella.

—Lo sé, lo sé —gruñó Portia—. Lo que pasa es que he deseado tanto que una de mis hijas se casara con un Bridgerton... ¡Qué éxito! Sería la comidilla de Londres durante semanas. Años, tal vez.

Penelope clavó la aguja en el cojín que tenía al lado. Era una manera muy estúpida de descargar la rabia, pero la única alternativa a ponerse de pie de un salto y gritar a voz en cuello: «¡¿Y yo?!». Al parecer, Portia creía que, una vez que se casara Felicity, acabaría para siempre toda esperanza de una unión con un Bridgerton. Pero ella seguía soltera, ¿acaso eso no contaba?

¿Era demasiado desear que su madre la considerara con el mismo orgullo que sentía por sus otras tres hijas? Sabía que Colin no la elegiría por esposa, ¿pero no debería una madre ser, por lo menos, un poquito ciega a los defectos de sus hijas? Era evidente que ni Prudence ni Philippa ni Felicity habían tenido jamás una oportunidad con un Bridgerton. ¿Por qué su madre parecía pensar que sus encantos superaban tanto a los de ella?

Muy bien, tenía que reconocer que Felicity gozaba de una popularidad que superaba la de sus tres hermanas mayores juntas. Pero ni Prudence ni Philippa fueron jamás incomparables. En los bailes revoloteaban por el perímetro del salón igual que ella.

Pero, claro, ya estaban casadas. Ella no habría deseado casarse con ninguno de sus dos cuñados, pero por lo menos ellas ya eran esposas.

Pero, por suerte, la mente de Portia ya andaba por pastos más verdes.

—Debería ir a ver a Violet —estaba diciendo—. ¡Qué aliviada debe de estar por el regreso de Colin!

—Seguro que lady Bridgerton estará encantada de verte —dijo Penelope.

—Esa pobre mujer... —Portia suspiró teatralmente—. Se preocupa mucho por él, ¿sabes?

—Lo sé.

—De verdad, creo que eso es más de lo que tendría que soportar una madre. Tanto que viaja, solo el buen Señor sabe adónde, a países que son claramente paganos...

—Creo que en Grecia se practica el cristianismo —masculló Penelope, volviendo la atención a su labor.

—No seas impertinente, Penelope Anne Featherington, y además, ¡son católicos! —concluyó, estremeciéndose ante esa palabra.

—No son católicos —replicó Penelope, renunciando a la labor y dejándola a un lado—. Son ortodoxos.

—Bueno, no pertenecen a la Iglesia de Inglaterra —insistió Portia, sorbiendo por la nariz.

—Siendo griegos, no creo que eso les preocupe demasiado.

Portia la miró desaprobadora, con los ojos entrecerrados.

—¿Y cómo sabes de esa religión griega? No —hizo un espectacular ademán con la mano—, no me lo digas. Lo has leído en alguna parte.

Penelope se limitó a pestañear, tratando de pensar en alguna respuesta.

—Ojalá no leyeras tanto —suspiró Portia—. Igual podrías haberte casado hace años si te hubieras concentrado más en la etiqueta social y menos en... menos en...

—¿Menos en qué? —tuvo que preguntar Penelope.

—No lo sé. En lo que sea que haces que te tiene mirando al vacío y soñando despierta con tanta frecuencia.

—Simplemente pienso —repuso Penelope dulcemente—. A veces me gusta detenerme a pensar.

—¿Para qué?

Penelope no pudo evitar sonreír. Esa pregunta de Portia resumía más o menos lo que diferenciaba a madre e hija.

—No es nada, mamá. De verdad.

Portia dio la impresión de que quería decir algo más, pero se lo pensó mejor. O tal vez solo tenía hambre. Tomó una galleta de la bandeja del té y se la echó a la boca.

Penelope alargó la mano para tomar la última galleta y entonces decidió dejársela a su madre; podría convenirle que tuviera llena la boca. Lo último que deseaba era tener otra conversación acerca de Colin Bridgerton.

—¡Ha llegado Colin!

Penelope levantó la vista de su libro, *Breve historia de Grecia,* para mirar a Eloise Bridgerton, que entraba como una tromba en su habitación. Como siempre, no la habían anunciado. El mayordomo de las Featherington estaba tan acostumbrado a verla allí que la trataba como a un miembro de la familia.

—¿Sí? —preguntó, consiguiendo fingir (en su opinión) una gran indiferencia.

Claro que ya había escondido la *Breve historia de Grecia* debajo de *Mathilda*, la novela de S. R. Fielding que hiciera furor el año anterior. Todo el mundo tenía un ejemplar de *Mathilda* en su mesilla de noche. Y era lo bastante voluminoso para ocultar bien el otro libro.

Eloise fue a sentarse en el sillón del escritorio.

—Sí, y viene muy bronceado. Todo ese tiempo al sol, supongo.

—Fue a Grecia, ¿verdad?

Eloise negó con la cabeza.

—Dice que la guerra ahí ha empeorado, por lo que era muy peligroso y se fue a Chipre.

—Caramba, caramba —dijo Penelope sonriendo—. Lady Whistledown se equivocó en algo.

Eloise sonrió, con esa descarada sonrisa de los Bridgerton, y nuevamente Penelope pensó en la suerte que era tenerla por amiga íntima. Las dos eran inseparables desde los diecisiete años. Juntas pasaron sus temporadas en Londres, juntas llegaron a la edad adulta y juntas se convirtieron en solteronas, para gran consternación de sus respectivas madres.

Eloise aseguraba que nunca había conocido a la persona adecuada.

A Penelope, claro, nunca se lo propuso nadie.

—¿Le gustó Chipre?

—Dice que es fantástico. ¡Ay, cómo me gustaría viajar! Tengo la impresión de que todo el mundo ha estado en alguna parte menos yo.

—Ni yo —le recordó Penelope.

—Ni tú. ¡Gracias a Dios!

—¡Eloise! —exclamó Penelope arrojándole un almohadón.

Pero también ella agradecía a Dios tener a Eloise. Todos los días. Muchas mujeres se pasaban la vida sin tener ni una sola amiga íntima, y ella tenía a una a la que podía contárselo todo. Bueno, casi todo. Nunca le había dicho nada acerca de sus sentimientos por Colin, aunque creía que Eloise lo sospechaba pero por tacto no lo mencionaba, lo cual le confirmaba que Colin no la amaría jamás. Si a Eloise se le hubiera pasado esa idea por la cabeza, aunque solo fuera un instante, habría comenzado a urdir estrategias casamenteras con una tenacidad que impresionaría a cualquier general del ejército.

Cuando le interesaba algo, Eloise era un tipo de persona bastante mandona.

—... y dijo que el agua estaba tan agitada que echó las tripas por la borda... —Eloise se interrumpió, mirándola enfurruñada—. No me estás escuchando.

—No —reconoció Penelope—. Bueno, sí, algunas partes. No puedo creer que Colin te haya dicho que vomitó.

—Bueno, soy su hermana.

—Se pondría furioso si supiera que me lo has contado.

Eloise hizo un gesto de protesta con la mano.

—No le importará. Eres como otra hermana para él.

Penelope sonrió, pero suspiró al mismo tiempo.

—Mi madre le preguntó, cómo no, si pensaba quedarse en la ciudad para la temporada —continuó Eloise —Y, cómo no, él se puso muy evasivo, así que decidí interrogarlo yo...

—Muy inteligente por tu parte —masculló Penelope.

Eloise le arrojó el almohadón.

—Y por fin logré que me dijera que sí, que piensa quedarse, por lo menos, unos meses. Pero me hizo prometer que no se lo diría a nuestra madre.

—Bueno, eso no es... —Penelope se aclaró la garganta— muy inteligente por su parte. Si tu madre cree que el tiempo que va a pasar aquí es limitado, redoblará sus esfuerzos en casarlo. Yo diría que eso es lo que más desea evitar él.

—Ese parece ser su objetivo en la vida —convino Eloise.

—Si la tranquilizara diciéndole que no tiene ninguna prisa por marcharse, tal vez ella no lo acosaría tanto.

—Interesante idea, pero puede que eso sea más cierto en la teoría que en la práctica. Mi madre está tan resuelta a verlo casado que no le importa aumentar su empeño. Sus esfuerzos habituales ya lo vuelven loco.

—¿Puede uno volverse doblemente loco? —preguntó Penelope.

Eloise ladeó la cabeza.

—No lo sé. Ni creo que me interese descubrirlo.

Las dos se quedaron calladas un rato (algo bastante extraño) y, de repente, Eloise se incorporó de un salto.

—Tengo que irme.

Penelope sonrió. Las personas que no conocían bien a Eloise creían que esta tenía la costumbre de cambiar de tema con frecuencia (y bruscamente), pero ella sabía que la verdad era muy diferente. Cuando Eloise tenía la mente puesta en algo era incapaz de olvidarlo. Lo cual significaba que, si de pronto quería marcharse, eso tenía que ver con algo que habían hablado aquella tarde.

—Esperamos a Colin para el té.

Penelope sonrió. Le encantaba tener la razón.

—Deberías venir —añadió Eloise.

Penelope negó con la cabeza.

—Él querrá que solo esté la familia.

—Puede que tengas razón —dijo Eloise, asintiendo—. Muy bien, entonces, me voy. Siento mucho hacer una visita tan corta, pero quería estar segura de que sabías que Colin está en casa.

—*Whistledown* —dijo Penelope.

—De acuerdo. ¿De dónde saca la información esa mujer? —observó Eloise, sacudiendo la cabeza pensativa—. Te juro que a veces sabe tanto sobre mi familia que pienso que debería asustarme.

—No puede continuar así eternamente —comentó Penelope, levantándose para acompañar a su amiga hasta la puerta—. Alguien descubrirá finalmente quién es, ¿no te parece?

Eloise llegó a la puerta, agarró el pomo, lo giró y tiró de él.

—No lo sé. Yo pensaba eso. Pero ya van diez años. Más en realidad. Si la fueran a descubrir, yo creo que ya habría ocurrido.

Penelope la siguió por la escalera.

—Finalmente cometerá un error. Tiene que hacerlo. No es más que un ser humano.

Eloise se echó a reír.

—Mira tú, y yo que creía que era un dios menor.

Penelope se sorprendió sonriendo de oreja a oreja.

En eso Eloise se detuvo y se giró tan de repente que Penelope chocó con ella y a punto estuvieron las dos de caer rodando por los últimos peldaños de la escalera.

—¿Sabes qué?

—No logro ni empezar a elucubrar —repuso Penelope.

Eloise ni se molestó en hacer una mueca.

—Apostaría que ya ha cometido un error.

—¿Qué?

—Tú lo dijiste. Ella, o podría ser él, supongo, lleva más de diez años escribiendo esa hoja. Nadie podría hacer eso tanto tiempo sin cometer un error. ¿Sabes qué creo yo?

Penelope extendió las palmas en un gesto de impaciencia.

—Creo que los demás somos tan estúpidos que no notamos sus errores.

Penelope la miró fijamente un momento y luego le entró un ataque de risa.

—¡Ay, Eloise! —dijo, limpiándose las lágrimas de los ojos—. ¡Cuánto te quiero!

Eloise sonrió de oreja a oreja.

—Y me va bien que me quieras, con lo solterona que soy. Tendremos que instalarnos en una casa juntas cuando lleguemos a los treinta y seamos unas auténticas viejas.

Penelope se agarró a esa idea como a un bote salvavidas.

—¿Crees que podríamos? —preguntó. Después de mirar furtivamente a uno y otro lado del vestíbulo, añadió en voz baja—: Mi madre ha comenzado a hablar de su vejez con alarmante frecuencia.

—¿Qué tiene eso de alarmante?

—Yo aparezco en todas sus visiones, sirviéndola a cuatro patas.

—¡Ay, Dios!

—Una expresión menos moderada que esa me ha pasado por la mente.

—¡Penelope! —exclamó Eloise, pero sonriendo.

—Quiero a mi madre.

—Ya lo sé —dijo Eloise en tono apaciguador.

—No, de verdad, la quiero.

A Eloise empezó a curvársele la comisura izquierda de la boca.

—Ya sé que es de verdad.

—Es solo que...

Eloise la interrumpió levantando una mano.

—No hace falta que digas nada más. Lo comprendo perfectamente. Yo... ¡Ah! Buenos días, señora Featherington.

—Eloise —dijo Portia, irrumpiendo en el vestíbulo—. No sabía que estabas aquí.

—Soy tan sigilosa como siempre. Descarada, incluso.

Portia le sonrió con indulgencia.

—Me enteré de que tu hermano ha regresado a la ciudad.

—Sí, todos estamos muy contentos.

—Seguro que sí, en especial tu madre.

—En efecto. Está fuera de sí. Creo que ya está haciendo una lista.

Portia se reanimó, como le ocurría siempre que se mencionaba algo que pudiera considerarse un cotilleo.

—¿Una lista? ¿Qué tipo de lista?

—Ah, ya sabe. La misma lista que ha hecho para todos sus hijos adultos. Posibles cónyuges y todo eso.

—Ah, pues eso me hace preguntarme —dijo Penelope en tono sarcástico— qué constituye «todo eso».

—A veces pone a una o dos personas inadecuadas para destacar las cualidades de las que tienen posibilidades.

Portia se echó a reír.

—¡A lo mejor te pone a ti en la lista de Colin, Penelope!

Penelope no se rio. Eloise tampoco. Portia no pareció notarlo.

—Bueno, será mejor que me vaya —dijo Eloise, aclarándose la garganta para disimular un momento incómodo para dos de las tres personas reunidas en el vestíbulo—. Colin irá a tomar el té. Mi madre quiere que esté toda la familia.

—¿Vais a caber todos? —preguntó Penelope.

La casa de lady Bridgerton era grande, pero entre sus hijos, cónyuges de sus hijos y nietos sumaban veintiuno. Una prole numerosa, la verdad.

—Iremos a la casa Bridgerton —explicó Eloise.

Cuando su hijo mayor se casó, su madre, Violet, se marchó de la residencia oficial de los Bridgerton. Anthony, que había heredado el título de vizconde a los dieciocho años, le dijo que no tenía para qué marcharse, pero ella insistió en que él y su esposa necesitaban su intimidad. En consecuencia, Anthony y Kate vivían con sus tres hijos en la casa Bridgerton, mientras que Violet vivía con sus hijos solteros (a excepción de Colin, que tenía sus habitaciones propias) a solo unas manzanas, en Bruton Street número 5. Después de más o menos un año de infructuosos intentos de ponerle un nombre a la nueva residencia de lady Bridgerton, la familia optó por llamarla simplemente «Casa Número Cinco».

—Que lo paséis bien —dijo Portia—. Tengo que ir a buscar a Felicity. Vamos retrasadas con la prueba de la modista.

Eloise esperó a que Portia desapareciera en el rellano de la escalera para comentarle a Penelope:

—Creo que tu hermana pasa muchísimo tiempo en la modista.

Penelope se encogió de hombros.

—Felicity está a punto de volverse loca con tantas pruebas, pero ella es la única esperanza de mi madre para hacer un matrimonio grandioso. Creo que está convencida de que Felicity pescará a un duque si lleva el vestido adecuado.

—¿No está prácticamente comprometida con el señor Albansdale?

—Me imagino que él hará la proposición formal la semana que viene, pero mientras tanto mi madre mantiene abiertas sus opciones. —Miró hacia arriba poniendo los ojos en blanco—. Será mejor que adviertas a tu hermano para que guarde las distancias.

—¿Gregory? —preguntó Eloise, incrédula—. Pero si aún no ha terminado la universidad...

—Colin.

—¿Colin? —preguntó Eloise, desternillándose de risa—. ¡Ay, qué gracioso!

—Eso fue lo que le dije yo, pero ya sabes cómo es cuando se le mete una idea en la cabeza.

—Bastante como yo, me imagino —rio Eloise.

—Tenaz hasta el final.

—La tenacidad puede ser algo muy bueno —le recordó Eloise— en el momento oportuno.

—De acuerdo —replicó Penelope, sonriendo sarcástica—, y en el momento inoportuno es una absoluta pesadilla.

—Alégrate, amiga —rio Eloise—. Por lo menos te has librado de todos esos vestidos amarillos.

Penelope se miró su vestido de mañana, que era de un favorecedor tono azul.

—Dejó de elegirme la ropa cuando por fin comprendió que ya estaba oficialmente para vestir santos. Una hija sin perspectivas de matrimonio no vale el tiempo ni la energía que le consumen los consejos sobre moda. No me ha acompañado a la modista ni una sola vez desde hace más de un año.

Eloise le sonrió a su amiga, observando de paso que su piel adquiría una hermosa tonalidad melocotón y crema siempre que llevaba colores más fríos.

—Fue evidente el momento en que te permitieron elegir tu ropa. Incluso lady Whistledown lo comentó.

—Escondí ese número para que no lo viera mi madre —confesó Penelope—. No quería que hiriera sus sentimientos.

Eloise pestañeó varias veces y luego dijo:

—Eso fue muy amable de tu parte, Penelope.

—Tengo mis momentos de caridad y buen talante.

Eloise soltó un bufido.

—Uno diría que un componente esencial de la caridad es evitar que uno la posea.

Penelope frunció los labios y la empujó hacia la puerta.

—¿No tenías que irte a casa?

—¡Me voy! ¡Me voy!

Y se fue.

Era agradable estar de vuelta en Inglaterra, decidió Colin, tomando un trago de un coñac excelente.

En realidad era extraño que le gustara volver a casa tanto como le gustaba partir. Dentro de unos meses, seis como máximo, le entraría nuevamente la necesidad de marcharse, pero por el momento, Inglaterra en abril era fantástica.

—Es bueno, ¿verdad?

Colin levantó la vista. Su hermano Anthony estaba apoyado sobre su inmenso escritorio de caoba, moviendo su copa hacia él. Asintió.

—No me había dado cuenta de lo mucho que lo echaba de menos hasta que volví. El ouzo tiene sus encantos, pero esto —levantó la copa— es sublime.

—¿Y cuánto tiempo piensas quedarte esta vez? —le preguntó Anthony, sonriendo sarcástico.

Colin fue a ponerse junto a la ventana para fingir que miraba hacia fuera. Su hermano mayor no disimulaba su impaciencia con él por su placer de ver mundo. Y, la verdad, no podía decir que no lo comprendiera. A veces resultaba difícil que las cartas llegaran a casa, por lo que seguro que su familia tenía que esperar un mes o incluso dos para saber cómo estaba. Pero si bien no le gustaría nada estar en su piel, sin saber nunca si un ser querido estaba vivo o muerto, esperando constantemente que el mensajero golpeara la puerta, eso no bastaba para hacerlo mantener sus pies plantados en Inglaterra.

De vez en cuando sencillamente tenía que alejarse. No había otra manera de explicarlo.

Alejarse de los miembros de la aristocracia, que lo consideraban un pícaro encantador y nada más, alejarse de Inglaterra, que alentaba a los hijos menores a entrar en el ejército o en el clero, opciones que no se avenían en nada con su temperamento. Incluso alejarse de sus familiares, que aunque lo amaban incondicionalmente no tenían la menor idea de que lo que de verdad deseaba, en lo más profundo de su ser, era hacer algo.

Anthony poseía el vizcondado, con la miríada de responsabilidades anejas: llevaba las propiedades, administraba la economía familiar y se ocupaba del bienestar de los incontables terratenientes y criados. Benedict, su hermano mayor en cuatro años, ya gozaba de fama como pintor. Había empezado con papel y lápiz, pero a instancias de su mujer pasó a pintar en óleo, y uno de sus paisajes ya colgaba en la National Gallery.

Anthony sería siempre recordado en el árbol familiar como el séptimo vizconde Bridgerton. Benedict viviría a través de sus cuadros mucho después de que abandonara esta tierra.

Pero él no tenía nada. Administraba la pequeña propiedad que le había cedido su familia y asistía a fiestas. Jamás se le ocurriría decir que no se divertía, pero a veces deseaba algo más que diversión.

Deseaba una finalidad.

Deseaba dejar un legado.

Deseaba que, cuando hubiera muerto, se lo recordara de alguna manera distinta a como aparecía en la *Revista de Sociedad de Lady Whistledown*.

Exhaló un suspiro. No era de extrañar que se pasara tanto tiempo viajando.

—¿Colin? —dijo su hermano.

Se giró a mirarlo, pestañeando. Estaba bastante seguro de que le había hecho una pregunta, pero en algún momento mientras dejaba vagar la mente, se le olvidó.

—¡Ah, sí! —Se aclaró la garganta—. Me quedaré hasta que termine la temporada, por lo menos.

Anthony no dijo nada, pero habría sido difícil no ver su expresión de satisfacción.

—Hay otra cosa además —añadió Colin, fijando su legendaria sonrisa sesgada en la cara—: alguien tiene que mimar a tus hijos. No creo que Charlotte tenga suficientes muñecas.

—Solo cincuenta —convino Anthony, con la voz sin expresión—. La pobre cría está muy descuidada.

—Tiene su cumpleaños a finales del mes, ¿verdad? Creo que tendré que descuidarla un poco más.

—Y hablando de cumpleaños —dijo Anthony instalándose detrás de su escritorio en el enorme sillón—, el próximo domingo es el de mamá.

—¿Por qué crees que me di prisa en volver?

Anthony arqueó una ceja y Colin tuvo la clara impresión de que estaba tratando de decidir si él había vuelto para el cumpleaños de su madre o, sencillamente, aprovechaba el momento para hacer lo más oportuno.

—Vamos a hacerle una fiesta —explicó Anthony.

—¿Y os lo va a permitir?

Sabía por experiencia que a las mujeres de cierta edad no les gustaba celebrar los cumpleaños. Y si bien su madre seguía siendo muy hermosa, sí que tenía ya una edad.

—Nos vimos obligados a recurrir al chantaje —reconoció Anthony—. O aceptaba la fiesta o revelábamos su edad.

Colin comprobó que no debería haber tomado ese trago de coñac; se atragantó y por un pelo no lo escupió sobre su hermano.

—Me habría gustado ver eso.

Anthony esbozó una sonrisa satisfecha.

—Fue una brillante maniobra por mi parte.

Colin apuró el resto del coñac.

—¿Qué posibilidades hay de que no aproveche la fiesta como una oportunidad para encontrarme esposa?

—Muy pocas.

—Ya me lo parecía.

Anthony se apoyó en el respaldo del sillón.

—Ya tienes treinta y tres años, Colin...

—¡Dios de los cielos! —exclamó Colin, mirándolo incrédulo—. No empieces a regañarme.

—Ni lo soñaría. Simplemente te iba a sugerir que mantuvieras los ojos abiertos durante esta temporada. No tienes que buscar una esposa, pero no te hará ningún daño mantenerte abierto a esa posibilidad.

Colin miró hacia la puerta, con la intención de cruzarla muy pronto.

—Te aseguro que no me repugna la idea del matrimonio.

—No se me ha pasado por la cabeza la idea de que te repugnara —dijo Anthony arrastrando las palabras.

—Pero tampoco veo motivo para precipitarme.

—Nunca hay motivo para precipitarse —replicó Anthony—. Bueno, rara vez en todo caso. Simplemente dale el gusto a mamá, por favor.

Colin no se había dado cuenta de que seguía sujetando la copa vacía, hasta que se le deslizó por los dedos y cayó sobre la alfombra con un fuerte crac.

—¡Por Dios! —exclamó—. ¿Está enferma?

—¡No! —respondió Anthony, en voz demasiado alta y enérgica por la sorpresa—. Nos va a sobrevivir a todos, no me cabe duda.

—¿Entonces qué pasa?

Anthony suspiró.

—Simplemente deseo verte feliz.

—Soy feliz.

—¿De veras?

—¡Demonios! Soy el hombre más feliz de Londres. Lee a lady Whistledown. Ella te lo dirá.

Anthony miró la hoja que tenía sobre el escritorio.

—Bueno, tal vez no en ese número, pero en cualquiera del año pasado. Me ha llamado «encantador» más veces de las que ha llamado «terca» a lady Danbury, y los dos sabemos qué proeza es esa.

—«Encantador» no equivale necesariamente a «feliz» —objetó Anthony con delicadeza.

—No tengo tiempo para esto —masculló Colin. Nunca le había parecido tan estupenda la puerta.

—Si fueras feliz —insistió Anthony—, no vivirías marchándote.

Colin se detuvo con la mano en el pomo.

—Anthony, me *gusta* viajar.

—¿Todo el tiempo?

—Debe de ser así. Si no, no lo haría.

—Esa es una respuesta evasiva.

—Y esta —dijo Colin mirándolo con una pícara sonrisa— es una maniobra evasiva.

—¡Colin!

Pero él ya había salido.

2

Siempre ha estado de moda entre los miembros de la alta sociedad quejarse de tedio, pero sin duda los asistentes a las fiestas de este año han elevado el aburrimiento a una forma de arte. No se pueden dar dos pasos en una reunión social sin oír la expresión «mortalmente aburrido» o «espantosamente vulgar». En efecto, a esta autora la han informado de que Cressida Twombley comentó hace poco que perecería de aburrimiento si se veía obligada a asistir a una desentonada velada musical más.

(Esta autora debe dar la razón a lady Twombley en ese particular; si bien la selección de jovencitas debutantes este año forma un grupo simpático, no hay una sola entre ellas que posea unas dotes musicales decentes.)

Si hay un antídoto para la enfermedad del tedio, sin duda será la fiesta del domingo en la casa Bridgerton. Se reunirá toda la familia con unos cien de sus mejores amigos para celebrar el cumpleaños de la vizcondesa viuda.

Se considera una grosería mencionar la edad de una dama, por lo tanto, esta autora no revelará qué número de cumpleaños celebra lady Bridgerton.

Pero no temáis, ¡esta autora lo sabe!

REVISTA DE SOCIEDAD DE LADY WHISTLEDOWN
9 de abril de 1824

«Solterona» era una palabra que tendía a provocar pánico o lástima, pero Penelope estaba llegando a comprender que había decididas ventajas en el estado célibe.

En primer lugar, nadie esperaba que las solteronas bailaran en los bailes, lo cual significaba que ya no estaba obligada a quedarse junto a la pista de baile simulando que no deseaba bailar. Ahora podía sentarse a un lado con las demás solteronas y señoras carabinas. Todavía deseaba bailar, por supuesto, le gustaba y era muy buena en ello (aunque nadie lo hubiera notado nunca), pero le resultaba mucho más fácil fingir desinterés estando más lejos de las parejas que estaban en la pista bailando el vals.

En segundo lugar, el número de horas pasadas en conversaciones aburridas se había reducido drásticamente. La señora Featherington había renunciado a la esperanza de que ella pudiera cazar a un marido, por lo tanto, había dejado de ponerla en el camino de todos los solteros convenientes de tercera clase. A Portia jamás se le había ocurrido pensar que su hija pudiera tener la más mínima posibilidad de atraer la atención de solteros de primera o segunda clase, lo cual tal vez fuera cierto, pero a la mayoría de los solteros de tercera se los metía en esa categoría por algún motivo, y, lamentablemente, ese motivo solía ser su personalidad o falta de personalidad. Lo cual, combinado con la timidez de ella ante los desconocidos, no tendía a favorecer una conversación chispeante.

Y, por último, podía volver a comer. Era una locura, teniendo en cuenta la cantidad de comida expuesta en las fiestas de la aristocracia, que las mujeres a la caza de marido no pudieran exhibir un apetito más robusto que el de un pajarillo. Eso, pensó Penelope alegremente (hincándole el diente a un delicioso y delicado pastelillo relleno con crema y chocolate importado de Francia), tenía que ser la principal ventaja de ser una solterona.

—¡Cielo santo! —gimió, pensando que si el pecado pudiera tomar forma sólida, seguro que sería un pastel, de preferencia uno con chocolate.

—Está bueno, ¿eh?

Penelope se atragantó con el pastelillo y luego tosió, enviando salpicaduras de crema por el aire.

—¡Colin! —exclamó, rogando que el trozo de crema más grande no le hubiera caído a él en la oreja.

—Penelope —dijo él, sonriendo—. ¡Cuánto me alegra verte!

—Y a mí.

Él se balanceó sobre los talones una, dos, tres veces, y luego dijo:

—Tienes buen aspecto.

—Y tú —repuso ella, tan ocupada en tratar de encontrar un sitio para dejar el pastelillo que no se le ocurrió dar ninguna variedad a sus frases.

—Es bonito ese vestido —dijo él, indicando su vestido de seda verde.

Ella sonrió tristemente.

—No es amarillo.

—No —sonrió él, y se rompió el hielo.

Lo cual era extraño, porque cualquiera diría que la lengua se le paralizaría más cuando estuviera en presencia del hombre al que amaba, pero Colin tenía algo que hacía que todo el mundo estuviera cómodo. Tal vez, había pensado ella en más de una ocasión, una parte del motivo para amarlo era que él la hacía sentirse cómoda consigo misma.

—Dice Eloise que lo has pasado espléndidamente en Chipre —dijo.

Él sonrió de oreja a oreja.

—No pude resistirme a visitar el lugar donde nació Afrodita.

Penelope se sorprendió sonriendo también. El buen humor de él era contagioso, aunque lo último que deseara hacer ella fuera tomar parte en una conversación sobre la diosa del amor.

—¿Es tan soleado como dice todo el mundo? No, olvida la pregunta. Por tu cara ya veo que sí.

—Conseguí un buen bronceado —dijo él, asintiendo—. Mi madre casi se desmayó cuando me vio.

—De placer, no me cabe duda —dijo ella enérgicamente—. Te echa mucho de menos cuando no estás.

Él se le acercó más.

—Vamos, Penelope, no irás a regañarme, ¿eh? Entre mi madre, Anthony, Eloise y Daphne, me van a matar de sentimiento de culpa.

—¿Benedict no? —no pudo evitar bromear ella.

Él la miró con una sonrisa satisfecha.

—Está fuera de la ciudad.

—Ah, bueno, eso explica su silencio.

La expresión de él con los ojos entrecerrados armonizaba a la perfección con sus brazos cruzados.

—Siempre has sido una descarada, ¿lo sabías?

—Lo oculto bien —repuso ella modestamente.

—Es fácil comprender por qué eres tan buena amiga de mi hermana —dijo él, sarcástico.

—¿Debo suponer que eso es un cumplido?

—Estoy seguro de que pondría en peligro mi integridad si esa no fuera mi intención.

Penelope estaba intentando encontrar una réplica ingeniosa cuando oyó un sonido extraño, como de chapoteo. Miró el suelo y descubrió que una buena parte del amarillento relleno de crema del pastelillo había caído sobre la brillante madera. Levantó la vista hacia Colin y vio que sus ojos, ¡ay!, tan verdes, no podían ocultar la risa, aunque trataba de mantener muy seria la boca.

—¡Vaya, qué vergüenza! —dijo, decidiendo que la única manera de no morir humillada era declarar lo evidente.

—Sugiero que huyamos del escenario —dijo Colin, alzando una ceja en un atrevido arco.

Penelope miró el resto del pastelillo que todavía tenía en la mano. Colin contestó haciendo un gesto hacia la planta de una maceta que había cerca.

—¡No! —exclamó ella abriendo mucho los ojos.

Él se acercó más.

—A que no eres capaz...

Ella miró del pastelillo a la planta y luego a la cara de Colin.

—No podría.

—Con lo lejos que van algunas travesuras, esta es bastante moderada —señaló él.

Eso era un reto, y ella solía ser inmune a esas tácticas infantiles, pero la media sonrisa de Colin era difícil de resistir.

—Muy bien —dijo.

Cuadrando los hombros, dejó caer el pastelillo en la tierra de la maceta. Retrocedió un paso para contemplar su obra, miró alrededor para ver si alguien la estaba mirando aparte de Colin, y entonces agarró la maceta y la giró, para que una rama frondosa ocultara la prueba del delito.

—No creí que fueras capaz —dijo Colin.

—Como has dicho, no es una travesura tan terrible.

—No, pero es la palmera favorita de mi madre.

—¡Colin! —exclamó ella, girándose con toda la intención de sacar el pastelillo de la maceta—. ¿Cómo pudiste...? Un momento. —Se enderezó y entrecerró los ojos—. Esto no es una palmera.

—¿No? —preguntó él, todo inocencia.

—Esto es un naranjo enano.

—¿Ah, sí? Vaya.

Ella lo miró ceñuda, o al menos esperaba que lo fuera. Era difícil mirar así a Colin Bridgerton. Incluso su madre comentó una vez que era casi imposible regañarlo. Él sonreía, ponía expresión contrita y decía algo divertido, y entonces era imposible continuar enfadada con él. Sencillamente imposible.

—Quieres hacerme sentir culpable —dijo.

—Cualquiera puede confundir una palmera con un naranjo.

Ella reprimió el impulso de poner los ojos en blanco.

—A excepción de las naranjas.

Él se mordió el labio inferior, con expresión pensativa.

—Sí, mmm, seguro que ellas te delatarían.

—Eres fatal para mentir, ¿lo sabías?

Él se enderezó, dando un suave tirón al chaleco y alzando el mentón.

—En realidad soy excelente para mentir. Pero para lo que de veras soy bueno es para parecer avergonzado y adorable cuando me pillan.

¿Y qué podía contestar ella a eso?, pensó Penelope. Porque seguro que no había nadie más adorablemente avergonzado (¿o vergonzosamente adorable?) que Colin Bridgerton con las manos unidas a la espalda, sus ojos recorriendo el techo y sus labios en un gesto como si estuviera silbando inocentemente.

—¿Nunca te castigaban cuando eras niño? —le preguntó, cambiando bruscamente de tema.

Al instante Colin se enderezó, atento.

—Perdona, no te oí.

—¿Te castigaron alguna vez cuando eras niño? —repitió ella—. ¿Te castigan alguna vez ahora?

Colin se limitó a mirarla, pensando si ella tendría remota idea de lo que le preguntaba. Probablemente, no.

—Eh..., esto... —dijo, más que nada porque no sabía qué otra cosa decir.

—Ya me parecía que no —dijo ella, soltando un suspiro condescendiente.

Si él fuera un hombre menos indulgente y si ella fuera otra persona, no Penelope Featherington (que, estaba seguro, no tenía ni un solo hueso maligno en su cuerpo), podría sentirse ofendido. Pero él era un tipo muy acomodadizo y esa era Penelope Featherington, una muy leal amiga de su hermana desde solo Dios sabía cuántos años, así que en lugar de adoptar una expresión cínica (expresión que jamás se le había dado bien), simplemente sonrió y dijo:

—¿Y qué querías probar con eso?

—No pienses que ha sido mi intención criticar a tus padres —dijo ella, con una expresión inocente y burlona al mismo tiempo—. Ni soñaría con insinuar que te han malcriado.

Él asintió cordialmente.

—Lo que pasa es que —se acercó más a él, como para contarle un importante secreto— yo creo que podrías salir impune de un asesinato si quisieras.

Él tosió, no para aclararse la garganta ni porque se sintiera mal, sino porque se sentía muy sorprendido. Penelope era una joven muy divertida. No, «divertida» no era la palabra adecuada. «Sorprendente». Sí, esa palabra parecía resumirla. Muy pocas personas la conocían de verdad; jamás se había forjado la fama de ser una brillante conversadora. Estaba seguro de que toda su vida se las había arreglado para pasar por esas fiestas de tres horas sin aventurarse jamás a decir palabras de más de una sílaba.

Pero cuando estaba en compañía de personas con las que se sentía cómoda, y se daba cuenta de que él podría tener el privilegio de contarse entre esas personas, ella hacía gala de un humor agudo, una sonrisa pícara y de todas las pruebas que indicaban que poseía una mente inteligente.

No lo sorprendía que nunca hubiera atraído a ningún pretendiente serio; no era ninguna beldad, aunque mirándola más detenidamente era más atractiva de lo que él recordaba. Su cabello castaño tenía reflejos cobrizos, bellamente destacados por la parpadeante luz de las velas. Y tenía una piel muy bonita, esa tez de melocotón que las damas pretendían conseguir untándoselas con arsénico.

Pero el atractivo de Penelope no era del tipo en el que se fijan los hombres normalmente. Y su natural timidez y sus ocasionales tartamudeos no reflejaban con exactitud su personalidad.

De todos modos, era una lástima esa falta de popularidad, porque podría haber sido una esposa perfecta para alguien.

—¿Quieres decir entonces que yo debería considerar la posibilidad de una vida de delincuencia? —dijo, obligándose a volver la atención al tema que tenían entre manos.

—Nada de eso —repuso ella con una recatada sonrisa—. Solo que sospecho que con tu labia podrías salir impune de cualquier cosa. —Y entonces, inesperadamente, se puso seria y añadió en voz baja—: Envidio eso.

Colin se sorprendió tendiéndole la mano y diciendo:

—Penelope Featherington, creo que debes bailar conmigo.

Y entonces Penelope lo sorprendió echándose a reír y diciendo:

—Eres muy amable al pedírmelo, pero ya no tienes por qué bailar conmigo.

Él sintió un curioso pinchazo en su orgullo.

—¿Qué demonios quieres decir con eso?

Ella se encogió de hombros.

—Ya es oficial. Soy una solterona. Ya no hay motivo para bailar conmigo y que yo no me sienta dejada de lado.

—Yo no bailaba contigo por eso —protestó él.

Pero sabía que ese era exactamente el motivo. Y la mitad de las veces solo recordaba pedírselo porque su madre acababa de clavarle el codo en la espalda, y fuerte, para recordárselo.

Ella lo miró con expresión de lástima, y eso lo fastidió, porque jamás se había imaginado que Penelope Featherington pudiera tenerle lástima. Notó que se ponía rígido.

—Si crees que vas a librarte de bailar conmigo, estás muy equivocada.

—No tienes que bailar conmigo solo para demostrar que no te molesta hacerlo —dijo ella.

—*Deseo* bailar contigo —dijo él, casi en un gruñido.

—Muy bien —dijo ella al cabo de un momento que a él le pareció demasiado largo—. Sin duda sería una grosería que me negara.

—Ha sido una grosería dudar de mis intenciones —dijo él, agarrándole el brazo—, pero estoy dispuesto a perdonarte si tú te perdonas.

Ella tropezó, y eso lo hizo sonreír.

—Creo que me las arreglaré —logró decir ella, con voz ahogada.

—Excelente —la miró con una cálida sonrisa—. Detestaría imaginarte viviendo con la culpa.

La música estaba empezando, así que Penelope le tomó la mano, hizo su venia y comenzaron el minué. Era difícil hablar durante la danza, y eso le dio unos instantes para recuperar el aliento y ordenar sus pensamientos.

Tal vez había sido demasiado dura con Colin. No debería haberlo regañado por invitarla a bailar cuando esos bailes con él estaban entre sus más preciados recuerdos. ¿Importaba que él lo hubiera hecho solo por lástima? Habría sido peor si no la hubiera sacado nunca a bailar. Frunció el ceño. Peor aún, ¿significaba eso que tenía que pedirle disculpas?

—¿Había algo malo en ese pastelillo? —le preguntó Colin cuando los pasos de baile los acercaron.

La danza volvió a separarlos y ya habían pasado diez segundos completos cuando ella pudo decirle:

—¿Por qué lo preguntas?

—Tienes aspecto de haberte tragado algo en mal estado —contestó él en voz alta, harto ya de esperar que la danza los volviera a reunir para poder hablar.

Varias personas se giraron a mirar y luego se alejaron discretamente, como si Penelope fuera a ponerse a vomitar sobre la pista de baile.

—¿Tenías que gritárselo a todo el mundo? —siseó.

—¿Sabes? —dijo él, pensativo, inclinándose en una elegante venia al terminar la danza—. Ese ha sido el susurro más fuerte que he oído en mi vida.

Era insufrible, pero Penelope decidió no decírselo, porque la haría parecer un personaje de una mala novela romántica. Acababa de leer una en que la heroína empleaba esa palabra (o un sinónimo) casi en todas las páginas.

—Gracias por el baile —dijo, cuando llegaron a un extremo del salón.

Casi añadió «Ahora puedes ir a decirle a tu madre que has cumplido con tu obligación», pero al instante lamentó el impulso. Colin no había hecho nada que mereciera ese sarcasmo. No era culpa de él que los hombres solo bailaran con ella cuando los obligaban sus madres. Por lo menos, él siempre sonreía y reía mientras cumplía con su deber, lo cual era más de lo que se podía decir del resto de la población masculina.

Él se inclinó amablemente y también le dio las gracias. Estaban a punto de separarse y partir cada uno por su lado cuando oyeron un fuerte gruñido femenino:

—¡Señor Bridgerton!

Los dos se quedaron paralizados. Era una voz que los dos conocían. Una voz que todo el mundo conocía, de hecho.

—¡Dios me asista! —gimió Colin.

Penelope miró por encima del hombro y vio a lady Danbury abriéndose paso por entre el gentío; se encogió al ver clavarse su omnipresente bastón en el pie de una desventurada jovencita.

—Tal vez se refería a otro señor Bridgerton —sugirió—. Hay varios, después de todo, y es posible...

—Te daré diez libras si no te apartas de mi lado —dijo Colin a trompicones.

Penelope se atragantó con el aire.

—No seas estúpido, yo...

—Veinte.

—¡Hecho! —dijo ella sonriendo, no porque necesitara el dinero, sino porque encontraba muy agradable sacárselo a Colin.

—¡Lady Danbury! —exclamó, acercándose a la anciana—. ¡Qué agradable verla!

—Nadie encuentra agradable verme —dijo lady Danbury en tono agudo—, a excepción de mi sobrino, y la mitad de las veces no estoy segura ni de él. Pero gracias por mentir de todos modos.

Colin no dijo nada, pero la anciana se giró hacia él y le golpeó la pierna con el bastón.

—Buena elección bailar con ella —le dijo—. Siempre me ha gustado. Tiene más cerebro que el resto de su familia junta.

Menos de un segundo después, cuando Penelope empezaba a abrir la boca para defender por lo menos a su hermana menor, lady Danbury espetó:

—¡Ja! Veo que ninguno de los dos me contradice.

—Siempre es un placer verla, lady Danbury —dijo Colin, obsequiándola con una sonrisa que podría haber dirigido a una cantante de ópera.

—Mucha labia tiene este —dijo lady Danbury a Penelope—. Tendrá que vigilarlo.

—Rara vez es necesario hacerlo —repuso Penelope—, ya que con mayor frecuencia está fuera del país.

—¡Lo ve! —exclamó lady Danbury—. Le dije que es inteligente.

—Habrá observado que no la contradije —dijo Colin tranquilamente.

La anciana sonrió aprobadora.

—No, ya lo noté. Se está volviendo inteligente en la vejez, señor Bridgerton.

—De vez en cuando se ha comentado que yo poseía una pequeña cantidad de inteligencia en mi juventud también.

—¡Vaya! La palabra importante en esa frase sería «pequeña», claro.

Colin miró a Penelope con los ojos entrecerrados y vio que parecía estar atragantada de risa.

—Las mujeres debemos ayudarnos mutuamente —dijo lady Danbury a nadie en particular—, ya que está claro que nadie más lo hará.

Colin decidió que era el momento de alejarse.

—Creo que veo a mi madre.

—Escapar es imposible —espetó lady Danbury—. No se moleste en intentarlo y, además, sé que no ha visto a su madre. Está ayudando a una cabeza de chorlito que se descosió la orilla del vestido. —Se volvió hacia Penelope, que estaba esforzándose tanto en dominar la risa que le brillaban los ojos con las lágrimas sin derramar—. ¿Cuánto le pagó para que no lo dejara solo conmigo?

Penelope no pudo evitarlo y soltó una carcajada.

—Perdone, ¿cómo ha dicho? —preguntó, cubriéndose la boca.

—¡Ah, no! Dilo, dilo —dijo Colin cordialmente—. Ya me has ayudado muchísimo.

—No tienes por qué darme las veinte libras —dijo ella.

—No pensaba dártelas.

—¿Solo veinte libras? —preguntó lady Danbury—. ¡Vaya! Yo habría pensado que valía como mínimo veinticinco.

Colin se encogió de hombros.

—Soy el tercer hijo. Siempre estoy escaso de fondos, me temo.

—¡Ja! Tiene el bolsillo tan grande como, al menos, tres condes —dijo lady Danbury—. Bueno, tal vez no condes —añadió después de pensarlo un poco—. Pero unos cuantos vizcondes y muchos barones, eso sí.

—¿No se considera de mala educación hablar de dinero en compañía femenina? —preguntó Colin, sonriendo.

Lady Danbury dejó escapar un sonido que bien podía ser un resuello o una risita (Colin no logró determinarlo) y dijo:

—Siempre es de mala educación hablar de dinero, sea en compañía femenina o no, pero cuando uno tiene mi edad puede hacer casi todo lo que se le antoja.

—Me gustaría saber —murmuró Penelope— qué *no* puede hacer uno a su edad.

—¿Qué? —preguntó lady Danbury, mirándola.

—Ha dicho que uno puede hacer *casi* todo lo que se le antoja.

Lady Danbury la miró incrédula y luego esbozó una sonrisa. Colin se sorprendió sonriendo también.

—Me gusta —le dijo lady Danbury, apuntando a Penelope como si fuera una especie de estatua a la venta—. ¿Le he dicho que me gusta?

—Creo que sí —repuso él.

Lady Danbury miró a la cara a Penelope y con una máscara de absoluta seriedad le dijo:

—Creo que no podría salir impune de un asesinato, pero eso podría ser todo.

Penelope y Colin se echaron a reír al mismo tiempo.

—¿Eh? ¿Qué es tan divertido?

—Nada —logró decir Penelope.

Colin, por su parte, ni siquiera logró eso.

—No es nada —insistió lady Danbury—. Y me quedaré aquí fastidiándolos toda la noche hasta que me digan qué es. Créanme si les digo que no es eso lo que desean que haga.

Penelope se limpió una lágrima del ojo.

—Es que yo acababa de decirle —dijo, indicando a Colin con un gesto de la cabeza— que probablemente él saldría impune de un asesinato.

—¿Eso le dijo? —preguntó lady Danbury, golpeteando el suelo con el bastón, como alguien se rascaría el mentón considerando una pregunta muy profunda—. ¿Sabe?, creo que podría tener razón. Hombre más encantador no creo que haya visto Londres jamás.

Colin arqueó una ceja.

—Vaya, ¿por qué será que no creo que haya dicho eso como un cumplido, lady Danbury?

—Pues sí que es un cumplido, zoquete.

—En cuanto opuesto a «eso» —dijo Colin a Penelope—, que está muy claro que sí es un cumplido.

Lady Danbury sonrió de oreja a oreja.

—Tengo que confesar que este ha sido el momento más divertido de toda la temporada —dijo.

—Encantado por la parte que me toca —dijo Colin con una sonrisa.

—Este ha sido un año especialmente aburrido, ¿no le parece? —comentó lady Danbury a Penelope.

Penelope asintió.

—El año pasado fue un poco tedioso también.

—Pero no tanto como este —insistió la anciana.

—A mí no me pregunte —dijo Colin cordialmente—. He estado fuera del país.

—¡Vaya! Supongo que va a decir que su ausencia es el motivo de que hayamos estado tan aburridos.

—Ni lo soñaría —repuso Colin con su encantadora sonrisa—. Pero, claro, si la idea me ha pasado por la cabeza es que debe de tener un cierto mérito.

—¡Vaya! Sea como sea, me aburro.

Colin miró a Penelope, que parecía esforzarse por mantenerse muy quieta, presumiblemente para aguantar la risa.

—¡Haywood! —exclamó de repente la anciana, haciendo un gesto a un caballero de edad madura—. ¿No estaría de acuerdo conmigo?

Por la cara regordeta de lord Haywood pasó una fugaz expresión de terror, pero cuando le quedó claro que no podía escapar dijo:

—Mi norma es estar siempre de acuerdo con usted.

—¿Es imaginación mía o los hombres se están volviendo más sensatos? —dijo lady Danbury a Penelope.

Penelope se limitó a hacer un evasivo encogimiento de hombros. Colin decidió que era una joven muy juiciosa.

Haywood se aclaró la garganta, cerrando y abriendo rápida y enérgicamente sus ojos azules.

—Esto..., eh..., ¿con qué estoy de acuerdo exactamente?

—Que la temporada es aburrida —suplió Penelope amablemente.

—¡Ah, señorita Featherington! —dijo él, en tono algo fanfarrón—. No la había visto ahí.

Colin miró disimuladamente a Penelope y alcanzó a verla estirar los labios en una sonrisita.

—Aquí, a su lado —masculló ella en voz baja.

—Sí, aquí —dijo Haywood jovialmente—. Y sí, la temporada es mortalmente aburrida.

—¿Alguien ha dicho que la temporada es aburrida?

Colin miró a la derecha. Un hombre y dos damas acababan de unirse al grupo y estaban expresando entusiastamente su acuerdo.

—Tediosa —masculló una de ellas—. Horriblemente tediosa.

—Nunca había asistido a una ronda de fiestas más banales —declaró la otra dama, lanzando un largo suspiro.

—Tendré que informar a mi madre —dijo Colin entre dientes.

Sí que se contaba entre los hombres más acomodadizos, pero claro, había ciertos insultos que no podía dejar pasar.

—Ah, no esta reunión —se apresuró a corregir la mujer—. Este baile es la única luz brillante en una cadena de reuniones por lo demás oscuras y tétricas. Vamos, justamente iba a decir...

—Pare —le ordenó lady Danbury—, antes de que se atragante con su pie.

La dama se apresuró a callarse.

—Es curioso —murmuró Penelope.

—¡Ah, señorita Featherington! —dijo la dama que había estado en reuniones oscuras y tétricas—. No la había visto ahí.

—¿Qué es curioso? —le preguntó Colin, antes de que otro pudiera decirle lo nada notable que la encontraba.

Ella le dedicó una leve sonrisa de agradecimiento y pasó a explicar su comentario:

—Es curioso cómo los miembros de la alta sociedad se entretienen comentando lo poco entretenidos que están.

—¿Qué quiere decir? —preguntó Haywood, con cara de perplejidad.

Penelope se encogió de hombros.

—Pues que creo que muchos de ustedes se lo pasan extraordinariamente bien hablando de lo aburridos que están.

Su comentario fue recibido con silencio. Lord Haywood continuó con su expresión de perplejidad, y a una de las damas debió de entrarle una mota de polvo en el ojo, porque parecía no poder hacer otra cosa que pestañear.

Colin no pudo evitar sonreír. No encontraba que el comentario de Penelope fuera un concepto tan complicado.

—Lo único interesante que se puede hacer es leer *Whistledown* —dijo la dama que no estaba pestañeando, como si Penelope no hubiera hablado.

El caballero que estaba a su lado manifestó su acuerdo con un murmullo.

Y entonces lady Danbury empezó a esbozar una sonrisa.

Colin se alarmó. La anciana tenía un extraño destello en los ojos. Una expresión aterradora.

—Tengo una idea —dijo ella.

Alguien ahogó una exclamación. Otro gimió.

—Una idea brillante.

—Nadie duda de que todas sus ideas sean brillantes —dijo Colin con su voz más cordial.

Lady Danbury lo hizo callar agitando la mano.

—¿Cuántos misterios de verdad hay en la vida?

Nadie contestó, así que Colin aventuró:

—¿Cuarenta y dos?

Ella ni se molestó en mirarlo.

—Os digo a todos aquí y ahora...

Todos se le acercaron más. Incluso Colin. Era imposible alejarse del dramatismo del momento.

—Todos sois mis testigos...

Colin creyó oír mascullar a Penelope: «Dilo de una vez».

—Mil libras —dijo lady Danbury.

Aumentó el número de personas congregadas alrededor.

—Mil libras —repitió ella, aumentando el volumen de su voz. La verdad, tenía dotes innatas para estar en un escenario—. Mil libras...

De repente todo el salón estaba en reverente silencio.

—... a la persona que desenmascare a lady Whistledown.

3

Esta autora sería negligente si no dijera que el momento más comentado anoche en el baile de cumpleaños en la casa Bridgerton no fue el emocionante brindis por lady Bridgerton (su edad no se ha de revelar), sino la impertinente oferta que hiciera lady Danbury de dar mil libras a la persona que desenmascare...

¡Oh! A mí.

Haced lo que queráis, damas y caballeros de la aristocracia. No tenéis la más mínima posibilidad de resolver este misterio.

REVISTA DE SOCIEDAD DE LADY WHISTLEDOWN
12 de abril de 1824

Bastaron tres minutos exactos para que la noticia del escandaloso desafío de lady Danbury se propagara por todo el salón de baile. Penelope sabía que esto era así porque dio la casualidad de que ella estaba de cara a un inmenso reloj de pie (el que, según Kate Bridgerton, era muy preciso) cuando lady Danbury hizo su oferta. En el momento en que pronunció las palabras «mil libras a la persona que desenmascare a lady Whistledown», el reloj daba las 10:44. El minutero solo había avanzado hasta el minuto 47 cuando apareció Nigel Berbrooke en el círculo de personas cada vez más ancho que rodeaba a lady Danbury para proclamar que esa oferta era el «ardid bochinchero» más divertido del mundo.

Y si Nigel la había oído, quería decir que todos lo habían hecho, porque su cuñado no era famoso ni por su inteligencia, ni por el alcance de su atención ni por su capacidad para escuchar.

Ni por su vocabulario, añadió Penelope para sus adentros, sarcástica. «Bochinchero», desde luego, era una palabra de lo más extraña.

—¿Y quién cree que es lady Whistledown? —preguntó lady Danbury a Nigel.

—Ni remota idea. No soy yo, eso es lo único que sé.

—Creo que todos sabemos eso —dijo lady Danbury.

—¿Quién crees tú que es? —preguntó Penelope a Colin.

Él la obsequió con un encogimiento de hombro.

—He estado fuera de la ciudad demasiado tiempo para elucubrar.

—No seas estúpido —dijo Penelope—. En el tiempo que has estado en Londres ha habido fiestas y reuniones suficientes para formarte unas cuantas teorías.

—La verdad es que no sabría decirlo —insistió él, negando con la cabeza.

Penelope lo miró un rato más largo de lo que era necesario o, con toda sinceridad, socialmente aceptable. Vio algo extraño en los ojos de Colin; algo fugaz y esquivo. Los aristócratas solían considerarlo un despreocupado encanto, pero él era mucho más inteligente de lo que dejaba ver, y habría apostado su vida a que tenía unas cuantas sospechas.

Pero, por el motivo que fuera, él no quería hacerla partícipe de ellas.

—¿Quién crees tú que es? —le preguntó él, eludiendo así su respuesta—. Has estado presente en los eventos sociales más o menos el mismo tiempo que lleva escribiendo lady Whistledown, así que seguro que lo habrás pensado.

Penelope paseó la mirada por el salón, deteniendo los ojos en una y otra persona, y luego volvió la atención a la pequeña multitud que los rodeaba.

—Creo que muy bien podría ser lady Danbury —contestó—. ¿No sería una broma inteligente para reírse de todos?

Colin miró a la anciana, que se lo estaba pasando en grande hablando de su última intriga. Golpeaba el suelo con el bastón, charlando animadamente y sonriendo como una gata ante un plato con nata, pescado y un pavo asado entero.

—Tiene lógica —dijo, pensativo— de una manera algo perversa.

A Penelope se le curvaron las comisuras de los labios.

—Ella no es otra cosa que perversa.

Observó a Colin mirando a lady Danbury otros segundos, y añadió en voz baja:

—Pero no crees que sea ella.

Colin giró lentamente la cabeza y la miró con una ceja arqueada, en una silenciosa pregunta.

—Lo veo en la expresión de tu cara —le explicó Penelope.

Él sonrió, con esa sonrisa sincera que solía usar en público.

—Y yo que me creía inescrutable.

—Me temo que no. No para mí, en todo caso.

Colin exhaló un exagerado suspiro.

—Creo que nunca será mi destino ser un héroe misterioso y siniestro.

—Bien podrías descubrir que eres el héroe de alguien —dijo Penelope—. Aún tienes tiempo. ¿Pero misterioso y siniestro? —Sonrió—. No es muy probable.

—Una pena —dijo él airosamente, ofreciéndole otra de sus famosas sonrisas, la sesgada—. Los tipos misteriosos y siniestros atraen a todas las mujeres.

Penelope tosió discretamente, algo sorprendida de que él hablara de esas cosas con ella, por no decir que Colin Bridgerton jamás había tenido ningún problema para atraer mujeres. Él le estaba sonriendo, a la espera de su reacción, y ella estaba calculando si la reacción correcta sería manifestar una educada indignación de doncella o reírse, con una risa comprensiva, cuando apareció Eloise y se detuvo prácticamente con un patinazo ante ellos.

—¿Sabéis la última? —les preguntó, sin aliento.

—¿Venías corriendo? —le preguntó Penelope. Correr era una verdadera hazaña en ese salón de baile atiborrado.

—¡Lady Danbury ha ofrecido mil libras a quien desenmascare a lady Whistledown!

—Lo sabemos —dijo Colin en ese tono de superioridad exclusiva de los hermanos mayores.

—¡¿Lo sabéis?! —exclamó Eloise, exhalando un suspiro de decepción.

Colin hizo un gesto hacia lady Danbury, que todavía estaba a unos pocos metros de distancia.

—Estábamos aquí cuando ocurrió —explicó.

Eloise parecía sentirse muy fastidiada, y Penelope comprendió en qué estaba pensando (y seguramente se lo diría la tarde siguiente). Una cosa era perderse algo importante, y otra muy distinta descubrir que uno de sus hermanos lo había visto todo.

—Bueno, la gente ya está hablando —dijo Eloise—. No había visto tanta animación desde hacía años.

Colin se volvió hacia Penelope y le susurró:

—Por eso yo decido marcharme del país con tanta frecuencia.

Penelope trató de no sonreír.

—Sé que estáis hablando de mí y no me importa —continuó Eloise casi sin hacer una pausa para respirar—. Os lo digo, la gente de la alta sociedad se ha vuelto loca. Todos, quiero decir todos, están elucubrando sobre su identidad, aunque los más listos no van a soltar una sílaba. No quieren que otros ganen gracias a sus corazonadas, ¿sabéis?

—Creo que no estoy tan necesitado de mil libras como para que me interese esto —declaró Colin.

—Es mucho dinero —dijo Penelope, pensativa.

Él la miró incrédulo.

—No me digas que vas a participar en este ridículo juego.

Ella ladeó la cabeza y alzó el mentón de una manera que esperaba fuera enigmática, y si no enigmática, por lo menos misteriosa.

—No soy tan adinerada como para hacer caso omiso de una oferta de mil libras —dijo.

—Tal vez si trabajáramos juntas... —sugirió Eloise.

—¡Dios me libre! —comentó Colin.

—Podríamos repartirnos el dinero —continuó Eloise sin hacer caso de Colin.

Penelope abrió la boca para contestar, pero en ese instante apareció el bastón de lady Danbury moviéndose en el aire. Colin dio un salto a un lado y evitó por un pelo que no le golpeara la oreja.

—¡Señorita Featherington! —exclamó lady Danbury—. No me ha dicho de quién sospecha.

—No, Penelope —dijo Colin, mirándola con una sonrisa satisfecha—. No lo has dicho.

El primer impulso de Penelope fue mascullar algo en voz baja y esperar que la edad de lady Danbury la hubiera hecho tan dura de oído que supusiera que, si no la entendía, era a causa de sus oídos y no de su boca. Pero, aun sin mirar a un lado, sentía la presencia de Colin, percibía su sonrisa engreída, caprichosa, incitándola a decir algo, y de pronto se sorprendió enderezando la espalda y alzando el mentón un poco más alto que de costumbre.

Él la hacía sentirse más confiada, más valiente. La hacía más... ella misma. O, por lo menos, la ella misma que deseaba ser.

—En realidad —dijo, mirando a lady Danbury *casi* a los ojos—, creo que es usted.

Resonó una exclamación colectiva a su alrededor.

Y, por primera vez en su vida, Penelope Featherington se encontró siendo el centro de atención.

Lady Danbury la estaba mirando fijamente, con sus ojos azul celeste astutos y evaluadores. Y entonces ocurrió algo de lo más asombroso: empezaron a curvársele las comisuras de los labios. Sus labios se ensancharon y Penelope observó que eso no era una leve sonrisa, sino que era enorme.

—Me gustas, Penelope Featherington —dijo lady Danbury, golpeándole la punta del pie con el bastón—. Apuesto a que la mitad del salón tiene la misma idea, pero nadie más ha tenido el valor de decírmelo.

—En realidad yo tampoco —confesó Penelope, y emitió un ligero sonido al sentir el codo de Colin clavarse en sus costillas.

—Evidentemente lo tiene —dijo lady Danbury con una extraña luz en los ojos.

Penelope no supo qué decir. Miró a Colin, que le estaba sonriendo alentador, y luego volvió a mirar a lady Danbury, que la estaba mirando con una expresión... casi maternal.

Y eso tenía que ser lo más extraño de todo, porque Penelope dudaba de que lady Danbury hubiera mirado con expresión maternal a sus hijos.

—¿No es fantástico descubrir que no somos exactamente lo que creíamos ser? —le dijo la anciana acercándosele tanto que solo ella la oyó.

Y, acto seguido, la anciana se alejó y Penelope se quedó pensando si tal vez no sería lo que creía que era.

Tal vez, solo tal vez, era algo más, aunque solo fuera un poquitín más.

El día siguiente era lunes, lo cual significaba que a Penelope le tocaba ir a tomar el té con las damas Bridgerton en la Casa Número Cinco. No recordaba cuándo había comenzado esa costumbre, pero ya eran casi diez años, y si no se presentaba por la tarde del lunes creía que lady Bridgerton enviaría a alguien a buscarla.

Le gustaba bastante esa costumbre de los Bridgerton de tomar té con galletas por la tarde. No era un rito muy extendido; en realidad, no conocía a ninguna otra familia que lo hiciera una costumbre diaria. Pero lady Bridgerton insistía en que, sencillamente, no aguantaba tantas horas desde el almuerzo a la cena, sobre todo cuando seguían los horarios de la ciudad y se cenaba tan tarde por la noche. Por lo tanto, todas las tardes a las cuatro se reunía con sus hijas y algún hijo (y muchas veces una o dos amigas) en el salón informal de arriba a comer algo.

Aunque el día era bastante cálido, caía una finísima llovizna, así que llevó con ella su parasol negro para hacer la corta caminata hasta la Casa Número Cinco. Era una ruta que había hecho cientos de veces; pasaba por delante de unas cuantas casas hasta la esquina de Mount con Davies Street y luego seguía por el borde norte de Berkeley Square hasta llegar a Bruton Street. Pero ese día estaba de un humor extraño, algo alegre y tal vez un poco infantil, así que decidió tomar un atajo y atravesar esa parte de la plaza por el césped desde la esquina, sin más motivo que el placer de sentir el chapoteo que hacían sus botas sobre la hierba húmeda.

Todo era culpa de lady Danbury, pensó. Tenía que serlo. Se sentía muy atolondrada desde su encuentro con ella la pasada noche.

—No... lo que... yo... creía... que era —entonó en voz baja, diciendo una palabra cada vez que las suelas de sus botas se hundían en la hierba—. Algo... más. Algo... más.

Llegó a un trecho especialmente mojado y empezó a avanzar como una patinadora por la hierba, cantando (muy suavecito, por supuesto; no era tanto lo que había cambiado desde la noche anterior para desear que alguien la oyera cantar en público) «Algooo... máaaas» y deslizándose.

Y esto lo hizo, lógicamente (ya tenía bastante bien establecido, en su mente al menos, que poseía el peor sentido de la oportunidad de toda la historia de la civilización), justo cuando oyó una voz masculina diciendo su nombre.

Paró con un patinazo, agradeciendo haber mantenido el equilibrio en el último instante en lugar de aterrizar con el trasero en la hierba mojada y sucia.

Era *él*, lógicamente.

—¡Colin! —exclamó en tono azorado, quedándose muy quieta esperando a que él llegara a su lado—. ¡Qué sorpresa!

Él parecía estar reprimiendo una sonrisa.

—¿Estabas bailando?

—¿Bailando?

—Me pareció que estabas bailando.

—¡Ah! No. —Tragó saliva, sintiéndose culpable, porque aunque técnicamente no era una mentira, la sentía como si lo fuera—. Claro que no.

Á él se le arrugaron las comisuras de los ojos.

—Lástima, entonces. Me habría sentido obligado a acompañarte, y jamás he bailado en Berkeley Square.

Si él le hubiera dicho eso mismo solo dos días antes, ella se habría reído de la broma, dejándolo ser el hombre ingenioso y encantador. Pero seguro que volvió a oír la voz de lady Danbury en un recoveco de la cabeza, porque de pronto decidió que no deseaba ser la misma Penelope Featherington de siempre.

Decidió participar en la diversión.

Esbozó una sonrisa que ni siquiera sabía que podía hacer. Era una sonrisa pícara, y ella era misteriosa, y vio que no todo estaba en su cabeza porque los ojos de Colin se agrandaron al oírla decir:

—Eso es una pena. Es bastante agradable.

—Penelope Featherington —dijo él arrastrando las palabras—, creí oírte decir que no estabas bailando.

—Mentí —repuso ella, encogiéndose de hombros.

—En ese caso, entonces seguro que este debe de ser mi baile.

De repente ella sintió algo muy extraño. Por eso no debía permitir que los susurros de lady Danbury se le fueran a la cabeza.

Ella era capaz de ser valiente y encantadora durante un fugaz momento, pero no tenía idea de cómo continuar.

A diferencia de Colin, que estaba sonriendo diabólicamente con los brazos en la posición perfecta para un vals.

—Colin, ¡estamos en Berkeley Square!

—Lo sé. Acabo de decirte que nunca he bailado aquí, ¿lo recuerdas?

—Pero...

Colin se cruzó de brazos.

—Shhh... No puedes lanzar un desafío así y luego tratar de escabullirte. Además, me parece que bailar en Berkeley Square es el tipo de cosa que una persona debería hacer por lo menos una vez en su vida, ¿no te parece?

—Cualquiera podría vernos —susurró ella en tono apremiante.

Él se encogió de hombros, tratando de disimular que le divertía bastante su reacción.

—A mí no me importa. ¿Y a ti?

A ella se le colorearon las mejillas, primero rosa, luego rojo, y él vio claramente que le costó un tremendo esfuerzo formular las palabras:

—La gente va a creer que me estás cortejando.

Él la observó sin entender por qué la perturbaba eso. ¿A quién le importaba que la gente pensara que la estaba cortejando? Muy pronto se comprobaría que el rumor era falso y tendrían un motivo para reírse a costa de la alta sociedad. Tuvo en la punta de la lengua las palabras «Al cuerno la alta sociedad», pero se quedó callado. Vio brillar algo en las profundidades de esos ojos castaños, una emoción que ni siquiera podría empezar a identificar.

Una emoción que, sospechó, él nunca había sentido.

Y comprendió que lo último que deseaba era herir a Penelope Featherington. Era la mejor amiga de su hermana. Además era, pura y simplemente, una niña muy simpática.

Frunció el ceño. En realidad ya no debería llamarla «niña». A los veintiocho años no era más una niña que él un niño a sus treinta y tres años.

Finalmente, con mucha cautela y en un tono que esperaba reflejara una buena dosis de sensibilidad, le preguntó:

—¿Hay algún motivo para que lamentemos que la gente piense que estamos cortejando?

Ella cerró los ojos y, por un instante, él pensó que podría estar sufriendo. Cuando los abrió, su mirada era casi agridulce:

—En realidad sería muy divertido —dijo—, al principio.

Él no dijo nada, simplemente esperó a que continuara.

—Pero después se haría evidente que no estamos cortejando y sería... —se interrumpió y tragó saliva.

Entonces Colin cayó en la cuenta de que ella no estaba tan serena en su interior como quería aparentar.

—Se supondría —continuó ella— que fuiste tú el que rompiste, porque... bueno, simplemente sería así.

Él no se lo discutió; sabía que eso era cierto.

Ella lanzó un suspiro que sonó triste.

—No quiero someterme a esto —dijo—. Incluso lady Whistledown escribiría sobre ello. ¿Cómo podría no hacerlo? Sería un cotilleo demasiado jugoso para resistirse.

—Lo siento, Penelope —dijo Colin.

No sabía por qué pedía disculpas, pero le pareció que era lo correcto.

Ella hizo un leve gesto de asentimiento.

—Sé que no debería importarme lo que digan los demás, pero me importa.

Él se sorprendió apartándose ligeramente al considerar sus palabras. O tal vez consideró el tono de su voz, o tal vez ambas cosas.

Siempre se había creído estar por encima de la alta sociedad. No fuera exactamente, ya que se movía en los círculos sociales y normalmente lo disfrutaba bastante. Pero siempre había supuesto que su felicidad no dependía de las opiniones de los demás.

Pero tal vez no consideraba el asunto de la manera correcta. Es fácil suponer que no preocupan las opiniones de los demás cuando esas opiniones son constantemente favorables. ¿Le resultaría tan fácil desdeñar al resto de la alta sociedad si lo trataran como a Penelope?

A ella jamás la habían aislado, nunca la habían hecho tema de escándalo. Simplemente no era... popular.

Ah, sí que eran educados con ella, y toda su familia siempre la había acogido amistosamente, pero en la mayoría de sus recuerdos, Penelope estaba en las orillas del salón de baile mirando cualquier cosa que no fueran las parejas bailando, fingiendo que no deseaba hacerlo también. Normalmente era entonces cuando él se acercaba para sacarla a bailar. Ella siempre parecía agradecida, pero también algo avergonzada, porque los dos sabían que él lo hacía, al menos un poco, por compasión.

Trató de ponerse en su piel. No le resultó fácil. Él siempre había sido popular; en el colegio sus amigos lo admiraban y cuando entró en sociedad las mujeres se reunían a su lado. Y, por mucho que dijera que no le importaba lo que pensara la gente, pensándolo bien...

Le gustaba caer bien.

De pronto no supo qué decir, lo cual era extraño porque siempre sabía qué decir. De hecho, tenía cierta fama por eso mismo. Y probablemente, pensó, eso era uno de los motivos de que cayera tan bien.

Pero tenía la impresión de que los sentimientos de Penelope dependían de lo que le dijera él, y en algún momento de esos últimos diez minutos esos sentimientos se le habían hecho muy importantes.

—Tienes razón —dijo al fin, decidiendo que siempre conviene decirle a alguien que la tiene—. He sido un insensible. ¿Qué te parece si empezamos de nuevo?

Ella pestañeó.

—¿Qué quieres decir?

Él movió la mano abarcando el entorno, como si ese movimiento lo explicara todo.

—Empezar de nuevo.

Ella se veía adorablemente confundida, y eso lo confundió a él, ya que nunca había pensado que Penelope fuera adorable.

—Pero si nos conocemos desde hace doce años... —dijo ella.

—¿De tanto tiempo? —Buscó en su cerebro, pero por su vida no logró encontrar el momento de su primer encuentro—. Eso no importa. Me refería a esta tarde, boba.

Ella sonrió a su pesar, y entonces él comprendió que llamarla «boba» había sido lo correcto, aunque no tenía idea de por qué.

—Empezamos —dijo, subrayando la palabra con un majestuoso ademán con el brazo—. Tú vas cruzando Berkeley Square y me divisas en la distancia. Yo digo tu nombre y tú contestas diciendo...

Penelope se mordió el labio inferior, tratando, sin saber por qué, de reprimir una sonrisa. ¿Bajo qué estrella mágica nacería

Colin que siempre sabía qué decir? Era el flautista encantado que solo dejaba corazones felices y caras sonrientes a su paso. Apostaría dinero, mucho más que las mil libras que ofrecía lady Danbury, a que ella no era la única mujer de Londres perdidamente enamorada del tercer Bridgerton.

Él ladeó la cabeza y luego la enderezó, como para indicarle su turno.

—Yo contestaría... —dijo ella—, contestaría...

Él esperó dos segundos y dijo:

—De verdad, cualquier cosa irá bien.

Ella había planeado pegarse una alegre sonrisa en la cara, pero descubrió que la sonrisa que tenía en los labios era muy auténtica.

—¡Colin! —dijo, tratando de parecer sorprendida—. ¿Qué andas haciendo por aquí?

—Excelente respuesta —dijo él.

Ella movió un dedo ante él.

—Te has salido de tu papel.

—¡Ah, sí, sí! Mis disculpas. —Pestañeó dos veces y continuó—: Aquí vamos. ¿Qué tal esto? Más o menos lo mismo que tú, me imagino. De camino a la Número Cinco a tomar el té.

A Penelope no le costó entrar en el ritmo de la conversación.

—Hablas como si solo fueras de visita. ¿No vives ahí?

Él hizo un mal gesto.

—Espero que solo sea hasta la próxima semana. Dos semanas como máximo. Ando buscando otro alojamiento. Cuando me marché a Chipre tuve que dejar las habitaciones que alquilaba y aún no he encontrado otras buenas para reemplazarlas. Tenía un asunto que atender en Picadilly y se me ocurrió volver a pie.

—¿Bajo la lluvia?

Él se encogió de hombros.

—No estaba lloviendo cuando salí esta mañana. Y esto de ahora es una simple llovizna.

Una simple llovizna, pensó Penelope. Una llovizna que se le pegaba a las pestañas obscenamente largas que le enmarcaban esos ojos verdes perfectos por los que más de una jovencita se había sentido motivada a escribir poemas (muy malos). Incluso ella, sensata como le gustaba creerse, había pasado muchas noches en la cama mirando el techo sin ver otra cosa que esos ojos.

Una simple llovizna, desde luego.

—¿Penelope?

Ella pegó un salto.

—Sí, de acuerdo. Yo también voy a casa de tu madre a tomar el té. Voy todos los lunes. Y muchas veces otros días también. Cuando... eh... cuando no ocurre nada interesante en mi casa.

—No tienes que decirlo como si te sintieras culpable. Mi madre es una mujer encantadora. Si desea tenerte para el té, debes ir.

Penelope tenía la costumbre de intentar leer entre líneas en las conversaciones, y tuvo la sospecha de que Colin quería decir que la comprendía si escapaba de su madre de vez en cuando. Lo cual, inexplicablemente, la apenó un poco.

Él se balanceó sobre los talones un momento y luego dijo:

—Bueno, no debería retenerte aquí bajo la lluvia.

Ella sonrió, ya que llevaban ahí parados, por lo menos, quince minutos. De todos modos, si él quería continuar la representación, ella estaba bien dispuesta.

—Soy yo la que lleva parasol —observó.

A él se le curvaron los labios.

—Pues sí. Pero de todos modos, no tendría mucho de caballero si no te hiciera caminar hacia un entorno más acogedor. —Frunció el ceño y miró alrededor—. Hablando de lo cual...

—¿Hablando de qué?

—De ser un caballero. Creo que debemos ocuparnos del bienestar de las damas.

—¿Y?

Él se cruzó de brazos.

—¿No deberías llevar una doncella contigo?

—Vivo solo a la vuelta de la esquina —dijo ella, algo desanimada porque él no lo recordara. Al fin y al cabo, ella y su hermana eran las mejores amigas de dos de las suyas. Si incluso la había acompañado a casa una o dos veces—. En Mount Street —añadió, al ver que no se le deshacía el ceño.

Él entrecerró los ojos mirando hacia Mount Street, aunque ella no tenía idea de qué esperaba lograr con eso.

—¡Por el amor de Dios, Colin! Mi casa está en la esquina con Davies Street. No me lleva más de cinco minutos caminar hasta la casa de tu madre. Cuatro, si me siento muy enérgica.

—Solo quería ver si hay lugares oscuros. —Se giró a mirarla—. Donde podría acechar un delincuente.

—¿En Mayfair?

—En Mayfair —dijo él, implacable—. De verdad, creo que deberías hacerte acompañar por una doncella cuando vas de aquí para allá. No me gustaría nada que te ocurriera algo.

Ella se sintió conmovida por su preocupación, aunque sabía que él sería considerado con cualquiera de las mujeres que conocía. Así era la clase de hombre que él era.

—Te aseguro que observo todas las reglas del decoro cuando hago trayectos largos —explicó—, pero es que esto está tan cerca... Solo unas pocas manzanas. Ni siquiera a mi madre le importa.

De pronto a Colin se le tensó la mandíbula.

—Por no decir —añadió ella— que tengo veintiocho años.

—¿Qué tiene que ver eso? Yo tengo treinta y tres, si quieres saberlo.

Ella ya lo sabía, lógicamente, puesto que lo sabía casi todo de él.

—Colin —dijo, sin poder evitar un sonido de molestia en la voz.

—Penelope —contestó él, exactamente en el mismo tono.

Ella lanzó un largo suspiro y dijo:

—Me voy a quedar para vestir santos, Colin. No tengo ninguna necesidad de preocuparme de todas las reglas que me fastidiaban cuando tenía diecisiete.

—No creo...

—Pregúntale a tu hermana si no me crees —interrumpió ella, plantándose las manos en las caderas.

Él se puso más serio de lo que lo había visto nunca.

—Procuro no preguntarle a mi hermana nada que tenga que ver con el sentido común.

—¡Colin! ¡Qué terrible es que digas eso!

—No he dicho que no la quiera. Ni siquiera he dicho que me caiga mal. Adoro a Eloise, como bien lo sabes. Sin embargo...

—Cualquier cosa que comience con «sin embargo» tiene que ser mala —masculló ella.

—Eloise ya debería estar casada —dijo él, en un nada característico tono autoritario.

Bueno, eso sí era demasiado, consideró ella, sobre todo en ese tono.

—Hay quienes podrían decir —replicó, alzando la barbilla con un cierto aire gazmoño— que también tú deberías estar ya casado.

—Vamos, por fa...

—Tienes treinta y tres años, como acabas de informarme con tanto orgullo.

Él la miró con expresión divertida, pero con un matiz de irritación que le dijo que no seguiría contento mucho rato.

—Penelope, no int...

—¡Anciano! —exclamó ella.

Él soltó una maldición en voz baja, y eso la sorprendió, porque no recordaba haberlo oído nunca hacerlo en presencia de una dama. Tal vez debería hacer caso de ese aviso, pero estaba demasiado irritada. Tal vez era cierto el viejo dicho: el valor engendra más valor.

O tal vez, sencillamente, era más cierto que la temeridad alienta más temeridad, porque lo miró sarcástica y dijo:

—¿No estaban ya casados tus dos hermanos mayores a los treinta?

Ante su sorpresa, Colin se limitó a sonreír, se cruzó de brazos y apoyó un hombro en el árbol bajo el que estaban.

—Mis hermanos y yo somos hombres muy distintos.

Esa era una afirmación muy reveladora, comprendió ella, porque muchos miembros de la alta sociedad, entre ellos la legendaria lady Whistledown, daban mucha importancia al enorme parecido entre los hermanos Bridgerton. Algunos llegaban incluso a decir que eran intercambiables. A ella nunca se le había ocurrido pensar que eso les molestara; en realidad, suponía que se sentían halagados por la comparación puesto que se querían mucho. Pero era posible que estuviera equivocada.

O tal vez nunca los había observado detenidamente.

Lo cual era bastante extraño, porque se sentía como si hubiera pasado media vida observando a Colin Bridgerton.

Pero una cosa que sí sabía, y que debería haber recordado, era que si Colin tenía mal genio, nunca había hecho nada ante ella que le permitiera verlo. Sí que había sido presumida al pensar que su pulla sobre el matrimonio de sus hermanos lo iba a sacar de quicio.

No, su táctica de ataque era una sonrisa perezosa, una broma bien oportuna. Si Colin alguna vez tenía un pronto de genio...

Movió la cabeza, incapaz de imaginárselo siquiera. Colin no se descontrolaría jamás, al menos no delante de ella. Tendría que estar verdaderamente, no, intensamente, furioso para descontrolarse. Y ese tipo de furia solo lo puede provocar alguien a quien uno quiere muchísimo.

Ella le caía bastante bien, tal vez más que muchas otras personas, pero no la *quería*. No de esa manera.

—Tal vez deberíamos ponernos de acuerdo en el desacuerdo —dijo al fin.

—¿En qué?

—Eh... —no lograba recordarlo—. Eh... ¿en lo que puede o no puede hacer una solterona?

—Tal vez eso me obligaría a someterme en cierto modo al juicio de mi hermana menor, lo cual me resultaría muy difícil, como sin duda te puedes imaginar.

—¿Pero no te importa someterte a mi juicio?

Él la miró con una sonrisa perezosa.

—No, si me prometes no decírselo a ningún alma viviente.

No lo decía en serio, por supuesto. Y sabía que él sabía que ella sabía que no lo decía en serio. Pero ese era su método. Con humor y una sonrisa despejaba cualquier camino. Y, maldito él, le daba resultado, porque ella se oyó suspirar, se sintió sonreír y antes de darse cuenta ya estaba diciendo:

—¡Basta! Pongámonos en camino a casa de tu madre.

Colin sonrió de oreja a oreja.

—¿Crees que tendrá galletas?

Penelope miró al cielo poniendo los ojos en blanco.

—Sé que tendrá galletas.

—Estupendo —dijo él echando a correr y medio arrastrándola con él—. Quiero mucho a mi familia, pero en realidad voy por la comida.

4

Es difícil imaginarse que haya alguna noticia del baile de los Bridgerton distinta a la resolución de lady Danbury de descubrir la identidad de esta autora, pero convendría tomar nota de los siguientes detalles:

Al señor Geoffrey Albansdale se lo vio bailar con la señorita Felicity Featherington.

A la señorita Felicity Featherington se la vio bailar también con el señor Lucas Hotchkiss.

Al señor Lucas Hotchkiss se lo vio bailar también con la señorita Hyacinth Bridgerton.

A la señorita Hyacinth Bridgerton se la vio bailar también con el vizconde Burwick.

Al vizconde Burwick se lo vio bailar también con la señorita Jane Hotchkiss.

A la señorita Jane Hotchkiss se la vio bailar también con el señor Colin Bridgerton.

Al señor Colin Bridgerton se lo vio bailar también con la señorita Penelope Featherington.

Y, para redondear este circulito teóricamente incestuoso, a la señorita Penelope Featherington se la vio conversando con el señor Geoffrey Albansdale. (Habría sido perfecto

si hubiera bailado con él, ¿no estáis de acuerdo, mis queri-
dos lectores?)

REVISTA DE SOCIEDAD DE LADY WHISTLEDOWN
12 de abril de 1824

Cuando Penelope y Colin entraron en el salón, Eloise y Hyacinth ya estaban bebiendo té, junto con las dos ladies Bridgerton. Violet, la vizcondesa viuda, estaba sentada ante la mesita con el servicio de té, y Kate, su nuera y esposa de Anthony, la actual vizcondesa, estaba tratando sin mucho éxito de mantener más o menos quieta a su hija de dos años, Charlotte.

—Mirad con quién me he tropezado en Berkeley Square —dijo Colin.

—Penelope —dijo lady Bridgerton con una cálida sonrisa—, toma asiento. El té todavía está caliente y la cocinera hizo sus famosas galletas de mantequilla.

Colin fue derecho hacia la comida, sin apenas detenerse a saludar a sus hermanas.

Penelope siguió el movimiento de la mano de lady Bridgerton hacia un sillón cercano y se sentó.

—Galletas están buenas —dijo Hyacinth, ofreciéndole un plato.

—Hyacinth, procura hablar con frases completas —le dijo lady Bridgerton en tono desaprobador.

Hyacinth la miró sorprendida.

—Galletas. Están. Buenas. —Ladeó la cabeza—. Sustantivo. Verbo. Adjetivo.

—¡Hyacinth!

Penelope observó que lady Bridgerton deseaba poner una expresión severa al regañar a su hija, pero no lo conseguía del todo.

—Sustantivo. Verbo. Adjetivo —dijo Colin, limpiándose las migas de su cara sonriente—. Frase. Es. Correcta.

—Si eres mínimamente culta —continuó Kate agarrando una galleta—. Estas están buenas. —Miró a Penelope, sonriendo tímidamente—. Esta es mi cuarta.

—Te quiero, Colin —dijo Hyacinth, sin hacer caso de Kate.

—Pues claro —masculló él.

—Yo, personalmente —dijo Eloise, sarcástica—, prefiero poner artículos delante de los sustantivos en mis escritos.

—¿Tus escritos? —bufó Hyacinth.

—Escribo muchas cartas —explicó Eloise, sorbiendo por la nariz—, y llevo un diario, lo que te aseguro que es una costumbre muy beneficiosa.

—No sé si le sigue el juego a Hyacinth o es una errata —terció Penelope, asiando el platillo con la taza de la mano de lady Bridgerton.

—¿Llevas un diario? —le preguntó Kate sin mirarla, pues acababa de saltar para frenar a su hija antes de que se subiera a la mesilla lateral.

—Nooo —contestó Penelope, negando con la cabeza—. Eso me exigiría demasiada disciplina.

—No creo que siempre sea necesario poner un artículo antes de un sustantivo —insistió Hyacinth, incapaz, como siempre, de dejar de lado su parte de la discusión.

Por desgracia para el resto de los presentes, Eloise era igual de tenaz.

—Podrías prescindir del artículo si hablas de tu sustantivo en un sentido general —dijo, frunciendo los labios en gesto desdeñoso—, pero en este caso, puesto que hablabas de galletas *concretas*...

Penelope creyó oír gemir a lady Bridgerton, aunque no podía estar segura.

—... entonces, concretamente —terminó Eloise, arqueando las cejas—, tu frase era incorrecta.

Hyacinth se volvió hacia Penelope.

—Estoy segura de que no usó de la forma correcta «concretamente» en esa última frase.

Penelope alargó la mano para alcanzar otra galleta.

—Me niego a entrar en la discusión.

—Cobarde —le dijo Colin.

—No, simplemente hambrienta. Estas están buenas —dijo a Kate.

Kate manifestó su acuerdo asintiendo.

—He oído rumores —dijo a Penelope— de que tu hermana podría comprometerse.

Penelope pestañeó, sorprendida. No se había imaginado que la relación de Felicity con el señor Albansdale fuera de conocimiento público.

—Eh... ¿Dónde oíste ese rumor?

—De Eloise, por supuesto —contestó Kate con la mayor naturalidad—. Siempre lo sabe todo.

—Y lo que no sé yo —dijo Eloise con una sincera sonrisa—, normalmente lo sabe Hyacinth. Es muy cómodo.

—¿Estáis seguras de que ninguna de las dos sois lady Whistledown? —bromeó Colin.

—¡Colin! —exclamó lady Bridgerton—. ¿Cómo se te puede ocurrir semejante cosa?

Él se encogió de hombros.

—Las dos son lo bastante inteligentes para hacer semejante hazaña.

Eloise y Hyacinth sonrieron de oreja a oreja.

Ni siquiera lady Bridgerton pudo desentenderse del todo del cumplido.

—Sí, bueno. Pero Hyacinth es demasiado joven y Eloise... —miró a Eloise, que la estaba mirando con expresión divertida—. Bueno, Eloise no es lady Whistledown, estoy segura.

—No soy lady Whistledown —dijo Eloise mirando a Colin.

—Una lástima —repuso él—. Ya serías asquerosamente rica, me imagino.

—¿Sabéis? —dijo Penelope, pensativa—. Esa podría ser una buena manera de detectar su identidad.

Cinco pares de ojos se volvieron hacia ella.

—Tiene que ser alguien que posee más dinero del que debería tener —explicó Penelope.

—Buen argumento —dijo Hyacinth—, aunque no tengo la menor idea de cuánto dinero deberían tener las personas.

—Bueno, yo tampoco —repuso Penelope—, pero uno tiene más o menos una idea general. —Al ver la cara de incomprensión de Hyacinth, añadió—: Por ejemplo, si de repente me comprara un juego de joyas de diamantes, eso sería muy sospechoso.

Kate le dio un codazo.

—No te has comprado un jueguito de diamantes últimamente, ¿eh? A mí me irían muy bien las mil libras.

Penelope miró hacia el techo poniendo los ojos en blanco un momento antes de contestar, porque siendo la vizcondesa Bridgerton, Kate no necesitaba en absoluto mil libras.

—Te aseguro que no poseo ni una sola joya de diamantes. Ni siquiera un anillo.

Kate dejó escapar un «uf» de desilusión.

—Bueno, no me sirves, entonces.

—No es tanto por el dinero como por la gloria —manifestó Hyacinth.

Lady Bridgerton se atragantó con el té y tosió sobre la taza.

—Perdona, Hyacinth. ¿Qué acabas de decir?

—Pensad en los entusiastas elogios que recibiría uno por haber descubierto a lady Whistledown —explicó Hyacinth—. Sería glorioso.

—¿Quieres decir que no te importa el dinero? —le preguntó Colin con expresión indiferente.

—Jamás diría eso —dijo Hyacinth con una descarada sonrisa.

Entonces se le ocurrió a Penelope que, de todos los hermanos Bridgerton, Hyacinth y Colin eran los más parecidos. Probablemente era bueno que Colin estuviera fuera del país con tanta frecuencia. Si él y Hyacinth unieran fuerzas en serio, podrían conquistar el mundo.

—Hyacinth, no vas a hacer de la búsqueda de lady Whistledown el trabajo de tu vida —dijo lady Bridgerton firmemente.

—Pero...

—No quiero decir que no puedas pensar en el problema y hacer unas cuantas preguntas —se apresuró a añadir lady Bridgerton, levantando una mano para evitar más interrupciones—. ¡Por Dios! Es de suponer que después de cuarenta años de maternidad sé muy bien que no puedo detenerte cuando tienes la mente fija en algo, por estúpido que sea.

Penelope se llevó la taza a la boca para ocultar su sonrisa.

—Simplemente sabemos que eres algo... —lady Bridgerton se aclaró delicadamente la garganta— resuelta a veces.

—¡Mamá!

—Y no quiero que olvides que tu principal objetivo ahora debe ser buscar marido —continuó lady Bridgerton, como si Hyacinth no hubiera dicho nada.

Hyacinth volvió a pronunciar la palabra «mamá», pero le salió más como un gemido que como una protesta.

Penelope miró con disimulo a Eloise, que tenía los ojos clavados en el techo y estaba poniendo todo su empeño en no sonreír. Eloise había soportado años de implacables sermones y maquinaciones casamenteras por parte de su madre y no le importaba lo más mínimo que esta hubiera tirado la toalla con ella y pasado su atención a Hyacinth.

Dicha sea la verdad, a Penelope la sorprendía que lady Bridgerton hubiera aceptado el estado de soltería de Eloise. Jamás había hecho nada por ocultar que el principal objetivo de su vida era ver felizmente casados a sus ocho hijos. Y lo había logrado con cuatro. La primera, Daphne, se casó con Simon, convirtiéndose en la duquesa de Hastings; al año siguiente Anthony se casó con Kate. Después transcurrió un buen tiempo sin novedades, hasta que Benedict y Francesca se casaron con diferencia de un año; Benedict con Sophie y Francesca con el escocés conde de Kilmartin.

Desafortunadamente, Francesca enviudó a los dos años de matrimonio. Ahora repartía su tiempo entre la familia de su difunto marido en Escocia y la suya en Londres. Pero cuando estaba en la ciudad insistía en residir en la casa Kilmartin en lugar de en la casa Bridgerton o la Número Cinco. Penelope la comprendía muy bien. Si ella fuera viuda desearía gozar de su independencia también.

En general, Hyacinth llevaba con buen humor las maquinaciones casamenteras de su madre, ya que, como le había dicho a

Penelope, no era que no deseara casarse. Bien que le convenía dejarle todo el trabajo a su madre y luego ella elegir un marido cuando se presentara el hombre adecuado.

Y fue con ese buen humor que Hyacinth se levantó, fue a besar a su madre en la mejilla y le prometió que su principal objetivo en su vida era buscar un marido, mientras al mismo tiempo sonreía pícaramente a su hermano y a su hermana. No bien había vuelto a sentarse, dijo a todos los congregados:

—¿Así que creéis que la van a descubrir?

—¿Vamos a seguir hablando de esa tal Whistledown? —gimió lady Bridgerton.

—¿No ha oído, entonces, la teoría de Eloise? —preguntó Penelope.

Todos los ojos se volvieron hacia ella y luego a Eloise.

—Esto... ¿cuál es mi teoría? —preguntó Eloise.

—Fue..., ah, no lo sé, tal vez la semana pasada. Estábamos hablando de lady Whistledown y yo dije que no me parecía posible que pudiera continuar eternamente sin acabar cometiendo un error. Entonces Eloise dijo que no lo veía tan claro, porque ya llevaba más de diez años escribiendo y que si había de cometer un error, ¿cómo era que no lo habría cometido ya? Entonces yo dije que solo era un ser humano. Tendría que equivocarse, porque nadie puede continuar eternamente y...

—¡Ah, ahora lo recuerdo! —interrumpió Eloise—. Estábamos en tu casa, en tu habitación. ¡Y yo tuve una idea increíble! Le dije que apostaría a que lady Whistledown ya ha cometido un error y que nosotros somos tan estúpidos que no lo hemos notado.

—No muy elogioso para nosotros, debo decir —masculló Colin.

—Bueno, quise decir toda la alta sociedad, no solo los Bridgerton —acotó Eloise arrastrando las palabras.

—Ah, o sea, que tal vez —murmuró Hyacinth, pensativa— lo único que tenemos que hacer es echar una mirada a los números anteriores de su revista.

Lady Bridgerton la miró con ojos aterrados.

—Hyacinth Bridgerton, no me gusta la expresión de tu cara.

Hyacinth se encogió de hombros, sonriendo.

—Podría pasarlo en grande con mil libras.

—¡Dios nos asista a todos! —replicó su madre.

—Penelope —dijo Colin de repente—, al final no nos dijiste lo de Felicity. ¿Es cierto que se va a comprometer?

Penelope se acabó de un trago el resto del té. Colin tenía una manera de mirar a una persona, con sus ojos verdes tan intensos y enfocados, que la hacían sentir como si ellos fueran las dos únicas personas del universo. Por desgracia para ella, también tenía una manera de convertirla en una idiota tartamuda. Cuando estaban en medio de otros conversando, por lo general, ella lograba mantener firme la voz, pero cuando la sorprendía así, volviendo la atención a ella justo cuando se había convencido de que estaba fundida a la perfección con el papel de la pared, se quedaba sin palabras.

—Eh... Sí, es bastante posible —contestó—. El señor Albansdale ha estado insinuando sus intenciones. Pero si decide proponerle matrimonio me imagino que viajará a East Anglia para pedirle su mano a mi tío.

—¿Tu tío? —preguntó Kate.

—Mi tío Geoffrey. Vive cerca de Norwich. Es nuestro pariente masculino más cercano, aunque, la verdad sea dicha, no lo vemos muy a menudo. Pero el señor Albansdale es bastante tradicional. No creo que se sienta cómodo pidiéndosela a mi madre.

—Es de esperar que se la pida a Felicity también —dijo Eloise—. Muchas veces he pensado que es una tontería que un hombre pida la mano de una mujer a su padre en lugar de pedírsela a ella. No es el padre el que va a tener que vivir con él.

—Esa actitud —dijo Colin, ocultando solo a medias su sonrisa detrás de la taza— podría explicar por qué continúas soltera.

—Colin —dijo lady Bridgerton en tono desaprobador, mirándolo con expresión severa.

—Ah, no, mamá —dijo Eloise al instante—. A mí no me importa. Me siento muy a gusto como una vieja doncella. —Miró a Colin con cierto aire de superioridad—. Prefiero más ser una solterona a estar casada con un pelmazo. ¡Como prefiere Penelope! —añadió, señalándola con un ademán triunfal.

Sobresaltada por el repentino movimiento de la mano en su dirección, Penelope enderezó la espalda y dijo:

—Eh... Sí, claro.

Pero tenía la sensación de que sus convicciones no eran tan firmes como las de su amiga. A diferencia de Eloise, ella no había rechazado seis proposiciones de matrimonio. No había rechazado ninguna; no había recibido ni una sola en realidad.

Solía decirse que no habría aceptado en ningún caso, puesto que su corazón pertenecía a Colin. ¿Pero sería verdad eso o, simplemente, se lo decía para sentirse mejor por haber sido un fracaso tan sonado en el mercado del matrimonio?

Si alguien le propusiera matrimonio, digamos, mañana, un hombre perfectamente amable y aceptable al que nunca podría amar pero que era muy posible que le cayera muy bien, ¿diría que sí?

Probablemente.

Y eso la puso melancólica, porque reconocerlo para sí misma significaba que ya había renunciado a toda esperanza con Colin.

Significaba que no era fiel a sus principios, como había esperado ser. Significaba que estaba dispuesta a conformarse con un marido menos perfecto con el fin de tener un hogar y una familia.

No era nada que no hicieran cada año cientos de mujeres, pero era algo que jamás había pensado que haría ella.

—Te has puesto muy seria de repente —le dijo Colin.

Eso la sacó de su ensimismamiento.

—¿Yo? Ah, no, no. Simplemente estaba sumida en mis pensamientos.

Colin aceptó su explicación asintiendo, y alargó la mano para alcanzar otra galleta.

—¿Tenemos algo más sustancioso? —preguntó, frunciendo el ceño.

—Si hubiera sabido que vendrías —contestó su madre en tono sarcástico—, habría duplicado la comida.

Él se levantó y caminó hasta el cordón de llamar.

—Llamaré para que traigan más. —Después de tirar del cordón, se volvió a preguntar a su madre—: ¿Has oído la teoría de Penelope sobre lady Whistledown?

—No —contestó lady Bridgerton.

—Es muy ingeniosa, la verdad. —Se interrumpió para pedirle bocadillos a la criada y concluyó—: Opina que es lady Danbury.

—¡Ooooh! —exclamó Hyacinth, visiblemente impresionada—. Eso es muy perspicaz, Penelope.

Penelope inclinó la cabeza hacia ella, agradeciéndole el cumplido.

—Y justo el tipo de cosa que haría lady Danbury —añadió Hyacinth.

—¿La revista o el desafío? —preguntó Kate, agarrando el fajín del vestido de Charlotte antes de que se le escapara.

—Las dos cosas —repuso Hyacinth.

—Y Penelope se lo dijo —añadió Eloise—. En su cara.

Hyacinth la miró boquiabierta, y Penelope vio claramente que acababa de elevarse, muy alto, en su estimación.

—¡Me habría gustado verlo! —dijo lady Bridgerton, con una ancha y orgullosa sonrisa—. Sinceramente, me sorprende que eso no apareciera en la revista de esta mañana.

—No creo que lady Whistledown desee comentar las teorías de las personas acerca de su identidad —dijo Penelope.

—¿Por qué no? —preguntó Hyacinth—. Sería una excelente manera de dar unas cuantas pistas falsas. Por ejemplo, digamos que yo —con un teatral movimiento del brazo señaló a su hermana— creyera que es Eloise.

—¡No es Eloise! —protestó lady Bridgerton.

—No soy yo —dijo Eloise sonriendo.

—Pero supongamos que yo creyera que lo es —insistió Hyacinth, en tono exagerado, como para contrarrestar la oposición—. Y que lo dijera en público.

—Lo que no harías jamás —dijo su madre severamente.

—Lo que no haría jamás —repitió Hyacinth imitando a un loro—. Pero, solo en teoría, simulemos que lo hago y digo que Eloise es lady Whistledown. Que no lo es —se apresuró a añadir antes de que su madre volviera a interrumpirla.

Lady Bridgerton levantó las manos, dándose por derrotada.

—¿Qué mejor manera de engañar a las masas que reírse de mí en su columna? —continuó Hyacinth.

—Claro que si lady Whistledown fuera realmente Eloise… —sugirió Penelope.

—¡No lo es! —exclamó lady Bridgerton.

Penelope no pudo contener la risa.

—Pero si lo fuera...

—¿Sabéis? Ahora desearía serlo, de veras —dijo Eloise.

—¡Qué broma nos estarías gastando a todos! —continuó Penelope—. Claro que entonces el miércoles no podrías escribir una columna riéndote de Hyacinth por pensar que eres lady Whistledown, porque todos sabríamos que tendrías que ser tú.

—A no ser que fueras tú —rio Kate mirándola a ella—. Eso sí sería un ardid enrevesado.

—A ver si lo he entendido bien —dijo Eloise riendo—: Penelope es lady Whistledown y el miércoles llena una columna riéndose de la teoría de Hyacinth de que yo soy lady Whistledown solo para haceros creer que de verdad soy lady Whistledown, porque Hyacinth sugirió que eso sería una ingeniosa estratagema.

—Me he perdido totalmente —dijo Colin a nadie en particular.

—A no ser que Colin sea lady Whistledown... —dijo Hyacinth con un destello diabólico en los ojos.

—¡Basta! —suplicó lady Bridgerton—. Por favor.

Pero ya todos estaban riéndose tan fuerte que Hyacinth no pudo acabar la frase.

—Las posibilidades son infinitas —suspiró Hyacinth, limpiándose las lágrimas de los ojos.

—Tal vez, sencillamente, todos deberíamos mirar a la izquierda —sugirió Colin volviendo a sentarse—. ¿Quién sabe? Esa persona podría muy bien ser nuestra infame lady Whistledown.

Todos miraron a la izquierda, a excepción de Eloise, que miró a la derecha, a Colin.

—¿Era para decirme algo que te has sentado a mi derecha? —le preguntó, sonriendo divertida.

—No, no, nada —dijo él, alargando la mano hacia la fuente con galletas y deteniéndola en seco al recordar que estaba vacía.

Pero no miró a los ojos a Eloise al decirlo.

Si alguien aparte de Penelope observó ese gesto evasivo, no pudo preguntarle nada, porque en ese instante llegaron los bocadillos y él ya no pudo seguir la conversación.

5

Ha llegado al conocimiento de esta autora que lady Blackwood se torció el tobillo esta semana cuando perseguía a uno de los niños que reparten esta humilde hoja informativa.

Mil libras es, sin duda, una gran cantidad de dinero, pero lady Blackwood no está necesitada de fondos y, además, la situación se está volviendo ridícula. Sería de suponer que los londinenses tienen cosas mejores que hacer con su tiempo que dar caza a esos pobres y desventurados críos en un infructuoso intento de descubrir la identidad de esta autora.

O tal vez no.

Esta autora da cuenta de las actividades de los miembros de la aristocracia desde hace ya más de una década y la verdad es que no ha encontrado ninguna prueba de que tengan algo mejor que hacer con su tiempo.

REVISTA DE SOCIEDAD DE LADY WHISTLEDOWN
14 de abril de 1824

Dos días después, Penelope se encontró atravesando nuevamente la parte norte de Berkeley Square, de camino a la Número Cinco, para encontrarse con Eloise. Pero esta vez era última hora de la mañana, el día estaba soleado y no se encontró con Colin por el camino.

No supo decir si eso era bueno o malo.

La semana anterior habían hecho planes con Eloise para ir de compras, pero decidieron encontrarse en la Casa Número Cinco para poder salir juntas y evitar la compañía de sus doncellas. Y el día era perfecto, más parecido a un día de junio que a uno de abril, y le hacía ilusión la corta caminata hasta Oxford Street.

Pero cuando llegó a casa de Eloise, se encontró con la expresión perpleja del mayordomo.

—Señorita Featherington —dijo él, pestañeando muy rápido, tal vez para buscar unas cuantas palabras más en su repertorio—, no creo que la señorita Eloise esté aquí en estos momentos.

Penelope entreabrió los labios, sorprendida.

—¿Adónde ha ido? Hicimos nuestros planes hace más de una semana.

Wickham negó con la cabeza.

—No lo sé. Pero salió con su madre y la señorita Hyacinth hace unas dos horas.

—Comprendo. —Penelope frunció el ceño tratando de decidir qué hacer—. ¿Podría esperarla, entonces? Tal vez solo se ha retrasado. No es propio de Eloise olvidar una cita.

Él asintió amablemente y la condujo al salón informal de la primera planta, prometiéndole traerle una bandeja con refrigerios y pasándole el último número de *Whistledown* para que se entretuviera leyendo mientras esperaba.

Penelope ya lo había leído, lógicamente; lo dejaban en su casa por la mañana temprano y había tomado la costumbre de echarle una mirada durante el desayuno. Al tener tan poco en qué ocupar la mente, cruzó el salón y se acercó a la ventana para contemplar el paisaje urbano de Mayfair. Pero no había nada nuevo que ver; eran las mismas casas que había visto miles de veces, incluso las mismas personas caminando por la calle.

Tal vez se debió a que estaba reflexionando sobre la monotonía de su vida que se fijó en lo único nuevo que tenía a la vista: un cuaderno de piel abierto sobre la mesa. Desde la distancia que la separaban de la mesa se veía al instante que no era un libro impreso, pues se distinguían claramente las líneas escritas a mano.

Avanzó unos pasos y se inclinó a mirar, sin tocar las páginas. Parecía ser una especie de diario, y más o menos a la mitad de la página de la derecha se destacaba un título, escrito hacia el margen derecho, separado del resto del texto por un espacio arriba y otro abajo:

22 de febrero de 1824
Macizo de Tróodos, Chipre

Se llevó una mano a la boca. ¡Eso estaba escrito por Colin! Solo unos días atrás le había contado que fue a Chipre en lugar de Grecia. Ella no tenía idea de que llevaba un diario.

Levantó un pie para retroceder un paso, pero el cuerpo no le obedeció. No debería leer eso, se dijo. Ese era el diario personal de Colin. Tendría que alejarse, de verdad.

—¡Caminad! —masculló, mirándose los recalcitrantes pies—. ¡Caminad!

Los pies no se movieron.

Pero, tal vez, no sería tan malo. Al fin y al cabo, ¿se podía decir que invadía su intimidad si solo leía lo que estaba a la vista, sin volver la página? Él lo había dejado abierto sobre la mesa, a la vista de todo el mundo.

Pero, claro, Colin tenía todos los motivos para suponer que nadie se toparía con su diario si se ausentaba de ahí un rato. Lo más seguro era que sabía que su madre y sus hermanas estarían fuera toda la mañana. Normalmente a las visitas las hacían pasar al salón formal de la planta baja; que ella supiera, Felicity y ella eran las únicas personas ajenas a la familia Bridgerton a las que hacían pasar directamente al salón informal de arriba. Y puesto que Colin no la esperaba (o, mejor dicho, no había pensado en ella de ninguna manera), se imaginaría que no corría ningún peligro al dejar su diario ahí mientras salía a hacer algún recado.

Por otro lado, lo dejó abierto.

¡Abierto, por el amor de Dios! Si hubiera algún secreto valioso en ese diario, seguro que Colin habría tenido más cuidado, dejándolo escondido al salir de la sala. No era ningún estúpido, después de todo.

Se inclinó a mirar.

¡Menudo incordio! No alcanzaba a leer desde esa distancia. El título era legible porque estaba rodeado por un buen espacio en blanco, pero el resto eran líneas bastante juntas, que hacían difícil leer desde tan lejos.

Por algún motivo desconocido, se había hecho a la idea de que no se sentiría tan culpable si no se acercaba más para leerlo. Total, qué más daba que ya hubiera cruzado toda la sala para encontrarse donde estaba en ese momento.

Se dio unos golpecitos con un dedo en la mandíbula, cerca de la oreja. Ese era un buen argumento. Había cruzado el salón hacía un rato, lo cual podía significar que ya había cometido el peor pecado de aquel día. Un paso más no era nada comparado con la longitud de la sala.

Avanzó unos centímetros, decidió que eso solo contaba por medio paso, se inclinó a mirar nuevamente y empezó a leer la página izquierda, que comenzaba justo al final de una frase:

en Inglaterra. Aquí la arena forma ondulaciones que hacen variar su color entre tostado y blanco, y su textura es tan fina que se desliza por el pie descalzo como un susurro de seda. El agua es de un azul inimaginable en Inglaterra, verde esmeralda transparente con el reflejo del sol, azul cobalto oscuro cuando las nubes se apoderan del cielo. Y es cálida, sorprendente, asombrosamente cálida, como el agua para el baño que se ha calentado tal vez media hora antes. El oleaje es suave; las pequeñas olas rompen y avanzan a lamer la playa formando un delgado encaje de espuma, haciendo hormiguear la piel y transformando la arena perfecta en un delicioso cojín de polvillo mojado que se desliza por entre los dedos hasta que llega otra ola y los limpia.

Es fácil comprender por qué se dice que este es el lugar de nacimiento de Afrodita. A cada paso casi espero verla surgir del mar, como en el cuadro de Boticelli, perfectamente equilibrada sobre una gigantesca concha, sus largos cabellos dorados cayendo en cascada alrededor.

Si alguna vez nació una mujer perfecta, seguro que este es el lugar donde nació. Y sin embargo...

Y sin embargo, cada cálida brisa y cada cielo sin nubes me recuerda que esta no es mi tierra, que nací para vivir mi vida en otra parte. Esto no apaga el deseo ni la imperiosa necesidad de viajar, de ver, de conocer. Pero sí atiza un extraño anhelo de tocar hierba mojada, o sentir una fría neblina

en la cara, o incluso recordar la alegría de un día perfecto
después de una semana de lluvia.

22 de febrero de 1824
Macizo de Tróodos, Chipre

Es extraordinario que sienta frío. Es febrero, claro, y como in-
glés estoy muy acostumbrado al frío de febrero (como al de
cualquier mes que lleve una «r» en su nombre), pero no estoy
en Inglaterra; estoy en Chipre, en el corazón del Mediterrá-
neo, y solo hace dos días estaba en Paphos, en la costa suroes-
te de la isla, donde el sol golpea fuerte y el mar es salado y
cálido. Aquí se ve la cima del Monte Olimpo, todavía corona-
da por una nieve tan blanca que uno queda temporalmente
cegado cuando se refleja el sol en ella.

La subida a esta altitud fue traicionera, acechaba el peli-
gro en más de un recodo. El camino es rudimentario y cuando
subíamos nos encontramos

A Penelope se le escapó un suave gruñido al ver que la página
terminaba a mitad de la frase. ¿Con quién se encontró? ¿Qué ocurrió? ¿Qué peligro?

Contempló el diario, muerta de ganas de volver la página para
ver qué ocurrió. Pero cuando comenzó a leer se las había ingenia-
do para justificarlo diciéndose que, en realidad, no invadía la intimidad de Colin; al fin y al cabo él lo había dejado abierto. Solo iba
a mirar lo que estaba a la vista.

Pero volver la página era algo totalmente diferente.

Alargó la mano y la retiró de repente. No, eso no era correcto.
No debía leer su diario. Bueno, no más de lo que ya había leído.

Por otro lado, estaba claro que ese era un escrito que valía la pena leer. Era un crimen que Colin se lo guardara para él. Los escritos deberían celebrarse, compartirse. Deberían...

—¡Vamos, por el amor de Dios! —masculló en voz baja.

Alargó la mano y la puso en el borde de la página.

—¿Qué haces?

Ella se giró bruscamente.

—¡Colin!

—¡Yo mismo! —espetó él.

Penelope retrocedió. Nunca lo había oído hablar en ese tono. No se lo había imaginado capaz.

Él cruzó la sala a largas zancadas, agarró el diario y lo cerró.

—¿Qué haces aquí?

—Estoy esperando a Eloise —logró decir ella, con la boca repentinamente seca.

—¿En este salón?

—Wickham siempre me hace pasar aquí. Tu madre le dijo que me tratara como si fuera de la familia. Eh... Yo... Él... Eh... —Cayó en la cuenta de que se estaba retorciendo las manos y se obligó a parar—. Hace lo mismo con mi hermana Felicity, porque ella y Hyacinth son tan buenas amigas... Eh... Lo siento. Creí que lo sabías.

Él arrojó despreocupadamente el diario sobre un sillón y se cruzó de brazos.

—¿Y tienes la costumbre de leer las cartas personales de los demás?

—No, desde luego que no. Pero estaba abierto y... —se interrumpió y tragó saliva al darse cuenta de lo fea que sonaba la disculpa nada más salir de su boca—. Este es un salón —masculló, pensando que de alguna manera tenía que acabar su defensa—. Tal vez deberías haberlo llevado contigo.

—Adonde fui —dijo él entre dientes, todavía furioso con ella— uno no suele llevar un libro.

—No es muy grande —dijo ella, pensando por qué seguía hablando cuando era tan evidente que había obrado mal.

—¡Por el amor de Dios! —explotó él—. ¿Quieres que diga la palabra «orinal» en tu presencia?

Penelope sintió arder sus mejillas; las tendría de un rojo subido.

—Será mejor que me vaya. Por favor, dile a Eloise...

—Me iré yo —dijo él, prácticamente en un gruñido—. Me voy a mudar esta tarde, en todo caso. Igual podría irme ahora mismo, ya que es tan obvio que te has apoderado de la casa.

Penelope nunca había pensado que las palabras pudieran causar dolor físico, pero en ese momento habría jurado que acababan de clavarle un cuchillo en el corazón. Hasta ese momento no había comprendido lo mucho que significaba para ella que lady Bridgerton le hubiera abierto su casa.

Ni cuánto le dolería que a Colin le molestara su presencia ahí.

—¿Por qué tienes que hacerme tan difícil pedir disculpas? —soltó, siguiéndolo cuando él fue al otro lado de la sala a recoger el resto de sus cosas.

—¿Y por qué debería hacértelo fácil? —replicó él.

No la miró al decirlo, ni siquiera detuvo sus pasos.

—Porque eso sería lo agradable.

Eso llamó su atención. Se giró a mirarla. Sus ojos mostraban tanta furia que ella retrocedió un paso. Colin era el simpático, el acomodadizo. No se enfadaba, no se descontrolaba.

Hasta ese momento.

—¡¿Porque sería lo agradable?! —explotó—. ¿Eso pensabas mientras leías mi diario? ¿Que sería agradable leer los escritos privados de alguien?

—No, Colin, yo...

—No hay nada que puedas decir —dijo él, clavándole el índice en el hombro.

—¡Colin! Tú...

Él se giró a recoger sus cosas, dándole la espalda al hablar:

—No hay nada que pueda justificar tu comportamiento.

—No, claro que no, pero...

—¡Aaay!

Penelope sintió que la sangre le abandonaba la cara. El grito de Colin era de verdadero dolor. Se le escapó su nombre en un aterrado susurro y corrió a su lado.

—¿Qué pa...? ¡Ay, Dios mío!

Le manaba sangre de una herida en la palma.

Jamás tan elocuente ante una crisis, consiguió decir:

—¡Ay, ay, la alfombra!

De un salto fue a asiar una hoja de papel que vio en una mesa cercana y volvió a ponérsela debajo de la mano para que recogiera la sangre antes de que esta estropeara la valiosísima alfombra.

—Siempre eres la enfermera atenta —dijo Colin con voz temblorosa.

—Bueno, tú no te vas a morir —explicó ella—, mientras que la alfombra...

—Está bien —le aseguró él—. Solo quería hacer una broma.

Penelope le miró a la cara. Estaba muy pálido y alrededor de la boca se le marcaban unas arruguitas.

—Creo que es mejor que te sientes.

Él asintió y se dejó caer en un sillón.

A Penelope se le revolvió un poco el estómago. Nunca había soportado muy bien la visión de sangre.

—Creo que es mejor que yo me siente también —masculló, sentándose en la mesita delante de él.

—¿Te vas a poner bien? —le preguntó él.

Ella asintió, tragando saliva para combatir una oleada de náuseas.

—Tenemos que encontrar algo para vender esto —dijo.

Hizo una mueca al mirar el ridículo arreglo que había hecho; el papel no era absorbente y la sangre iba rodando por la superficie, por lo que intentó doblarlo para impedir que cayera por los lados.

—Tengo un pañuelo en el bolsillo —dijo él.

Con sumo cuidado, ella dejó abajo el papel y metió la mano en el bolsillo de la chaqueta, procurando no notar los latidos de su corazón al hurgar para sacar el pañuelo.

—¿Duele? —preguntó mientras se lo ponía en la mano—. No, no contestes. Está claro que duele.

Él logró esbozar una insegura sonrisa.

—Duele.

Ella miró la herida, obligándose a observarla, aunque ver sangre le revolvía el estómago.

—No creo que necesites puntos.

—¿Sabes mucho sobre heridas?

—Nada. Pero me parece que no es grave. Bueno, aparte de... toda la sangre.

—Se siente peor de lo que se ve —bromeó él.

Ella le miró a la cara, horrorizada.

—Otra broma —la tranquilizó él—. Bueno, en realidad no. Es cierto que se siente peor de lo que se ve, pero es soportable.

—Lo siento —dijo ella, presionando más sobre la herida para parar la sangre—. Todo esto es culpa mía.

—¿Que me cortara la mano?

—Si no hubieras estado tan enfadado...

Él negó con la cabeza y cerró los ojos un momento para aguantar el dolor de la presión.

—No seas estúpida, Penelope. Si no me hubiera enfadado contigo me habría enfadado con cualquier otra persona en otro momento.

—Y sin duda habrías tenido un abrecartas listo al lado cuando ocurriera eso —replicó ella, mirándolo a través de las pestañas, al estar inclinada sobre su mano.

Cuando él la miró, vio humor en sus ojos, y tal vez un pelín de admiración.

Y otra cosa que jamás se imaginó que vería: vulnerabilidad, vacilación, e incluso inseguridad. Él no sabía lo bien que escribía, comprendió sorprendida. No tenía ni idea, y se sentía avergonzado de que ella hubiera visto su escrito.

—Colin —le dijo, presionando más fuerte sobre la herida al apoyar la mano en ella—. Tengo que decirte...

Se interrumpió al oír pasos, bien fuertes, en el pasillo.

—Ese tiene que ser Wickham —dijo, mirando hacia la puerta—. Insistió en traerme algo para comer. ¿Puedes mantener la presión sobre la herida?

Colin asintió.

—No quiero que sepa que me la hice. Se lo dirá a mi madre y esto no se olvidará jamás.

—Bueno, toma esto entonces. —Fue a por el diario y se lo tiró—. Simula que estás leyendo.

Colin acababa de abrir el diario y ponerlo sobre la mano herida cuando entró el mayordomo con una enorme bandeja.

—¡Wickham! —exclamó Penelope levantándose de un salto y girándose a mirarlo, como si no hubiera sabido que iba a entrar—.

Como siempre, me has traído mucho más de lo que podría comer. Por suerte, el señor Bridgerton ha estado haciéndome compañía. Seguro que con su ayuda podré hacerle justicia a tu comida.

Wickham asintió y quitó el paño que cubría las fuentes. Era comida fría; lonchas de carne, queso, un poco de fruta y una gran jarra de limonada.

Penelope sonrió alegremente.

—Espero que no pensaras que yo podría comerme todo esto sola.

—Lady Bridgerton y sus hijas llegarán pronto. Pensé que podrían tener hambre también.

—No quedará nada cuando yo haya dado cuenta de ello —dijo Colin con una jovial sonrisa.

Wickham hizo una leve inclinación hacia él.

—Si hubiera sabido que estaba aquí, señor Bridgerton, habría triplicado las raciones. ¿Quiere que le prepare un plato?

—No, no —repuso Colin haciendo un gesto con la mano sana—. Iré enseguida, eh..., tan pronto como acabe este capítulo.

—Dígamelo si necesita algo más —dijo el mayordomo y salió del salón.

—¡Aaaaahh! —gimió Colin tan pronto como dejaron de oírse los pasos de Wickham por el pasillo—. Maldic... Perdón, caramba, que duele.

Penelope tomó una servilleta de la bandeja.

—Ten, vamos a reemplazar ese pañuelo. —Le quitó el pañuelo, fijando los ojos en la tela para no mirar la herida; no entendía por qué, pero eso no le afectaba tanto el estómago—. Creo que tu pañuelo ha quedado inservible.

Colin se limitó a cerrar los ojos y negar con la cabeza. Penelope fue lo bastante lista para entender que eso quería decir «No me importa». Y también tuvo la sensatez de no decir nada más sobre el tema. Nada peor que una mujer hablando sin parar acerca de nada en particular.

Siempre le había caído bien Penelope, ¿pero cómo era que nunca se había dado cuenta de lo inteligente que era? ¡Ah, sí! Si alguien se lo hubiera preguntado habría dicho que era inteligente, pero la verdad es que nunca se había tomado el tiempo necesario para pensarlo.

Pero le estaba quedando claro que era muy, muy inteligente. Y creyó recordar que su hermana le dijo una vez que Penelope leía muchísimo.

Y probablemente sabía juzgar también.

—Creo que ya sale menos sangre —dijo ella, envolviéndole la mano con la servilleta limpia—. De hecho, lo sé porque ya no me siento mareada al mirar la herida.

Ojalá ella no hubiera leído su diario, pensó, pero puesto que ya lo había hecho...

—¡Ah, Penelope! —dijo, y lo sorprendió el titubeo que notó en su voz.

Ella levantó la vista.

—Perdona, ¿te estoy apretando muy fuerte?

Por un momento Colin no hizo otra cosa que pestañear. ¿Cómo era posible que nunca se hubiera fijado en lo grandes que tenía los ojos? Sabía que eran castaños, claro, y... No, pensándolo bien, si quería ser sincero consigo mismo, tendría que reconocer que si esa mañana se lo hubieran preguntado no habría sido capaz de decir de qué color tenía los ojos.

Pero algo le dijo que no lo olvidaría.

Ella le aflojó un poco la venda.

—¿Está bien así?

Él asintió.

—Gracias. Lo haría yo, pero es la mano derecha y...

—No digas nada. Es lo mínimo que puedo hacer después de... después de...

Miró hacia un lado y él comprendió que iba a volver a disculparse.

—Penelope... —empezó otra vez.

—¡No, espera! —exclamó ella.

Sus ojos oscuros relampagueaban de... ¿podría ser pasión? No la clase de pasión con la que él estaba familiarizado, pero habían otros tipos de pasión, ¿verdad? Pasión por aprender. Pasión por... ¿la literatura?

—Debo decirte esto —dijo ella, apremiante—. Sé que fue una intrusión imperdonable la mía al mirar tu diario. Simplemente estaba... aburrida... esperando... y no tenía nada que hacer, y entonces vi el cuaderno y sentí curiosidad.

Él abrió la boca para interrumpirla, para decirle que ya había pasado, pero a ella le salían las palabras a borbotones y se sintió empujado a escuchar.

—Debería haberme alejado en cuanto vi lo que era, pero en el instante en que leí una frase tuve que leer otra. ¡Colin, fue maravilloso! Fue como si yo estuviera ahí. Sentí el agua, supe exactamente a qué temperatura estaba. Fuiste muy ingenioso al describirla así. Todo el mundo sabe cómo está el agua en la bañera media hora después de haberse llenado.

Por un momento, Colin no pudo hacer otra cosa que mirarla. Nunca había visto tan animada a Penelope, y era extraño, y estupendo en realidad, que toda esa animación se debiera a su diario.

—¿Te... te gustó? —preguntó al fin.

—¿Si me gustó? ¡Colin, me fascinó! Me...

—¡Aaay!

En su exaltación, ella le había apretado con demasiada fuerza la mano.

—¡Ah, perdona! —dijo ella sin inmutarse, y continuó—: Colin, de verdad, tengo que saberlo. ¿Cuál era el peligro? No soportaría quedarme con la duda.

—No fue nada —dijo él, modestamente—. La página que leíste no era una parte muy emocionante.

—No, era sobre todo descriptiva —convino ella—, pero la descripción es muy elocuente y evocadora. Lo veía todo. Pero no... ¡Ay, Dios, cómo explicarlo!

Colin descubrió que estaba impaciente por saber qué intentaba decir ella.

—A veces —continuó ella por fin—, cuando uno lee una descripción, esta es..., ¡ay, no sé!, objetiva, fría, aséptica. Tú haces cobrar vida a la isla. Otras personas podrían llamar cálida o tibia al agua, pero tú la relacionas con algo que todos conocemos y entendemos. Me hizo sentir como si estuviera ahí, con los dedos de los pies metidos en el agua, a tu lado.

Colin sonrió, complacido por el elogio.

—¡Ah! Y antes de que lo olvide, hay otra cosa brillante que quería comentarte.

Bueno, él ya sabía que estaba sonriendo como un idiota. Brillante, brillante, brillante. ¡Qué palabra más bonita!

Penelope se inclinó un poco hacia él y continuó:

—También comunicas al lector cómo te relacionas con el paisaje y cómo te afecta. Se transforma en algo más que simple descripción porque vemos cómo reaccionas.

Colin sabía que era buscar cumplidos, pero no le importó demasiado y preguntó:

—¿Qué quieres decir?

—Bueno, si miras... ¿Puedo ver el diario para refrescar mi memoria?

—Sí, claro —dijo él, pasándoselo—. Espera, déjame buscar la página.

Cuando él la encontró, ella pasó la vista por las líneas hasta encontrar la parte que buscaba.

—Aquí. Mira esta parte sobre cómo te recuerda que Inglaterra es tu tierra.

—Es extraño cómo viajar le hace eso a una persona.

—¿Le hace qué a una persona? —preguntó ella, con los ojos muy abiertos por el interés.

—Hace valorar la propia tierra —contestó él en voz baja.

Ella lo miró a los ojos; los de ella serios, interrogantes.

—Y, sin embargo, sigues deseando marcharte.

Él asintió.

—No puedo evitarlo. Es como una enfermedad.

Ella se rio, y su risa sonó musical.

—No seas ridículo. Una enfermedad es dañina. Está claro que tus viajes alimentan tu alma. —Bajó la vista a su mano y con sumo cuidado le levantó la servilleta para examinarle la herida—. Está casi mejor —dijo.

—Casi —convino él.

En realidad, sospechaba que ya se había detenido la sangre, pero no quería que acabara la conversación. Y sabía que, en el instante que ella hubiera acabado de atenderlo, se marcharía.

No creía que ella deseara marcharse, pero sabía que lo haría. Pensaría que era lo correcto, y tal vez creería también que eso era lo que él deseaba.

Nada podría estar más lejos de la verdad, comprendió con sorpresa.

Y nada podría haberlo asustado más.

6

Todo el mundo tiene secretos.
Especialmente, yo.

Revista de Sociedad de Lady Whistledown
14 de abril de 1824

—Ojalá hubiera sabido que llevabas un diario —dijo Penelope volviéndole a aplicar presión en la palma.

—¿Por qué?

Ella se encogió de hombros.

—No sé. Siempre es interesante descubrir que alguien es algo más de lo que ven los ojos, ¿no crees?

Colin estuvo callado un momento y de repente le preguntó:

—¿De verdad te gustó?

Ella pareció divertida. Él se sintió horrorizado. Ahí estaba él, considerado uno de los hombres más populares y sofisticados de la alta sociedad, convertido en un tímido escolar, pendiente de cada palabra de Penelope Featherington, solo para agarrarse a un pequeño elogio.

Penelope Featherington, ¡por el amor de Dios!

Y no es que hubiera nada malo en Penelope, claro, se dijo. Simplemente que era..., bueno..., Penelope.

—Claro que me gustó —dijo ella sonriendo con timidez—. Acabo de decírtelo.

—¿Qué fue lo primero que te sorprendió? —continuó preguntando él, decidiendo que bien podía hacer el idiota del todo, puesto que ya estaba a la mitad.

Ella sonrió traviesa.

—En realidad, lo primero que me sorprendió fue que tuvieras tan buena letra, más clara y pulcra de lo que habría imaginado.

—¿Qué significa eso? —preguntó, ceñudo.

—Me cuesta imaginarte inclinado sobre un escritorio practicando tu caligrafía —repuso ella, apretando las comisuras de los labios para reprimir una sonrisa.

Si había algún momento para una justa indignación, sin duda era ese.

—Has de saber que pasé muchas horas en el aula del cuarto de los niños inclinado sobre un escritorio, como lo expresas tan delicadamente.

—No me cabe duda.

—¡Vaya!

Ella bajó la vista, tratando de no sonreír.

—Soy muy bueno para la caligrafía —añadió.

Ya era solo un juego, pero encontraba divertido hacer el papel de escolar malhumorado.

—Eso es obvio. Me gustaron especialmente las curvas en las haches. Muy... experta mano la tuya.

—En efecto.

Ella le imitó la cara seria a la perfección.

—En efecto.

Él desvió la vista y por un momento se sintió tímido.

—Me alegra que te haya gustado el diario —dijo.

—Lo encontré precioso —dijo ella, con una voz suave, como lejana—. Muy hermoso y... —Desvió la vista, ruborizándose—. Vas a pensar que soy una estúpida.

—Nunca.

—Bueno, creo que uno de los motivos de que me gustara tanto es que, no sé, me pareció que disfrutabas escribiéndolo.

Colin guardó silencio un largo rato. Nunca se le había ocurrido pensar que disfrutaba escribiendo; era algo que simplemente hacía.

Lo hacía porque no podía imaginarse no haciéndolo. ¿Cómo iba a viajar a otros países sin dejar constancia de lo que veía, de sus experiencias y, tal vez lo más importante, de lo que sentía?

Pero, al pensarlo en retrospectiva, cayó en la cuenta de que sentía una curiosa oleada de satisfacción cada vez que escribía una frase que le quedaba bordada, un comentario especialmente acertado. Recordaba el momento en que escribió la parte que leyó Penelope. Estaba sentado en la playa al caer el crepúsculo, el sol todavía caliente sobre la piel, sintiendo la arena áspera y suave al mismo tiempo en los pies descalzos. Fue un momento celestial, con esa sensación cálida, de pereza, que solo se experimenta en pleno verano (o en las playas del Mediterráneo), tratando de encontrar la manera acertada de describir el agua.

Estuvo sentado ahí una eternidad, seguro que una media hora, con la pluma lista sobre la página, esperando que le viniera la inspiración. Y de pronto se le ocurrió que la temperatura era exactamente la del agua de la bañera cuando ya ha pasado un rato, y en su cara apareció una ancha sonrisa de felicidad.

Sí, disfrutaba escribiendo. Era curioso que nunca antes se hubiera dado cuenta.

—Es bueno tener algo en la vida —dijo Penelope con serenidad—. Algo que satisfaga, que llene las horas con una sensación de finalidad. —Cruzó las manos en la falda y se las miró, al parecer muy interesada en sus nudillos—. Nunca he entendido las supuestas alegrías de una vida de ocio.

Colin sintió deseos de ponerle los dedos bajo el mentón para verle los ojos cuando le preguntara: «¿Y qué haces tú para llenar tus horas con la sensación de finalidad?». Pero no lo hizo. Sería demasiado atrevido, y significaría reconocer para sí mismo lo interesado que estaba en su respuesta.

Así que le hizo la pregunta, pero mantuvo quietas las manos.

—Nada, en realidad —contestó ella, examinándose las uñas. Pasado un momento, repentinamente lo miró, alzando el mentón con tanta rapidez que él casi se mareó—. Me gusta leer. Leo bastante, en realidad. Y de tanto en tanto bordo, pero no soy demasiado buena para el bordado. Ojalá hubiera algo más, pero, bueno...

—¿Qué? —la animó él.

—No, nada. Deberías estar agradecido por tus viajes. Te envidio muchísimo.

A eso siguió un largo silencio, no incómodo, pero extraño, y finalmente lo rompió Colin diciendo:

—Eso no basta.

Su tono estaba tan fuera de lugar en la conversación que Penelope solo pudo mirarlo.

—¿Qué quieres decir? —preguntó pasado un momento.

Él hizo un leve encogimiento de hombros.

—Un hombre no puede viajar eternamente; eso le quitaría toda la diversión a los viajes.

Ella se echó a reír y luego lo miró, al comprender que lo decía en serio.

—Perdona, no ha sido mi intención ser grosera.

—No has sido grosera. —Bebió un poco de su limonada; al dejar el vaso se derramó un poco en la mesa; no estaba acostumbrado a usar la mano izquierda—. Dos de las mejores partes de viajar —explicó, limpiándose la boca con una de las servilletas limpias— son la partida y el regreso a casa. Además, echaría mucho de menos a mi familia si viajara indefinidamente.

Penelope no supo qué decir, o al menos no se le ocurrió nada que no fuera una perogrullada, así que esperó a que él continuara.

Él estuvo un momento sin decir nada, luego soltó un bufido de burla y cerró el diario con un fuerte golpe.

—Estos no cuentan. Son solo para mí.

—No tienen por qué serlo.

Si él la oyó, no dio señales.

—Está muy bien y es bueno llevar un diario mientras viajas, pero cuando vuelvo a casa sigo sin tener nada que hacer.

—Encuentro difícil creer eso.

Él no dijo nada; se limitó a alcanzar una loncha de queso de la bandeja. Ella guardó silencio mientras lo comía, observándolo. Cuando terminó de comer, bebió otro trago de limonada, y entonces ella notó que había cambiado su actitud; se veía más alerta, más nervioso, cuando le preguntó:

—¿Has leído *Whistledown* últimamente?

Penelope pestañeó ante el repentino cambio de tema.

—Sí, claro. ¿Por qué? ¿No lo lee todo el mundo?

Él descartó la pregunta con un gesto de la mano.

—¿Te has fijado en cómo me describe?

—Eh... Casi siempre es favorable, ¿no?

Él volvió a mover la mano, con un aire algo despectivo, en opinión de ella.

—Sí, sí, pero eso no viene al caso —dijo en tono inquieto.

—Tal vez encontrarías que sí viene al caso si te hubiera comparado con un cítrico demasiado maduro —replicó ella, irritada.

Él la miró sorprendido, abrió y cerró la boca dos veces y al fin dijo:

—Si te hace sentir mejor, hasta este momento no recordaba que hubiera dicho eso de ti. —Se interrumpió, pensó un momento y añadió—: En realidad, todavía no lo recuerdo.

—No pasa nada —dijo ella, poniendo su mejor cara de «Acepto bien las bromas»—. Te aseguro que lo tengo superado. Y siempre me han gustado las naranjas y los limones.

Él volvió a abrir la boca para decir algo, la cerró y luego la miró con sinceridad.

—Espero que lo que voy a decir no sea insensible o insultante, puesto que una vez todo dicho y hecho, tengo muy poco de qué quejarme.

Lo cual tal vez insinuaba que ella sí, pensó Penelope.

—Pero te lo voy a decir —continuó él, con ojos serios— porque creo que tal vez lo entiendas.

Eso era un cumplido, un cumplido extraño, insólito, pero cumplido de todos modos. Penelope deseó más que cualquier otra cosa poner su mano sobre la de él, pero no podía hacerlo, por supuesto, así que se limitó a asentir.

—Puedes decirme cualquier cosa, Colin.

—Mis hermanos... Mis hermanos son... —Miró hacia la ventana, con una expresión vaga, y pasado un momento se volvió hacia ella y continuó—: Son muy diestros. Anthony es el vizconde, y Dios sabe que yo no desearía esa responsabilidad, pero tiene una finalidad; todo nuestro patrimonio está en sus manos.

—Más que eso diría yo —dijo Penelope dulcemente.

Él la miró interrogante.

—Creo que tu hermano se siente responsable de toda tu familia. Me imagino que eso es una pesada carga.

Colin intentó mantener el rostro impasible, pero jamás había sido un estoico consumado, por lo que en él debió de reflejarse su consternación, porque Penelope prácticamente se levantó de su asiento al apresurarse a añadir:

—¡No es que yo crea que eso le molesta! Es parte de lo que es.

—¡Exactamente! —exclamó Colin, como si acabara de descubrir algo muy importante, en cuanto opuesto a esa banal conversación sobre su vida. No tenía nada de qué quejarse; sabía que no tenía nada de qué quejarse, y sin embargo...—. ¿Sabías que Benedict pinta? —preguntó de repente.

—Por supuesto. Todo el mundo sabe que pinta. Tiene un cuadro en la National Gallery. Y creo que piensan colgarle otro muy pronto. Otro paisaje.

—¿Sí?

—Eloise me lo dijo —asintió ella.

Él volvió a hundirse en el sillón.

—Entonces debe de ser cierto. No puedo creer que nadie me lo haya dicho.

—Has estado fuera.

—Lo que quería decir —continuó él— es que los dos tienen una finalidad en sus vidas. Yo no tengo nada.

—Eso no puede ser cierto.

—A mí me parecería que estoy en posición de saberlo.

Penelope se echó hacia atrás, sorprendida por su tono.

—Sé lo que la gente piensa de mí...

—Le gustas a todo el mundo —se apresuró a interrumpir ella, sin poder evitarlo, aunque se había prometido guardar silencio para permitirle expresar todo lo que tenía en mente—. Te adoran.

—Lo sé —gimió él, con expresión angustiada y azorada al mismo tiempo—. Pero... —Se pasó una mano por el pelo—. No sé cómo decir esto sin parecer un burro absoluto.

Penelope lo miró con los ojos agrandados.

—Estoy harto de que me consideren un vividor estúpido y encantador —soltó al final.

—No digas eso —dijo ella, más rápido que al instante, si eso fuera posible.

—Penelope...

—Nadie te considera estúpido.

—¿Cómo pue...?

—Porque llevo aquí en Londres más años de los que tendría que estar nadie —dijo ella ásperamente—. Puede que no sea la mujer más popular de la ciudad, pero en diez años he oído más que mi justa cuota de chismes, mentiras y opiniones idiotas, y jamás, ni una sola vez, he oído a alguien calificarte de estúpido.

Él la miró fijamente un momento, sorprendido por su apasionada defensa.

—No quise decir «estúpido» exactamente —dijo con voz suave, que esperaba fuera humilde—. Más bien... sin sustancia. Incluso lady Whistledown me llama «encantador».

—¿Qué hay de malo en eso?

—Nada —repuso él, irritado—, si no lo hiciera día sí y día no.

—Solo publica su hoja día sí y día no.

—Exactamente lo que quiero decir —replicó él—. Si ella pensara que hay algo más en mí aparte de mi encanto supuestamente legendario, ¿no crees que ya lo habría dicho?

Penelope estuvo un buen rato en silencio, y al final dijo:

—¿Importa realmente lo que piense lady Whistledown?

Él se inclinó y se golpeó las rodillas con las palmas, y tuvo que aullar de dolor cuando este le recordó (tardíamente) la herida.

—No lo has entendido —dijo, haciendo un gesto de dolor al volver a presionarse la palma—. No podría importarme menos lady Whistledown. Pero, nos guste o no, representa al resto de la alta sociedad.

—Me imagino que hay bastantes personas a las que ofendería esa afirmación.

Él arqueó una ceja.

—¿Entre ellas tú?

—En realidad, pienso que lady Whistledown es bastante astuta —dijo ella, juntando recatadamente las manos sobre la falda.

—¡Esa mujer te llamó «un melón demasiado maduro»!

Aparecieron unas manchas rojas en las mejillas de ella.

—Un cítrico demasiado maduro —dijo entre dientes—. Te aseguro que hay una gran diferencia.

Colin decidió en ese instante y lugar que la mente femenina es un órgano extraño e incomprensible, uno que ningún hombre debería intentar comprender jamás. No había ni una sola mujer viva capaz de pasar del punto A al B sin pararse en C, D, X y otros doce entre medio.

—Penelope —dijo finalmente, mirándola incrédulo—, esta mujer te insultó. ¿Cómo puedes defenderla?

—No dijo otra cosa que la verdad —repuso ella cruzándose de brazos—. De hecho, ha sido bastante amable desde que mi madre comenzó a permitirme que yo eligiera mi ropa.

Colin emitió un gemido.

—Me parece que estábamos hablando de otra cosa en algún momento. Dime que no era nuestra intención hablar de tu guardarropa.

Ella entrecerró los ojos.

—Creo que estábamos hablando de tu insatisfacción con la vida del hombre más popular de Londres.

Elevó la voz en las últimas palabras, y Colin comprendió que acababan de regañarlo.

Y eso lo encontró muy irritante.

—No sé por qué pensé que lo entenderías —dijo, mordaz, detestando el tono infantil de su voz.

—Lo siento, pero me resulta difícil estar sentada aquí oyéndote lamentarte de que tu vida es nada.

—No dije eso.

—¡Sí lo dijiste!

—Dije que no «tengo» nada —corrigió él, y trató de no hacer un mal gesto al darse cuenta de lo estúpido que sonaba eso.

—Tienes más que cualquier persona que yo conozca —dijo ella, clavándole un dedo en el hombro—. Pero, si no lo ves, entonces tal vez tienes razón, tu vida es nada.

—Es muy difícil de explicar —masculló él, irritado.

—Si quieres que tu vida tome otro rumbo, entonces, ¡por el amor de Dios!, elige algo y hazlo. Tienes el mundo a tus pies, Colin. Eres joven, rico, y eres un *hombre*. —La voz le salió resentida—. Puedes hacer cualquier cosa que desees.

Él la miró enfurruñado, y eso no la sorprendió. Cuando una persona está convencida de que tiene problemas, lo último que desea es oír una solución fácil.

—No es tan sencillo —dijo él.

—Es exactamente así de sencillo.

Lo contempló un buen rato, deseando saber, tal vez por primera vez en su vida, quién era él realmente. Antes creía que lo sabía todo sobre él, pero no sabía que llevaba un diario.

No sabía que era capaz de enfadarse y tener prontos de mal genio.

No sabía que estaba insatisfecho con su vida.

Y no sabía que era lo bastante irritable y malcriado para sentir esa insatisfacción, la que el cielo sabía que no tenía por qué sentir. ¿Qué derecho tenía a sentirse desgraciado con su vida? ¿Cómo podía atreverse a quejarse, en particular, a ella?

Se levantó y se alisó la falda con un gesto brusco, como a la defensiva.

—La próxima vez que desees quejarte de los sufrimientos y tribulaciones que te causa la adoración universal, trata de ser una solterona por un día. Ve cómo te sientes siéndolo y entonces dime de qué quieres quejarte.

Y entonces, mientras Colin seguía repantigado en el sillón, mirándola boquiabierto como si fuera un fenómeno con tres cabezas, doce dedos y cola, salió del salón.

Esa había sido la salida más espléndida de toda su vida, pensó cuando bajaba la escalinata a Bruton Street.

Era una pena, entonces, que el hombre al que dejó en el salón fuera el único en cuya compañía siempre deseaba estar.

Colin se sintió fatal el resto del día. La mano le dolía mucho, a pesar del coñac con el que se bañó la palma y se echó en la boca. El agente inmobiliario que se ocupaba del alquiler de la acogedora casa que encontrara en Bloomsbury acababa de informarlo de que el inquilino tenía ciertas dificultades para mudarse, por lo que él no podría trasladarse ahí ese día como tenía planeado; ¿le iría bien la próxima semana?

Y, para colmo de males, sospechaba que podría haber hecho un daño irreparable a su amistad con Penelope. Lo cual lo hacía sentirse peor aún, dado que a) valoraba su amistad con Penelope y b) no había comprendido cuánto valoraba su amistad con Penelope, lo cual c) le producía terror.

Penelope era una constante en su vida. Era la amiga de su hermana, la que siempre estaba en la periferia de la fiesta; cerca, pero no partícipe del todo.

Pero, al parecer, el mundo había cambiado. Solo llevaba dos semanas de vuelta en Inglaterra y Penelope ya había cambiado. O tal vez había cambiado él. O tal vez no era ella la que había cambiado, sino la forma que tenía de verla.

Ella le importaba. No sabía de qué otra manera expresarlo.

Y después de diez años en que ella siempre había estado simplemente... *ahí*, encontraba bastante extraño que le importara tanto.

No le gustaba nada que ese mediodía se hubieran separado de una manera tan violenta. No recordaba ninguna ocasión en que se hubiera sentido violento con Penelope. No, eso no era cierto. Estaba aquella vez..., ¡santo Dios!, ¿cuántos años hacía? ¿Seis? ¿Siete? Sí que la recordaba bien. Su madre había estado acosándolo para que se casara, lo cual no era nada nuevo, solo que esa vez le sugirió a Penelope como posible esposa. Eso sí era nuevo, y él no estaba de humor para lidiar con sus maquinaciones casamenteras haciéndole bromas como de costumbre, por lo que ella continuó y continuó hablando de Penelope día y noche, hasta que él no tuvo más remedio que escapar. Nada drástico, simplemente una corta visita a Gales. ¿Pero qué se había creído su madre?

Nada más regresar, su madre lo envió a llamar, por supuesto, aunque esta vez el motivo era que su hermana Daphne estaba embarazada nuevamente y quería hacer el anuncio a toda la familia. ¿Pero cómo iba a saber eso él? Por lo tanto, no tenía el menor deseo de hacer esa visita, por la certeza de que ella reanudaría el asedio con insinuaciones nada veladas sobre el matrimonio. Y entonces va y se encuentra con sus hermanos, los que comenzaron a atormentarlo con el mismo tema, como solo saben hacer los hermanos, y, sin pensarlo, él declaró en voz alta que no se casaría con Penelope Featherington.

Y, para el peor de sus horrores, vio que Penelope estaba en la puerta, con la mano sobre la boca, los ojos muy abiertos por la pena y el azoramiento, y quizá otras emociones que él por vergüenza prefirió no imaginar.

Ese fue uno de los momentos más horribles de su vida. Un momento, en realidad, que se había esforzado por olvidar. No creía que él le gustara a Penelope, al menos no más de lo que le gustaba a otras damitas, pero la avergonzó. Elegirla a ella para hacer esa declaración...

Imperdonable.

Le pidió disculpas, lógicamente, y ella las aceptó, pero jamás había podido perdonarse del todo.

Y ahora había vuelto a insultarla, otra vez. No de forma tan directa, cierto, pero debería haberlo pensado más antes de quejarse de su vida.

¡Demonios! Pero si incluso él encontraba estúpidas sus quejas. ¿De qué tenía que quejarse?

De nada.

Sin embargo, seguía sintiendo ese fastidioso vacío. Un anhelo, en realidad, de algo que no sabía definir. Les tenía envidia a sus hermanos, ¡por el amor de Dios!, por haber encontrado sus pasiones.

La única señal que dejaría él de su paso por el mundo estaba en las páginas de la *Revista de Sociedad de Lady Whistledown*.

¡Menuda broma!

Pero todas las cosas son relativas, ¿no? Y comparado con Penelope, él tenía muy poco de qué quejarse.

Lo cual significaba que habría hecho mejor guardándose para él sus pensamientos. No le gustaba pensar en ella como en una solterona ya destinada a vestir santos, pero tal vez eso era exactamente lo que era. Y esa no era una posición muy respetada en la alta sociedad británica.

De hecho, era una situación de la que muchas personas se quejarían. Con amargura.

Pero a Penelope jamás, ni una sola vez, la había visto mostrarse como otra cosa que estoica; tal vez no estaba contenta con su suerte, pero por lo menos la aceptaba.

Aunque, ¿quién podía saberlo? Era posible que Penelope tuviera sus esperanzas y sueños de una vida diferente a la que llevaba con su madre y su hermana en su pequeña casa de Mount Street. Era posible que tuviera sus planes y aspiraciones, pero se las guardaba para sí, bajo un velo de dignidad y buen humor.

Tal vez era mucho más de lo que parecía.

Y tal vez, pensó suspirando, se merecía una disculpa. No sabía exactamente de qué tenía que pedir disculpas; no sabía si existía algo *preciso*» que hiciera necesario pedir disculpas.

Pero la situación hacía necesario *algo*.

¡Demonios! Pues tendría que asistir a la velada musical en casa de los Smythe-Smith esa noche. Se trataba de un evento anual penoso y discordante. Justo cuando parecía que todas las hijas Smythe-Smith eran adultas, aparecía otra primita que ocupaba su lugar, cada una más sorda que la anterior.

Pero allí era donde iba a estar Penelope por la noche, y eso significaba que allí era donde tendría que estar él también.

7

Colin Bridgerton tuvo a todo un grupo de damitas a su lado en la velada musical Smythe-Smith la noche del viernes, todas ellas deseando acariciar su mano vendada.

Esta autora no sabe cómo se hizo la herida; la verdad es que el señor Bridgerton se ha mostrado molestamente hermético al respecto. Y hablando de molestias, el susodicho caballero parecía bastante irritado por toda la atención. En realidad, esta autora lo oyó decirle a su hermano Anthony que ojalá se hubiera dejado en casa la (palabra irrepetible) venda.

Revista de Sociedad de Lady Whistledown
16 de abril de 1824

¿Por qué, por qué y por qué se hacía eso?, pensaba Penelope. Año tras año llegaba la invitación enviada por mensajero, y año tras año ella juraba, poniendo a Dios por testigo, que nunca jamás volvería a asistir a otra velada musical Smythe-Smith.

Sin embargo, año tras año se encontraba sentada en la sala de música de la casa Smythe-Smith, haciendo ímprobos esfuerzos por no encogerse (al menos no visiblemente) mientras la última generación de niñas Smythe-Smith destrozaba al pobre señor Mozart en su efigie musical.

Era penoso. Horrible, atroz, espantosamente penoso. No había otra manera de describirlo, de verdad.

Más desconcertante aún era que siempre acababa sentada en la primera fila, o muy cerca, lo cual era mucho más que atroz. Y no solo para los oídos. Cada año había una jovencita Smythe-Smith que parecía saber que estaba tomando parte en lo que solo se podía calificar de delito contra la ley auditiva. Mientras las otras atacaban sus violines y pianos con inconsciente vigor, esta única tocaba con una expresión de tristeza en la cara que ella conocía muy bien.

Era la cara que pone uno cuando desea estar en cualquier otra parte. Uno puede tratar de ocultarla, pero siempre aparece, en las comisuras de la boca, apretadas, tensas; y en los ojos, por supuesto, que vagan o bien por encima o por debajo de toda persona que se encuentre en la línea de visión.

El cielo sabía que esa misma expresión había amargado su cara muchas veces.

Tal vez por eso nunca conseguía quedarse en casa cuando se ofrecía ese recital. Alguien tenía que estar ahí para sonreír alentadora y fingir que estaba disfrutando con la música.

En todo caso, no era que se viera obligada a asistir y escuchar más de una vez al año.

De todos modos, era imposible no elucubrar acerca de la fortuna que se podría hacer fabricando discretos tapones para los oídos.

Las componentes del cuarteto estaban calentando: un revoltijo de notas y escalas discordantes que solo prometía empeorar cuando comenzaran a tocar en serio.

Penelope eligió un asiento en el centro de la segunda fila, para gran consternación de Felicity.

—Hay dos asientos muy buenos en el rincón de atrás —le siseó Felicity al oído.

—Ya es demasiado tarde —replicó Penelope, acomodándose en la silla acolchada.

—¡Dios nos asista! —gimió Felicity.

Penelope asió su programa y empezó a hojearlo.

—Si no nos sentamos aquí, lo harán otras personas —explicó.

—Justo lo que deseo.

—Contamos con que nosotras vamos a sonreír y ser amables. Imagínate que aquí se sentara alguien como Cressida Twombley y estuviera todo el recital burlándose.

Felicity miró alrededor.

—No creo que a Cressida Twombley la pillen aquí ni muerta.

Penelope decidió pasar por alto eso.

—Lo último que necesitan es tener sentada enfrente a una persona a quien le guste hacer comentarios crueles. Esas pobres niñas se sentirían humilladas.

—Se van a sentir humilladas de todas maneras —gruñó Felicity.

—No. Al menos esa no, ni tampoco esa otra, ni aquella —dijo Penelope, señalando a las dos con violines y a la del piano. —Pero esa —indicó discretamente a la niña sentada con el violoncelo entre las rodillas— ya se siente desgraciada. Lo menos que podemos hacer es no empeorarle las cosas permitiendo que se siente aquí una persona cruel.

—Solo la va a destripar lady Whistledown esta misma semana —masculló Felicity.

Penelope abrió la boca para decir algo, pero en ese mismo instante vio que la persona que acababa de ocupar el asiento de al lado era Eloise.

—Eloise —le dijo, sonriendo encantada—, creí que pensabas quedarte en casa.

Eloise hizo una mueca y su piel adquirió un decidido tono verdoso.

—No sé explicarlo, pero parece que no puedo evitar venir. Es como un accidente de coche. Simplemente no puedes *no* mirarlo.

—O escucharlo —añadió Felicity—, como podría darse el caso.

Penelope sonrió. No pudo evitarlo.

—¿Estabais hablando de lady Whistledown? —preguntó Eloise.

—Le decía a Penelope —explicó Felicity, inclinándose nada elegantemente por delante de su hermana para hablar en voz baja— que lady Whistledown las va a destrozar esta semana.

—No lo sé —dijo Eloise, pensativa—. No elige a las niñas Smythe-Smith para hacer sus comentarios. No sé por qué.

—Yo sé por qué —dijo alguien detrás.

Eloise, Penelope y Felicity se giraron en sus asientos y tuvieron que echarse atrás al ver cómo el bastón de lady Danbury se movía demasiado cerca de sus caras.

—¡Lady Danbury! —exclamó Penelope, sin poder resistirse a tocarse la nariz, aunque solo fuera para asegurarse de que seguía ahí.

—Tengo calada a esa lady Whistledown —dijo lady Danbury.

—¿Sí? —preguntó Felicity.

—Tiene un corazón tierno —continuó la anciana. Apuntó con el bastón a la cellista, casi perforando de paso la oreja de Eloise—. ¿Veis a esa de ahí?

—Sí —dijo Eloise, frotándose la oreja—, aunque no creo que vaya a poder oírla.

—Probablemente le he hecho un favor —dijo lady Danbury, dejando de lado el tema que tenían entre manos—. Después puede agradecérmelo.

—¿Iba a decir algo sobre la cellista? —se apresuró a preguntar Penelope antes de que Eloise dijera algo inapropiado.

—Pues sí. Mírenla. Se siente desgraciada. Y bien que debe. Está claro que es la única que tiene una idea de lo mal que tocan. Las otras tres no tienen ni el sentido musical de una garrapata.

Penelope miró a su hermana menor con expresión un tanto presumida.

—¡Óiganme bien! —continuó lady Danbury—. Lady Whistledown no va a decir ni una sola cosa sobre este recital. No querrá herir los sentimientos de esa muchacha. El resto...

Felicity, Penelope y Eloise bajaron las cabezas para evitar el bastón que se movió en una barrida.

—¡Bah! El resto no podría importarle menos.

—¡Que teoría más interesante! —comentó Penelope.

Lady Danbury se acomodó muy satisfecha en su asiento.

—Sí, ¿verdad?

—Creo que tiene razón —asintió Penelope.

—¡Vaya! Suelo tenerla.

Todavía girada en el asiento, Penelope miró primero a Felicity y luego a Eloise.

—Ese es el mismo motivo de que yo venga a estos infernales recitales año tras año —dijo.

—¿A ver a lady Danbury? —preguntó Eloise, pestañeando confundida.

—No. Debido a niñas como ella —señaló a la cellista—. Porque sé exactamente cómo se sienten.

—No seas estúpida, Penelope —dijo Felicity—. Nunca has tocado el piano en público, y en el caso de que lo hicieras, tocas muy bien.

—No me refiero a la música, Felicity.

Entonces a lady Danbury le ocurrió algo de lo más extraño. Le cambió totalmente la cara. Se le empañaron y entristecieron los ojos; se le suavizó la boca, la que solía tener fruncida en las comisuras en gesto sarcástico.

—Yo fui esa niña también, señorita Featherington —dijo, en voz tan baja que Eloise y Felicity tuvieron que acercarse más. Eloise preguntando «¿Puede repetirlo, por favor?» y Felicity un menos educado «¿Qué?».

Pero lady Danbury solo tenía ojos para Penelope.

—Por eso vengo año tras año —continuó—. Igual que usted.

Y, por un momento, Penelope tuvo una extrañísima sensación de conexión con la anciana. Lo cual era una tontería, porque no tenían nada en común aparte del sexo; ni la edad, ni la posición social, nada. Y, sin embargo, era como si la condesa la hubiera elegido a ella..., aunque no se imaginaba con qué fin. Pero parecía resuelta a encender una hoguera debajo de su bien ordenada y muchas veces aburrida vida.

Y ella no podía evitar pensar que eso estaba dando resultado.

«¿No es fantástico descubrir que no somos exactamente lo que creíamos ser?».

Esas palabras de lady Danbury aquella noche seguían resonando en su cabeza. Casi como una letanía.

Casi como un desafío.

—¿Sabe lo que pienso, señorita Featherington? —le dijo lady Danbury en un tono engañosamente dulce.

—No podría ni empezar a imaginármelo —dijo Penelope, con mucha sinceridad y respeto en la voz.

—Pienso que usted podría ser lady Whistledown.

Felicity y Eloise ahogaron una exclamación.

A Penelope se le abrió la boca en expresión de sorpresa. A nadie se le había ocurrido jamás acusarla de eso. Era increíble, impensable...

Y bastante halagador, en realidad.

Notó que los labios se le curvaban en una sonrisa astuta y se inclinó un poco hacia ella, como para comunicarle una noticia de la mayor importancia.

Lady Danbury se echó hacia delante.

Felicity y Eloise acercaron las cabezas.

—¿Sabe lo que yo pienso, lady Danbury? —preguntó Penelope, en voz muy dulce.

—Bueno —dijo la anciana, con un destello travieso en los ojos—, le diría que estoy sin aliento por la expectación, pero ya me dijo la otra noche que cree que yo soy lady Whistledown.

—¿Lo es?

Lady Danbury sonrió pícara.

—Igual sí.

Felicity y Eloise volvieron a exclamar, esta vez más fuerte.

A Penelope le dio un vuelco el estómago.

—¿Lo reconoce? —preguntó Eloise en un susurro.

—¡Pues claro que no! —espetó lady Danbury, enderezando la espalda y golpeando el suelo con el bastón, tan fuerte que las componentes del cuarteto interrumpieron por un momento el calentamiento—. Y aun si fuera cierto, y no digo si lo es o no, ¿sería tan estúpida como para reconocerlo?

—¿Entonces por qué dijo...?

—Porque quiero demostrar algo, boba.

Y entonces se quedó callada, hasta que Penelope se vio obligada a preguntar:

—¿Y ese algo es...?

Lady Danbury las miró a las tres exasperada.

—¡Que cualquiera podría ser lady Whistledown! —exclamó, golpeando el suelo con el bastón y un renovado vigor—. Cualquiera.

—Bueno, excepto yo —acotó Felicity—. Yo estoy segura de que no lo soy.

Lady Danbury no honró a Felicity ni siquiera con una mirada.

—Permítanme que les diga una cosa —dijo.

—Como si pudiéramos impedírselo —contestó Penelope, tan dulcemente que salió como un cumplido.

Y, dicha sea la verdad, era un cumplido. Ella admiraba muchísimo a lady Danbury; admiraba a cualquiera que supiera hablar claro en público.

Lady Danbury se echó a reír.

—Hay más en ti de lo que ven los ojos, Penelope Featherington.

—Eso es cierto —dijo Felicity sonriendo—. Puede ser bastante cruel, por ejemplo. Nadie lo creería, pero cuando éramos niñas...

Penelope le dio un codazo en las costillas.

—¿Lo veis? —dijo Felicity.

—Lo que iba a decir —continuó lady Danbury— es que los miembros de la alta sociedad han reaccionado a mi desafío de una manera muy equivocada.

—¿Cómo sugiere que lo hagamos, entonces? —preguntó Eloise.

Lady Danbury agitó la mano ante la cara que puso Eloise.

—Primero tengo que explicar qué es lo que están haciendo mal. Vuelven la mirada hacia las personas más evidentes. —Miró a Penelope y a Felicity—. Personas como su madre.

—¿Mi madre? —dijeron las dos al unísono.

—¡Vamos, por favor! —bufó lady Danbury—. Persona más entrometida no ha visto jamás la ciudad. Es el tipo de persona de la que todo el mundo sospecha.

Penelope no supo qué decir. Su madre era famosa por cotilla, pero era difícil imaginársela como lady Whistledown.

—Justamente por eso —continuó lady Danbury, con un destello astuto en los ojos— no puede ser ella.

—Bueno, eso —dijo Penelope, con un cierto toque de sarcasmo—, y el hecho de que Felicity y yo podemos decirle con toda seguridad que no es ella.

—¡Puf! Si su madre fuera lady Whistledown, habría encontrado la manera de ocultárselo.

—¿Mi madre? —dijo Felicity, dudosa—. No lo creo.

—Lo que quería decir —gruñó lady Danbury— antes de todas estas infernales interrupciones...

Penelope creyó oír bufar a Eloise.

—... es que si lady Whistledown fuera alguien *evidente* ya la habrían descubierto hace tiempo, ¿no les parece?

Le contestó el silencio, hasta que quedó claro que era necesaria una reacción; entonces las tres asintieron con la debida consideración.

—Tiene que ser una persona de la que nadie sospeche —dijo la anciana—. Tiene que serlo.

Penelope se sorprendió asintiendo otra vez. Eso tenía sentido, de una extraña manera.

—Justamente por eso, ¡yo no soy una candidata! —concluyó triunfalmente lady Danbury.

Penelope entrecerró los ojos, sin entender del todo esa lógica.

—Perdón, no la sigo.

Lady Danbury la obsequió con una mirada de lo más desdeñosa.

—Vamos, por favor. ¿Cree que usted es la única que sospecha de mí?

Penelope negó con la cabeza.

—Sigo pensando que es usted.

Eso le ganó aún más respeto.

—Es más descarada de lo que parece —dijo, asintiendo aprobadora.

Felicity se acercó más y dijo en tono de complicidad:

—Eso es cierto.

—Creo que va a comenzar el recital —advirtió Eloise.

—¡Dios nos asista a todos! —exclamó lady Danbury—. No sé por qué ven... ¡Señor Bridgerton!

Penelope ya se había sentado bien de cara al pequeño escenario, pero volvió a girar la cabeza y vio a Colin avanzando hacia la silla desocupada al lado de lady Danbury, pidiendo disculpas al tocar las rodillas de las personas sentadas.

Pero sus disculpas iban acompañadas por una de sus letales sonrisas, y no menos de tres damas se derritieron en sus asientos.

Penelope las observó ceñuda. Asqueroso.

—Penelope —le susurró Felicity—, ¿has gruñido?

—Colin —dijo Eloise—, no sabía que ibas a venir.

Él se encogió de hombros, su cara iluminada por una sonrisa sesgada.

—Cambié de opinión en el último minuto. Siempre he sido un gran amante de la música, después de todo.

—Lo cual explica tu presencia aquí —dijo Eloise, en un tono excepcionalmente sarcástico.

Colin solo se dio por aludido arqueando una ceja, y luego miró a Penelope.

—Buenas noches, señorita Featherington. —Hizo una inclinación hacia Felicity—. Señorita Featherington.

Penelope tardó un momento en encontrar la voz. Ese mediodía se habían despedido de una manera bastante violenta, y ahora él estaba ahí con una sonrisa amistosa.

—Buenas noches, señor Bridgerton —logró decir al fin.

—¿Alguien sabe qué contiene el programa de esta noche? —preguntó él, como si estuviera muy interesado.

Penelope tuvo que admirar eso. Colin tenía esa manera de mirar, como indicando que nada en el mundo podía ser más interesante que lo que uno iba a decir. Eso era un verdadero talento. Sobre todo en ese momento, cuando todos sabían que de ninguna manera podía importarle qué habían elegido las niñas Smythe-Smith para tocar esa noche.

—Creo que Mozart —contestó Felicity—. Casi siempre eligen a Mozart.

—¡Fantástico! —dijo Colin, reclinándose en el asiento como si acabara de terminar una excelente comida—. Soy un gran admirador de Mozart.

—En ese caso —dijo lady Danbury, dándole un codazo en las costillas—, tal vez le convenga escapar mientras exista esa posibilidad.

—No diga eso —dijo él—. Estoy seguro de que las niñas tocarán lo mejor posible.

—Ah, de eso no cabe la menor duda —dijo Eloise en tono sarcástico.

—¡Shhh! —dijo Penelope—. Creo que están listas para empezar.

No, se reconoció sí misma, no estaba demasiado impaciente por escuchar la versión Smythe-Smith de *Eine Kleine Nachtmusic (Pequeña serenata nocturna)*, pero la presencia de Colin la ponía tremendamente nerviosa. No sabía qué decirle, aparte de que lo que fuera que le dijera tendría que decirlo delante de Eloise, Felicity y, peor aún, de lady Danbury.

Un mayordomo hizo una ronda apagando algunas velas para indicar que las niñas estaban listas para empezar. Penelope se preparó, tragó saliva de una manera que tal vez podría taparle los canales auditivos interiores (no resultó), y entonces dio comienzo la tortura.

Y continuó... continuó... y continuó.

Penelope no sabría decir qué era más angustioso, si la música o saber que Colin estaba en el asiento de atrás. La nuca le hormigueaba con ese conocimiento, y parecía una loca moviendo los dedos, golpeteando sin piedad el terciopelo azul oscuro de su falda.

Cuando por fin terminó su actuación el cuarteto Smythe-Smith, tres de las niñas sonrieron de oreja a oreja ante los educados aplausos, mientras la cuarta, la cellista, daba la impresión de querer meterse reptando debajo de una piedra.

Por lo menos a ella, pensó Penelope suspirando, nunca la obligaron a exhibir sus deficiencias delante de toda la aristicoracia en ninguna de sus fracasadas temporadas, al contrario que a esas niñas. Siempre le permitieron fundirse con las sombras, rondar silenciosamente por el perímetro del salón, mirando a las demás jovencitas hacer sus turnos en la pista de baile. Ah, era cierto que su madre la había arrastrado de aquí para allá, intentando ponerla en el camino de uno u otro caballero elegible, pero eso no era nada, ¡nada!, comparado con lo que obligaban a soportar a las niñas Smythe-Smith.

Aunque, con toda sinceridad, tres de las cuatro parecían dichosamente inconscientes de su ineptitud musical. Penelope se limitó a sonreír y aplaudir. De ninguna manera iba a romperles su burbuja.

Y si la teoría de lady Danbury era la correcta, lady Whistledown no escribiría nada acerca del recital.

El aplauso terminó bastante rápido, y muy pronto todos se estaban moviendo de aquí para allá, conversando con sus vecinos y mirando ávidamente la mesa con refrigerios dispuesta en la parte de atrás de la sala.

Limonada, se dijo. Perfecto. Tenía un calor horrible, la verdad (¿en qué estaría pensando cuando se puso un vestido de terciopelo para una noche tan calurosa?), y una bebida fresca era exactamente lo que necesitaba para sentirse mejor. Por no decir que Colin estaba atrapado conversando con lady Danbury, así que era el momento ideal para escapar.

Pero justo en el momento en que logró tener un vaso con limonada en la mano y bebió un poco, oyó la conocida voz de Colin detrás de ella, pronunciando su nombre.

Se giró, y antes de darse cuenta de lo que hacía, dijo:

—Lo siento.

—¿Sí?

—Sí, al menos eso creo.

A él se le formaron unas arruguitas en las comisuras de los ojos.

—La conversación se va poniendo más interesante por segundos —dijo.

—Colin...

Él le ofreció el brazo.

—¿Me acompañas a dar una vuelta por la sala, por favor?

—No creo que...

Él acercó más el brazo, solo unas pulgadas, pero el mensaje era claro.

—Por favor.

Ella asintió y dejó el vaso en la mesa.

—Muy bien.

Llevaban casi un minuto caminando en silencio cuando él dijo:

—Quiero pedirte disculpas.

—Fui yo la que salí como un huracán del salón —señaló ella.

Él ladeó la cabeza, y ella vio una sonrisa indulgente esbozada en sus labios.

—Yo no diría «como un huracán» —dijo.

Penelope frunció el ceño. Tal vez no debería haber salido tan enfadada, pero puesto que ya lo había hecho, se sentía curiosamente orgullosa. No todos los días tiene una mujer como ella la oportunidad de hacer una salida tan espectacular.

—Bueno, no debería haber sido tan grosera —murmuró, aunque ya no lo decía en serio.

Él arqueó una ceja y fue evidente que decidió no continuar.

—Quiero pedirte disculpas por portarme como un niño.

Penelope se tropezó con el pie.

Él la ayudó a recuperar el equilibrio y continuó:

—Sé que tengo muchas, muchísimas cosas en mi vida por las que debería estar agradecido. Por las que estoy agradecido —corrigió, con una sonrisa que no era una verdadera sonrisa, sino más bien un gesto de azoramiento—. Fue muy grosero que me quejara delante de ti.

—No —dijo ella—. He estado toda la tarde pensando en lo que dijiste, y aunque yo...

Tragó saliva y se pasó la lengua por los labios, que sentía totalmente secos. Se había pasado toda la tarde pensando en las palabras adecuadas, y creía haberlas encontrado, pero al estar él ahí a su lado, no le venía ninguna a la cabeza.

—¿Necesitas otro vaso de limonada? —le preguntó Colin, solícito.

Ella negó con la cabeza.

—Tienes todo el derecho a tus sentimientos —dijo a trompicones—. Puede que no sean los que sentiría yo si estuviera en tu lugar, pero tienes todo el derecho a sentirlos. Pero...

Se interrumpió, y Colin cayó en la cuenta de que se sentía desesperado por saber qué había pensado decirle.

—¿Pero qué, Penelope?

—No tiene importancia.

—Para mí tiene importancia, Penelope. —Tenía la mano en su brazo, así que se lo apretó suavemente para indicarle que lo decía en serio.

Esperó un buen rato, y justo cuando pensaba que ella no iba a contestar, cuando ya creía que se le iba a romper la cara por la sonrisa que mantenía con sumo cuidado en los labios, al fin y al cabo estaban en público, y no iría nada bien provocar comentarios y elucubraciones pareciendo apremiante y perturbado, ella suspiró.

Fue un sonido hermoso, curiosamente consolador, suave, juicioso. Y lo hizo desear mirarla con más detenimiento, para verle la mente, para oír los ritmos de su alma.

—Colin —dijo ella en voz baja—, si te sientes frustrado con tu situación actual deberías hacer algo para cambiarla. Es así de sencillo.

—Eso es lo que hago —dijo él con un despreocupado encogimiento del hombro que no daba al lado de ella—. Mi madre me acusa de marcharme del país por puro capricho, pero la verdad es que...

—Lo haces cuando te sientes frustrado —terminó ella.

Él asintió. Ella lo entendía. No sabía cómo ocurrió ni si tenía mucha lógica, pero Penelope Featherington lo comprendía.

—Deberías publicar tus diarios —dijo ella.

—No podría.

—¿Por qué no?

Él se detuvo en seco y le soltó el brazo. La verdad era que no tenía ninguna respuesta a eso, aparte del extraño golpeteo de su corazón.

—¿Quién querría leerlos? —preguntó al fin.

—Yo —repuso ella sinceramente, y empezó a enumerar con los dedos—. Eloise, Felicity, tu madre —sonrió traviesa—; lady Whistledown, no me cabe duda, escribe muchísimo acerca de ti.

Su buen humor era contagioso y él no pudo reprimir una sonrisa.

—Penelope, no vale si las únicas personas que compran el libro son las que conozco.

—¿Por qué no? —Se le curvaron los labios—. Conoces a muchísima gente. Vamos, si solo cuentas a los Bridgerton...

Él la tomó de la mano. No supo por qué, pero lo hizo.

—Penelope, basta.

Ella se rio.

—Creo que Eloise me dijo que tenéis montones de primos también, y...

—Basta —advirtió él, pero estaba sonriendo.

Penelope se miró la mano en la de él y añadió:

—Muchas personas querrán leer acerca de tus viajes. Tal vez al principio solo lo desearán porque eres una figura muy conocida en Londres. Pero no llevará mucho tiempo hasta que todo el mundo se dé cuenta de lo buen escritor que eres. Y entonces gritarán pidiendo más.

—No quiero ser un éxito debido al apellido Bridgerton —replicó él.

Ella retiró la mano de la de él y se la plantó en la cadera.

—¿No me has escuchado? Acabo de decirte que...

—¿De qué estáis hablando vosotros dos?

Era Eloise, con una expresión de mucha, mucha curiosidad.

—De nada —dijeron los dos al mismo tiempo.

—No me insultéis —bufó Eloise—. No era de nada. Penelope parecía a punto de estallar en llamas en cualquier momento.

—Lo que pasa es que tu hermano está muy obtuso —explicó Penelope.

—Bueno, eso no es nada nuevo.

—¡Un momento! —exclamó Colin.

—¿Y en qué está obtuso ahora? —preguntó Eloise como si no hubiera oído a Colin.

—Es un asunto privado —dijo Colin entre dientes.

—Lo cual lo hace mucho más interesante —replicó Eloise, y miró a Penelope expectante.

—Lo siento, no puedo decirlo —dijo Penelope.

—¡No lo puedo creer! —exclamó Eloise—. ¿No me lo vas a decir?

—No —contestó Penelope, sintiéndose curiosamente satisfecha consigo misma.

—No lo puedo creer —repitió Eloise, mirando a su hermano—. No lo puedo creer.

—Créelo —dijo él esbozando una leve sonrisa satisfecha.

—Me ocultas secretos.

Él arqueó las cejas.

—¿Creías que te lo contaba todo?

—No, claro que no —dijo ella, ceñuda—. Pero pensé que Penelope, sí.

—Pero es que este no es un secreto mío —dijo Penelope—. Es de Colin.

—Creo que el planeta ha cambiado la inclinación de su eje —gruñó Eloise—. O tal vez Inglaterra ha chocado con Francia. Lo único que sé es que este no es el mismo mundo en que habitaba esta mañana.

Penelope no lo pudo evitar. Se echó a reír.

—¡Y encima te ríes de mí! —añadió Eloise.

—No, no —dijo Penelope, sin dejar de reír—. No, de verdad que no.

—¿Sabes lo que necesitas? —preguntó Colin.

—¿Quién, yo? —preguntó Eloise.

—Un marido —contestó él, asintiendo.

—¡Eres tan terrible como mamá!

—Podría ser mucho peor si pusiera empeño.

—De eso no me cabe la menor duda.

—¡Basta, basta! —exclamó Penelope, ya riendo casi a carcajadas.

Los dos la miraron expectantes, como diciendo «¿Ahora qué?».

—Me alegra muchísimo haber venido a esta velada —dijo Penelope; las palabras le salieron solas, como por voluntad propia—. No logro recordar una velada más agradable. De verdad, no lo logro.

Varias horas después, cuando Colin yacía en su cama contemplando el cielo raso de su dormitorio en la casa recién alquilada en Bloomsbury, se le ocurrió que él se sentía exactamente igual.

8

Colin Bridgerton y Penelope Featherington fueron vistos en una animada conversación en la velada musical Smythe-Smith, aunque al parecer nadie sabe de qué hablaron. Esta autora se aventuraría a decir que su conversación se centró en la identidad de esta autora, puesto que ese era el tema del que hablaban todos antes, después y durante (y con bastante grosería, en opinión de esta autora) el recital.

Pasando a otra noticia, el violín de la señorita Honoria Smythe-Smith sufrió graves daños cuando lady Danbury lo hizo caer de la mesa accidentalmente al mover su bastón.

Lady Danbury insistió en resarcir el daño restituyéndole el instrumento, pero declaró que, puesto que ella no tiene por costumbre comprar nada que no sea lo mejor, Honoria recibirá un violín Ruggieri, importado de Cremona, Italia.

De acuerdo al entendimiento de esta autora, si uno toma en cuenta el tiempo de manufactura y de transporte en barco, además de la sin duda larga lista de espera, el violín Ruggieri tardará seis meses en llegar a nuestras costas.

REVISTA DE SOCIEDAD DE LADY WHISTLEDOWN
16 de abril de 1824

Hay momentos en la vida de una mujer en que el corazón le revolotea en el pecho, en que de pronto el mundo se ve insólitamente de color rosa y perfecto, en que es posible oír una sinfonía en el tilín del timbre de la puerta.

Penelope Featherington tuvo exactamente ese momento dos días después de la velada musical en la casa Smythe-Smith.

Solo fue necesario un golpe en la puerta de su dormitorio, seguido por la voz de su mayordomo informándola:

—El señor Colin ha venido a verla.

Penelope se cayó de la cama, sin más.

Briarly, que llevaba tantos años sirviendo de mayordomo a la familia Featherington que ni siquiera movió una pestaña ante la torpeza de Penelope, preguntó en voz baja:

—¿Le digo que no está?

—¡No! —exclamó Penelope, casi en un chillido—. No —añadió en un tono más moderado—, pero necesitaré diez minutos para adecentarme un poco. —Se miró en el espejo e hizo un mal gesto al ver su descuidada apariencia—. Quince.

—Como quiera, señorita Penelope.

—Ah, y ordena que preparen una bandeja con comida. El señor Bridgerton debe de tener hambre, sin duda. Siempre tiene hambre.

El mayordomo volvió a asentir.

Penelope se mantuvo inmóvil como una estatua mientras Briarly salía y desaparecía por la puerta. Después, sin poder contenerse, bailó y saltó de uno a otro pie, emitiendo una especie de chillido, uno que, estaba convencida, o al menos eso esperaba, jamás había salido de sus labios.

Pero claro, le era imposible recordar la última vez que vino a visitarla un caballero, y mucho menos aquel del que llevaba perdidamente enamorada casi la mitad de su vida.

—¡Cálmate! —dijo, estirando los dedos y moviendo las palmas abiertas más o menos igual que cuando se quiere apaciguar a una pequeña multitud agitada—. Debes mantenerte tranquila. Tranquila —repitió, como si esa fuera la palabra clave—. Tranquila.

Pero el corazón le daba brincos.

Hizo unas cuantas respiraciones profundas, fue hasta el tocador y agarró el cepillo. Solo le llevaría unos minutos arreglarse el pelo y recolocarse las horquillas; seguro que Colin no se iba a marchar si lo hacía esperar un ratito. Él supondría que a ella le llevaría un rato arreglarse, ¿no?

De todos modos, se arregló el pelo en tiempo récord, y cuando entró en la sala de estar solo habían pasado cinco minutos desde el anuncio del mayordomo.

—¡Qué rapidez! —comentó Colin con una de sus sonrisas sesgadas. Estaba junto a la ventana, donde había estado contemplando Mount Street.

—¿Sí? —dijo Penelope, deseando que el calor que sentía en la piel no se tradujera en rubor.

Era una costumbre establecida que la mujer siempre debe hacer esperar a un caballero, aunque no demasiado rato. De todos modos, no le veía sentido a ceñirse a esa estúpida regla de comportamiento con Colin. Él jamás estaría interesado en ella de modo romántico y, además, eran amigos.

Amigos. Ese le resultaba un concepto extraño, pero eso era exactamente lo que eran. Su relación siempre había sido amistosa, pero desde su regreso de Chipre se habían hecho amigos de verdad.

Era algo mágico.

Aunque él nunca la amara, y tenía la idea de que nunca la amaría, eso era mejor que lo que tenían antes.

—¿A qué debo el placer? —preguntó, sentándose en el sofá de brocado amarillo algo desteñido.

Colin se sentó enfrente, en un sillón de respaldo alto bastante incómodo. Se inclinó, apoyando las manos en las rodillas, y ella comprendió al instante que algo iba mal. Sencillamente esa no era la postura que adopta un caballero para una visita social normal. Además, se veía afligido, muy nervioso.

—Es bastante grave —dijo él con cara lúgubre.

Penelope casi se levantó.

—¿Ha ocurrido algo? ¿Alguien está enfermo?

—No, no, nada de eso. —Exhaló un largo suspiro y se pasó la mano por el pelo ya algo revuelto—. Se trata de Eloise.

—¿Qué le pasa?

—No sé cómo decir esto. Eh... ¿Tienes algo para comer?

Penelope le habría retorcido el cuello.

—¡Por el amor de Dios, Colin!

—Lo siento —masculló él—, no he comido en todo el día.

—Una novedad, sin duda —dijo ella, impaciente—. Ya le dije a Briarly que preparara una bandeja. Y ahora, ¿vas a decirme qué pasa o piensas esperar a que yo haya expirado de impaciencia?

—Creo que ella es lady Whistledown —soltó él.

Penelope se quedó boquiabierta. No sabía qué había esperado que dijera, pero no era eso.

—Penelope, ¿me has oído?

—¿Eloise? —preguntó ella, aunque sabía muy bien de quién estaban hablando.

Él asintió.

—No puede ser.

Él se levantó y comenzó a pasearse, tan lleno de energía que no podía estarse quieto.

—¿Por qué no?

—Porque... porque... ¿Porque qué? Porque es imposible que haya hecho eso durante diez años sin que yo lo supiera.

En un instante, la expresión de él pasó de preocupada a desdeñosa.

—No creo que estés al tanto de todo lo que hace Eloise.

—No, desde luego que no —repuso Penelope, dirigiéndole una mirada algo irritada—, pero puedo decirte con absoluta certeza que, de ninguna manera, podría haberme ocultado un secreto de esa magnitud más de diez años. Sencillamente es incapaz de eso.

—Penelope, es la persona más fisgona que conozco.

—Bueno, eso es cierto —convino ella—. A excepción de mi madre, supongo. Pero eso no basta para condenarla.

Colin detuvo el paseo y se plantó las manos en las caderas.

—Vive escribiendo cosas.

—¿Por qué dices eso?

Él levantó la mano y se pasó el pulgar por las yemas de los dedos.

—Manchas de tinta. Todo el tiempo.

—Muchas personas usan pluma y tinta —rebatió ella. Hizo un amplio gesto con el brazo hacia él—. Tú escribes diarios. Me imagino que has tenido manchas de tinta en los dedos.

—Sí, pero no *desaparezco* cuando escribo en mis diarios.

Penelope notó que se le aceleraba el pulso.

—¿Qué quieres decir? —preguntó, con la voz ya casi en un resuello.

—Quiero decir que se encierra en su habitación y se pasa horas y horas ahí, y es después de esos periodos cuando tiene los dedos todos manchados de tinta.

Penelope guardó silencio un largo y penoso momento. La «prueba» de Colin era condenadora, sí, sobre todo si se combinaba con la muy conocida y bien documentada inclinación de Eloise a fisgonear.

Pero no era lady Whistledown. No podía serlo. Ella podía apostar su vida a que no lo era.

Finalmente se cruzó de brazos y, en un tono que habría sido más apropiado para hablarle a un niño de seis años muy tozudo, dijo:

—No es ella.

Colin volvió a sentarse, con aspecto derrotado.

—Ojalá pudiera compartir tu seguridad.

—Colin, tienes que...

—¿Dónde demonios está la comida? —bramó él.

Ella debería haberse escandalizado por esos malos modales, pero en realidad la divirtieron.

—Briarly no tardará mucho —dijo.

Él se arrellanó en el sillón.

—Tengo hambre.

A ella se le curvaron los labios.

—Sí, ya lo había deducido.

Él exhaló un largo suspiro, cansado, preocupado.

—Si ella es lady Whistledown, sería un desastre. Un puro y absoluto desastre.

—No sería tan terrible —dijo ella, cautelosa—. No creo que sea lady Whistledown, ¡simplemente porque no lo creo! Pero en el caso de que lo fuera, ¿sería tan horrible? A mí me cae bastante bien lady Whistledown.

—Sí, Penelope —replicó él en tono algo duro—, sería horrible. Estaría deshonrada.

—No creo que estuviera deshonrada...

—Claro que estaría deshonrada. ¿Tienes una idea de a cuántas personas ha insultado esa mujer a lo largo de los años?

—No sabía que odiaras tanto a lady Whistledown.

—No la odio —repuso él, impaciente—. ¿Qué importaría que yo la odiara? Todos los demás la odian.

—No creo que eso sea cierto. Todos compran su hoja.

—¡Claro que compran su hoja! Todo el mundo compra esa maldita hoja.

—¡Colin!

—Perdona —masculló él, pero no parecía lamentarlo.

Penelope asintió, aceptando la disculpa.

—Quienquiera que sea lady Whistledown —dijo él, moviendo un dedo hacia ella con tal vehemencia que ella tuvo que echarse hacia atrás—, cuando la desenmascaren no podrá mostrar su cara en Londres.

Penelope se aclaró delicadamente la garganta.

—No sabía que te importara tanto la opinión de la alta sociedad.

—No me importa —replicó él—, al menos no demasiado. Cualquiera que diga que no le importa es un mentiroso y un hipócrita.

Penelope pensaba igual, pero la sorprendió que él lo reconociera. A los hombres siempre les gustaba aparentar que eran totalmente autosuficientes, indiferentes a los caprichos y opiniones de la sociedad.

Colin se inclinó, con sus ojos verdes ardiendo de intensidad.

—No es por mí, Penelope, es por Eloise. Si la expulsaran de la alta sociedad, la destrozarían. —Se enderezó, todo su cuerpo irradiando tensión—. Por no decir lo que eso le haría a mi madre.

Penelope lanzó un largo suspiro.

—De veras, creo que te estás angustiando por nada —dijo.

—Espero que tengas razón —dijo él, cerrando los ojos.

No sabía bien en qué momento comenzó a sospechar que su hermana podría ser lady Whistledown. Probablemente después de que lady Danbury lanzara su famoso reto. A diferencia de la mayoría de los londinenses, a él nunca le había interesado mucho conocer la verdadera identidad de lady Whistledown. La hoja era entretenida y la leía igual que todos, pero en su mente, lady Whistledown era simplemente... lady Whistledown, y eso era lo único que necesitaba ser.

Pero ante el desafío de lady Danbury comenzó a pensar y, como todos los demás Bridgerton, una vez que se le metía algo en la cabeza era incapaz de dejarla estar. Sin saber cómo, se le ocurrió que Eloise tenía el temperamento y la habilidad para escribir una revista así, y luego, antes de que lograra convencerse de que eso era una locura, le vio las manchas de tinta en los dedos. Desde ese momento casi se había vuelto loco, sin poder pensar en otra cosa que en la posibilidad de que Eloise tuviera una vida secreta.

No sabía qué lo irritaba más, que Eloise pudiera ser lady Whistledown o que se las hubiera arreglado para ocultárselo durante más de diez años.

¡Qué humillante ser engañado por una hermana! A él le gustaba creerse más listo.

Pero tenía que centrarse en el presente, porque si no estaba equivocado en sus sospechas, ¿cómo demonios se las arreglarían con el escándalo cuando la descubrieran?

Porque la descubrirían. Estando todo Londres deseoso de conseguir el premio de las mil libras, lady Whistledown no tenía la menor posibilidad de continuar de incógnito.

—¡Colin! ¡Colin!

Abrió los ojos, pensando cuánto rato llevaría Penelope llamándolo.

—De verdad creo que deberías dejar de preocuparte por Eloise —dijo ella—. Hay cientos y cientos de personas en Londres. Lady Whistledown podría ser cualquiera de ellas. ¡Cielos, con tu buen ojo para los detalles —movió los dedos para recordarle las manchas de tinta—, tú podrías ser lady Whistledown!

Él la miró con expresión de superioridad.

—Salvo el pequeño detalle de que he estado fuera del país la mitad del tiempo.

Penelope decidió pasar por alto el sarcasmo.

—Bueno, pero eres tan buen escritor que podrías habértelas arreglado muy bien para hacerlo.

Colin pensó decirle algo gracioso y algo malhumorado para rebatir el débil argumento, pero la verdad fue que se sintió tan encantado por el cumplido de «buen escritor» que lo único que pudo hacer fue quedarse quieto con una estúpida sonrisa en la cara.

—¿Te encuentras bien?

—Estoy bien —repuso él, enfocando la atención y adoptando una expresión más seria—. ¿Por qué lo preguntas?

—Porque de repente me pareció que te encontrabas mal. Mareado.

—Estoy bien —repitió él, tal vez en voz más alta de lo necesario—. Estaba pensando en el escándalo.

Ella exhaló un suspiro, como si estuviera molesta, y eso lo irritó porque no veía qué motivo podía tener ella para sentirse impaciente con él.

—¿Qué escándalo? —preguntó ella.

—El escándalo que va a estallar cuando la descubran.

—¡Pero si no es lady Whistledown! —insistió ella.

De pronto Colin se enderezó, sus ojos iluminados por una nueva idea.

—¿Sabes lo que pienso? —dijo con una voz algo intensa—. No creo que importe si es lady Whistledown o no.

Penelope lo miró sin entender durante tres segundos enteros y luego miró alrededor.

—¿Dónde está la comida? —masculló—. Debo de estar atontada. ¿No te has pasado los diez últimos minutos volviéndote loco por la posibilidad de que lo sea?

Como si eso hubiera sido la señal, entró Briarly en la sala con una bandeja bien cargada. Penelope y Colin observaron en silencio mientras el mayordomo disponía la comida en la mesita.

—¿Sirvo los platos? —preguntó Briarly.

—No, no. Está bien así —se apresuró a decir Penelope—. Podemos arreglarnos solos.

Briarly asintió y, tan pronto como dejó los platos y llenó los vasos con limonada, salió de la sala.

—¡Escúchame! —dijo Colin levantándose de un salto.

Fue hasta la puerta y la dejó apenas entreabierta, casi tocando el marco (pero técnicamente quedó abierta, por si alguien quería poner reparos relativos al decoro).

—¿No quieres comer algo? —preguntó Penelope, levantando un plato que acababa de llenar con diversas cosas para picar.

Él se sentó, alcanzó una loncha de queso, se la comió en dos bocados y continuó:

—No importa si Eloise no es lady Whistledown, aunque eso sí, sigo pensando que lo es. Porque si *yo* sospecho que es ella, seguro que otra persona también lo hará.

—¿Y con eso quieres decir...?

Colin alcanzó a notar que había levantado los brazos y detuvo el movimiento justo antes de agarrarla por los hombros y sacudirla.

—¡Que no importa! ¿No lo ves? Si alguien la señala con el dedo, quedará deshonrada.

—Pero no si no es lady Whistledown —dijo Penelope, que al parecer tuvo que hacer un enorme esfuerzo para separar los dientes.

—¿Cómo podría demostrarlo? —replicó Colin, poniéndose de pie de un salto—. Una vez que se echa a correr el rumor, ya está hecho el daño. Cobra vida propia.

—Colin, dejaste olvidada la lógica hace cinco minutos.

—No, escúchame. —Se giró a mirarla y lo sobrecogió un sentimiento tan intenso que no podría haber desviado los ojos de los de ella ni aunque la casa se hubiera estado desmoronando alrededor—. Imagínate que yo le dijera a alguien que te seduje.

Penelope se quedó muy quieta.

—Quedarías deshonrada para siempre —continuó él, acuclillándose junto al brazo del sofá para quedar al mismo nivel—. No importaría que yo nunca te hubiera besado. Ese, mi querida Penelope, es el poder de la palabra.

Ella parecía paralizada. Y al mismo tiempo ruborizada.

—No... No sé qué decir —tartamudeó.

Y entonces a él le ocurrió algo de lo más extraño. Cayó en la cuenta de que tampoco sabía qué decir. Porque había olvidado lo de los rumores, el poder de la palabra y todas las demás tonterías. En lo único que podía pensar era en esa parte de besarla y...

Y...

Y...

¡Dios bendito! Deseaba besar a Penelope Featherington.

¡A Penelope Featherington!

Igual podría haber dicho que deseaba besar a su hermana.

Solo que ella no era su hermana. La miró disimuladamente; estaba muy atractiva. ¿Cómo pudo no haberse fijado antes en eso? No era su hermana.

Sin duda, no lo era.

—¿Colin? —dijo ella.

Su nombre sonó apenas un susurro en sus labios, sus ojos adorablemente confundidos... ¿Y cómo era que nunca se había fijado en ese precioso matiz castaño? Casi dorado cerca de las pupilas. Nunca había visto nada igual, y no era que no la hubiera visto cientos de veces.

Se incorporó, sintiéndose borracho de repente. Sería mejor que no estuvieran al mismo nivel. Era más difícil verle los ojos desde arriba.

Ella también se levantó.

¡Maldición!

—¿Colin? —repitió ella, con voz apenas audible—. ¿Podría pedirte un favor?

Llámese intuición masculina, llámese locura, pero una voz interior muy insistente le gritaba que lo que fuera que ella deseara *tenía* que ser muy inconveniente.

Pero era un idiota.

Tenía que serlo, porque notó que se le abrían los labios y oyó una voz muy parecida a la suya decir:

—Por supuesto.

Ella hizo un mohín y, por un momento, él creyó que iba a intentar besarlo, pero entonces comprendió que solo los había juntado para formar una palabra.

—¿Me...?

Solo una palabra. Nada más que una palabra comenzada por «M». La «M» siempre parecía un beso.

—¿Me haces el favor de besarme?

9

*Cada semana parece haber una invitación más codiciada que
las demás, y el premio de esta semana debe ir, sin duda, a la
condesa de Macclesfield, que ofrece un magnífico baile la noche del lunes. Lady Macclesfield no es una anfitriona fre-
cuente en Londres, pero es muy popular, como también su
marido, y se espera que asistan muchos solteros, entre ellos el
señor Colin Bridgerton (suponiendo que no lo desmorone el
agotamiento después de pasar cuatro días con los diez nietos Bridgerton), el vizconde Burwick y el señor Anstruther-
Wetherby.*

*Esta autora espera que, después de leer esta columna, de-
cidan asistir también muchísimas jovencitas solteras.*

Revista de Sociedad de Lady Whistledown
16 de abril de 1824

Su vida, tal como la conocía, estaba acabada.

—¿Qué? —preguntó Colin, consciente de que estaba pestañeando.

A ella el rostro se le tornó de un color carmesí más intenso de lo
que habría creído humanamente posible y se giró, dándole la espalda.

—No te preocupes. Olvida lo que dije.

Colin creyó que eso era muy conveniente.

Entonces, justo cuando él pensaba que su mundo podría reanudar su curso normal (o al menos podía aparentar que lo había reanudado), ella volvió a girarse, sus ojos encendidos por una pasión tan intensa que lo asombró.

—Pero yo no lo voy a olvidar —dijo—. Me he pasado toda la vida olvidando cosas, ocultándolas, sin jamás decirle a nadie lo que realmente deseo.

Colin intentó decir algo, pero tenía cerrada la garganta. En cualquier momento caería muerto, estaba seguro.

—No significará nada —dijo ella—. Te lo prometo, no significará nada, y nunca esperaré nada de ti, pero podría morirme mañana y...

—¿Qué?

Lo miraba con sus ojos grandes, oscuros como para derretir, suplicantes y...

Sintió cómo se le derretía la resolución.

—Tengo veintiocho años —explicó ella, su voz dulce y triste—. Soy una solterona y nunca me han besado.

—Ga... ga... ga...

Él sabía que sabía hablar; estaba bastante seguro de que solo hacía unos minutos era capaz de hablar perfectamente, pero en ese momento no era capaz de formar una sola palabra.

Y Penelope seguía hablando, sus mejillas deliciosamente rosadas, y moviendo los labios tan rápido que él no pudo dejar de pensar cómo los sentiría sobre su piel. En el cuello, en el hombro, en... en otras partes.

—Seré una solterona vieja a los veintinueve —estaba diciendo ella—, y seré una solterona vieja a los treinta. Podría morirme mañana y...

—¡No te morirás mañana! —logró decir él.

—¡Pero podría! Podría, y eso me mataría porque...

—Ya estarías muerta —dijo él, pensando que la voz le sonaba rara, como si no saliera de él.

—No quiero morirme sin que me hayan besado una vez —concluyó ella.

A Colin se le ocurrieron muchísimos motivos que hacían muy inconveniente besar a Penelope Featherington, siendo el número uno que *deseaba* besarla.

Abrió la boca, con la esperanza de que le saliera algún murmullo que pudiera interpretarse como una palabra inteligible, pero no le salió nada por los labios, aparte del aire al espirar.

Y entonces Penelope hizo justamente lo que podía destrozar su resolución en un instante. Lo miró a los ojos y pronunció dos sencillas palabras:

—Por favor.

Estaba perdido. Había algo tan conmovedor en la forma en que ella lo miraba, como si se fuera a morir si no la besaba. No de pena, ni de vergüenza, era casi como si necesitara de él para nutrirse, para alimentarse el alma, para llenar su corazón.

Y él no logró recordar a nadie que alguna vez lo hubiera necesitado con ese fervor.

Eso lo hizo sentirse humilde.

Lo hizo desearla con una intensidad que casi le hizo flaquear las rodillas. La miró, y no vio a la mujer que había visto tantas veces antes. Estaba diferente. Resplandecía. Era una sirena, una diosa. Entonces pensó cómo demonios nadie se había fijado en eso antes.

—¿Colin? —susurró ella.

Él dio un paso, apenas avanzó un palmo, pero eso bastó para quedar tan cerca de ella que, cuando le acarició el mentón y le levantó la cara, sus labios quedaron a unos pocos dedos de los de él.

Se mezclaron los alientos y el aire pareció tornarse caliente y denso. Penelope estaba temblando, lo notó en la mano, pero no estaba muy seguro de que él no estuviera temblando también.

Había supuesto que diría alguna tontería como el hombre despreocupado que tenía fama de ser. Por ejemplo «Cualquier cosa por ti» o tal vez «Toda mujer se merece por lo menos un beso». Pero al acabar con la distancia que los separaba comprendió que no había palabras que pudieran captar la intensidad del momento.

Ni palabras para la pasión. Ni palabras para el deseo.

Ni palabras para la simple materialización del momento.

Y así, una tarde de viernes por lo demás ordinaria, en el corazón de Mayfair, en un silencioso salón de Mount Street, Colin Bridgerton besó a Penelope Featherington.

Y fue glorioso.

Al principio posó suavemente los labios sobre los de ella, no porque quisiera ser suave, aunque si hubiera tenido la presencia de ánimo para pensar en esas cosas, tal vez se le habría ocurrido que ese era el primer beso para ella y que debía ser reverente, hermoso y todas las cosas con que sueña una jovencita cuando está en la cama por la noche.

Pero, dicha sea la verdad, ninguna de esas cosas le pasó por la mente a Colin. En realidad, casi no estaba pensando. Su beso comenzó suave porque seguía sorprendido por estar besándola. La conocía de hacía años y jamás se le había ocurrido besarla. Y en ese momento no la habría soltado ni aunque el fuego del mismo infierno le estuviera lamiendo los dedos de los pies. Casi no podía creer lo que estaba haciendo, ni que deseara tantísimo hacerlo.

No era el tipo de beso que se inicia porque uno está avasallado por la pasión, la emoción, la rabia o el deseo. Era una experiencia más lenta, de aprendizaje, tanto para él como para ella.

Y Colin estaba comprendiendo que todo lo que creía saber sobre besar era mentira.

Todos los demás besos habían sido puro contacto de labios y lengua y palabras susurradas sin sentido.

Eso sí era un beso.

Había un algo en la fricción, en el modo como oía y sentía su aliento al mismo tiempo. Algo en la inmovilidad de ella, aunque sentía los latidos de su corazón a través de su piel.

Había un algo en saber que era *ella.*

Deslizó los labios hacia la izquierda hasta tomar entre ellos la comisura de su boca, y le lamió suavemente ese punto, y desde ahí le recorrió la boca presionando la lengua entre sus labios, explorándole los contornos, saboreando su aroma dulce y salobre.

Eso era más que un beso.

Las manos, que tenía ligeramente abiertas en la espalda de ella, se le tensaron y presionaron, hundiéndose en la tela del vestido. A través de la muselina sintió el calor de su cuerpo en las yemas de los dedos, al subir y bajar las manos en círculo presionando sus delicados músculos.

La fue atrayendo más y más hacia él, hasta que sus cuerpos estuvieron estrechamente unidos. La sintió, a todo lo largo del cuerpo, y eso lo encendió. Se estaba poniendo duro de excitación. La deseaba, ¡Dios santo, cuánto la deseaba!

Aumentó la fuerza del beso, puso la lengua entre sus labios, instándola hasta que ella los entreabrió. Aspiró con la boca su suave gemido de aceptación e introdujo la lengua para saborearla. Sabía dulce y un tanto ácida por la limonada, y era tan embriagadora como un coñac fino, porque él ya comenzaba a dudar de su capacidad para continuar de pie.

Deslizó las manos a lo largo de ella, lentamente, para no asustarla. Comprobó que era flexible, curvilínea, exuberante, tal como siempre había pensado que debía ser una mujer. Palpó las amplias curvas de sus caderas, su trasero perfecto, y los pechos... ¡Por Dios! Sentía sus pechos apretados contra el pecho de él. Las palmas le hormiguearon por ahuecarse en ellos, pero se obligó a mantener las manos donde estaban (muy placenteramente sobre su trasero, así que en realidad no fue un sacrificio tan grande). Además de que no debía agarrarle los pechos a una dama de buena cuna en medio de su salón, tenía la sospecha, bastante dolorosa, de que si la acariciaba así estaría totalmente perdido.

—Penelope, Penelope —susurró, pensando por qué su nombre sabía tan bien en sus labios.

Estaba hambriento de ella, embriagado y drogado por la pasión, y deseaba angustiosamente que ella sintiera lo mismo. La sentía perfecta en sus brazos, pero hasta ese momento ella no había tenido ninguna reacción. ¡Ah, sí! Se había entregado a sus brazos y abierto la boca para acoger su dulce invasión, pero aparte de eso no hacía nada.

Y, sin embargo, por su respiración jadeante y los latidos de su corazón, sabía que estaba excitada.

Se apartó un poco, solo unos centímetros, para poder tocarle el mentón y levantarle la cara. Ella abrió los párpados y él vio sus ojos nublados por la pasión, haciendo juego a la perfección con sus labios, algo entreabiertos, blandos e hinchados por sus besos.

Era hermosa. Absoluta, total y conmovedoramente hermosa. No sabía cómo no se había fijado antes.

¿Estaría el mundo poblado por hombres ciegos o, simplemente, estúpidos?

—Puedes besarme también —susurró, apoyando ligeramente la frente en la de ella.

Ella se limitó a pestañear.

—Un beso es para dos personas —susurró él, posando nuevamente los labios en los de ella, aunque solo un fugaz momento.

Ella recorrió con la mano su espalda.

—¿Qué debo hacer? —susurró.

—Lo que sea que desees hacer.

Ella levantó una mano y la colocó en su cara. Deslizó suavemente los dedos por su mejilla, luego siguió por el contorno de su mandíbula y bajó la mano.

—Gracias —susurró.

¿Gracias?

Esa era la palabra que no habría querido oír. No quería que le agradecieran ese beso.

Lo hacía sentirse culpable.

Y superficial.

Como si hubiera sido algo hecho por lástima. Y lo peor era que sabía que, si todo eso hubiera ocurrido solo unos meses antes, así habría sido.

¿Qué demonios decía eso de él?

—No me lo agradezcas —dijo en tono brusco, apartándose hasta que quedaron sin tocarse.

—Pero...

—He dicho que no —insistió él, volviéndose hacia un lado, como si no soportara verla, cuando la realidad era que no se soportaba a sí mismo.

Y lo más horrible era... que no sabía por qué no podía soportarse. Esa angustiosa, molesta sensación, ¿era sentimiento de culpa? ¿Porque no debería haberla besado? ¿Porque no debería haberle gustado besarla?

—Colin, no te enfades contigo mismo —dijo ella.

—¡No lo estoy! —espetó él.

—Yo te pedí que me besaras. Prácticamente te obligué.

Bueno, esa sí que era una manera segura de acabar con su hombría.

—No me obligaste —dijo mordaz.

—No, pero...

—¡Por el amor de Dios, Penelope, basta!

Ella retrocedió, con los ojos muy abiertos.

—Perdona —susurró.

Él le miró las manos; le temblaban. Cerró los ojos, angustiado. ¿Por qué, por qué se portaba como un idiota?

—Penelope...

—No, está bien. No tienes por qué decir nada —dijo ella a trompicones.

—Debo.

—De verdad, prefiero que no lo hagas.

Y ahora se veía tan majestuosa... Eso lo hizo sentirse peor aún. Estaba ahí erguida, las manos unidas recatadamente por delante, los ojos bajos, no mirando el suelo, pero tampoco mirándolo a la cara.

Creía que la había besado por lástima.

Y él era un maldito canalla porque una pequeña parte de él deseaba que ella creyera eso. Porque si ella creía eso, igual él lograría convencerse de que era cierto, que solo era lástima, que de ninguna manera podía ser algo más.

—Tengo que irme —dijo en voz baja, pero en el silencio de la sala las palabras sonaron demasiado fuertes.

Ella no intentó detenerlo.

—Tengo que irme —repitió, haciendo un gesto hacia la puerta, aunque sus pies se negaban a moverse.

Ella asintió.

—No... —alcanzó a decir, y se interrumpió, horrorizado por las palabras que casi le salieron de la boca.

Entonces echó a caminar hacia la puerta.

Pero Penelope lo llamó, claro que lo llamó.

—¿No qué? —le preguntó.

Y él no supo qué decir, porque lo que había comenzado a decir era «No te besé por lástima». Si quería que ella supiera eso, si quería convencerse de eso él mismo, solo podía significar que ansiaba la buena opinión de ella, y eso solo podía significar...

—Tengo que irme —soltó, ya desesperado, como si salir de la sala fuera la única manera de impedir que sus pensamientos siguieran por ese camino tan peligroso. Continuó hasta la puerta, esperando que ella dijera algo, que lo llamara.

Pero ella no dijo nada.

Y él se marchó.

Y nunca se había odiado tanto.

Colin ya estaba de un humor de perros cuando se presentó el lacayo a su puerta con un mensaje de su madre de que fuera a verla. Después, su mal humor ya no tenía remedio.

¡Maldición! Iba a reanudar el ataque para casarlo. Sus llamadas siempre tenían que ver con casarlo. Y no estaba de ánimo en esos momentos.

Pero ella era su madre. Y él la quería. Y eso significaba que no podría desentenderse de ella. Así que con considerables gruñidos y una buena sarta de palabrotas intercaladas, fue a su dormitorio a ponerse las botas y la chaqueta y salió al pasillo.

Estaba viviendo en Bloomsbury, que no era el barrio más elegante de la ciudad para un miembro de la aristocracia, aunque Bedford Square, donde estaba la casa pequeña pero elegante que había alquilado, era un domicilio digno y respetable.

Le gustaba vivir en Bloomsbury, donde sus vecinos eran médicos, abogados, eruditos y personas que hacían cosas distintas que asistir a fiesta tras fiesta. No cambiaría su patrimonio por una vida en un oficio o empleo, al fin y al cabo era muy agradable ser un Bridgerton, pero encontraba estimulante observar a los profesionales en sus actividades diarias, los abogados dirigiéndose al sector este al Colegio de Abogados, y los médicos al sector noroeste, a Portland Place.

Le sería muy fácil subir a su coche para atravesar la ciudad; solo hacía una hora que lo había llevado a las caballerizas, a su regreso de casa de las Featherington. Pero sentía una fuerte necesidad de tomar aire fresco por no decir el perverso deseo de recurrir al medio más lento para llegar a la Casa Número Cinco.

Si su madre pretendía soltarle otro sermón sobre las virtudes del matrimonio, seguido por una larga disertación sobre los atributos de cada una de las señoritas de Londres convenientes para ser esposa, bien podía pasar su maldito tiempo esperándolo.

Cerró los ojos y emitió un gemido. Su mal humor tenía que ser peor de lo que había imaginado si soltaba maldiciones al pensar en su madre, a la que quería y tenía en la más alta estima (como todos los Bridgerton).

Todo era culpa de Penelope.

No, la culpa era de Eloise, pensó, haciendo rechinar los dientes. Mejor echarle la culpa a una hermana.

No, gimió, sentándose en el sillón de su escritorio, la culpa era de él. Si estaba de mal humor, si estaba dispuesto a arrancarle la cabeza a alguien con sus manos, era culpa de él, y solo de él.

No debería haber besado a Penelope. ¡Qué más daba que hubiera deseado besarla, aunque solo se hubiera dado cuenta de eso cuando ella lo dijo! De todos modos no debería haberla besado.

Aunque, pensándolo bien, no sabía por qué no debería haberlo hecho.

Se levantó, fue hasta la ventana y apoyó la frente en el cristal. Bedford Square se veía tranquila, solo andaban unos cuantos hombres por la acera. Parecían trabajadores, probablemente de las obras de construcción del nuevo museo que estaban erigiendo enfrente, en el lado este. (Por eso él había alquilado una casa al lado oeste de la plaza, pues las obras de construcción podrían ser muy ruidosas.)

Desvió la mirada a la parte norte, hacia la estatua de Charles James Fox. Ese sí fue un hombre con una finalidad. Dirigió a los Whigs durante años. No siempre fue popular, si se podía creer a los miembros mayores de la aristocracia, pero ya empezaba a pensar que se sobrevaloraba la popularidad. El cielo sabía que no había nadie que cayera tan bien como él a todo el mundo, y ahí estaba, sintiéndose frustrado e insatisfecho, tan malhumorado que bien podría golpear a cualquiera que se cruzara en su camino.

Suspirando apoyó una mano en el cristal y se enderezó. Sería mejor que se pusiera en marcha, sobre todo si pensaba hacer a pie el trayecto hasta Mayfair. Aunque, en realidad, no quedaba tan lejos. A no más de treinta minutos, quizá, si caminaba a paso enérgico (como hacía siempre), y menos si las aceras no estaban atiborradas de personas caminando lentas. El trayecto era más largo que el que gustaba a los miembros de la alta sociedad, a no ser que estuvieran de compras o paseando por el parque, pero él necesitaba despejarse la cabeza. Y si el aire de Londres no estaba especialmente fresco, bueno, le iría bien de todos modos.

Tan mala era su suerte ese día que, cuando llegó a la esquina de Oxford con Regent Street, comenzaron a caerle las primeras gotas de lluvia en la cara. Cuando salió de Hanover Square y entró en George Street, la lluvia ya caía en serio. Pero estaba tan cerca de Bruton Street que habría sido ridículo parar un coche de alquiler para que lo llevara el resto del camino.

Así pues, continuó caminando.

Pero pasado más o menos un minuto de molestia, empezó a encontrar curiosamente agradable la lluvia. Era bastante cálida, por lo que no lo enfriaba hasta los huesos, y el golpeteo de los gruesos goterones le parecía casi una penitencia.

Y tenía la impresión de que se la merecía.

La puerta de la casa de su madre se abrió antes de que él pusiera el pie en el último peldaño, como si Wickham lo hubiera estado esperando.

—¿Podría sugerirle una toalla? —entonó el mayordomo, ofreciéndole una enorme toalla blanca.

Colin la aceptó, pensando cómo diablos Wickham encontró el tiempo para ir a buscar una toalla. No sabía que él sería tan estúpido como para venir caminando bajo la lluvia.

No por primera vez se le ocurrió pensar que los mayordomos debían de poseer poderes extraños, misteriosos; tal vez eso era un requisito para el puesto.

Aprovechó la toalla para secarse el pelo, causando enorme consternación a Wickham, que adoraba la etiqueta y seguro que supuso que él se retiraría, como mínimo, durante media hora a una habitación para arreglar su apariencia.

—¿Dónde está mi madre? —preguntó.

Wickham frunció los labios y le miró a los pies, que estaban formando unos charquitos en el suelo.

—Está en su oficina, pero está hablando con su hermana.

—¿Qué hermana? —preguntó Colin, sonriendo alegremente para fastidiar a Wickham, que seguro que quiso fastidiarlo al omitir el nombre de su hermana.

Como si se pudiera decir «su hermana» a un Bridgerton y esperar que supiera a cuál se refería.

—Francesca.

—¡Ah, sí! Volverá pronto a Escocia, ¿verdad?

—Mañana.

Colin le pasó la toalla, la que Wickham miró como si fuera un enorme insecto.

—Entonces no la molestaré. Cuando se desocupe dile que estoy aquí.

Wickham asintió.

—¿Quiere cambiarse de ropa, señor Bridgerton? Creo que en el dormitorio de su hermano Gregory queda algo de su ropa.

Colin se sorprendió sonriendo. Gregory estaba terminando su último trimestre en Cambridge. Era once años menor que él, y era difícil creer que pudieran intercambiarse ropa, pero tal vez ya era hora de aceptar que su hermano pequeño era un adulto.

—Excelente idea —dijo, mirándose pesaroso la manga empapada—. Estas las dejaré aquí para que las limpien y las pasaré a recoger después.

—Como quiera —dijo Wickham, asintiendo, y luego desapareció por el pasillo con rumbo desconocido.

Colin subió de dos en dos los peldaños de la escalera hacia los aposentos de la familia. Cuando iba a toda prisa por el pasillo oyó abrirse una puerta. Al girarse vio aparecer a Eloise.

No era la persona que deseaba ver. Inmediatamente le trajo todos los recuerdos de su visita a Penelope. La conversación. El beso.

En especial el beso.

Y, peor aún, la culpabilidad que sintió después.

La culpabilidad que todavía sentía.

—Colin —dijo Eloise alegremente—, no sabía que... ¿Qué has hecho, venir a pie?

—Me gusta la lluvia —repuso él, encogiéndose de hombros.

Ella lo miró con curiosidad, ladeando la cabeza, como hacía siempre que estaba perpleja por algo.

—Estás de un humor extraño hoy.

—¡Estoy empapado, Eloise!

—No hace ninguna falta que me grites —dijo ella, sorbiendo por la nariz—. Yo no te obligué a atravesar la ciudad bajo la lluvia.

—No estaba lloviendo cuando salí —contestó él, como si estuviera obligado. Al parecer, cualquier hermana hacía salir al niño de ocho años que había en él.

—Seguro que el cielo estaba gris —replicó ella.

Sí, también en ella salía la niñita de ocho años.

—¿Podríamos continuar esta conversación cuando esté seco? —preguntó, en tono impaciente.

—Pues claro —dijo ella, toda buena voluntad—. Te esperaré aquí.

Colin se tomó todo el tiempo del mundo poniéndose ropa de Gregory, dedicando especial atención a hacerse el nudo de la corbata. Finalmente, cuando estaba convencido de que Eloise ya debía de tener molidos los dientes, salió al pasillo.

—Supe que hoy fuiste a ver a Penelope —dijo ella, sin preámbulos.

Mala elección de tema.

Sabía que su hermana era íntima amiga de Penelope, pero seguro que esta no le habría contado *eso*.

—¿Cómo lo supiste? —preguntó cauteloso.

—Felicity se lo dijo a Hyacinth.

—Y Hyacinth te lo dijo a ti.

—Por supuesto.

—Hay que hacer algo con el cotilleo en esta ciudad —masculló él.

—No creo que eso cuente como cotilleo, Colin. No es que tú estés interesado en Penelope.

Si se hubiera referido a cualquier otra mujer, él habría esperado que lo mirara de reojo y añadiera un coquetón «¿verdad?». Pero esta era Penelope, y aunque Eloise era su mejor amiga y su principal defensora, ni siquiera ella podía imaginarse que un hombre de la reputación y popularidad de él pudiera estar interesado en una mujer de la reputación y (falta de) popularidad de Penelope.

Su humor pasó de malo a pésimo.

—En todo caso —continuó Eloise, totalmente inconsciente de la tempestad que se estaba formando dentro de su alegre y jovial hermano—, Felicity le dijo a Hyacinth que Briarly le comentó que habías ido a visitarla. Solo quería saber a qué fuiste.

—A nada que sea asunto tuyo —repuso él enérgicamente, con la esperanza de que ella lo dejara estar, aunque sin creer que lo hiciera.

De todos modos avanzó hacia la escalera, muy optimista.

—Fue para hablar de mi cumpleaños, ¿verdad? —dijo ella.

Y corrió a cerrarle el paso, tan de repente que un zapato chocó con el de él. Hizo un gesto de dolor, pero él no se sintió muy compasivo.

—¡No, no fue para hablar de tu cumpleaños! —espetó—. No estarás de cumpleaños hasta... —Se interrumpió. ¡Ay, demonios!—. Hasta la próxima semana —gruñó.

Ella sonrió burlona. Entonces, como si su cerebro acabara de darse cuenta de que iba por el camino equivocado, abrió la boca consternada como para retroceder y virar en la dirección correcta.

—Entonces —dijo, dando un paso a un lado para cerrarle mejor el camino—, si no fuiste a hablar de mi cumpleaños, y ya no puedes decir nada para convencerme de que sí, ¿a qué fuiste a ver a Penelope?

—¿No hay nada privado en este mundo?

—No en esta familia.

Colin decidió que lo mejor sería adoptar su personalidad alegre, aunque no se sentía nada caritativo con ella en ese momento, así que puso su sonrisa más dulce y encantadora, ladeó un poco la cabeza y dijo:

—Me ha parecido oír que me llama mi madre.

—Yo no he oído nada —dijo Eloise muy desvergonzada—. ¿Y qué te pasa? Te encuentro muy raro.

—Estoy bien.

—No estás bien, tienes cara de haber ido al dentista.

—Siempre es agradable recibir cumplidos de la familia —dijo él en apenas un murmullo.

—Si no puedes fiarte de que tu familia sea sincera contigo, ¿de quién puedes hacerlo?

Él se apoyó tranquilamente en la pared y se cruzó de brazos.

—Prefiero la adulación a la verdad.

—No es cierto.

¡Dios santo! Sentía ganas de darle una bofetada. Eso no lo hacía desde que tenía doce años. Y la buena paliza que recibió por eso. Era la única vez que recordaba a su padre poniéndole la mano encima.

—Lo que deseo es el cese inmediato de esta conversación —dijo, arqueando una ceja.

—Lo que deseas es que yo deje de preguntarte a qué fuiste a ver a Penelope Featherington, pero creo que los dos sabemos que eso no va a ocurrir.

Y entonces fue cuando él lo supo. Supo en la médula de sus huesos, de la cabeza a los pies, del corazón a la mente, que su hermana era lady Whistledown. Todas las piezas encajaban. No existía nadie tan cabezota y tenaz como ella, nadie que pudiera o quisiera tomarse el tiempo para llegar al fondo de cada chisme o insinuación.

Cuando Eloise quería algo no paraba hasta tenerlo firmemente agarrado. No era por dinero, codicia ni bienes materiales. Lo de ella era por conocimiento. Le gustaba saber cosas, y pinchaba y pinchaba hasta que uno le dijera lo que deseaba saber.

Era un milagro que nadie la hubiera descubierto todavía.

—Necesito hablar contigo —dijo de repente.

La agarró del brazo y la hizo entrar en la habitación más cercana, que dio la casualidad de ser la de ella.

—¡Colin! —gritó ella, tratando de soltarse—. ¿Qué haces?

Él cerró de un golpe la puerta, la soltó y se cruzó de brazos, con los pies separados y la expresión amenazadora.

—¿Colin? —repitió ella, intrigada.

—Sé lo que has estado haciendo.

—Lo que he estado...

Y entonces, la condenada se echó a reír.

—¡Eloise! —gritó él—. ¡Te estoy hablando!

—Ya lo oigo —logró decir ella.

Él se mantuvo firme, mirándola furioso.

Ella no lo miró, doblada por la risa. Finalmente dijo:

—¿Qué quieres dec...? —pero entonces lo miró y, aunque trató de mantener cerrada la boca, volvió a estallar en carcajadas.

Si ella hubiera estado bebiendo, pensó él sin una pizca de humor, la bebida le habría salido por las narices.

—¡¿Qué diablos te pasa?! —espetó.

Eso logró llamar su atención; él no supo decidir si fue el tono de su voz o la palabrota, pero se puso seria al instante.

—Caramba, lo dices en serio —dijo, en voz baja.

—¿Tengo cara de estar bromeando?

—No, aunque al principio sí. Lo siento, Colin, pero es que no es propio de ti enfurecerte y gritar así. Te parecías bastante a Anthony.

—Y tú...

—En realidad —interrumpió ella, mirándolo con una expresión no todo lo recelosa que hubiera debido—, te parecías más a ti intentando imitar a Anthony.

La mataría. Ahí mismo en su habitación, en la casa de su madre, cometería fratricidio.

—¿Colin? —dijo ella, titubeante, como si por fin se hubiera dado cuenta de que él había pasado del enfado a la furia hacía rato.

—Siéntate —dijo él, indicándole un sillón—. Ahora mismo.

—¿Te encuentras bien?

—¡Siéntate! —rugió él.

Y ella se sentó.

—No recuerdo la última vez que me levantaste la voz —susurró.

—Yo no recuerdo la última vez que tuve un motivo.

—¿Qué pasa?

Él decidió que igual podía ir y decirlo.

—¿Colin?

—Sé que eres lady Whistledown.

—¡¿Quéeeee?!

—No te servirá de nada negarlo. He visto...

—¡No es cierto! —exclamó ella levantándose de un salto.

De pronto, él dejó de sentirse enfadado. Solo se sintió cansado.

—Eloise, he visto la prueba.

—¿Qué prueba? —preguntó ella, con la voz más aguda por la incredulidad—. ¿Cómo puede haber prueba de algo que no es cierto?

Él le asió una mano.

—Mírate los dedos.

Ella se los miró.

—¿Qué les pasa a mis dedos?

—Manchas de tinta.

Ella lo miró boquiabierta.

—¿De eso has deducido que yo soy lady Whistledown?

—¿Por qué tienes esas manchas, entonces?

—¿Nunca has usado una pluma?

—Eloise... —dijo él en tono amenazador.

—No tengo por qué decirte la razón de que tenga manchas de tinta en los dedos.

—Eloise...

—No te debo ninguna... Ah, muy bien, de acuerdo. —Se cruzó de brazos, indignada—. Escribo cartas.

Él la miró con una expresión incrédula.

—¡Es cierto! —protestó ella—. Cada día. A veces dos al día, cuando Francesca no está en la ciudad. Soy muy leal en mi correspondencia. Deberías saberlo. He escrito bastantes cartas con tu nombre en el sobre, aunque dudo que te hayan llegado la mitad.

—¿Cartas? —dijo él, en tono muy dudoso y despectivo—. ¡Por el amor de Dios, Eloise! ¿Crees que eso va a colar? ¿A quién diablos le escribes tantas cartas?

Ella se ruborizó. De verdad, sus mejillas se tiñeron de un color muy subido.

—No es asunto tuyo.

Esa reacción le habría inspirado curiosidad si no hubiera estado todavía convencido de que ella mentía al decir que no era lady Whistledown.

—¡Por el amor de Dios, Eloise! ¿Quién va a creer que escribes cartas todos los días? Yo no, la verdad.

Ella lo miró fijamente, con sus ojos relampagueando de furia.

—No me importa lo que creas —dijo en voz muy baja—. No, eso no es cierto. Me enfurece que no me creas.

—No me das mucho en qué creer —dijo él, cansinamente.

Ella se le acercó y le clavó un dedo en el pecho, fuerte.

—¡Eres mi hermano! —exclamó—. Deberías creerme incondicionalmente, quererme incondicionalmente. Eso es lo que significa ser familia.

—Eloise —dijo él, y el nombre le salió apenas en un suspiro.

—No intentes disculparte ahora.

—Ni lo pensaba.

—¡Peor aún! —exclamó ella, caminando hacia la puerta—. Deberías estar a cuatro patas rogándome que te perdone.

Él no habría pensado que sería capaz de sonreír, pero eso lo consiguió.

—Vamos, eso no encajaría con mi carácter, ¿no?

Ella abrió la boca para decir algo, pero el sonido que le salió no fue una palabra exactamente, sino algo así como un «Ooooooh», con una voz muy airada, y luego salió hecha una furia dando un fuerte portazo.

Colin se arrellanó en un sillón, pensando a qué hora se daría cuenta ella de que lo había dejado en su habitación.

La ironía era, reflexionó, el único punto luminoso en un día por lo demás desgraciado.

10

Queridos lectores:

Es con un corazón sentimental que escribo estas palabras. Después de once años de informar acerca de la vida y actividades del bello mundo, esta autora abandona su pluma.

Si bien el desafío de lady Danbury ha acelerado mi retiro, en realidad no se puede poner (enteramente) la culpa sobre los hombros de la condesa. La redacción de la hoja informativa se me ha hecho pesada este último tiempo, menos gratificante y, tal vez, menos entretenida de leer. Esta autora necesita un cambio; esto no es difícil imaginárselo. Once años es mucho tiempo.

Y, la verdad, la reciente renovación del interés por la identidad de esta autora se ha hecho inquietante. Amigos se vuelven contra amigos, hermanos contra hermanas, todo en el inútil intento de resolver un secreto insoluble. Además, los métodos detectivescos de la alta sociedad se han tornado peligrosos. La semana pasada fue la torcedura del tobillo de lady Blackwood; el daño de esta semana ha ido a recaer, al parecer, en Hyacinth Bridgerton, que se lesionó en la fiesta del sábado ofrecida en la casa de ciudad de lord y lady Riverdale. (No ha escapado de la atención de esta autora que lord Riverdale es *sobrino de lady Danbury.) La señorita Hyacinth debió de haber sospechado de alguno de los asistentes, porque se hizo su lesión al caerse dentro de la biblioteca cuando alguien abrió la puerta teniendo ella el oído pegado ahí.*

Escuchar tras las puertas, perseguir a niños repartidores..., y estos son solo retazos que han llegado a los oídos de esta autora. Esta autora os asegura, queridos lectores, que nunca, ni una sola vez en estos once años, ha escuchado tras una puerta. Todos los cotilleos aparecidos en esta hoja los ha conseguido limpiamente, sin ningún instrumento ni truco aparte de sus buenos ojos y oídos.

¡Me despido de ti, Londres! Ha sido un placer servirte.

REVISTA DE SOCIEDAD DE LADY WHISTLEDOWN
19 de abril de 1824

A nadie sorprendió que esto fuera el tema de conversación en el baile de los Macclesfield.

—¡Lady Whistledown se ha retirado!

—¿Te lo puedes creer?

—¿Qué voy a leer ahora con mi desayuno?

—¿Cómo voy a saber lo que me perdí si no asisto a una fiesta?

—Ahora no descubriremos jamás quién es.

—¡Lady Whistledown se ha retirado!

Una mujer se desmayó y casi se rompió la cabeza en el borde de una mesa al caer desgarbadamente al suelo. Al parecer, no había leído la hoja esa mañana y se enteró de la noticia allí, en el baile. La reanimaron haciéndola oler sales, pero pasado un momento volvió a desmayarse.

—Eso es fingido —comentó Hyacinth Bridgerton a Felicity Featherington.

Las dos estaban en un pequeño grupo con la vizcondesa Bridgerton viuda y Penelope. Penelope asistía oficialmente como carabina de Felicity, ya que su madre decidió quedarse en casa porque estaba mal del estómago.

—El primer desmayo fue de verdad —explicó Hyacinth—. Eso le quedó claro a cualquiera por la forma torpe como cayó. Pero eso... —Hizo un gesto de disgusto con la mano hacia la dama que estaba en el suelo—. Nadie se desmaya como una bailarina de ballet. Ni siquiera las bailarinas de ballet.

Penelope lo había oído todo, porque Hyacinth estaba a su lado, a la izquierda, así que sin dejar de mirar a la infortunada mujer, que en ese momento estaba volviendo en sí con un delicado movimiento de pestañas mientras le mantenían las sales bajo la nariz, le preguntó:

—¿Te has desmayado alguna vez?

—¡Nooo, desde luego que no! —contestó Hyacinth, no sin cierta medida de orgullo—. Los desmayos son para las débiles de corazón. Y si lady Whistledown siguiera escribiendo, prestad atención a lo que digo, diría exactamente lo mismo en su próxima revista.

—¡Ay de mí! Ya no hay que prestar atención —repuso Felicity, suspirando tristemente.

Lady Bridgerton manifestó su acuerdo.

—Es el fin de una era —dijo—. Me siento abandonada sin ella.

—Bueno, todavía no hemos pasado más de dieciocho horas sin ella —se sintió obligada a señalar Penelope—. Recibimos una hoja esta mañana. ¿De qué hay que sentirse abandonada?

—Es el principio —dijo lady Bridgerton suspirando—. Si este fuera un lunes normal, sabríamos que recibiríamos un nuevo informe el miércoles. Pero ahora...

—Ahora estamos perdidas —dijo Felicity, sorbiendo por la nariz.

Penelope miró incrédula a su hermana.

—Vaya, sí que estás melodramática.

Felicity hizo un exagerado encogimiento de hombros, digno del escenario.

—¿Melodramática? ¿Yo?

Hyacinth le dio una compasiva palmadita en la espalda.

—No te creas eso, Felicity. Yo me siento exactamente igual que tú.

—Solo es una hoja de cotilleos —dijo Penelope, mirándolas a todas como en busca de alguna señal de cordura.

Tenían que saber que el mundo no se iba a acabar porque lady Whistledown hubiera decidido poner fin a su carrera.

—Tienes razón, por supuesto —dijo lady Bridgerton, alzando el mentón y frunciendo los labios de una manera que suponía le daría un aire pragmático—. Gracias por ser la voz de la razón en este pequeño grupo. —Pero entonces pareció desinflarse un poco y añadió—: Pero debo reconocer que me había acostumbrado a tenerla por aquí. Sea quien sea.

Penelope decidió que ya era hora de cambiar el de tema.

—¿Dónde está Eloise esta noche?

—Enferma, me temo. Con dolor de cabeza —explicó lady Bridgerton, frunciendo un poco el ceño—. Lleva días sin sentirse muy bien. Estoy comenzando a preocuparme.

Penelope, que había estado mirando distraídamente hacia un esconce de la pared, volvió la atención a lady Bridgerton.

—No es nada grave, espero.

—No es nada grave —contestó Hyacinth antes de que su madre alcanzara a abrir la boca—. Eloise no se enferma nunca.

—Justamente por eso estoy preocupada —dijo lady Bridgerton—. No ha comido muy bien estos días.

—Eso no es cierto —rebatió Hyacinth—. Solo esta tarde Wickham le llevó una bandeja bien cargada. Panecillos, huevos y me pareció oler jamón. —Hizo un gesto sarcástico, sin dirigirse a nadie en particular—. Y cuando Eloise dejó la bandeja en el pasillo, estaba totalmente vacía.

Hyacinth Bridgerton tenía un ojo muy bueno para los detalles, decidió Penelope.

—Ha estado de mal humor desde que se peleó con Colin —continuó Hyacinth.

—¿Se peleó con Colin? —preguntó Penelope, empezando a sentir una desagradable sensación en el estómago—. ¿Cuándo?

—Un día de la semana pasada —contestó Hyacinth.

«¡¿Qué día?!», deseó gritar Penelope, pero seguro que parecería extraño que pidiera que le dijeran el día exacto. ¿Sería el viernes?

Siempre recordaría que su primer beso, y muy probablemente el único de su vida, lo había recibido un viernes.

Tenía esa rareza. Siempre recordaba los días de la semana.

Conoció a Colin un lunes.

Él la besó un viernes.

Doce años después.

Suspiró. Más patético imposible.

—¿Te pasa algo, Penelope? —le preguntó lady Bridgerton.

Penelope miró a la madre de Eloise. Sus ojos azules eran todo cariño y preocupación, y algo en su manera de ladear la cabeza le produjo deseos de llorar.

Sí que se había puesto emotiva; llorar por un ladeo de la cabeza, desde luego.

—No me pasa nada —contestó, con la esperanza de que su sonrisa pareciera sincera—. Solo estoy preocupada por Eloise.

Hyacinth emitió un bufido.

Penelope decidió que necesitaba escapar. Todas esas Bridgerton, bueno, dos en todo caso, la hacían pensar en Colin.

Lo cual no era nada que no hubiera hecho casi cada minuto de los tres últimos días. Pero, por lo menos, esos habían sido momentos secretos, en que podía suspirar, gemir y gruñir a plena satisfacción de su corazón.

Pero esa debía de ser su noche de suerte, porque justo en ese instante oyó a lady Danbury gritar su nombre.

(¿Hacia dónde iba su mundo, que consideraba una suerte quedar atrapada en un rincón con la lengua más mordaz de todo Londres?)

Pero lady Danbury le ofrecía la disculpa perfecta para dejar su pequeño cuarteto de damas. Además, estaba llegando a comprender que, de un modo muy extraño, le caía bastante bien lady Danbury.

—¡Señorita Featherington! ¡Señorita Featherington!

Felicity retrocedió un paso.

—Creo que te llama a ti —susurró, apremiante.

—Por supuesto que me llama a mí —dijo Penelope, con cierto toque de altivez—. Considero una muy querida amiga a lady Danbury.

—¿Sí? —preguntó Felicity, con los ojos desorbitados.

—¡Señorita Featherington! —exclamó lady Danbury llegando a su lado y golpeando con su bastón a un centímetro del pie de Penelope—. Usted, no —dijo a Felicity, aunque esta solo se había limitado a sonreír amablemente—. Usted —dijo a Penelope.

—Eh..., buenas noches, lady Danbury —dijo Penelope, pensando que el saludo contenía un buen número de palabras, tomando en cuenta las circunstancias.

—La he estado buscando toda la noche —dijo lady Danbury.

Eso lo encontró sorprendente.

—¿Sí?

—Sí. Quiero hablar con usted sobre el anuncio que hace en su última hoja esa tal Whistledown.

—¿Conmigo?

—Sí, con usted —gruñó lady Danbury—. Me encantaría hablar con otra persona si me señalara a alguna con más de medio cerebro.

Penelope tragó saliva para disimular y contener el comienzo de risa e hizo un gesto hacia sus acompañantes.

—Eh..., esto..., le aseguro que lady Bridgerton...

Lady Danbury la interrumpió negando enérgicamente con la cabeza.

—Está demasiado ocupada intentando casar a su más que numerosa prole —declaró—. No se puede esperar que sepa llevar una conversación decente.

Espantada, Penelope miró disimuladamente a lady Bridgerton para ver si estaría ofendida por el insulto. Alfin y al cabo, ya llevaba diez años intentando casar a su más que numerosa prole. Pero lady Bridgerton no se veía ofendida en lo más mínimo; en realidad parecía estar reprimiendo la risa.

Reprimiendo la risa, alejándose y llevándose con ella a Hyacinth y Felicity.

Traidoras, las tres.

¡Ah, bueno! No debería quejarse. Su deseo había sido escapar de las Bridgerton, ¿no? Pero no le gustaba demasiado que Felicity y Hyacinth creyeran que le habían jugado una mala pasada.

—Se fueron —espetó lady Danbury—, y buena cosa, también. Esas dos niñas no tienen ni una sola cosa inteligente que decir.

—¡Oh, vamos! Eso no es cierto —protestó Penelope, sintiéndose obligada—. Felicity y Hyacinth son muy inteligentes.

—No he dicho que no sean inteligentes —replicó lady Danbury ásperamente—, solo que no tienen nada inteligente que decir. Pero no se preocupe —añadió, dándole una alentadora palmadita en el brazo (¿alentadora? ¿Alguien podía decir que lady Danbury dijera o hiciera algo alentador?)—, no es culpa de ellas que su conversación sea tan aburrida. Ya crecerán. Las personas son como los buenos vinos. Si comienzan buenos solo mejoran con la edad.

Penelope había estado mirando disimuladamente por encima del hombro derecho de lady Danbury a un hombre que pensó que podría ser Colin, pero eso le llevó la atención hacia donde quería la condesa.

—¿Buenos vinos? —repitió.

—¡Vaya! Y yo que creía que no estaba escuchando.

—Sí que estaba escuchando —dijo Penelope, notando que se le curvaban los labios en algo que no era exactamente una sonrisa—. Solo que... me distraje.

—Buscando a ese muchacho Bridgerton, sin duda.

Penelope ahogó una exclamación de sorpresa.

—Ah, no se sorprenda tanto. Lo tiene escrito en la cara. Lo único que me sorprende es que él no lo haya notado.

—Me imagino que sí lo ha notado —masculló Penelope.

Lady Danbury frunció el ceño y las comisuras de los labios se curvaron hacia abajo, formando dos surcos verticales que le bajaban hasta el mentón.

—¿Sí? ¡Vaya! No habla bien de él que no haya hecho nada al respecto.

A Penelope se le oprimió el corazón. Encontraba algo tan dulce en esa fe de la anciana en ella, como si fuera de lo más normal que hombres como Colin se enamoraran de mujeres como ella. ¡Había tenido que rogarle que la besara, por el amor de Dios! Y luego, cómo acabó todo: él se marchó de casa con un ataque de rabia y ya llevaban tres días sin hablarse.

—Bueno, no se preocupe por él —dijo lady Danbury de repente—. Le encontraremos a otro.

Penelope se aclaró delicadamente la garganta.

—Lady Danbury, ¿es que me ha convertido en su *proyecto*?

La anciana sonrió de oreja a oreja; una sonrisa alegre y radiante en su arrugada cara.

—¡Pues claro! Me extraña que no lo haya descubierto antes.

—¿Pero por qué? —preguntó Penelope, sin lograr comprenderlo.

Lady Danbury suspiró. El suspiro no sonó triste, sino más bien reflexivo.

—¿Le importaría que nos sentáramos? Estos viejos huesos ya no son lo que eran.

Penelope se sintió fatal por no haber pensado en la edad de la condesa mientras estaban ahí de pie en el atiborrado salón. Pero, claro, la anciana era tan vibrante que era difícil imaginársela débil o adolorida.

—Por supuesto —se apresuró a decir, agarrándole el brazo y llevándola hasta un banco cercano—. Aquí. —Una vez que lady

Danbury estuvo instalada, ella se sentó a su lado—. ¿Se siente más cómoda ahora? ¿Le apetece beber algo?

Lady Danbury asintió, agradecida, de modo que Penelope le hizo una seña a un lacayo para que les trajera dos vasos de limonada. No quería dejar sola a la condesa, que estaba muy pálida.

—Ya no soy tan joven —dijo lady Danbury una vez que el lacayo partió en dirección a la mesa de refrescos.

—Ninguna de las dos lo somos —repuso Penelope.

Ese podía ser un comentario frívolo, pero lo dijo con cariño, y algo le dijo que la anciana lo agradecería.

Tenía razón. Lady Danbury se echó a reír y la miró agradecida.

—Cuanto mayor me hago, más comprendo que la mayoría de las personas de este mundo son idiotas.

—¿Y solo ahora viene a descubrir eso? —le preguntó Penelope, no para burlarse, sino porque dado el habitual comportamiento de la anciana, hacía difícil creer que no hubiera llegado a esa conclusión hacía años.

Lady Danbury se rio.

—No, a veces creo que lo supe antes de nacer. De lo que me he dado cuenta es de que ya es hora de que haga algo al respecto.

—¿Qué quiere decir?

—No podría importarme menos lo que les ocurra a los idiotas de este mundo, pero a las personas como usted —por falta de pañuelo se limpió los ojos con los dedos—, bueno, me gustaría verla bien establecida.

Durante unos segundos, Penelope no pudo hacer otra cosa que mirarla.

—Lady Danbury —dijo al fin, cautelosa—, le agradezco mucho ese gesto, y el sentimiento, pero debe saber que yo no soy responsabilidad suya.

—Claro que lo sé —bufó lady Danbury—. No tema, no siento ninguna responsabilidad hacia usted. Si la sintiera, no sería tan divertido.

—No lo entiendo —dijo Penelope, sabiendo que eso la hacía parecer una boba, pero fue lo único que se le ocurrió.

Lady Danbury guardó silencio mientras dos lacayos les entregaban sus vasos con limonada y las dos bebían unos cuantos sorbos.

—Me cae bien, señorita Featherington —explicó después—. Y son muchas las personas que me caen mal. Es así de simple. Y quiero verla feliz.

—Pero es que soy feliz —dijo Penelope, más por reflejo que por otra cosa.

Lady Danbury arqueó una arrogante ceja, gesto que hacía a la perfección.

—¿De veras? —preguntó.

¿Era feliz?, pensó Penelope. ¿Qué significaba que tuviera que pararse a pensar la respuesta? No era infeliz, de eso sí estaba segura. Tenía amigas maravillosas, una verdadera confidente en su hermana menor Felicity, y si su madre y sus hermanas mayores no eran mujeres a las que habría elegido por amigas, bueno, las quería de todos modos. Y sabía que ellas la querían.

La suya no era tan mala suerte. A su vida le faltaba drama y emoción, pero estaba contenta.

Pero «contenta» no es lo mismo que «feliz», y sintió una fuerte punzada en el pecho al darse cuenta de que no podía contestar afirmativamente a la pregunta de lady Danbury.

—He criado a mi familia —dijo lady Danbury—. Cuatro hijos, y todos se casaron bien. Incluso le encontré esposa a mi sobrino, el cual, la verdad sea dicha —se acercó a susurrarle el final en el oído, como si se tratara de un secreto de Estado—, me gusta más que mis hijos.

Penelope no pudo evitar sonreír. Lady Danbury se veía tan furtiva, tan pícara... Muy graciosa, en realidad.

—Puede que la sorprenda —continuó la condesa—, pero por naturaleza soy algo entrometida.

Penelope mantuvo la expresión seria.

—Me encuentro sin nada que hacer —continuó lady Danbury, levantando las manos como en señal de derrota—. Quiero ver felizmente establecida a una última persona antes de marcharme.

—No hable así, lady Danbury —le dijo Penelope, tomándole impulsivamente una mano, y apretándosela un poquito—. Nos sobrevivirá a todos, no me cabe duda.

—¡Puf! No sea estúpida —dijo la anciana en tono de no tomárselo en serio, pero no hizo ademán de retirar la mano de la de Penelope—. No soy una persona depresiva —añadió—, simplemente soy realista. Ya he pasado de los setenta, y no voy a decir cuántos años hace de eso. No me queda mucho tiempo en este mundo y eso no me importa ni un ápice.

Penelope deseó ser capaz de enfrentarse a su mortalidad con la misma ecuanimidad.

—Pero usted me gusta, señorita Featherington. Me recuerda a mí misma. No tiene miedo de hablar claro.

Penelope solo pudo mirarla pasmada. En los diez últimos años de su vida no había logrado jamás decir lo que deseaba decir. Con las personas a las que conocía bien era sincera y locuaz, a veces incluso divertida, pero entre desconocidos su lengua simplemente se negaba a moverse.

Recordó un baile de máscaras al que asistió una vez. En realidad había asistido a muchos bailes de máscaras, pero ese fue único porque encontró un disfraz, nada especial, simplemente un vestido a la moda del siglo diecisiete, el que le dio la impresión de que de verdad escondía su identidad. O tal vez fue el antifaz; le quedaba un poco grande y le cubría casi toda la cara.

Se sintió transformada. Repentinamente, libre de la carga de ser Penelope Featherington, sintió aflorar una nueva personalidad. No fue darse aires de ser diferente, sino que lo sintió como si fuera más ella misma, la que no sabía mostrarse ante nadie que no conociera bien, y por fin se soltó.

Se rio, gastó bromas, incluso coqueteó.

Y se juró que la noche siguiente, cuando estuviera sin disfraz, otra vez vestida con su mejor vestido de noche, recordaría ser ella misma.

Pero eso no ocurrió. Cuando llegó al baile, saludó y sonrió, educada y amable como siempre, y nuevamente se encontró de pie en el perímetro del salón, del todo la fea del baile, confundida con las flores del papel de la pared.

Por lo visto, ser Penelope Featherington significaba algo. Su suerte había sido echada años atrás, durante esa horrible primera temporada, cuando su madre insistió en presentarla en sociedad aunque ella le rogó y le rogó que esperara. La niña regordeta. La niña torpe. La que siempre vestía de colores que no le sentaban bien. No significó nada que hubiera tirado todos sus vestidos amarillos, que hubiera adelgazado y aprendido a moverse con elegancia. Para ese mundo, el mundo de la sociedad londinense y la aristocracia, ella siempre sería la antigua Penelope Featherington.

Era tanto culpa de ella como de cualquier otra persona. Un círculo vicioso, en realidad. Cada vez que entraba en un salón de baile y veía a toda esa gente que la conocía desde hacía tanto tiempo, se sentía cerrándose en su interior, convirtiéndose en la niña tímida y torpe que fuera años atrás, en lugar de ser la mujer segura de sí misma en que le gustaba pensar que se había transformado, al menos en su corazón.

—¿Señorita Featherington? —le llegó la voz sorprendentemente dulce de lady Danbury—. ¿Le pasa algo?

Comprendió que tardaba más tiempo del debido en contestar, pero le hicieron falta unos segundos para encontrar la voz.

—No creo que sepa hablar claro —dijo al fin, y se volvió para mirar a la anciana antes de añadir—: Nunca sé qué decirle a la gente.

—Sabe qué decirme a mí.

—Usted es diferente.

Lady Danbury echó hacia atrás la cabeza y se rio.

—Si alguna vez ha existido un eufemismo... Vamos, Penelope, espero que no te moleste que te tutee, si eres capaz de hablarme claro a mí, eres capaz de hacerlo con cualquiera. La mitad de los hombres adultos presentes en este salón corren a esconderse en un rincón tan pronto como me ven acercarme.

—Simplemente no la conocen —dijo Penelope, dándole unas palmaditas en la mano.

—A ti tampoco te conocen —repuso lady Danbury.

—No —dijo Penelope, con tono de resignación.

—Yo diría que ellos se lo pierden, pero eso sería bastante arrogancia por mi parte, no hacia ellos sino hacia ti, porque aunque muchas veces los llamo idiotas, y esto lo hago con bastante frecuencia, como sin duda sabes, en realidad algunos son personas

bastante decentes, y es un crimen que no hayan llegado a cono-
certe. Mmm... Me gustaría saber qué ocurre.

Penelope se sorprendió sentada más erguida.

—¿Qué quiere decir? —preguntó, aunque era evidente que
ocurría algo.

Se veía a la gente susurrando y haciendo gestos hacia el pequeño estrado donde estaban sentados los músicos.

—¡Usted! —exclamó lady Danbury, clavándole el bastón en la
cadera a un caballero que estaba cerca—. ¿Qué pasa?

—Cressida Twombley desea hacer una especie de anuncio —contestó él y se apresuró a alejarse, tal vez para evitar
seguir hablando con lady Danbury, o tal vez para evitar su
bastón.

—Detesto a Cressida Twombley —susurró Penelope.

Lady Danbury casi se atragantó de risa.

—Y dices que no sabes hablar claro. No me tengas en la duda.
¿Por qué la detestas?

Penelope se encogió de hombros.

—Siempre se ha portado muy mal conmigo.

Lady Danbury asintió como buena conocedora.

—Todos los matones tienen una víctima favorita.

—Ahora no es tan terrible —dijo Penelope—, pero cuando las
dos estábamos recién presentadas en sociedad, cuando ella todavía era Cressida Cowper, siempre aprovechaba cualquier oportunidad para atormentarme. Y la gente..., bueno..., —Movió la cabeza—. No tiene importancia.

—No, por favor. Continúa.

—En realidad no tiene importancia —suspiró Penelope—.
Solo que he observado que las personas no suelen acudir en defensa de otras. Cressida era popular, al menos en ciertos grupos, e

inspiraba miedo a las otras chicas de nuestra edad. Nadie se atrevía a ir en su contra. Bueno, casi nadie.

Eso captó la atención de lady Danbury, y sonrió.

—¿Quién era tu defensor, Penelope?

—Defensores, en realidad. Los Bridgerton siempre acudían en mi ayuda. Anthony Bridgerton una vez le dio esquinazo y me acompañó al comedor para la cena —elevó la voz al emocionarse, recordando—, y no debería haberlo hecho. Era una cena formal y debería haber dado el brazo a una marquesa, creo. —Suspiró, evocadora—. Fue fantástico.

—Es un buen hombre ese Anthony Bridgerton.

Penelope asintió.

—Su esposa me dijo que ese fue el día en que se enamoró de él. Cuando lo vio siendo mi defensor.

Lady Danbury sonrió.

—¿Y el Bridgerton más joven ha corrido en tu ayuda alguna vez?

—¿Colin, quiere decir? —preguntó Penelope, pero añadió sin esperar a que la anciana asintiera—: Sí, por supuesto, aunque nunca con tanto dramatismo. Pero debo decir que por agradable que sea que los Bridgerton sean tan protectores...

—¿Qué, Penelope?

Penelope volvió a suspirar. Al parecer esa era una noche de suspiros.

—Bueno, que me gustaría que no tuvieran que defenderme con tanta frecuencia. Me gustaría saber que soy capaz de defenderme sola, o por lo menos que sé portarme de tal manera que no sea necesario defenderme.

Lady Danbury le dio unas palmaditas en la mano.

—Creo que te las arreglas mucho mejor de lo que crees. Y en cuanto a esa Cressida Twombley... —frunció el ceño en una expresión de disgusto—. Bueno, ha recibido su merecido, si me lo preguntas. Aunque —añadió, sarcástica— la gente no me pregunta con la frecuencia que debiera.

Penelope no pudo reprimir una risita.

—Fíjate cómo está ahora. Viuda y sin una fortuna para demostrar que estuvo casada. Se casó con ese viejo libertino Horace Twombley y resultó que él se las había arreglado para engañar a todo el mundo haciendo creer que tenía dinero. Ahora ella no tiene nada aparte de una belleza marchita.

—Sigue siendo muy atractiva —dijo Penelope, impulsada por la sinceridad.

—¡Vaya, si te gustan las mujeres jactanciosas! —dijo lady Danbury entrecerrando los ojos—. Hay algo ostentoso en esa mujer.

Penelope miró hacia el estrado, donde estaba Cressida de pie, esperando con una sorprendente paciencia que se hiciera el silencio en el salón.

—¿Qué querrá decir? —comentó.

—Nada que pueda interesarme —repuso lady Danbury—. A mí... Oh...

Se quedó callada, con una expresión extrañísima, un pelín ceñuda, un pelín sonriente.

—¿Qué pasa? —preguntó Penelope, alargando el cuello para ver la línea de visión de la anciana, pero un señor bastante gordo le impidió ver.

—Se acerca tu señor Bridgerton —le dijo lady Danbury, la sonrisa haciendo a un lado el ceño—. Y se ve muy resuelto.

Penelope giró la cabeza al instante.

—¡Por el amor de Dios, hija, no mires! —exclamó lady Danbury, clavándole el codo en el brazo—. Va a saber que estás interesada.

—No creo que haya muchas posibilidades de que no lo sepa ya —masculló Penelope.

Y de pronto ahí estaba él, espléndido delante de ella, tan apuesto como un dios que se ha dignado a regalar con su presencia a la Tierra.

—Lady Danbury —saludó, inclinándose en una elegante reverencia—. Señorita Featherington.

—Señor Bridgerton —dijo lady Danbury—. ¡Cuánto me alegra verle!

Colin miró a Penelope.

—Señor Bridgerton —dijo ella, sin saber qué más decir.

¿Qué le dice una mujer a un hombre al que besó no hace mucho? Ella no tenía la menor experiencia en ese aspecto. Por no añadir la complicación de que él saliera hecho una furia de casa después de besarla.

—Tenía la esperanza... —dijo Colin, pero se interrumpió y frunció el ceño, mirando hacia el estrado—. ¿Qué mira todo el mundo?

—Cressida Twombley va a hacer una especie de anuncio —contestó lady Danbury.

La expresión de Colin adquirió un leve gesto de molestia.

—No me imagino qué podría decir que yo deseara escuchar —masculló.

Penelope no pudo evitar sonreír. A Cressida Twombley se la consideraba una líder en la alta sociedad, o al menos se la consideraba así cuando era joven y soltera, pero a los Bridgerton nunca les había caído bien y eso siempre la hacía sentirse un poco mejor.

En ese instante sonó una trompeta y todos se quedaron en silencio, volviendo la atención hacia el conde de Macclesfield, que parecía sentirse algo incómodo al ser el foco de toda la atención.

Penelope sonrió. Le habían contado que el conde fue en otro tiempo un libertino terrible, pero ahora era un hombre estudioso, erudito, consagrado a su familia. Aunque seguía siendo apuesto como para ser un libertino. Casi tan apuesto como Colin.

Pero solo casi. Penelope sabía que su opinión no era objetiva, pero le costaba imaginarse a un hombre tan magnéticamente atractivo como Colin cuando sonreía.

—Buenas noches —dijo el conde en voz alta.

—¡Buenas noches tengas! —gritó una voz estropajosa desde la parte de atrás del salón.

El conde asintió bonachón, con una media sonrisa jugueteando en sus labios.

—Mi eh... estimada invitada —señaló a Cressida— desea hacer un anuncio. Así que, si le dais vuestra atención a la dama que está a mi lado, os dejo con lady Twombley.

Una ola de suaves murmullos se extendió por todo el salón mientras Cressida daba un paso adelante y hacía una majestuosa venia a la multitud. Esperó a que todos callaran y entonces dijo:

—Señoras y señores, muchas gracias por tomaros un tiempo en esta fiesta para darme vuestra atención.

—¡Date prisa! —gritó una voz, tal vez la misma persona que le gritara las buenas noches al conde.

Cressida no se alteró por la interrupción.

—He llegado a la conclusión de que ya no puedo continuar el engaño que ha regido mi vida estos once últimos años.

El salón pareció estremecerse con el murmullo de los susurros. Todos sabían lo que iba a decir, pero nadie se podía creer que fuera cierto.

—Por lo tanto —continuó Cressida, elevando el volumen de su voz—, he decidido revelar mi secreto. Señoras y señores, yo soy lady Whistledown.

11

Colin no recordaba ni una sola vez que hubiera entrado en un salón de baile tan angustiado.

Esos últimos días no habían sido de los mejores de su vida. Había estado de mal humor, que empeoró por el hecho de ser conocido por su buen humor, lo que significaba que todos se sentían obligados a comentar su mala disposición.

Nada peor para el mal humor que ser preguntado todo el tiempo: «¿Por qué estás tan malhumorado?».

En su familia dejaron de preguntárselo después de que él le gruñó, ¡le gruñó!, a Hyacinth cuando esta le pidió que la acompañara al teatro un día de la siguiente semana.

Hasta ese momento, él no tenía ni idea de que sabía gruñir.

Tendría que pedirle disculpas a Hyacinth, lo cual iba a ser una tarea penosa, porque Hyacinth jamás aceptaba disculpas con facilidad, al menos no las que procedían de sus hermanos o hermanas.

Pero Hyacinth era el menor de sus problemas, pensó, gimiendo. Su hermana no era la única persona que se merecía una disculpa.

Y ese era el motivo de que el corazón le latiera desbocado, algo sin precedentes, cuando entró en el salón de baile de los

Macclesfield. Penelope estaría allí. Eso lo sabía porque ella siempre asistía a los bailes más importantes, aunque la mayoría de las veces lo hacía para acompañar a su hermana menor.

Había algo un poco humillante en sentirse nervioso por ver a Penelope. Penelope era..., bueno, Penelope. Era como si hubiera estado siempre ahí, sonriendo amablemente en el rincón más alejado del salón de baile. Y él la daba por descontado, en cierto modo. Algunas cosas no cambian, y Penelope era una de ellas.

Solo que sí había cambiado.

No sabía en qué momento sucedió, ni si alguien lo había notado aparte de él, pero Penelope Featherington no era la misma mujer que había conocido.

O tal vez sí lo era y era él quien había cambiado.

Pensar eso lo hacía sentirse peor aún porque entonces quería decir que Penelope había sido interesante, hermosa y digna de ser besada desde hacía años y él no había tenido la madurez para verlo.

No, mejor pensar que había cambiado ella. Él nunca había sido muy partidario de la autoflagelación.

Fuera como fuese, tenía que presentar sus disculpas, y debía hacerlo pronto. Tenía que pedirle disculpas por ese beso, porque ella era una dama y él un caballero (al menos la mayor parte del tiempo). Y tenía que pedirle disculpas por haberse portado como un idiota después, simplemente porque eso era lo correcto.

Solo Dios sabía qué creía Penelope sobre todo aquello.

Una vez que entró en el salón no le fue difícil encontrarla. Ni se molestó en mirar hacia las parejas que estaban bailando (y eso lo enfureció: ¿por qué los demás no la sacaban a bailar?). Centró la atención en las paredes y, cómo no, ahí estaba ella, sentada en un banco al lado de, ¡ay, Dios!, lady Danbury.

Bueno, no tenía otra cosa que hacer que ir allí. A juzgar por la forma como Penelope y la vieja entrometida estaban tomadas de la mano, no cabía esperar que esta se esfumara pronto.

Cuando llegó hasta ellas, saludó primero a lady Danbury, inclinándose en una elegante reverencia («Lady Danbury»), y luego volvió su atención a Penelope («Señorita Featherington»).

—Señor Bridgerton —dijo lady Danbury, en un tono curiosamente dulce—. ¡Cuánto me alegra verle!

Él asintió y miró a Penelope, tratando de imaginar qué estaría pensando ella, pensando si lograría verlo en sus ojos.

Pero fuera lo que fuese lo que ella estaba pensando, o sintiendo, estaba oculto bajo una capa de nerviosismo. O tal vez solo era nerviosismo lo que sentía. No podía dejar de comprenderla. Él había salido a toda prisa de su salón sin darle ninguna explicación; ella tenía que estar confundida. Y, según su experiencia, la confusión siempre lleva al nerviosismo.

—Señor Bridgerton —dijo ella al fin, toda amabilidad.

Él se aclaró la garganta. ¿Cómo sacarla de las garras de lady Danbury? No le hacía la menor gracia la idea de mostrarse humilde delante de la fisgona condesa.

—Tenía la esperanza... —empezó.

Su intención era añadir que deseaba hablar con Penelope en privado. Lady Danbury se moriría de curiosidad, pero no había otra manera de actuar, y tal vez le iría bien a la anciana quedarse en la ignorancia por una vez. Pero justo cuando sus labios estaban formando la petición, notó que ocurría algo extraño en el salón. Todos estaban hablando en susurros y señalando hacia la pequeña orquesta, cuyos componentes acababan de bajar sus instrumentos. Además, ni Penelope ni lady Danbury le prestaban ni la más mínima atención.

—¿Qué mira todo el mundo? —preguntó.

—Cressida Twombley va a hacer un anuncio —contestó lady Danbury, sin ni siquiera molestarse en mirarlo.

¡Vaya fastidio! Jamás le había caído bien Cressida Twombley. Ya era mezquina, rencorosa y criticona cuando era Cressida Cowper, pero como Cressida Twombley lo era más aún. Pero era hermosa y astuta, en cierto modo cruel, y además estaba considerada una líder en ciertos círculos sociales.

—No me imagino qué podría tener que decir que yo desee escuchar —masculló.

Vio que Penelope trataba de reprimir una sonrisa, y la miró como diciéndole «Te pillé», pero al mismo tiempo «Estoy totalmente de acuerdo contigo».

—Buenas noches —dijo entonces el conde en voz alta.

—¡Buenas noches tengas! —gritó un borracho desde la parte de atrás.

Se giró a mirar, pero la gente se había apretujado y no logró ver quién era.

El conde dijo algo más, luego Cressida abrió la boca y él dejó de prestar atención. Lo que fuera que tuviera que decir la mujer, no le iba a servir para solucionar el problema principal: con qué palabras se iba a disculpar ante Penelope. Había intentado ensayarlas mentalmente pero de ninguna manera le sonaban bien, así que esperaba que su famoso pico de oro lo llevara en la dirección correcta cuando llegara el momento. Seguro que ella comprendería...

—¡... Whistledown!

Solo captó la última palabra del monólogo de Cressida, pero fue imposible no captar la exclamación ahogada que recorrió el salón.

Seguida por el murmullo de susurros apremiantes que solo se oye cuando se ha sorprendido a alguien en una situación muy vergonzosa, muy comprometedora y muy pública.

—¿Qué? —preguntó, volviéndose hacia Penelope, cuya cara se había puesto blanca como el papel—. ¿Qué ha dicho?

Pero Penelope estaba muda, como aturdida.

Miró a lady Danbury, pero la anciana tenía una mano sobre la boca y parecía a punto de desmayarse.

Lo cual era alarmante, ya que él estaría dispuesto a apostar una buena suma de dinero a que lady Danbury no se había desmayado jamás en sus setenta y tantos años.

—¿Qué? —volvió a preguntar, con la esperanza de que una de las dos saliera de su estado de estupefacción.

—No puede ser —murmuró lady Danbury finalmente, con la boca todavía abierta—. No lo creo.

—¿Qué?

Ella apuntó hacia Cressida, su dedo tembloroso bajo la parpadeante luz de las velas de las lámparas.

—¡Esa dama no es lady Whistledown! —exclamó al fin.

Colin giró bruscamente la cabeza. Hacia Cressida, hacia lady Danbury, hacia Cressida y finalmente hacia Penelope.

—¿*Ella* es lady Whistledown? —preguntó.

—Eso dice —repuso lady Danbury, con la duda marcada en su rostro.

Colin estuvo de acuerdo con ella. Cressida Twombley era la última persona a la que habría imaginado como lady Whistledown. Era astuta, sí, eso era innegable. Pero no era inteligente, y tampoco era tan ingeniosa, a no ser que fuera para reírse de otros. Lady Whistledown tenía un sentido del humor muy mordaz, pero a excepción de sus infames comentarios sobre la moda, jamás se cebaba con las personas menos populares de la alta sociedad.

Una vez todo dicho y hecho, él tenía que reconocer que lady Whistledown tenía buen gusto para las personas.

—No lo puedo creer —dijo lady Danbury con un bufido de disgusto—. Si hubiera soñado con que ocurriría esto, jamás habría lanzado ese maldito desafío.

—Esto es horrible —susurró Penelope.

Le tembló la voz, y eso inquietó a Colin.

—¿Te encuentras bien? —le preguntó.

Ella asintió.

—Sí, creo que sí. Bueno, me siento enferma, en realidad.

—¿Deseas marcharte?

Ella negó con la cabeza.

—Continuaré sentada aquí, si no te importa.

—No, claro —dijo él, mirándola preocupado. Seguía muy pálida.

—¡Vamos, por el amor de...!

Lady Danbury soltó una blasfemia, la que tomó por sorpresa a Colin, pero luego añadió otras maldiciones, las que lo hicieron pensar que muy bien podrían haber cambiado la inclinación del eje del planeta.

—¿Lady Danbury? —dijo, boquiabierto.

—Viene hacia aquí —masculló ella, girando la cabeza hacia la derecha—. Tendría que haber supuesto que no podría escapar.

Colin miró a la izquierda. Cressida venía abriéndose paso por entre el gentío, con la intención de llegar hasta lady Danbury para recoger el premio. A cada paso la abordaban varios asistentes a la fiesta. Ella parecía disfrutar con la atención, pero también se veía resuelta en continuar su camino hasta lady Danbury.

—No hay manera de evitarla, me parece —dijo él a lady Danbury.

—Lo sé —gimió ella—. Llevo años intentándolo y nunca lo he conseguido. Yo me creía muy lista. —Lo miró, moviendo la cabeza disgustada—. Pensé que sería muy divertido descubrir la identidad de lady Whistledown.

—Eh..., bueno, ha sido divertido —dijo él, aunque no lo decía en serio.

Lady Danbury le golpeó la pierna con el bastón.

—Esto no tiene nada de divertido, niño. Fíjate lo que tengo que hacer ahora. —Agitó el bastón hacia Cressida, que ya estaba cerca—. Jamás soñé que tendría que tratar con una mujer de su calaña.

—Lady Danbury —dijo Cressida, deteniéndose ante ella con un frufrú de faldas—. ¡Cuánto me alegra verla!

Lady Danbury jamás había tenido fama de decir cosas agradables, pero en ese momento se superó a sí misma; ni siquiera fingió el saludo.

—¡Supongo que ha venido aquí con el fin de recoger el dinero! —espetó.

Cressida ladeó la cabeza de un modo muy estudiado.

—Usted dijo que daría mil libras a quien desenmascarara a lady Whistledown —dijo. Se encogió de hombros, levantó las manos, las giró y unió las palmas en un gesto de falsa humildad—. En ningún momento dijo que no podía desenmascararse a sí misma.

Lady Danbury se levantó y la miró con los ojos entrecerrados.

—No creo que sea usted.

Colin se tenía por cortés e imperturbable, pero incluso él ahogó una exclamación.

A Cressida le relampaguearon de furia los ojos azules, pero rápidamente dominó sus emociones y dijo:

—Me sorprendería si no se comportara con un cierto grado de escepticismo, lady Danbury. Después de todo, no está en su naturaleza ser confiada y amable.

Lady Danbury sonrió. Bueno, tal vez no fue una sonrisa, sino que simplemente se le movió el labio.

—Eso lo tomaré como un cumplido —dijo—, y le permitiré que me diga que esa era su intención.

Colin observaba el duelo con interés y creciente inquietud, hasta que lady Danbury se volvió repentinamente hacia Penelope, que se había levantado un segundo después de ella.

—¿Qué le parece, señorita Featherington? —le preguntó.

Visiblemente sorprendida, a Penelope se le estremeció todo el cuerpo.

—¿Qué...? Perdone, no la entendí —tartamudeó.

—¿Qué le parece? —insistió lady Danbury—. ¿Lady Twombley es lady Whistledown?

—Ah..., esto..., no lo sé.

—Ah, vamos, señorita Featherington —dijo lady Danbury, plantándose las manos en las caderas y mirándola con una expresión rayana en la exasperación—. Seguro que tiene una opinión sobre este asunto.

Colin se acercó un paso a Penelope. Lady Danbury no tenía ningún derecho a hablarle así. Además, no le gustaba nada la expresión que veía en la cara de Penelope. Parecía sentirse atrapada, como un zorro en una cacería, mirándolo con un terror que él nunca había visto en sus ojos.

La había visto incómoda, la había visto apenada, pero nunca verdaderamente aterrada. Y entonces se le ocurrió: ella detestaba ser el centro de atención. Podía hacer bromas sobre su posición como la fea del baile y la solterona, y tal vez le habría gustado recibir un poco más de atención de la alta sociedad, pero ese tipo de atención... en que todos la estaban mirando, esperando que saliera una palabra de su boca...

Se sentía muy desgraciada.

—Señorita Featherington —dijo, poniéndose a su lado—, parece que se encuentra mal. ¿Desea marcharse?

—Sí —dijo ella.

Pero entonces ocurrió algo extraño.

Ella cambió; él no habría sabido describirlo de otra manera. Sencillamente cambió. Ahí, en ese instante, en el salón de baile de los Macclesfield, Penelope Featherington se transformó en otra persona. Enderezó la espalda, y él habría jurado que le aumentó el calor del cuerpo.

—No, no —dijo—. Tengo algo que decir.

Lady Danbury sonrió.

Penelope miró a los ojos a la anciana condesa y dijo:

—No creo que sea lady Whistledown. Creo que miente.

Instintivamente Colin se le acercó más. Cressida parecía estar a punto de arrojársele al cuello.

—Siempre me ha gustado lady Whistledown —continuó Penelope, alzando el mentón, adoptando un porte regio. Miró a Cressida hasta captarle la mirada y añadió—: Y se me partiría el corazón si resultara ser alguien como lady Twombley.

Colin le tomó la mano y se la apretó. No pudo evitarlo.

—¡Bien dicho, señorita Featherington! —exclamó lady Danbury batiendo palmas, encantada—. Eso es exactamente lo que estaba pensando yo, pero no lograba encontrar las palabras. —Miró a Colin, sonriendo—. Es muy inteligente, ¿sabe?

—Lo sé —repuso él, sintiéndose inundado de orgullo.

—La mayoría de la gente no lo nota —susurró lady Danbury, girándose hacia él para que le llegaran sus palabras, y tal vez para que solo él la oyera.

—Lo sé, pero yo sí —susurró él.

Tuvo que sonreír ante el comportamiento de lady Danbury, que estaba seguro había mostrado para fastidiar a Cressida, a la que no le gustaba nada que no le hicieran caso.

—¡No permitiré que me insulte esta...doña nadie! —exclamó Cressida, furiosa. Miró a Penelope rabiosa y siseó—: Exijo una disculpa.

Penelope se limitó a asentir y dijo:

—Está en su derecho.

Y no dijo nada más.

Colin casi tuvo que borrarse con la mano la sonrisa de la cara.

Se hizo evidente que Cressida deseaba decir algo más (y tal vez acompañar las palabras con un acto de violencia), pero se contuvo, tal vez porque estaba claro que Penelope se encontraba entre amigos. Pero siempre había sido famosa por su aplomo, así que a Colin no lo sorprendió verla volverse muy serena hacia lady Danbury y decirle:

—¿Qué piensa hacer respecto a las mil libras?

Lady Danbury la contempló durante el segundo más largo que a él le había tocado soportar, y después lo miró a él. ¡Dios santo! Lo último que quería era que lo metieran en ese lío, y le preguntó:

—¿Qué piensa usted, señor Bridgerton? ¿Dice la verdad nuestra lady Twombley?

Colin le dirigió su famosa sonrisa.

—Debe de estar loca si cree que voy a darle mi opinión.

—Es usted un hombre muy juicioso, señor Bridgerton —dijo lady Danbury, aprobadora.

Él asintió con modestia y luego estropeó el efecto diciendo:

—Me precio de ello.

Pero, ¡demonios!, no todos los días lady Danbury llamaba «juicioso» a un hombre. La mayoría de sus adjetivos eran de del tipo más negativo.

Cressida ni siquiera se molestó en agitar las pestañas en su dirección; tal como ya había supuesto, no era estúpida, sino simplemente cruel, y después de doce años en sociedad tenía que saber que no le caía bien y que él no iba a caer presa de sus encantos. Ella solo miró a lady Danbury y le preguntó con la voz muy serena:

—¿Qué haremos entonces, milady?

Lady Danbury apretó los labios hasta que pareció que no tenía boca, y luego dijo:

—Necesito una prueba.

Cressida pestañeó.

—¿Cómo ha...?

—¡Una prueba! —exclamó lady Danbury golpeando el suelo con su bastón—. ¿Qué letra de la palabra no ha entendido? No voy a entregar el rescate de un rey sin pruebas.

—Mil libras no es el rescate de un rey —dijo Cressida, con expresión malhumorada.

Lady Danbury la miró con los ojos entrecerrados.

—¿Entonces por qué las desea tanto?

Cressida guardó silencio un momento, pero había una especie de rigidez en toda ella; en su cuerpo, su postura, el contorno de su mandíbula. Todos sabían que su marido la había dejado en graves apuros económicos, pero esa era la primera vez que alguien se lo insinuaba a la cara.

—Tráigame una prueba y le daré el dinero —dijo lady Danbury.

—¿Quiere decir que no le basta mi palabra? —preguntó Cressida.

(Y, aunque la detestaba, Colin se vio obligado a admirar su capacidad para mantener la voz serena.)

—¡Eso es exactamente lo que quiero decir! —espetó lady Danbury—. ¡Por Dios, niña, uno no llega a mi edad sin que se le permita insultar a quien le plazca!

Colin creyó oír atragantarse a Penelope, pero cuando la miró, ella seguía a su lado, observando con mucho interés la conversación. Sus ojos castaños se veían grandes y luminosos, y ya había recuperado el color que le desapareció cuando Cressida hizo su anuncio. De hecho, Penelope parecía estar muy interesada en lo que estaba ocurriendo.

—Muy bien —dijo Cressida en voz baja—. Le presentaré la prueba dentro de dos semanas.

—¿Qué tipo de prueba? —preguntó Colin.

Al instante se dio de patadas mentalmente. Lo último que necesitaba era meterse en ese lío, pero su curiosidad pudo con él.

Cressida se volvió hacia él, tranquila, tomando en cuenta el insulto que acababa de arrojarle lady Danbury ante incontables testigos.

—Lo sabrá cuando la presente —le dijo en tono coqueto.

Acto seguido extendió el brazo, esperando que alguno de sus seguidores se lo tomara y se la llevara.

Y en realidad fue pasmoso, porque al instante se materializó a su lado un joven (un idiota enamorado, por su apariencia), como si ella lo hubiera conjurado con el simple movimiento del brazo.

Pasado un momento, ya se habían alejado.

—Bueno —suspiró lady Danbury, cuando todos llevaban un minuto en silencio—, esto ha sido desagradable.

—Nunca me ha caído bien —comentó Colin, a nadie en particular.

Ya se había congregado una pequeña multitud alrededor de ellos, así que no solo Penelope y lady Danbury oyeron sus palabras, pero no le importó.

—¡Colin!

Miró hacia el lado y vio a Hyacinth corriendo entre el gentío en dirección a ellos, arrastrando a Felicity Featherington.

—¿Qué ha dicho? —preguntó resollante al frenar junto a él con un patinazo—. Tratamos de llegar aquí antes, pero había un tumulto...

—Dijo lo que habrías esperado que dijera —contestó él.

Hyacinth frunció el ceño.

—Los hombres jamás sois buenos para el cotilleo. Quiero saber las palabras exactas.

—Es muy interesante —dijo Penelope de repente.

Algo en el tono reflexivo de su voz exigía atención, y a los pocos segundos todos los que los rodeaban estaban en silencio.

—¡Habla! —le ordenó lady Danbury—. Todos te escuchamos.

Colin supuso que esa orden pondría incómoda a Penelope, pero fuera cual fuese la infusión de confianza que había experimentado unos minutos atrás seguía en efecto, porque ella se irguió orgullosamente y dijo:

—¿Con qué fin querría alguien revelarse como lady Whistledown?

—Por el dinero, por supuesto —contestó Hyacinth.

Penelope negó con la cabeza.

—Sí, pero uno supondría que lady Whistledown ya debe de ser rica. Todos hemos pagado por su revista durante años.

—¡Caray, tiene razón! —exclamó lady Danbury.

—Tal vez Cressida solo deseaba atención —sugirió Colin.

No era una hipótesis tan increíble; Cressida se había pasado la mayor parte de su vida intentando ser el centro de atención.

—Se me ocurrió eso —concedió Penelope—, ¿pero de veras desea *este* tipo de atención? Lady Whistledown ha insultado a unas cuantas personas a lo largo de los años.

—A nadie que signifique algo para mí —bromeó Colin. Entonces, cuando se hizo evidente que sus acompañantes necesitaban más explicaciones, añadió—: ¿No se han fijado en que lady Whistledown solo insulta a las personas que necesitan insultos?

Penelope se aclaró delicadamente la garganta.

—A mí me llamó «cítrico demasiado maduro».

Él hizo un gesto con la mano descartando su preocupación.

—Aparte de sus comentarios sobre la ropa, claro.

Penelope decidió no insistir en el tema, porque se limitó a mirarlo largamente, con expresión evaluadora, y luego se volvió hacia lady Danbury, diciendo:

—Lady Whistledown no tiene ningún motivo para descubrirse. Es evidente que Cressida, sí.

Lady Danbury sonrió de oreja a oreja y luego volvió a fruncir el ceño:

—Supongo que tendré que darle las dos semanas para que presente su *prueba*. Juego limpio y todo eso.

—Yo, por mi parte, estaré muy interesada en ver lo que presenta —terció Hyacinth. Miró a Penelope y añadió—: Oye, eres muy inteligente, ¿lo sabías?

Penelope se ruborizó y miró a su hermana.

—Tenemos que irnos, Felicity.

—¡¿Tan pronto?! —exclamó Felicity.

Horrorizado, Colin cayó en la cuenta de que había modulado esas mismas palabras.

—Mamá quería que volviéramos temprano —dijo Penelope.

—¿Sí? —preguntó Felicity, muy extrañada.

—Sí. Y, aparte de eso, no me encuentro bien.

Felicity asintió lúgubremente.

—Le diré a un lacayo que traigan nuestro coche.

—No, tú te quedas —dijo Penelope, colocándole una mano en el brazo—. Yo me encargaré de eso.

—Lo haré yo —zanjó Colin.

La verdad, ¿de qué servía ser un caballero si las damas insistían en hacer las cosas ellas solas?

Y entonces, antes de darse cuenta de lo que hacía, ya había organizado la partida de Penelope y ella abandonaba la fiesta sin que él alcanzara a pedirle disculpas.

Y por ese solo motivo debería dar por fracasada la noche, pero dicha sea la verdad, tampoco lo deseaba.

Al fin y al cabo, había pasado unos cinco minutos agarrándole la mano.

12

Al despertar a la mañana siguiente, Colin cayó en la cuenta de que todavía no le había pedido disculpas a Penelope. Tal vez ya no era necesario hacerlo y, aunque casi no habían hablado aquella noche en el baile de los Macclesfield, tenía la impresión de que habían firmado una especie de tregua tácita. De todos modos, sabía que no se sentiría cómodo en su piel hasta que no hubiera dicho las palabras «Lo siento».

Eso era lo correcto.

Él era un caballero, después de todo.

Además, tenía muchas ganas de verla esa mañana.

Pasó a desayunar con su familia en la Casa Número Cinco. Pero, puesto que deseaba volverse directamente a su casa después de ver a Penelope, subió en su coche para hacer el trayecto hasta la casa de Mount Street, aunque la distancia era tan corta que hacerlo lo hacía sentirse muy perezoso.

Sonriendo satisfecho se instaló cómodamente en el mullido asiento y se dedicó a contemplar la hermosa escena primaveral que se veía por la ventanilla. Era uno de esos días perfectos, en que todo se siente sencillamente bien. Brillaba el sol, se sentía lleno de energía y acababa de tomar un excelente desayuno.

La vida no podía ser mejor.

E iba de camino a ver a Penelope.

Decidió no analizar por qué estaba tan deseoso de verla; eso era el tipo de cosas en que, por lo general, a un soltero de treinta y tres años no le gusta pensar. Simplemente iba a disfrutar del día, del sol, del aire, incluso de la vista de las tres casas delante de las cuales tenía que pasar antes de ver la puerta de la casa de Penelope. No había nada ni diferente ni original en ninguna de ellas, pero la mañana estaba tan perfecta que se veían encantadoras así dispuestas una al lado de la otra, altas y delgadas, majestuosas con su piedra gris de Portland.

Era un día maravilloso, cálido y sereno, soleado y tranqui...

Justo en el instante en que se incorporaba le llamó la atención un movimiento al otro lado de la calle.

Penelope.

Estaba en la esquina de Mount con Penter, la más alejada, aquella que no era visible a nadie que mirara por una ventana de la casa Featherington. Y estaba subiendo a un coche de alquiler.

Interesante.

Frunciendo el ceño se dio mentalmente una palmada en la frente. Eso no era interesante; ¿pero qué demonios estaba pensando? No tenía nada de interesante. Podría ser interesante si ella fuera, digamos, un hombre; o si el vehículo en el que acababa de subir fuera uno de la cochera Featherington y no un destartalado coche de alquiler.

Pero no, esa era Penelope, la que sin lugar a dudas no era un hombre, y además, subió al coche sola, presumiblemente para dirigirse a algún lugar nada conveniente, porque si quisiera hacer algo normal y decente iría en un coche de la familia. O, mejor aún, iría acompañada por una hermana, una doncella o cualquier otra persona, no sola, ¡maldita sea!

Eso no era interesante, era una idiotez.

—Mujer idiota —masculló.

Sin perder un instante, abrió la puerta para bajar y correr a sacarla de un tirón de ese coche. Pero justo cuando había sacado el pie derecho, lo golpeó la misma locura que lo llevaba a recorrer el mundo.

La curiosidad.

Soltó varias palabrotas selectas en voz baja, todas dirigidas a él. No podría evitarlo. Era algo tan impropio de Penelope salir sola en un coche de alquiler que tenía que saber adónde iba.

Así pues, en lugar de ir a sacudirla para meterle por la fuerza un poco de sensatez, le ordenó a su cochero que siguiera al coche de alquiler y a los pocos segundos iban traqueteando en dirección norte, hacia Oxford Street, donde, con toda seguridad, Penelope haría algunas compras. Podía haber un sinfín de motivos para que no fuera en el coche Featherington, reflexionó. Tal vez estaba averiado, tal vez uno de los caballos estaba enfermo, o tal vez Penelope iba a comprar un regalo y deseaba guardarlo en secreto.

No, eso no podía ser. Penelope no se embarcaría nunca en una expedición de compras ella sola. Iría acompañada por una criada, por una hermana, o incluso por una hermana de él. Caminando sola por Oxford Street solo daría pie a habladurías. Una mujer sola era prácticamente un anuncio para la próxima la columna de lady Whistledown.

O lo habría sido, se corrigió. Sería difícil acostumbrarse a una vida sin aquella revista. No se había dado cuenta de lo acostumbrado que estaba a ver la hoja de cotilleos en la mesa del desayuno cuando estaba en la ciudad.

Y, hablando de lady Whistledown, estaba más seguro que nunca de que no era otra que su hermana Eloise. Esa mañana había ido a desayunar a la Número Cinco con la expresa intención de interrogarla, y resultó que todavía se encontraba mal y no bajaría a desayunar con la familia.

No escapó a su observación, eso sí, que le subieron una bandeja llena a la habitación. Lo que fuera que aquejaba a Eloise, no afectaba a su apetito.

Lógicamente, él no hizo ninguna alusión a sus sospechas durante el desayuno; no veía ningún motivo para inquietar a su madre, a la que horrorizaría la idea. Era difícil, sin embargo, creer que Eloise, a cuyo gusto por hablar de un escándalo solo lo eclipsaba la emoción de descubrirlo, se fuera a perder la oportunidad de comentar la revelación de Cressida Twombley la noche anterior.

A no ser que fuera realmente lady Whistledown, en cuyo caso estaría encerrada en su habitación planeando su próximo movimiento.

Todas las piezas encajaban. Le resultaría deprimente si no se sintiera tan entusiasmado por haberla descubierto.

Cuando ya llevaban varios minutos de trayecto, asomó la cabeza por la ventanilla para asegurarse de que el cochero no había perdido de vista el coche en que iba Penelope. Ahí iba, justo delante del suyo. O al menos le pareció que lo era; la mayoría de los coches de alquiler eran más o menos iguales. Tendría, pues, que fiarse de su cochero y esperar que fuera siguiendo al correcto. Pero al mirar vio también que iban mucho más al este de lo que había esperado. En ese momento iban pasando por Soho Street, lo cual significaba que estaban muy cerca de Tottenham Court Road, lo cual significaba...

¡Santo cielo! ¿Es que Penelope iba en dirección a su casa? Bedford Square estaba prácticamente a la vuelta de la esquina.

Sintió subir una deliciosa sensación por el espinazo, porque no lograba imaginarse qué haría ella en esa parte de la ciudad si no era ir a verlo a él... ¿A qué otra persona podía conocer en Bloomsbury una mujer como Penelope? No podía imaginarse que su madre le permitiera relacionarse con personas que trabajaban para ganarse la vida, y los vecinos de Bedford Square, si bien eran personas decentes, no pertenecían a la aristocracia, e incluso rara vez provenían de buenas familias. Y todos salían a sus trabajos cada mañana, a sus oficios de médico, abogado o...

Frunció el ceño. Acababan de cruzar Tottenham Court Road. ¿Qué demonios iba a hacer tan al este? Le pasó por la cabeza la idea de que, tal vez, el cochero no conocía el tráfico de la ciudad y pensaba tomar Bloomsbury Street para subir hasta Bedford Square, aunque eso era hacer un largo rodeo, pero...

Oyó un sonido muy extraño y cayó en la cuenta de que era el rechinar de sus dientes. Acababan de dejar atrás Bloomsbury Street y entraban por High Holborn.

¡Maldición! Pero si ya estaban cerca de la City. ¿Qué pensaba hacer Penelope allí? Ese no era lugar para una mujer. Pero si ni siquiera él iba por allí nunca. El mundo de la alta sociedad estaba mucho más al oeste, en los barrios de St. James's y Mayfair. No en la City, con sus calles medievales estrechas y serpenteantes, y la peligrosa proximidad de las barriadas pobres del East End.

Se sorprendía cada vez más, a medida que continuaban hacia el este, hasta que vio que viraban a la derecha y entraban en Shoe Lane. Sacó la cabeza por la ventanilla. Solo había estado una vez ahí, a los nueve años, cuando su preceptor los llevó a rastras a él y a Benedict para enseñarles el lugar donde comenzó el gran incendio de Londres en 1666. Recordaba su sentimiento de desencanto cuando se enteró de que el culpable había sido un simple panadero que no apagó bien las brasas del horno. Un incendio de esa magnitud debería haber sido causado por un pirómano o tener algún tipo de intriga en su origen.

Un incendio de aquella magnitud no era nada comparado con los sentimientos que ahora bullían en su pecho. A Penelope más le valía tener un buen motivo para explicar su presencia ahí. No debería ir a ninguna parte sin compañía, y mucho menos a la City.

Entonces, justo cuando ya estaba convencido de que Penelope iba a hacer todo el viaje hasta Dover, los coches cruzaron Fleet Street y se detuvieron. Se quedó quieto, esperando a ver qué hacía Penelope, aunque todas las fibras de su ser le gritaban que bajara de un salto y la enfrentara en la acera.

Llámese intuición, llámese locura, algo le dijo que si la abordaba inmediatamente nunca se enteraría de la finalidad que la llevaba cerca de Fleet Street.

Cuando ella ya iba lo bastante lejos para que él pudiera bajar sin que lo viera, saltó del coche y la siguió en dirección sur, hacia una iglesia que tenía el aspecto de una tarta de bodas.

—¡Por el amor de Dios, Penelope! Este no es el momento de buscar la religión —masculló, inconsciente de la blasfemia y del juego de palabras.

Ella se perdió de vista al entrar en la iglesia. Las piernas de él devoraron la acera hasta llegar a la puerta, donde aminoró el paso. No quería sorprenderla demasiado pronto. Primero debía descubrir qué iba a hacer ahí. A pesar de las palabras masculladas antes, ni por un momento había creído que ella hubiera sentido el repentino deseo de ampliar su asistencia a la iglesia a los días de entre semana.

Entró sigilosamente en el templo, pisando con sumo cuidado para no hacer el menor ruido. Penelope iba caminando por el pasillo central, colocando la mano izquierda en cada banco, casi como si estuviera...

¿Contándolos?

Con el ceño fruncido la vio detenerse ante un banco y luego entrar y avanzar por el largo reclinatorio hasta sentarse justo en el medio. Pasado un momento de inmovilidad absoluta, ella abrió su ridículo y sacó un sobre. Movió imperceptiblemente la cabeza a la izquierda y luego a la derecha. Colin pudo imaginarse su cara, sus ojos oscuros mirando en cada dirección comprobando si había otras personas en la nave. A él no lo podía ver, pues estaba justo detrás de ella, oculto por la oscuridad, prácticamente apoyado en la pared de atrás. Además, ella parecía muy decidida a mantenerse muy quieta y disimular al máximo el movimiento de la cabeza; no la movió para mirar hacia atrás.

En el respaldo de los reclinatorios había biblias y libros de oraciones metidos en estrechos receptáculos. De pronto ella colocó el sobre detrás de un libro. Después se levantó y comenzó a caminar hacia el pasillo central.

Ese fue el momento elegido por Colin para intervenir.

Saliendo de la oscuridad, avanzó con paso enérgico hacia ella, y observó con satisfacción su cara horrorizada al verlo.

—Col... Col... —balbuceó.

—Colin, supongo —dijo él arrastrando las palabras y agarrándole el brazo por encima del codo.

No se lo apretó, pero lo tenía agarrado con firmeza, por lo que no cabía la posibilidad de que ella pudiera pensar siquiera que podría escapar.

Inteligente como era, ella ni siquiera lo intentó. Pero sí que intentó hacerse la inocente.

—¡Colin! —logró exclamar al fin—. ¡Qué...! ¡Qué...!

—¿Sorpresa?

Ella tragó saliva.

—Sí.

—No me cabe duda.

Ella miró hacia la puerta, paseó los ojos por la nave, por todas partes, pero no miró hacia la parte del banco donde había escondido su sobre.

—No..., nunca te había visto aquí.

—Nunca había estado.

Penelope movió varias veces la boca hasta que al fin le salieron las palabras:

—Es muy apropiado, en realidad, que te encuentres aquí, porque... en realidad... eh... ¿Conoces la historia de la iglesia Saint Bride?

Él arqueó una ceja.

—¿Así se llama esta iglesia?

Vio que ella trataba de sonreír, pero lo que le salió fue más o menos una boca abierta de idiota. Normalmente eso lo habría divertido, pero seguía enfadado con ella por haber salido sola, sin preocuparse de su seguridad.

Pero más que ninguna otra cosa, lo enfurecía que ella tuviera un secreto.

No tanto que hubiera guardado un secreto; los secretos son para guardarlos, y eso podía comprenderlo. Pero, por irracional que fuera, no podía tolerar de ninguna manera que *ella* tuviera un secreto. Era Penelope; tenía que ser un libro abierto. Él la conocía; siempre la había conocido.

Y ahora era como si no fuera así.

—Sí —contestó ella al fin, con la voz temblorosa—. Esta es una de las iglesias de Wren, ¿sabes?, de las que construyó después del gran incendio, que están repartidas por toda la City, y es mi favorita. Me encanta la torre con la aguja. ¿No encuentras que parece una tarta de bodas?

Estaba parloteando, comprendió él. Nunca es buena señal cuando alguien parlotea; por lo general significa que oculta algo. Ya era evidente que Penelope se esforzaba por ocultar algo, pero la nada característica rapidez con que hablaba le dijo que su secreto era muy grande.

La miró fijamente un largo rato, alargándolo con el único fin de torturarla.

—¿Por eso piensas que es apropiado que yo esté aquí? —preguntó finalmente.

Ella lo miró sin comprender.

—La tarta de bodas...

—¡Ah! —exclamó ella, ruborizándose—. ¡No! ¡No! Es solo que... Lo que quería decir es que es la iglesia de los escritores. Y de los editores. Creo. Es decir, de los editores.

Se le estaban acabando las palabras, y ella lo sabía. Él lo veía en sus ojos, en su cara, en su forma de retorcerse las manos mientras hablaba. Pero seguía intentándolo, tratando de mantener el engaño, así que él se limitó a mirarla con expresión burlona cuando continuó:

—Pero que es de los escritores estoy segura. —Y entonces, con un movimiento de la mano que podría haber sido triunfal si no lo hubiera estropeado tragando saliva por los nervios, añadió—: ¡Y tú eres escritor!

—¿O sea, que quieres decir que esta es mi iglesia?

—Eh... —miró hacia la izquierda—. Sí.

—Excelente.

Ella volvió a tragar saliva.

—¿Sí?

—¡Oh, sí! —dijo él, en tono despreocupado, con la intención de aterrarla.

Ella volvió a mover los ojos hacia la izquierda, hacia el lugar del banco donde había escondido su carta. Hasta el momento lo había hecho tan bien manteniendo la atención alejada de la prueba incriminatoria que él casi se había sentido orgulloso de ella.

—Mi iglesia —murmuró—. ¡Qué idea más bonita!

Ella abrió mucho los ojos, asustada.

—Creo que no entiendo lo que quieres decir.

Él se dio unos golpecitos en la mandíbula con el índice y luego extendió la mano en gesto pensativo.

—Creo que me ha entrado el gusto por la oración.

—¿Oración? —repitió ella con una vocecita débil—. ¿Tú?

—Pues sí.

—Ah, bueno..., yo..., eh...

—¿Sí? —preguntó él.

Ya empezaba a disfrutar de todo ese asunto. Nunca había sido un tipo colérico ni siniestro, pero encontraba un algo agradable en hacerla sufrir.

—¿Penelope? —continuó—. ¿Ibas a decirme algo?

Ella tragó saliva.

—No.

—Estupendo —dijo él sonriéndole—. Entonces creo que necesito unos minutos de soledad.

—Perdona, no te entendí.

Él dio un paso a la derecha.

—Estoy en una iglesia. Creo que deseo rezar.

Ella dio un paso a la izquierda.

—¿Perdón?

Él ladeó la cabeza, interrogante.

—Dije que deseo rezar. Me parece que no es un deseo difícil de entender.

Vio que ella se estaba esforzando en no picar el anzuelo. Quería sonreír, pero tenía la mandíbula tensa, y él habría apostado a que se iba a moler los dientes de tanto apretarlos.

—No sabía que fueras una persona religiosa.

—No lo soy —repuso él. Esperó a ver su reacción y añadió—: Quiero rezar por ti.

Ella tragó saliva otra vez.

—¿Por mí? —casi gritó.

—Porque, cuando haya terminado —continuó él, sin poder evitar elevar la voz—, ¡la oración es lo único que te va a salvar!

Dicho eso, la apartó a un lado y avanzó por el reclinatorio hasta donde estaba escondido el sobre.

—¡Colin! —gritó ella, angustiada, corriendo tras él.

Él sacó el sobre de detrás del libro de oraciones, pero no lo miró.

—¿Deseas decirme qué es esto? Antes de que lo mire yo, ¿quieres decirme qué es?

—No —contestó ella, con la voz rota.

A él se le rompió el corazón al ver la expresión de sus ojos.

—Dámelo, por favor —suplicó ella. Entonces, al ver que él no se lo entregaba, sino que la miraba con enfadado, susurró—: Es mío. Es un secreto.

—¿Un secreto que vale tu bienestar? —espetó él—. ¿Que vale tu vida?

—¿De qué hablas?

—¿Tienes idea de lo peligroso que es para una mujer andar sola por la City? ¿Ir sola a cualquier parte?

—Colin, por favor —dijo ella, alargando la mano para agarrar el sobre, que él sujetaba fuera de su alcance.

Y, de repente, él ya no sabía lo que hacía. Ese no era él. Esa furia, esa rabia demencial, no podía ser de él.

Pero lo era.

Pero la parte problemática era... era que Penelope lo había puesto así. ¿Y qué había hecho? ¿Viajar sola por Londres? Sí, lo irritaba que no la preocupara su seguridad, pero eso quedaba pálido ante la furia que sentía porque ella le ocultaba secretos.

Su furia era totalmente injustificada. Él no tenía ningún derecho a esperar que ella le contara sus secretos. No había ningún compromiso entre ellos, nada aparte de una agradable amistad y un solo beso, por muy te conmovedor que hubiera sido. Él no le habría enseñado sus diarios si ella no hubiera encontrado uno abierto.

—Colin —susurró ella—. Por favor, no.

Ella había visto sus escritos secretos. ¿Por qué no podía él ver los suyos? ¿Tendría un amante? Toda esa tontería de que no la habían besado nunca, ¿sería justo eso, una tontería?

¡Santo cielo! Ese fuego que le quemaba las entrañas, ¿eran celos?

—Colin —repitió ella, con la voz ahogada.

Puso la mano sobre la de él, tratando de impedirle que abriera el sobre; no con fuerza, porque jamás podría igualarlo en eso, sino solo con su presencia.

Pero no había manera... Nada podría detenerlo en ese momento. Moriría antes que entregarle ese sobre sin abrir.

Lo abrió.

Penelope lanzó un grito ahogado y salió corriendo de la iglesia.

Colin leyó el papel.

Y entonces se dejó caer en el banco, aniquilado, sin aliento.

—¡Ay, Dios! —exclamó—. ¡Ay, Dios mío!

Cuando Penelope llegó a la escalinata de la iglesia de Saint Bride ya estaba histérica. O al menos tan histérica como lo había estado alguna vez en su vida. La respiración le salía entrecortada, las lágrimas le escocían los ojos y sentía el corazón...

Bueno, sentía el corazón como si quisiera vomitar, si eso fuera posible.

¿Cómo pudo hacerle eso Colin? La había seguido, ¡seguido! ¿Pero por qué? ¿Qué pensaba sacar de ello? ¿Por qué iba a querer...?

De pronto miró alrededor.

—¡Vamos, maldita sea! —exclamó, sin importarle si alguien la oía.

El coche de alquiler se había marchado. Ella le había dado la orden expresa al cochero de que la esperara, que solo tardaría un minuto, pero el coche no estaba por ninguna parte.

Otra transgresión de la que podía acusar a Colin. Él la retrasó dentro de la iglesia, ahora el coche se había marchado y estaba clavada en la escalinata de Saint Bride, en medio de la City, tan lejos de su casa en Mayfair que igual podría estar en Francia. La gente ya empezaba a mirarla y en cualquier momento alguien la abordaría, porque ¿quién había visto a una dama de alcurnia sola en la City, sobre todo a una que estaba al borde de un ataque de nervios?

¿Por qué había sido tan estúpida como para pensar que él era el hombre perfecto? Se había pasado la mitad de su vida adorando a un hombre que ni siquiera era real, porque estaba claro que el Colin que creía conocer no existía. Y fuera quien fuese ese hombre, no sabía si le caía bien. El hombre al que amara tan fielmente a lo largo de los años jamás se habría portado así. Para empezar, no la habría seguido... Ah, bueno, igual sí la habría seguido, pero solo para asegurarse de que no le ocurriera nada. Pero no habría sido tan cruel, y seguro que no le habría abierto una carta personal.

Ella leyó dos páginas de su diario, cierto, ¡pero no estaban en un sobre sellado!

Se sentó en uno de los peldaños y sintió pasar el frío de la piedra por la tela del vestido. No era mucho lo que podía hacer, aparte de quedarse sentada ahí esperando a Colin. Solo una estúpida echaría a andar a pie estando tan lejos de casa. Sí, podría ir a Fleet Street a ver si pasaba un coche de alquiler, ¿pero y si ya iban todos ocupados? Además, ¿tenía algún sentido huir de Colin? Él sabía dónde vivía y, a menos que huyera a las islas Órcadas, no lograría escapar de él.

Exhaló un suspiro. Probablemente Colin la encontraría en las Órcadas, con lo experimentado que era como viajero. Y ni siquiera le apetecía ir allí.

Ahogó un sollozo. Y ahora se había vuelto una idiota. ¿De dónde le vino esa fijación con las Órcadas?

Y entonces oyó la voz de Colin detrás de ella, muy seca y muy fría:

—Levántate.

Se levantó, no porque él se lo ordenaba (o al menos eso se dijo), y no porque le tuviera miedo, sino porque no podía continuar sentada en la escalinata de Saint Bride, y aun en el caso de que deseara ocultarse de él los seis meses siguientes, en ese momento él era su único medio seguro de volver a casa.

Él movió la cabeza en dirección a la calle.

—Al coche.

Caminó hasta el coche, y mientras subía oyó a Colin dar al cochero la dirección de ella y añadir: «Toma la ruta larga».

¡Ay, Dios!

Ya llevaban sus buenos treinta segundos de trayecto cuando él le pasó la hoja que había estado doblada dentro del sobre que dejara en la iglesia.

—Creo que esto es tuyo —dijo.

Ella tragó saliva y miró el papel, aunque no tenía ninguna necesidad. Ya se sabía de memoria todo el texto. Había escrito tantas veces las palabras la noche anterior que creía que no se le irían jamás de la memoria.

Nada detesto más que a un caballero que encuentre divertido darle a una dama una desdeñosa palmadita en la mano diciendo: «Es la prerrogativa de una mujer cambiar de decisión». Y, efectivamente, dado que pienso que uno siempre ha de apoyar sus palabras con sus actos, procuro que mis opiniones y decisiones sean firmes y verídicas.

Por eso, amables lectores, cuando escribí mi hoja del 19 de abril, mi verdadera intención era que fuera la última. Sin embargo, acontecimientos que escapan a mi control (o escapan a mi aprobación, en realidad) me obligan a poner mi pluma sobre el papel una última vez.

Señoras y señores, esta autora NO ES lady Cressida Twombley. Esa dama no es otra cosa que una impostora

intrigante, y me rompería el corazón ver mis años de arduo
trabajo atribuidos a una persona como ella.

REVISTA DE SOCIEDAD DE LADY WHISTLEDOWN
21 de abril de 1824

Penelope dobló el papel con gran precisión, aprovechando ese tiempo para serenarse y decidir qué debía decir en un momento como ese. Finalmente, trató de ponerse una sonrisa en la cara y, sin mirarlo a los ojos, bromeó:

—¿Lo habías adivinado?

Él no dijo nada, así que se vio obligada a mirarlo. Al instante deseó no haberlo hecho. Colin parecía otra persona. Esa sonrisa llana que siempre jugueteaba en sus labios, ese buen humor que siempre iluminaba sus ojos, habían desaparecido, reemplazados por unos surcos que le daban una expresión dura y fría.

El hombre que conocía, el hombre al que había amado durante tanto tiempo, ya no sabía quién era.

—Tomaré eso por un no —dijo, con la voz temblorosa.

—¿Sabes lo que estoy haciendo en este momento? —preguntó él, su voz sobrecogedora, fuerte, que resonó por encima del clop clop de los cascos de los caballos.

Ella abrió la boca para decir que no, pero una sola mirada a su cara le dijo que él no esperaba respuesta, así que volvió a cerrarla.

—Estoy intentando decidir por qué motivo estoy más enfadado contigo —continuó él—. Porque son tantas las cosas, tantas, tantas, que me está resultando muy difícil centrar la atención en una sola.

Penelope tuvo en la punta de la lengua una sugerencia, la de que el mejor tema para comenzar sería el engaño de ella, pero pensándolo bien, le pareció que el momento era excelente para guardar silencio.

—En primer lugar —continuó él, dando la impresión, por su tono monótono, que estaba haciendo grandes esfuerzos por dominar su mal genio (lo cual ya era bastante perturbador, puesto que ella siempre pensó que él no tenía mal genio)—, me cuesta creer que hayas sido tan estúpida como para aventurarte sola en la City, y en un coche de alquiler nada menos.

—No podía salir sola en uno de nuestros coches —soltó ella, justo antes de recordar su decisión de guardar silencio.

Él movió la cabeza uno o dos dedos hacia la izquierda. Ella trató de determinar qué significaría eso, pero no pudo imaginarse nada bueno, puesto que parecía que el cuello se le estiraba como si lo estuvieran retorciendo.

—¿Qué has dicho? —preguntó él, su voz todavía como una horrible mezcla de seda y acero.

Bueno, ahora sí que tenía que contestar, ¿no?

—No tiene importancia —dijo, con la esperanza de que esa evasiva redujera su atención al resto de su respuesta—: Solo que no me permiten salir sola.

—Eso ya lo sé. Y hay motivos muy buenos para eso.

—Así que si quería salir sola —continuó ella, decidiendo pasar por alto la segunda parte de su respuesta—, no podía usar uno de nuestros coches. Ninguno de nuestros cocheros habría aceptado traerme.

—¡Está claro que vuestros cocheros son hombres de una sabiduría y sensatez impecables! —espetó él.

Penelope no dijo nada.

—¿Tienes una idea de lo que podría haberte ocurrido? —preguntó él, su dura máscara de autodominio algo resquebrajada.

—Eh..., muy poco, en realidad —dijo, tragando saliva—. He venido aquí antes y...

—¡¿Qué?! —Le agarró el brazo con tanta fuerza que le dolió—. ¿Qué acabas de decir?

Repetirlo sería casi peligroso para su salud, pensó Penelope, así que se limitó a mirarlo, con la esperanza de poder abrirse paso a través de la rabia de sus ojos y encontrar al hombre que conocía y amaba.

—Solo vengo cuando necesito dejar un mensaje urgente para el impresor —explicó—. Le envío un mensaje cifrado y entonces él sabe que ha de recoger mi nota.

—Y hablando de eso —dijo Colin ásperamente—, ¿de qué demonios se trata?

Penelope lo miró perpleja.

—Yo habría pensado que es evidente. Yo soy...

—Sí, ya, eres la maldita lady Whistledown, y me imagino que te habrás reído de mí una semana entera cuando yo insistí en que era Eloise —dijo él, con el rostro enfurecido.

Eso casi le rompió el corazón a ella.

—¡No! No, Colin, nunca. Jamás me reiría de ti.

Pero la cara de él mostraba que no le creía. Vio humillación en esos ojos esmeralda, algo que no había visto nunca antes, algo que jamás se imaginó que vería. Era un Bridgerton, un hombre popular, seguro, dueño de sí mismo. Nada podía avergonzarlo, nada podía humillarlo.

A excepción de ella, al parecer.

—No podía decírtelo —susurró, intentando hacer desaparecer esa horrible expresión de sus ojos—. Sabes que no podía decírtelo.

Él guardó silencio durante un rato demasiado largo y luego, como si ella no hubiera hablado, como si no hubiera intentado explicarse, levantó el papel incriminador y lo agitó, sin hacer el menor caso de sus protestas.

—Esto es una estupidez —dijo—. ¿Es que has perdido el juicio?

—No sé qué quieres decir.

—Tenías una escapatoria perfecta. Cressida Twombley estaba dispuesta a atribuirse la culpa.

Y entonces, de repente, la agarró por los hombros y se los apretó con tanta fuerza que apenas pudo respirar.

—¿Por qué no pudiste dejarlo estar, Penelope? —le preguntó.

Su tono era apremiante, desesperado, le relampagueaban los ojos. Era el sentimiento más intenso que ella había visto en él en toda su vida, y le partió el corazón que estuviera dirigido a ella con rabia. Y con vergüenza.

—No podía permitírselo —susurró—. No puedo permitir que se haga pasar por mí.

13

—¡¿Por qué demonios no puedes hacerlo?!

Penelope no pudo hacer otra cosa que mirarlo fijamente unos segundos.

—Porque... porque...

Se le quebró la voz, pensando cuál sería la mejor manera de explicarlo. Se le estaba rompiendo el corazón, le habían destrozado su más aterrador y estimulante secreto, ¿y él creía que tendría la presencia de ánimo para explicarse?

—Sé que debe de ser la mujer más cruel...

Penelope ahogó una exclamación.

—... que ha nacido en Inglaterra, al menos en esta generación, pero por el amor de Dios, Penelope —se pasó una mano por el pelo y clavó en ella una intensa mirada—, se iba a echar encima la culpa...

—El mérito —interrumpió ella, irritada.

—La culpa —continuó él—. ¿Tienes una idea de lo que te ocurrirá si la gente descubre quién eres realmente?

A ella se le tensaron las comisuras de los labios, por impaciencia e irritación ante ese tono de superioridad.

—He tenido más de diez años para rumiar esa posibilidad.

—¿Es un sarcasmo? —dijo él, entrecerrando los ojos.

—No —espetó ella—. ¿De veras crees que no me he pasado una buena parte de estos diez años de mi vida contemplando qué me ocurriría si me descubrieran? Sería una idiota si no fuera así.

Él volvió a agarrarla por los hombros, apretándoselos fuertemente, mientras el coche zangoloteaba al pasar por adoquines irregulares.

—Has quedado deshonrada, Penelope, ¡deshonrada! ¿Entiendes lo que quiero decir?

—Si no lo entendía —replicó ella—, te aseguro que ahora lo hago, después de tus largas disertaciones sobre el tema cuando acusabas a Eloise de ser lady Whistledown.

Él hizo un mal gesto, sin duda molesto porque ella le echara en cara el error.

—La gente dejará de hablarte —continuó—. Te harán el vacío...

—¡Nunca hablaban conmigo! —espetó ella—. La mitad del tiempo ni siquiera se enteraban de mi presencia. ¿Cómo crees que he podido mantener tanto tiempo el engaño? Era invisible, Colin. Nadie me veía, nadie hablaba conmigo. Yo estaba simplemente ahí y escuchaba, y nadie se fijaba.

—Eso no es cierto —dijo él, pero desvió la mirada al decirlo.

—Ah, sí que es cierto, y lo sabes. —Lo golpeó en el brazo—. Lo niegas porque te sientes culpable.

—¡No me siento culpable!

—Vamos, por favor —bufó ella—. Todo lo que haces, lo haces por sentimiento de culpa.

—Penel...

—En lo que se refiere a mí al menos —corrigió ella. Tenía la respiración agitada, la piel le escocía de calor y, por una vez, sentía arder el alma—. ¿Crees que no sé que tu familia me tiene lástima? ¿Crees que no me he fijado en que siempre que estás tú o tus hermanos en la misma fiesta que yo, me sacáis a bailar?

—Somos amables —dijo él entre dientes—. Y nos caes bien.

—Y sientes lástima por mí. Felicity te cae bien, pero no te veo bailar con ella cada vez que se cruzan vuestros caminos.

De repente, él la soltó y se cruzó de brazos.

—Bueno, no me cae tan bien como tú.

Ella pestañeó, interrumpida su verborrea por esa limpia zancadilla. Típico de él hacerle un cumplido en medio de una pelea. Nada podría haberla desarmado más.

—Y no has respondido a mi primer punto —continuó él, alzando el mentón en gesto algo desdeñoso.

—¿Que es...?

—Que lady Whistledown te va a deshonrar.

—¡Por el amor de Dios, hablas como si fuera otra persona!

—Bueno, perdóname si todavía me cuesta conciliar a la mujer que tengo delante con la bruja que escribe esa revista.

—¡Colin!

—¿Insultada? —se mofó él.

—¡Sí! He trabajado muchísimo en esa revista.

Apretó los puños, estrujando la delgada tela verde menta de su vestido de mañana, sin pensar en las arrugas que estaba dejando. Tenía que hacer algo con las manos porque si no iba a estallar por la energía nerviosa y la rabia que discurría por sus venas. La única otra opción sería cruzarse de brazos, pero de ninguna manera iba a ceder a esa muestra de irritación. Ya él estaba cruzado de brazos y uno de los dos debía actuar como una persona mayor de seis años.

—Ni soñaría con denigrar lo que has hecho —dijo él, con aire de superioridad.

—Claro que lo harías.

—No.

—¿Y qué crees que estás haciendo, entonces?

—¡Ser un adulto! —exclamó él, en tono impaciente—. Uno de los dos tiene que serlo.

—¡No te atrevas a hablarme a mí de comportamiento adulto! —estalló ella—. Tú, que huyes ante la menor responsabilidad.

—¿Qué demonios quieres decir con eso?

—Me parece que es evidente.

Él se echó hacia atrás.

—No puedo creer que me hables así.

—¿No puedes creer que lo haga o que tenga el valor para hacerlo?

Él se limitó a mirarla, sorprendido por la pregunta.

—Soy algo más de lo que crees, Colin —dijo ella, y luego añadió en tono más apacible—: Soy algo más de lo que yo creía.

Él estuvo callado un momento, hasta que de pronto, como si no pudiera apartarse del tema, le preguntó entre dientes:

—¿Qué quisiste decir con eso de que huyo de las responsabilidades?

Ella frunció los labios y luego los relajó, haciendo una respiración larga con la esperanza de que la calmara.

—¿Por qué crees que viajas tanto?

—Porque me gusta —repuso él, entre dientes.

—Y porque te desquicias de aburrimiento en Inglaterra.

—¿Y eso hace de mí un niño? ¿Porque...?

—Porque no estás dispuesto a crecer y hacer algo adulto que te mantenga en un mismo lugar.

—¿Como qué?

Ella levantó las manos en un gesto que decía «Yo diría que es evidente».

—Como casarte.

—¿Es una proposición? —se burló él, curvando la boca en una sonrisa insolente.

Ella sintió subir el calor y el color a las mejillas, pero se obligó a continuar:

—Sabes que no, y no trates de cambiar el tema siendo cruel. —Esperó que él dijera algo, tal vez una disculpa; el silencio fue un insulto, así que soltó un bufido y añadió—: ¡Por el amor de Dios, Colin, tienes treinta y tres años!

—Y tú tienes veintiocho —señaló él, y no en tono amable.

Eso a ella le sentó como un puñetazo en el vientre, pero ya estaba demasiado irritada para retirarse dentro de su conocido caparazón.

—A diferencia de ti —dijo con grave precisión—, yo no gozo del lujo de proponerle matrimonio a alguien. Y a diferencia de ti —añadió, con la sola intención de inducirle el sentimiento de culpa de que lo había acusado antes—, no dispongo de una reserva de posibles pretendientes, así que nunca he podido darme el lujo de decir que no.

Él apretó los labios.

—¿Y crees que confesar que eres lady Whistledown va a aumentar tu número de pretendientes?

—¿Pretendes insultarme?

—¡Lo que pretendo es ser realista! Algo que al parecer has perdido totalmente de vista.

—Nunca he dicho que piense confesar que soy lady Whistledown.

Él agarró el sobre con la última hoja del asiento.

—¿Entonces qué es esto?

Ella sacó el papel del sobre.

—Tienes que perdonarme —dijo, cada sílaba cargada de sarcasmo—, debo de haber pasado por alto la frase en que proclamo mi identidad.

—¿Crees que esa canción de cisne tuya va a hacer algo para calmar el frenesí de interés en la identidad de lady Whistledown? Vamos, perdona, tal vez debería haber dicho *tu* identidad. Después de todo no quiero negarte el *mérito*.

—Bueno, ahora ya eres simplemente desagradable.

Mientras tanto una vocecita en su cerebro le preguntaba por qué no estaba llorando ya. Ese era Colin, al que había amado toda su vida, y actuaba como si la odiara. ¿Había algo en el mundo más digno de lágrimas?

—Quería demostrar una cosa —dijo él, arrebatándole el papel—. Mira esto. Bien podría ser una invitación a investigar más. Te burlas de la sociedad, la desafías a descubrirte.

—¡No es eso lo que hago!

—Puede que no sea esa tu intención, pero sí será el resultado.

Probablemente él tenía un punto de razón en eso, pero le fastidiaba concedérselo.

—Ese es un riesgo que tendré que correr —contestó, cruzándose de brazos y desviando la mirada—. Llevo once años sin que me detecten. No veo por qué debería preocuparme ahora.

Él lanzó un bufido de exasperación.

—¿No tienes ninguna idea sobre el dinero? ¿Sabes cuántas personas querrían ganar las mil libras que ofrece lady Danbury?

—Tengo más idea sobre el dinero que tú —repuso ella, erizada por el insulto—. Además, la recompensa de lady Danbury no hace más vulnerable mi secreto.

—Los hace a todos más resueltos y eso te hace más vulnerable. Por no decir que —añadió, curvando los labios en una sonrisa sarcástica—, como señaló mi hermana menor, también está la gloria.

—¿Hyacinth?

Él asintió pesaroso, dejando el papel en el asiento a su lado.

—Y si Hyacinth considera envidiable la gloria de descubrir tu identidad, puedes estar segura de que no es la única. Bien podría ser el motivo de que Cressida haya decidido llevar a cabo su estúpido engaño.

—Cressida lo hace por el dinero —gruñó Penelope—. Estoy segura.

—Muy bien. No importa por qué lo hace. Lo único que importa es que lo hace, y una vez que tú la hayas eliminado con tu idiotez —golpeó el papel con el puño, haciéndola pegar un salto con el fuerte ruido—, otra persona ocupará su lugar.

—Eso no es nada que yo no sepa —dijo ella, sobre todo porque no soportaba dejarlo con la última palabra.

—¡Entonces, por el amor de Dios! —explotó él—. ¡Deja que Cressida se salga con su plan! Ella es la respuesta a tus oraciones.

Ella levantó la vista y lo miró.

—No conoces mis oraciones.

Algo en el tono de su voz golpeó a Colin directamente en el pecho. Ella no había cambiado de opinión, ni en un ápice, y él no lograba encontrar las palabras para llenar el silencio. La miró y después miró por la ventanilla, dejando vagar distraída la mente, contemplando la cúpula de la catedral de San Pablo.

—Sí que tomamos la ruta larga a casa... —murmuró.

Ella no dijo nada, y eso no le extrañó. Había sido un comentario estúpido, simples palabras para llenar el silencio, nada más.

—Si permites que Cressida...

—¡Basta! —le rogó ella—. No digas nada más. No puedo permitírselo.

—¿Has pensado en lo que ganarías?

Ella lo miró fijamente.

—¿Crees que he sido capaz de pensar en otra cosa estos últimos días?

Él probó otra táctica:

—¿Importa que la gente sepa que tú eras lady Whistledown? Tú sabes que has sido lista y nos has engañado a todos. ¿No te basta con eso?

—¡No me has escuchado! —exclamó ella. Y continuó con la boca abierta por la incredulidad, como si no pudiera creer que él no la hubiera entendido—. No necesito que la gente sepa que era yo. Solo necesito que sepan que no era ella.

—Pero, en realidad, no te importa que la gente crea que era otra persona —insistió él—. Después de todo, llevas semanas acusando a lady Danbury.

—Tenía que acusar a alguien. Lady Danbury me preguntó a bocajarro quién creía yo que era, y lógicamente no podía decirle que era yo. Además, no sería tan horrible que la gente pensara que era lady Danbury. Por lo menos ella me cae bien.

—Penelope...

—¿Cómo te sentirías si publicaran tus diarios poniendo a Nigel Berbrooke como su autor?

—Nigel Berbrooke difícilmente sabe unir dos oraciones —bufó él, despectivo—. Me imagino que nadie creería que pudiera haber escrito mis diarios.

Al final hizo un leve gesto de disculpas, puesto que Berbrooke, después de todo, estaba casado con su hermana.

—Trata de imaginártelo —dijo ella entre dientes—. O reemplázalo por cualquiera que consideres similar a Cressida.

—Penelope —suspiró él—. Yo no soy tú. No puedes compararnos. Además, si yo publicara mis diarios, no me deshonrarían a los ojos de la sociedad.

Ella se hundió en el asiento exhalando un fuerte suspiro, y él comprendió que su argumento había dado en el clavo.

—Muy bien —declaró—, está decidido entonces. Romperemos esto... —alargó la mano para tomar el papel.

—¡No! —exclamó ella, casi levantándose de un salto—. ¡No!

—Pero si acabas de decir...

—¡No he dicho nada! Lo único que hice fue suspirar.

—¡Vamos, Penelope, por el amor de Dios! —dijo él, irritado—. Es evidente que estás de acuerdo...

Ella lo miró boquiabierta por esa audacia.

—¿Cuándo te he dado permiso para interpretar mis suspiros?

Él miró el papel incriminador, todavía en sus manos, pensando qué demonios debía hacer con él.

—Y en todo caso —continuó ella, con unos ojos relampagueantes de furia y fuego que la volvían hermosa—, no creerás que no tengo memorizada hasta la última palabra. Puedes destruir ese papel, pero no puedes destruirme a mí.

—Ya me gustaría —masculló él.

—¿Qué has dicho?

—A Whistledown —dijo él entre dientes—. Me gustaría destruir a Whistledown. A ti, me encantaría dejarte como eres.

—Pero es que yo soy Whistledown.

—¡Dios nos asista a todos!

Entonces algo se quebró dentro de ella. Se le desbordó toda la rabia, toda la frustración, todos y cada uno de los sentimientos negativos que había reprimido a lo largo de los años. Todo ello dirigido a Colin, quien, de todos los miembros de la alta sociedad, era el que menos se lo merecía.

—¿Por qué estás tan enfadado conmigo? —explotó—. ¿Qué he hecho que sea tan repugnante? ¿Ser más lista que tú? ¿Guardar un secreto? ¿Echarme unas risas a expensas de la alta sociedad?

—Penelope, no...

—¡No! —dijo ella enérgicamente—. Tú te callas. Me toca hablar a mí.

Él se quedó boquiabierto, mirándola con los ojos todo sorpresa e incredulidad.

—Me siento orgullosa de lo que he hecho —logró decir ella, con la voz trémula por la emoción—. No me importa lo que digas. No me importa lo que diga nadie. Nadie puede quitarme eso.

—No preten...

—No necesito que la gente sepa la verdad —se apresuró a continuar ella, ahogando esa inoportuna protesta—. Pero que me cuelguen si permito que Cressida Twombley, justamente la persona que... que...

Se le estremeció todo el cuerpo al venirle a la mente todos los malos recuerdos..

Cressida, famosa por su elegancia y porte, pisándole y derramándole ponche en el vestido el primer año, el único no amarillo o naranja que le permitió usar su madre.

Cressida, suplicándole dulcemente a los jóvenes solteros que la sacaran a bailar a ella, hablando en voz tan alta y con tanto fervor que ella solo podía sentirse humillada.

Cressida, comentando ante un grupo de personas cuánto la preocupaba la apariencia de ella: «Sencillamente no es sano pesar quince kilos más a nuestra edad».

Ella nunca supo si Cressida logró disimular su sonrisa burlona después de ese dardo, porque salió corriendo del salón, cegada por las lágrimas, sin poder desentenderse del movimiento de sus regordetas caderas mientras corría.

Cressida siempre sabía exactamente dónde clavar su espada, sabía muy bien retorcer su bayoneta. Por mucho que Eloise continuara siendo su defensora y lady Bridgerton siempre tratara de estimularle la seguridad en sí misma, había llorado hasta dormirse más veces de las que lograba recordar, y siempre debido a un dardo certero de Cressida Cowper Twombley.

Había dejado que Cressida se saliera con la suya en muchísimas cosas en el pasado, simplemente porque nunca tuvo el valor para defenderse. Pero no podía permitir que se saliera con la suya en «eso»; no podía permitir que se apoderara de su vida secreta, del recoveco de su alma en que era fuerte, orgullosa y absolutamente intrépida.

Podía ser que ella no supiera defenderse, pero por Dios que lady Whistledown sí sabía hacerlo.

—¿Penelope? —preguntó Colin, cauteloso.

Ella lo miró sin entender, y le llevó varios segundos recordar que estaban en 1824, no en 1814, y que estaba en un coche con Colin Bridgerton, no acobardada en un rincón de un salón de baile para escapar de Cressida Cowper.

—¿Te encuentras bien? —preguntó él.

Ella negó con la cabeza. O al menos lo intentó.

Él abrió la boca para decir algo, pero no lo dijo, tan solo se quedó unos segundos con los labios entreabiertos. Finalmente le colocó una mano sobre la suya.

—¿Hablaremos de esto después? —dijo.

Ella asintió, y esta vez le salió el movimiento de la cabeza. Y en realidad, aunque solo deseaba que acabara del todo esa horrible conversación, había una cosa que no podía dejar pasar.

—Cressida no se deshonró —dijo en voz baja.

Él se volvió a mirarla, con un ligero velo de confusión en los ojos.

—¿Perdón?

—Cressida dijo que era lady Whistledown y eso no la deshonró —dijo ella algo más fuerte.

—Porque nadie la creyó —repuso Colin—. Además —añadió, sin pensar—, ella es... diferente.

Penelope se giró lentamente para mirarlo, con mirada firme.

—¿Diferente en qué sentido?

Algo parecido al terror comenzó a golpear en el pecho de Colin. Mientras le salían las palabras de la boca, se dio cuenta de que no eran las correctas. ¿Cómo podía una frase tan corta ser tan errónea?

«Ella es diferente».

Los dos sabían lo que quiso decir. Cressida era popular. Cressida era hermosa. Cressida sabía llevarlo todo con aplomo.

Penelope, en cambio...

Era Penelope. Penelope Featherington. Y no tenía la influencia ni las conexiones que la salvaran de la deshonra. Los Bridgerton podían ofrecerle apoyo, pero ni siquiera ellos podrían impedir su caída. Cualquier otro escándalo sería controlable, pero lady Whistledown había insultado, en uno u otro momento, a casi todas las personas importantes de las islas Británicas. Una vez que la gente superara la sorpresa, comenzarían los comentarios malignos.

A Penelope no la alabarían por ser inteligente, ingeniosa o valiente.

La calificarían de mezquina, rencorosa y envidiosa.

Él conocía bien a la alta sociedad, sabía cómo actuaban sus iguales. Había aristócratas capaces de grandeza, pero la aristocracia como colectividad tendía a caer muy bajo.

—Comprendo —dijo Penelope al silencio.

—No —se apresuró a decir él—, no lo comprendes. Lo que...

—No, Colin —dijo ella en un tono dolorosamente juicioso—. Sí que lo comprendo. Pero supongo que siempre había esperado que *tú* fueras diferente.

Él la miró a los ojos y, casi sin darse cuenta, ya le tenía puestas las manos sobre sus hombros, apretándoselos con tal intensidad que ella no podía de ninguna manera desviar la vista. No dijo nada, dejando que sus ojos hicieran las preguntas.

—Pensaba que tú creías en mí —dijo entonces—, que veías más allá del patito feo.

Su cara le era tan conocida, pensó él. La había visto miles de veces y, sin embargo, hasta esas últimas semanas no habría podido decir que la conocía. ¿Habría recordado esa pequeña marca de nacimiento que tenía cerca del lóbulo de la oreja izquierda? ¿Había notado alguna vez el cálido color de su piel? ¿O que sus ojos castaños tenían pintitas doradas justo cerca de la pupila?

¿Cómo había bailado con ella tantas veces sin fijarse nunca en que su boca era llena y ancha, que estaba hecha para besarla?

Se pasaba la lengua por los labios cuando estaba nerviosa. La había visto hacerlo unos días atrás. Seguro que lo habría hecho más de una vez en los doce años que se conocían y, sin embargo, era solo ahora que el verle la lengua le contraía de deseo el cuerpo.

—No eres fea —le dijo, en voz baja y apremiante.

Ella abrió mucho los ojos.

—Eres hermosa.

—No —dijo ella, su voz apenas algo más que un murmullo—. No digas cosas que no piensas.

Él le clavó los dedos en los hombros.

—Eres hermosa —repitió—. No sé cómo... No sé cuándo... —le tocó los labios, y sintió su cálido aliento en las yemas—. Pero lo eres —susurró.

Se inclinó y la besó, lenta y reverentemente. Ya no estaba tan sorprendido de que estuviera ocurriendo, de que la deseara tanto. La sorpresa había desaparecido, reemplazada por una simple y primitiva necesidad de reclamarla, de poseerla, de marcarla como suya.

¿Suya?

Se apartó y la miró otro momento, explorándole la cara.

¿Por qué no?

—¿Qué pasa? —susurró ella.

—Eres hermosa —dijo él, y agitó la cabeza, confundido—. No sé por qué nadie más puede verlo.

Una cálida sensación de placer comenzó a extenderse por el pecho de Penelope. No sabía explicarlo, era algo así como si alguien le hubiera calentado la sangre. Le comenzó en el corazón y se le fue extendiendo por los brazos, por el abdomen, hasta los dedos de los pies.

El calorcillo la hizo sentirse mareada y feliz.

La hizo sentirse completa.

No era hermosa. Sabía que no lo era . Sabía que siempre sería del montón, y eso en sus días buenos. Pero él la encontraba hermosa, y cuando la miraba...

Se sentía hermosa. Y nunca antes se había sentido así.

Él volvió a besarla, sus labios más ávidos esta vez, mordisqueando, acariciando, despertándole el cuerpo, despertándole el alma. Empezó a hormiguearle el vientre y sintió la piel caliente y ansiosa donde él la acariciaba por encima de la fina tela verde del vestido.

Y ni una sola vez se le ocurrió pensar «Esto está mal». Ese beso era todo lo que le habían enseñado a temer y evitar, pero sabía, en cuerpo, mente y alma, que nada en su vida había sido tan correcto jamás. Había nacido para ese hombre, y había pasado muchísimos años tratando de aceptar que él había nacido para otra mujer.

Que le demostraran que estaba equivocada era el placer más exquisito que podía imaginar.

Lo deseaba a él y lo que él la hacía sentir.

Deseaba ser hermosa, aunque solo fuera a los ojos de ese hombre.

Eran los únicos ojos que importaban, pensó mientras él la empujaba hasta dejarla tendida sobre el mullido asiento del coche, con la cabeza sobre un cojín.

Lo amaba. Siempre lo había amado. Lo amaba incluso cuando él estaba tan enfadado con ella que apenas lo reconocía. Incluso cuando estaba tan enfadado que ni siquiera sabía si le caía bien.

Y deseaba ser suya.

La primera vez que la besó, ella lo aceptó pasivo, pero esta vez estaba resuelta a tener un rol activo. Aún le costaba creer que estuviera ahí con él, y no quería hacerse ilusiones de que él fuera a seguir besándola.

Era posible que eso no volviera a ocurrir. Que nunca más sintiera el exquisito peso de él encima de ella, ni el escandaloso cosquilleo de su lengua.

Tenía esa única oportunidad. Una oportunidad de crear un recuerdo que tendría que durarle toda la vida. Una oportunidad para alcanzar la dicha.

El futuro sería horrible, sabiendo que él encontraría a otra mujer con la que reír, bromear e incluso casarse, pero ese momento...

Ese momento era suyo.

Y por Dios que haría de ese beso algo digno que recordar.

Levantó las manos y le acarició el pelo. Al principio con timidez, el hecho de estar decidida a ser una mujer bien dispuesta no significaba que tuviera idea de lo que debía hacer. Los labios de él estaban acabando con toda razón e inteligencia, pero de todas maneras no pudo dejar de notar que la textura de su pelo era igual a la del pelo de Eloise, el que había cepillado incontables veces en todos esos años de amistad. Y ¡santo cielo...!

Se le escapó una risita.

Eso captó la atención de él, y levantó la cabeza, sus labios curvados en una sonrisa de diversión.

—¿Qué? —le preguntó.

Ella negó con la cabeza, tratando de borrarse la sonrisa de la cara, pero sabiendo que iba a perder la batalla.

—Ah, no, tienes que decírmelo —insistió él—. No podría continuar sin saber el motivo de esa risita.

Ella sintió arder las mejillas, y entonces cayó en la cuenta de lo ridículamente tarde que venía eso. Ahí estaba ella, portándose muy mal dentro de un coche, ¿y solo tenía la decencia de ruborizarse?

—Dímelo —susurró él, mordisqueándole la oreja.

Ella negó con la cabeza.

Él encontró con los labios el punto exacto donde le latía el pulso en la garganta.

—Dímelo.

Lo único que hizo ella, lo único que pudo hacer, fue gemir y arquear el cuello para darle más acceso.

Su vestido, que ni siquiera se había dado cuenta de que estaba desabotonado, bajó hasta dejarle al descubierto la clavícula, y lo observó fascinada mientras él seguía el contorno con los labios y luego bajaba hasta tener toda la cara peligrosamente cerca de sus pechos.

—¿Me lo vas a decir? —susurró él, rozándole la piel con los dientes.

—¿Decirte qué? —logró decir ella.

Los pícaros labios de él continuaron bajando, más y más.

—De qué te reíste.

Durante unos segundos ella no supo de qué le estaba hablando.

Él ahuecó la mano en un pecho por encima del vestido.

—Te atormentaré hasta que me lo digas —la amenazó.

La respuesta de ella fue arquear la espalda, con lo que su pecho quedó más firme en la mano de él. Le gustaba ese tormento.

—Comprendo —susurró él, bajándole el corpiño y moviendo la palma, rozándole el pezón—. Entonces, tal vez —dejó inmóvil la mano y la levantó—, pararé.

—No —gimió ella.

—Entonces dímelo.

Ella se miró el pecho, como hipnotizada por verlo desnudo y descubierto ante su mirada.

—Dímelo —susurró él, rozándoselo con el aliento.

Penelope sintió contraerse algo dentro de ella, abajo, muy al fondo, en esos lugares de los que nunca se habla.

—Colin, por favor —suplicó.

Él sonrió, una sonrisa perezosa, satisfecha aunque todavía algo hambrienta.

—¿Por favor qué?

—Acaríciame.

Él le pasó el dedo índice por el hombro, siguiendo la curva del cuello.

—¿Aquí?

Ella negó enérgicamente con la cabeza.

Él bajó por la curva de su cuello.

—¿Me voy acercando?

Ella asintió, sin dejar de mirarse el pecho.

Él volvió a acariciarle el pezón, deslizando los dedos lenta y seductoramente en espirales, por alrededor, por encima, y mientras ella miraba sentía el cuerpo cada vez más tenso.

Lo único que oía era su respiración agitada, el aire caliente al salir de su boca.

Entonces...

—¡Colin! —se le escapó en una exclamación ahogada. Seguro que él no...

Él cerró los labios alrededor de su pecho, y antes de sentir más su calor, levantó las caderas, sorprendida por ese movimiento automático, apretándolas desvergonzadamente contra las de él, y luego las hundió en el asiento cuando él se apretó contra ella, manteniéndola inmóvil mientras le daba placer.

—Colin, Colin —resolló, moviendo las manos por su espalda, presionándole desesperadamente los músculos, ansiando tenerlo así abrazado y no soltarlo jamás.

Él se tironeó la camisa y sacó los faldones por la cinturilla de las calzas; entendiendo, ella pasó las manos por debajo y las deslizó por la cálida piel de su espalda. Jamás había acariciado así a un hombre, jamás había tocado a nadie de ese modo, a excepción de ella misma, y aun así, no le era fácil tocarse la espalda.

Él gimió al sentir su contacto y se tensó cuando sintió sus manos deslizarse por su piel. A ella le dio un vuelco el corazón. A él le gustaba su forma de acariciarlo. No tenía idea de lo que debía hacer, pero le gustó de todos modos.

—Eres perfecta —susurró él, con la boca sobre su piel.

Subió los labios, dejándole una estela de besos, hasta llegar a la curva bajo el mentón. Nuevamente se apoderó de su boca, esta vez con mayor ardor, y deslizó las manos por debajo de ella hasta agarrarle las nalgas, apretándoselas, presionándola contra su miembro excitado.

—¡Dios mío, te deseo! —resolló, moviendo y presionando las caderas contra las de ella—. Deseo desnudarte, penetrarte y no soltarte jamás.

Penelope gimió de deseo, sin poder creer cuánto placer podía sentir por unas simples palabras. Él la hacía sentirse escandalosa, traviesa y también muy deseable.

—¡Penelope, oh, Penelope! —estaba gimiendo él, sus labios y manos cada vez más frenéticos—. ¡Penelope! —Levantó la cabeza muy bruscamente—. ¡Ay, Dios!

—¿Qué pasa? —preguntó ella, tratando de levantar la cabeza del asiento.

—Hemos parado.

A ella le llevó un momento darse cuenta de la importancia de aquello. Si habían parado quería decir que habían llegado a su destino, que era...

Su casa.

—¡Ay, Dios! —exclamó, comenzando a subirse y abotonarse el corpiño a toda prisa—. ¿No podemos pedirle al cochero que continúe?

Ya había demostrado ser una mujer lasciva. Llegada a eso, ¿qué más daba añadir «desvergonzada» a su lista de comportamientos?

Él la ayudó a arreglarse el corpiño.

—¿Qué posibilidades hay de que tu madre aún no haya visto mi coche delante de tu casa?

—Bastantes, la verdad, pero Briarly sí lo habrá visto.

—¿Tu mayordomo reconocerá mi coche? —preguntó él, incrédulo.

Ella asintió.

—Viniste el otro día. Siempre recuerda esas cosas.

Él frunció los labios en un gesto de resolución.

—Muy bien, entonces. Ponte presentable.

—Puedo subir corriendo a mi habitación —dijo ella—. Nadie me verá.

—Eso lo dudo —dijo él en tono ominoso, metiéndose la camisa dentro de los pantalones y arreglándose el pelo.

—No, te aseguro que...

—Y yo te aseguro —interrumpió él— que te verán. —Se pasó los dedos por el pelo—. ¿Estoy presentable?

—Sí —mintió ella.

La verdad, se veía bastante sonrojado, tenía los labios hinchados y su pelo no se parecía ni remotamente a ningún estilo de peinado.

—Estupendo —dijo él.

Acto seguido bajó de un salto y le tendió la mano.

—¿Vas a entrar? —le preguntó ella.

Él la miró como si se hubiera vuelto loca.

—Por supuesto.

Ella no se movió, tan perpleja por sus actos que no lograba darle a sus piernas la orden de bajar. No había ningún motivo para que él entrara con ella en casa. El decoro no lo exigía, y además...

—¡Por el amor de Dios, Penelope! —dijo él, tomándole la mano y dándole un tirón—. ¿Te vas a casar conmigo o no?

14

Penelope cayó en la acera de bruces.

Era bastante más ágil, al menos en su opinión, de lo que la creía la mayoría de la gente. Era buena bailarina, sabía tocar el piano con los dedos flexionados a la perfección y, normalmente, se abría paso por un salón atiborrado sin chocar con nada.

Pero cuando Colin le hizo esa proposición con tanta naturalidad, el pie, que acababa de sacar del coche, solo encontró aire, y así fue como la cadera fue a estrellársele en el bordillo y la cabeza en el pie de Colin.

—¡Por Dios, Penelope! —exclamó él, acuclillándose—. ¿Te has hecho daño?

—Estoy bien —logró balbucear ella, buscando el hoyo que debería haberse abierto en el suelo para meterse ahí.

—¿Estás segura?

—No ha sido nada —repuso ella, tocándose la mejilla, que ya mostraba la forma del empeine de la bota de Colin—. Me sorprendí un poco, nada más.

—¿Por qué?

—¿Por qué? —repitió ella.

—Sí, ¿por qué?

Ella pestañeó. Una vez, dos veces, otra más.

—Eh..., bueno..., podría tener que ver con tu alusión al matrimonio.

Él la puso de pie de un tirón, nada ceremonioso y casi dislocándole el brazo.

—Bueno, ¿qué creíste que iba a decir?

Ella lo miró fijamente, incrédula.

—No *eso* —contestó finalmente.

—No soy un patán.

Ella se quitó polvo y piedrecillas de la manga.

—No he dicho que lo fueras, simplemente...

—Puedo asegurarte —continuó él, con cara de estar muy ofendido— que no me comporto como lo he hecho con una mujer de tu clase sin hacerle luego una proposición de matrimonio.

Penelope se quedó boquiabierta.

—¿No tienes respuesta a eso?

—Todavía estoy tratando de entender lo que has dicho —reconoció ella.

Él se puso las manos en las caderas y la miró sin ninguna paciencia.

—Tienes que reconocer —dijo ella, bajando el mentón hasta que quedó mirándolo, dudosa, a través de las pestañas— que dio la impresión de que... eh... has hecho proposiciones de matrimonio antes.

—Desde luego que no —repuso él, ceñudo—. Ahora, agárrate de mi brazo antes de que empiece a llover.

Ella miró el cielo despejado.

—Al paso que vas —dijo él, impaciente—, estaremos días aquí.

—Mmm..., bueno... —se aclaró la garganta—, supongo que podrás perdonarme la falta de serenidad ante esta sorpresa.

—Vamos, ¿quién habla con rodeos?

—Perdona.

—Vamos —dijo él, apretando la mano sobre su brazo.

—¡Colin! —dijo ella, casi en un grito, tropezándose al subir la escalinata—. ¿Estás seguro...?

—No hay momento como el presente —dijo él.

Parecía muy complacido consigo mismo y eso la desconcertaba, porque habría apostado toda su fortuna (y en calidad de lady Whistledown había amasado una buena suma) a que él no había tenido la menor intención de pedirle que se casara con él, hasta el momento en que el coche se detuvo delante de su casa.

Y tal vez hasta que las palabras le salieron de la boca.

Él giró la cabeza hacia ella.

—¿Necesito picar a la puerta?

—No, yo...

Pero él lo hizo de todos modos, o más bien casi echó abajo la puerta, si hay que ceñirse a los detalles.

Cuando el mayordomo la abrió, Penelope trató de ponerse una sonrisa en la cara.

—Briarly —dijo.

—Señorita Penelope —respondió él, arqueando una ceja sorprendido. Hizo una inclinación hacia Colin—. Señor Bridgerton.

—¿Está en casa la señora Featherington? —preguntó Colin, sin ningún preámbulo.

—Sí, pero...

—Excelente —dijo Colin, entrando y arrastrando a Penelope con él—. ¿Dónde está?

—En el salón, pero debo decirle que...

Pero Colin ya iba a medio camino por el vestíbulo, y Penelope a un paso detrás de él (y no podría haber ido de otra manera, porque él le tenía firmemente agarrado el brazo).

—¡Señor Bridgerton! —gritó el mayordomo en tono aterrado.

Penelope se giró a mirarlo, aunque sus pies continuaron siguiendo a Colin. Briarly no se aterraba jamás. Por nada. Si pensaba que Colin no debía entrar en el salón, tenía que ser por un buen motivo.

Tal vez incluso...

¡Oh, no!

Plantó los talones, que se fueron deslizando por la dura madera, ya que Colin seguía arrastrándola agarrada del brazo.

—Colin —dijo, atragantándose en la primera sílaba—. ¡Colin!

—¿Qué? —preguntó él, sin detenerse.

—En realidad creo que... ¡Aaay! —los talones chocaron con el borde de la alfombra, y salió volando hacia delante.

Él la asió de modo certero y la puso de pie.

—¿Qué pasa?

Ella miró nerviosa hacia la puerta del salón. Estaba un poco entreabierta, pero tal vez había tanto ruido dentro que su madre aún no los había oído acercarse.

—Penelope —dijo él, impaciente.

—Eh...

Todavía había tiempo para escapar, ¿no? Miró desesperada alrededor, aunque estaba claro que ahí no encontraría ninguna solución a su problema.

—Penelope —dijo él, golpeando el suelo con el pie—, ¿qué demonios te pasa?

Ella miró hacia Briarly, que se limitó a encogerse de hombros.

—De verdad, este podría ser un mal momento para hablar con mi madre.

Él arqueó una ceja, igual que hiciera el mayordomo unos segundos antes.

—No estarás pensando en rechazarme, ¿verdad?

—No, claro que no —se apresuró a decir ella, aunque todavía no acababa de aceptar que él fuera a pedir su mano.

—Entonces este es un momento excelente —afirmó él, en un tono que no admitía protesta.

—Pero es que es...

—¿Qué?

Martes, pensó ella tristemente. Y era recién pasado el mediodía, lo cual significaba...

—Vamos —dijo él, avanzando.

Y antes de que ella pudiera impedírselo, empujó la puerta.

El primer pensamiento de Colin al abrir la puerta del salón fue que el día, si bien no se estaba desarrollando como él había pensado aquella mañana al levantarse de la cama, se estaba volviendo excelente. Casarse con Penelope era una idea muy sensata, y muy atractiva también, si se podía juzgar por su apasionado encuentro en el coche.

Su segundo pensamiento fue que acababa de entrar en su peor pesadilla.

Porque la madre de Penelope no estaba sola en el salón. Estaban ahí todas las Featherington junto con sus maridos, e incluso un gato.

Era el grupo de personas más aterrador que había visto en su vida. La familia de Penelope era..., bueno..., a excepción de Felicity (aunque esta siempre le había inspirado cierto recelo, porque, ¿cómo puede uno fiarse de alguien que sea tan buena amiga de Hyacinth?); en fin, la familia de Penelope era..., bueno...

No se le ocurrió ninguna palabra agradable. Ninguna elogiosa (aunque quería creer que podría evitar un insulto rotundo) y, la verdad, ¿existiría un adjetivo que combinara bien ligeramente lerda, excesivamente conversadora, bastante entrometida, atrozmente aburrida y, no podía olvidar esta, siendo Robert Huxley un reciente añadido al clan, insólitamente ruidosa?

Así que tan solo sonrió; su fabulosa sonrisa ancha, amistosa, un tanto traviesa. Casi siempre daba buen resultado, y ese día no fue excepción. Todos los Featherington le sonrieron y, gracias a Dios, no dijeron nada.

Al menos no al instante.

—Colin —dijo la señora Featherington, muy sorprendida—. ¡Qué amable ha sido traer a Penelope a casa para nuestra reunión familiar!

—¿Reunión familiar? —repitió él. Miró a Penelope, que estaba a su lado con aspecto de sentirse indispuesta.

—Todos los martes —dijo ella, sonriendo débilmente—. ¿No te lo dije?

—No —contestó él, aunque era evidente que ella había hecho la pregunta a beneficio del público—. No, no me lo dijiste.

—¡Bridgerton! —gritó Robert Huxley, que estaba casado con la hermana mayor de Penelope, Prudence.

—Huxley —saludó Colin, dando un discreto paso atrás. Mejor protegerse los tímpanos, por si el cuñado de Penelope decidía dejar su lugar junto a la ventana.

Afortunadamente, Huxley continuó donde estaba, pero el otro cuñado de Penelope, el bien intencionado pero cabeza hueca

Nigel Berbrooke, sí que cruzó el salón y lo saludó con una cordial palmada en la espalda.

—No te esperaba —dijo jovialmente.

—No, me imagino que no.

—Estamos solo la familia, después de todo —añadió Berbrooke—, y tú no eres de la familia. Al menos no de la mía.

—No todavía —murmuró Colin, mirando a Penelope de soslayo. Vio que se había ruborizado.

Entonces volvió a mirar a la señora Featherington, que parecía a punto de desmayarse por la emoción. Colin emitió un gemido entre sus sonrientes labios. Sin saber muy bien por qué, había deseado reservar el elemento sorpresa antes de pedir la mano de Penelope. Si Portia Featherington conocía sus intenciones de antemano, lo más probable era que enredara las cosas (en su mente, al menos) de tal manera que diera a entender que ella había orquestado el matrimonio.

Y, por algún motivo, él encontraba eso muy desagradable.

—Espero no ser una molestia —dijo a la señora Featherington.

—No, de ninguna manera —se apresuró a decir ella—. Estamos encantados de tenerle aquí, en una reunión *familiar*.

Pero tenía una expresión extraña, no exactamente como si estuviera indecisa acerca de su presencia ahí, sino más bien insegura acerca de cuál debía ser su próxima intervención. Se mordió el labio inferior, y luego echó una furtiva mirada a Felicity. A Felicity, nada menos.

Entonces Colin miró a Felicity. Esta estaba mirando a Penelope, con una sonrisita en la cara. Penelope estaba mirando indignada a su madre, con la boca torcida en un rictus de irritación.

Pasó la mirada de Featherington a Featherington a Featherington. Estaba claro que algo se estaba cociendo a fuego lento bajo la superficie, y si no hubiera estado ocupado en pensar a) cómo podría evitar quedar atrapado en una conversación con los parientes de Penelope y al mismo tiempo b) arreglárselas para hacer la proposición de matrimonio..., bueno, habría sentido bastante curiosidad por saber cuál era la causa de todas esas miraditas disimuladas que iban y venían entre aquellas mujeres.

La señora Featherington echó una última mirada a Felicity y le hizo un gesto que él habría jurado quería decir «Siéntate derecha», y luego fijó la atención en él.

—¿No quiere sentarse? —le dijo, con una ancha sonrisa, dando una palmadita al sofá, al lado de ella.

—Ah, sí, sí —respondió él, porque ya no había forma de salir de aquello.

Todavía tenía que pedir la mano de Penelope y aunque no le gustaba demasiado la idea de hacerlo delante de todas las Featherington (y los dos aburridos maridos), estaba clavado ahí, al menos mientras no se le presentara una oportunidad de escapar educadamente. Se giró y le ofreció el brazo a la mujer con la que quería casarse.

—¿Penelope?

—Ah, sí, sí, claro —tartamudeó ella, colocando la mano en su codo.

—Ah, sí —dijo la señora Featherington, como si se hubiera olvidado totalmente de la presencia de su hija—. Lo siento mucho, Penelope, no te había visto. ¿Podrías hacerme el favor de ir a decirle a la cocinera que aumente la ración de comida? Vamos a necesitar más estando aquí el señor Bridgerton.

—Por supuesto —dijo Penelope, con las comisuras de los labios temblorosos.

—¿No puede llamar? —preguntó Colin, en voz alta.

—¿Qué? —dijo la señora Featherington, distraída—. Bueno, supongo que podría, pero eso llevaría más tiempo y a ella no le importa, ¿verdad?

Penelope negó con la cabeza.

—A mí sí me importa —dijo Colin.

La señora Featherington dejó escapar un suave murmullo de sorpresa y añadió:

—Muy bien. Penelope, eh... —apuntó a una silla que quedaba fuera del círculo en que se centraba la conversación—, ¿por qué no te sientas ahí?

Felicity, que estaba sentada frente a su madre, se levantó de un salto.

—Penelope, siéntate aquí.

—No —dijo la señora Featherington firmemente—. Te has sentido bastante indispuesta, Felicity. Necesitas quedarte sentada.

Colin pensó que la joven era una muestra de salud perfecta, pero esta volvió a sentarse.

—Penelope —dijo Prudence en voz muy alta, desde la ventana—, necesito hablar contigo.

Penelope miró indecisa de Colin a Prudence, a Felicity y a su madre.

Colin la acercó más a él.

—Necesito hablar con ella también —dijo tranquilamente.

—Muy bien, supongo que hay sitio para los dos aquí —dijo la señora Featherington, moviéndose a un lado para dejar más espacio en el sofá.

Colin se sintió atrapado entre los buenos modales que le habían inculcado desde la cuna y el apremiante deseo de estrangular a la mujer que algún día sería su suegra. No tenía idea de por qué trataba a Penelope como a una especie de hijastra menos favorecida, pero eso se tenía que acabar.

—¿Qué te ha traído por aquí? —preguntó Robert Huxley.

Colin se tocó la oreja sin poder evitarlo.

—Iba...

—¡Ay, Dios mío! —interrumpió la señora Featherington—. No vamos a interrogar a nuestro invitado, ¿verdad?

A Colin no se le había pasado por la cabeza que la pregunta de Huxley constituyera ningún interrogatorio, pero no quería insultar a la señora Featherington diciéndolo, así que se limitó a asentir y dijo algo sin sentido:

—Sí, bueno, por supuesto.

—¿Por supuesto qué? —preguntó Philippa.

Philippa estaba casada con Nigel Berbrooke, y Colin siempre había pensado que formaban una excelente pareja.

—¿Perdón? —preguntó.

—Ha dicho «por supuesto». ¿Por supuesto qué?

—No sé —contestó Colin.

—Ah, bueno. ¿Entonces por qué...?

—Philippa —dijo la señora Featherington—, tal vez tú podrías ir a ver lo de la comida, ya que a Penelope se le olvidó llamar.

—Ah, lo siento —se apresuró a decir Penelope, comenzando a levantarse.

—No te preocupes —le dijo Colin, sonriendo tranquilamente y agarrándole la mano para sentarla—. Tu madre ha dicho que podría ir Prudence.

—Philippa —dijo Penelope.

—¿Qué pasa con Philippa?

—Dijo que podría ir Philippa, no Prudence.

Él deseó preguntarle dónde se había dejado el cerebro, porque estaba claro que este había desaparecido en algún lugar del trayecto entre el coche y el sofá.

—¿Acaso importa? —le preguntó.

—No, no, pero...

—Felicity —interrumpió la señora Featherington—, ¿por qué no le explicas lo de tus acuarelas al señor Bridgerton?

Ni aunque en ello le fuera la vida podría imaginarse Colin un tema menos interesante (a no ser, tal vez, para las acuarelas de Felicity), pero de todos modos miró a la menor de las Featherington, sonrió con educación y le preguntó:

—¿Qué tal tus acuarelas?

Entonces Felicity, bendito su corazón, lo miró con una sonrisa y contestó:

—Me imagino que bien, gracias.

La señora Featherington dio la impresión de haberse tragado una anguila viva.

—¡Felicity! —exclamó.

—¿Sí? —preguntó Felicity dulcemente.

—No le has dicho que ganaste un premio —dijo ella, y se volvió hacia Colin—. Las acuarelas de Felicity son únicas. —Se giró hacia Felicity—. Dile al señor Bridgerton lo de tu premio.

—Ah, no me imagino que a él le interese.

—Pues claro que le interesa —insistió la señora Featherington.

En una situación normal, él se habría apresurado a canturrear «Sí que me interesa», ya que, después de todo, era un hombre amable, pero hacerlo sería confirmar a la señora Featherington y, tal vez más importante, estropearle la diversión a Felicity.

Y Felicity parecía estar divirtiéndose muchísimo.

—Philippa —dijo—, ¿no ibas a ir a ver lo de la comida?

—Ah, sí —contestó Philippa—. Lo había olvidado. Hago eso muchísimo. Vamos, Nigel, puedes hacerme compañía.

—¡Al instante! —exclamó Nigel, sonriendo de oreja a oreja.

Y acto seguido, los dos salieron del salón, sin parar de reír. Colin reafirmó su convicción de que la boda Berbrooke-Featherington había sido muy acertada.

—Creo que iré a dar una vuelta por el jardín —anunció Prudence de repente, agarrando del brazo a su marido—. Penelope, ¿vienes conmigo?

Penelope abrió la boca y la dejó así unos segundos, como pensando qué decir, y eso le dio el aspecto de un pececito desorientado (aunque, en opinión de Colin, un pececito bastante atractivo, si eso fuera posible). Finalmente su mentón adquirió un aire resuelto y dijo:

—Creo que no, Prudence.

—¡Penelope! —exclamó la señora Featherington.

—Necesito que me enseñes una cosa —insistió Prudence.

—Creo que se me necesita aquí —repuso Penelope—. Más tarde puedo ir contigo, si quieres.

—Te necesito ahora.

Penelope miró a su hermana sorprendida; estaba claro que no había esperado tanta resistencia.

—Lo siento, Prudence, creo que se me necesita aquí.

—Tonterías —dijo la señora Featherington despreocupadamente—. Felicity y yo podemos hacer compañía al señor Bridgerton.

—¡Ay, no! —exclamó Felicity, poniéndose de pie de un salto, los ojos muy abiertos, todo inocencia—. Olvidé algo.

—¿Qué puedes haber olvidado? —preguntó la señora Featherington entre dientes.

—Ehh…, mis acuarelas. —Se volvió hacia Colin, con una sonrisa traviesa—. Quería verlas, ¿verdad?

—Pues sí —respondió él, decidiendo que le caía muy bien la hermana menor de Penelope—. Para ver qué las hace tan únicas.

—Podríamos decir que son únicamente ordinarias —dijo Felicity haciendo un gesto de asentimiento con exagerada seriedad.

—Penelope —dijo la señora Featherington, haciendo esfuerzos por ocultar su fastidio—, ¿serías tan amable de ir a buscar las acuarelas de Felicity?

—Penelope no sabe dónde están —se apresuró a decir Felicity.

—¿No se lo puedes decir?

—¡Por el amor de Dios! —explotó Colin—. Deje que vaya Felicity. En todo caso, necesito un momento en privado con usted.

Se hizo el silencio. Era la primera vez que Colin perdía los estribos en público. Oyó una exclamación ahogada de Penelope a su lado, pero cuando la miró vio que ella tenía una mano en la boca, ocultando una sonrisita.

Y eso lo hizo sentirse muy bien.

—¿Un momento en privado? —repitió la señora Featherington, abanicándose el pecho con la mano.

Miró hacia Prudence y Robert, que seguían junto a la ventana. Los dos salieron inmediatamente de la sala, aunque no sin una buena cantidad de gruñidos por parte de Prudence.

—Penelope —continuó la señora Featherington—, tal vez deberías acompañar a Felicity.

—Penelope se queda —dijo Colin entre dientes.

—¿Penelope? —preguntó la señora Featherington, dudosa.

—Sí, Penelope —dijo él pronunciando despacio, por si todavía no había entendido lo que quería decir.

—Pero...

Colin la miró con tanta indignación que ella se echó hacia atrás y juntó las manos sobre la falda.

—¡Me voy! —canturreó Felicity, saliendo del salón.

Pero Colin vio que, antes de cerrar la puerta, ella le hacía un rápido guiño a Penelope. Y Penelope sonrió, con su cariño por su hermana menor brillando en sus ojos.

Colin se relajó. No se había dado cuenta de lo nervioso que lo ponía el sufrimiento de Penelope. Y era evidente que sufría. ¡Por Dios! No veía las horas de sacarla del seno de su ridícula familia.

La señora Featherington estiró los labios en un débil intento de esbozar una sonrisa; luego miró a Colin, miró a Penelope y volvió a mirarlo a él.

—¿Desea hablar conmigo? —preguntó finalmente.

—Sí —contestó él, impaciente por acabar de una vez—. Me sentiría muy honrado si me concediera la mano de su hija en matrimonio.

La señora Featherington estuvo un momento sin reaccionar. De pronto puso los ojos redondos, la boca redonda, el cuerpo, bueno el cuerpo ya lo tenía redondo, y juntó sonoramente las manos.

—¡Oh! ¡Oh! —dijo, como si fuera incapaz de decir otra cosa. Y luego gritó—: ¡Felicity! ¡Felicity!

¿Felicity?

Portia Featherington se levantó de un salto, corrió hasta la puerta y allí gritó, como una pescadera voceando su mercancía:

—¡Felicity! ¡Felicity!

—¡Ay, madre! —gimió Penelope, cerrando los ojos.

—¿Para qué llama a Felicity? —preguntó Colin, levantándose.

La señora Featherington lo miró perpleja.

—¿No quiere casarse con Felicity?

Colin pensó que igual se ponía a vomitar.

—¡No, por el amor de Dios! —exclamó—. No quiero casarme con Felicity. Si quisiera casarme con Felicity no la habría enviado arriba a buscar sus malditas acuarelas, ¿no?

La señora Featherington tragó saliva, incómoda.

—Señor Bridgerton —dijo, retorciéndose las manos—. No lo entiendo.

Él la miró horrorizado, hasta que el horror se transformó en repugnancia.

—Con Penelope —dijo, tomándole la mano, levantándola y acercándola hasta tenerla muy cerca de él—. Quiero casarme con Penelope.

—¿Penelope? —repitió ella—. Pero...

—¿Pero qué? —interrumpió él con voz amenazante.

—Pero... pero...

—Está bien, Colin. No pasa nada —se apresuró a decir Penelope—. Yo...

—No, no está bien —explotó él—. Nunca he dado señal de que tenga el más mínimo interés en Felicity.

En ese momento apareció Felicity en la puerta, se cubrió la boca con la mano y desapareció al instante, cerrando juiciosamente la puerta.

—Ya —dijo Penelope, apaciguadora, echando una rápida mirada a su madre—, pero Felicity está soltera y...

—Tú también —observó él.

—Lo sé, pero yo soy mayor y...

—¡Y Felicity es una niña! —espetó él—. ¡Por Dios, casarme con ella sería como casarme con Hyacinth!

—Eh..., solo que no sería incesto —dijo Penelope.

Él la miró con una expresión nada divertida.

—De acuerdo —dijo ella para llenar el silencio—. Solo ha sido un malentendido, ¿verdad?

Nadie dijo nada. Penelope miró a Colin suplicante.

—¿Verdad?

—Sí —masculló él.

Ella entonces miró a su madre.

—¿Mamá?

—¿Penelope? —dijo su madre.

Penelope comprendió que eso no era una pregunta, sino que su madre seguía expresando su incredulidad sobre que Colin pudiera querer casarse con ella.

Bueno, eso le dolió, y mucho. Y pensar que ya debería estar acostumbrada...

—Quiero casarme con el señor Bridgerton —dijo, tratando de hacer acopio de toda la dignidad posible—. Él me lo pidió y yo le dije que sí.

—Bueno, claro que dirías que sí —replicó su madre—. Tendrías que ser una idiota para decir lo contrario.

—Señora Featherington —dijo Colin ásperamente—, le sugiero que trate con más respeto a mi futura esposa.

—Colin, no es necesario —dijo Penelope, colocándole la mano en el brazo.

Pero la verdad era que sentía volar el corazón. Quizá no la amara, pero le tenía afecto. Ningún hombre podría defender a una mujer con esa fiereza sin tenerle un poco de afecto.

—Es necesario —repuso él—. ¡Por el amor de Dios, Penelope! Vine contigo y dejé muy claro que necesitaba tu presencia en el salón, y prácticamente empujé a Felicity por la puerta para que fuera a buscar sus acuarelas. ¿Por qué demonios iba a pensar alguien que yo deseaba casarme con ella?

La señora Featherington abrió y cerró la boca varias veces, hasta que al fin dijo:

—Quiero a Penelope, por supuesto, pero...

—¿Pero la conoce? —la interrumpió Colin—. Es hermosa, inteligente y tiene un maravilloso sentido del humor. ¿Quién no desearía casarse con una mujer así?

Penelope habría caído derretida al suelo si no hubiera estado agarrada de la mano de él.

—Gracias —susurró, sin importarle si la oía su madre, y en realidad sin importarle si la oía él.

Simplemente necesitaba decirlo, para sí misma. Y no que creyera que era todo lo que había dicho él.

Ante sus ojos pasó la cara de lady Danbury, su expresión cálida y astuta.

«Algo más». Tal vez ella era algo más y Colin era la única persona que lo comprendía.

Y eso la hizo amarlo más aún.

Su madre se aclaró la garganta y se acercó a ella para abrazarla. Al comienzo el abrazo fue tímido por ambas partes, pero luego Portia la estrechó con fuerza y Penelope, ahogando un sollozo, se lo correspondió con la misma energía.

—Sí que te quiero, Penelope —dijo Portia—, y estoy muy contenta por ti. —Se apartó y se limpió una lágrima—. Me sentiré sola sin ti, claro, porque había supuesto que envejeceríamos juntas, pero sé que es lo mejor para ti y supongo que eso es lo que significa ser una madre.

A Penelope se le escapó un sollozo y a tientas buscó el pañuelo de Colin, que él ya se había sacado del bolsillo y lo tenía puesto delante de ella.

—Lo sabrás algún día —dijo Portia, dándole una palmadita en el brazo. Mirando a Colin, añadió—: Estamos encantados de darle la bienvenida a la familia.

Él asintió con gran simpatía

Penelope consideró que había hecho un gran esfuerzo, teniendo en cuenta lo enfadado que había estado tan solo un momento antes.

Luego le sonrió y le apretó la mano, consciente de que estaba a punto de embarcarse en la aventura de su vida.

15

—¿Sabes? —dijo Eloise a Penelope—. Es una pena que lady Whistledown se haya retirado, porque esto habría sido el broche de oro de la década.

Ya habían pasado tres días desde que Colin y Penelope hicieran su sorprendente anuncio y estaban en el salón informal de la casa de lady Bridgerton.

—Desde el punto de vista de lady Whistledown, no me cabe duda —murmuró Penelope, llevándose la taza a los labios y manteniendo fijos los ojos en el reloj de pared.

Mejor no mirar a Eloise; tenía el don de ver los secretos en los ojos de las personas.

Era extraño, pensó. En todos esos años no había temido que Eloise descubriera la verdad acerca de lady Whistledown; al menos no la preocupaba demasiado. Pero ahora que lo sabía Colin, tenía la sensación de que su secreto andaba flotando en el aire, como partículas de polvo a la espera de aglomerarse en una nube de conocimiento. Tal vez los Bridgerton eran como la resolución de un misterio; una vez que se descubre un elemento, solo es cuestión de tiempo que se descubran todos los demás.

—¿Qué quieres decir? —preguntó Eloise, interrumpiendo sus pensamientos.

—Si mal no recuerdo —dijo Penelope con mucha cautela—, una vez escribió que tendría que retirarse si yo me casaba con un Bridgerton.

Eloise la miró con los ojos desorbitados.

—¿Sí?

—O algo por el estilo.

—Bromeas —dijo Eloise, lanzando un «¡puf!» y agitando la mano—. Nunca habría sido tan cruel.

Penelope tosió, sin pensar que pudiera poner fin a la conversación simulando atragantarse con un trozo de galleta, pero intentándolo de todos modos.

—Nooo —insistió Eloise—. ¿Qué dijo?

—No lo recuerdo exactamente.

—Inténtalo.

Penelope hizo tiempo dejando la taza en la mesita y alargando la mano para alcanzar otra galleta. Estaban solas tomando el té, lo cual era extraño. Pero lady Bridgerton se había llevado a Colin para hacer algo que tenía que ver con la inminente boda (¡fijada para dentro de un mes!), y Hyacinth había salido de compras con Felicity, la cual, cuando se enteró de la noticia de la boda, le echó los brazos al cuello y se puso a gritar de felicidad, hasta casi dejarla sorda. Por lo que a momentos fraternales se refería, ese fue uno maravilloso.

—Bueno —dijo, tragando un poco de galleta—, me parece que dijo que si yo me casaba con un Bridgerton, sería el fin del mundo tal como lo conocía y que, puesto que ese mundo ya no tendría ni pies ni cabeza para ella, tendría que retirarse.

Eloise la miró fijamente un momento.

—¿No es ese un recuerdo muy exacto?

—Uno no olvida ese tipo de cosas —repuso Penelope, recatadamente.

—¡Vaya! —Eloise frunció el ceño, desdeñosa—. Bueno, eso fue horrible por su parte, debo decir. Ahora deseo doblemente que siguiera escribiendo, porque tendría que tragarse una manada entera de cuervos.

—¿Se reúnen en manada los cuervos?

—Pues no lo sé, pero deberían.

—Eres muy buena amiga, Eloise —dijo Penelope en voz baja.

—Sí, lo sé —suspiró Eloise, teatralmente—. La muy mejor.

Penelope sonrió. Esa despreocupada respuesta de Eloise dejaba muy claro que no estaba de ánimo para emociones ni nostalgia. Y eso estaba muy bien. Hay un momento y un lugar para todo. Ella ya había dicho lo que quería decir y sabía que Eloise sentía lo mismo, aunque en ese momento prefiriera bromear y tomarse las cosas a la ligera.

—Pero debo confesar —dijo Eloise, alcanzando otra galleta— que tú y Colin me sorprendisteis.

—A mí me sorprendió también —repuso Penelope, sarcástica.

—No es que no esté encantada —se apresuró a añadir Eloise—. No hay nadie que desee tanto como hermana. Bueno, aparte de las que ya tengo, claro. Y si alguna vez hubiera soñado que os inclinabais en ese sentido, seguro que me habría entrometido horrorosamente.

Penelope se vio obligada a sonreír para evitar reírse.

—Lo sé.

—Sí, bueno —dijo Eloise, descartando el comentario con un gesto de la mano—. No soy famosa por conformarme con mis propios asuntos.

—¿Qué tienes en los dedos? —preguntó Penelope, inclinándose para vérselos mejor.

—¿Qué? ¿Eso? Ah, no es nada.

Pero juntó las manos en la falda de todos modos.

—No es nada —dijo Penelope—. Déjame verlo. Parece tinta.

—Bueno, claro que parece tinta. Es tinta.

—¿Entonces por qué no lo dijiste cuando te lo pregunté?

—Porque no es asunto tuyo —repuso Eloise, desvergonzada.

Penelope se echó hacia atrás, sorprendida por el tono.

—Perdona, lo siento mucho —dijo secamente—. No sabía que fuera un tema sensible.

—Ah, no lo es —se apresuró a decir Eloise—. No seas estúpida, lo que pasa es que soy torpe y no sé escribir sin chorrearme tinta por los dedos. Supongo que podría usar guantes, pero entonces los mancharía y viviría comprándome otros, y te aseguro que no tengo el menor deseo de gastar mi pobre asignación en guantes.

Penelope la estuvo observando mientras daba su larga explicación.

—¿Qué estabas escribiendo?

—Nada. Solo cartas.

Por el tono brusco, Penelope dedujo que Eloise no quería hablar más sobre el tema, pero ante esa actitud tan evasiva no se pudo resistir a preguntarle:

—¿A quién?

—¿Las cartas?

—Sí —contestó Penelope, aunque la pregunta había sido evidente.

—Ah, a nadie.

—Bueno, a no ser que sea un diario en forma epistolar, las cartas son siempre para alguien.

Eloise la miró con expresión ofendida.

—Estás muy fisgona hoy.

—Solo porque tú eres evasiva.

—Solo son para Francesca —contestó Eloise, lanzando un bufido.

—Bueno, podrías haberlo dicho.

Eloise se cruzó de brazos.

—Tal vez no me gustó tu interrogatorio.

Penelope la miró boquiabierta. No recordaba ni una sola ocasión en que hubiera habido entre ellas algo ni remotamente parecido a una pelea.

—Eloise —dijo, sin poder disimular la conmoción—, ¿qué te pasa?

—No me pasa nada.

—Sé que no es cierto.

Eloise guardó silencio. Se limitó a fruncir los labios y a mirar hacia la ventana, en un claro intento de poner fin a la conversación.

—¿Estás enfadada conmigo? —insistió Penelope.

—¿Por qué estaría enfadada contigo?

—No sé, pero está claro que lo estás.

—No estoy enfadada —suspiró Eloise.

—Bueno, estás *algo*.

—Estoy... estoy... —Agitó la cabeza—. No sé lo que estoy. Inquieta, supongo, molesta.

Penelope guardó silencio mientras digería eso, y luego preguntó:

—¿Hay algo que pueda hacer por ti?

Eloise sonrió sarcástica.

—No. Si lo hubiera, puedes estar segura de que ya te lo habría pedido.

Penelope sintió subir por dentro algo parecido a risa. ¡Qué típico de Eloise decir eso!

—Supongo que es... —dijo Eloise, alzando el mentón, pensativa—. No, no te preocupes.

—No. Dímelo —insistió Penelope, tomándole la mano.

Eloise retiró la mano y desvió la cara.

—Vas a pensar que soy idiota.

—Tal vez, pero seguirás siendo mi muy mejor amiga —dijo Penelope, sonriendo.

—¡Ay, no! Penelope, es que no lo soy —suspiró Eloise tristemente—. No soy digna de eso.

—Eloise, no digas tonterías. Yo me habría vuelto loca tratando de arreglármelas con la alta sociedad sin ti.

—Lo pasábamos bien, ¿verdad? —sonrió Eloise.

—Bueno, sí, yo lo pasaba bien cuando estaba contigo. El resto del tiempo me sentía condenadamente desgraciada.

—¡Penelope! Creo que nunca te había oído maldecir.

—Se me escapó —dijo Penelope, sonriendo azorada—. Además, no se me ocurrió ningún otro adverbio para calificar lo desgraciada que se sentía la fea del baile en medio de la alta sociedad.

Eloise soltó una inesperada risita.

—Vamos, ese sería un libro que me gustaría leer: *La fea del baile en medio de la alta sociedad*.

—No, a no ser que seas dada a las tragedias.

—¡Ah, vamos! No podría ser una tragedia. Tendría que ser una novela romántica. Vas a tener tu final feliz después de todo.

Penelope sonrió. Por extraño que fuera, iba a tener un final feliz. Colin era un prometido encantador y atento, lo había sido al menos los tres días que había tenido ese papel. Y lo más seguro era que no le hubiera resultado demasiado fácil; los habían sometido a más elucubraciones de lo que ella habría imaginado.

Aunque eso no la sorprendía; cuando escribió (como lady Whistledown) que sería el fin del mundo tal como lo conocía si Penelope Featherington se casaba con un Bridgerton, estaba bastante segura de que se hacía eco de la opinión predominante. Decir que su compromiso con Colin horrorizó a la aristocracia sería quedarse muy corto.

Pero por mucho que le gustara reflexionar acerca sobre su inminente boda y disfrutarla por adelantado, seguía algo inquieta por la extraña actitud de Eloise.

—Eloise —dijo muy seria—, quiero que me digas qué es lo que te preocupa.

Eloise exhaló un suspiro.

—Esperaba que lo hubieras olvidado.

—He aprendido tenacidad de la maestra —comentó Penelope.

Eso hizo sonreír a Eloise, pero solo un momento.

—Me siento desleal —dijo.

—¿Qué has hecho?

—Ah, nada. Está todo dentro —se dio una palmadita en el corazón—. Ocurre que...

Se interrumpió, desvió la cara y fijó la mirada en la esquina con flecos de la alfombra, pero Penelope calculó que no era mucho lo que veía. Al menos nada aparte de lo que le resonaba en la cabeza.

—Me siento muy feliz por ti —continuó Eloise, tropezándose en las palabras—, y creo que puedo decir sinceramente que no me siento celosa. Pero al mismo tiempo...

Penelope no dijo nada, tan solo esperó a que Eloise ordenara sus pensamientos, o tal vez, reuniera el valor.

—Al mismo tiempo —continuó Eloise, en voz tan baja que Penelope la oía apenas—, supongo que siempre pensé que serías una solterona conmigo. Yo he elegido esta vida. Sé que la he elegido. Podría haberme casado.

—Lo sé.

—Pero no lo hice porque nunca me pareció lo correcto, y de ninguna manera me iba a conformar con algo inferior a lo que tienen mis hermanos y mi hermana. Y ahora Colin también —añadió, haciendo un gesto hacia ella.

Penelope no le dijo que Colin nunca le había dicho que la amaba. No le pareció el momento oportuno ni, francamente, algo que deseara decir. Además, aunque él no la amara, seguía pensando que sí le tenía afecto y eso le bastaba.

—Nunca he deseado que no te casaras —explicó Eloise—, simplemente pensé que nunca lo harías. —Cerró los ojos, como si estuviera sufriendo—. Me ha salido todo mal. Te he insultado muchísimo.

—No, no —dijo Penelope con sinceridad—. Yo tampoco creía que me casaría.

Eloise asintió.

—Y, no sé por qué, eso lo hacía todo... perfecto. Yo tenía casi veintiocho años y estaba soltera, y tú ya tenías veintiocho años y estabas soltera, y siempre nos teníamos la una a la otra. Pero ahora tú tienes a Colin.

—También te sigo teniendo a ti. Por lo menos, eso espero.

—Por supuesto que me tienes —dijo Eloise, fervientemente—, pero no será lo mismo. O al menos eso es lo que dicen —añadió, con un destello travieso en los ojos—. Colin estará en primer lugar para ti. Y, francamente —añadió, con una sonrisa burlona—, tendría que matarte si no fuera así. Él es mi hermano favorito, después de todo. No merece tener una esposa desleal.

Penelope se rio.

—¿Me odias?

—No —repuso Penelope dulcemente, negando con la cabeza—. Si acaso, te quiero más aún, porque sé lo difícil que tiene que haber sido para ti ser sincera conmigo en esto.

—Me alegra que digas eso —dijo Eloise, lanzando un sonoro suspiro—. Me aterraba pensar que me dirías que yo también tengo que buscarme un marido.

La idea sí que le había pasado por la mente a Penelope, pero negó con la cabeza.

—No, no. Desde luego que no.

—Estupendo, porque mi madre no para de decírmelo.

—Me sorprendería si no lo hiciera —dijo Penelope, sonriendo sarcástica.

—¡Buenas tardes, señoras!

Las dos levantaron la vista y vieron entrar a Colin. A Penelope le dio un pequeño vuelco el corazón al verlo y de pronto notó que, curiosamente, le costaba respirar. Durante años el corazón le había dado extraños brincos cuando lo veía entrar en una sala, pero en esos momentos el brinco lo notaba diferente, más intenso.

Tal vez porque «sabía».

Sabía cómo era estar con él, ser deseada por él.

Sabía que él sería su marido.

El corazón le dio otro vuelco.

—¿Os lo habéis comido todo? —preguntó Colin quejumbroso.

—Solo había un plato con galletas —le dijo Eloise, a la defensiva.

—No es eso lo que me dieron a entender —gruñó Colin.

Penelope y Eloise se miraron y luego se echaron a reír.

—¿Qué? —preguntó Colin, inclinándose a dar un solícito beso a Penelope en la mejilla.

—Lo dices de una manera tan siniestra... —explicó Eloise—. Solo es comida.

—Nunca es *solo* comida —dijo él, dejándose caer en un sillón.

Penelope seguía pensando cuándo dejaría de hormiguearle la mejilla.

—¿Y de qué estabais hablando? —preguntó él, robando una galleta a medio comer del plato de Eloise.

—De lady Whistledown —contestó Eloise al instante.

Penelope se atragantó con el té.

—¿Ah, sí? —dijo él tranquilamente, pero Penelope detectó un claro filo en su voz.

—Sí —dijo Eloise—, le estaba diciendo a Penelope que es una pena que se haya retirado, porque vuestro compromiso habría sido el cotilleo más digno de comentar que hemos tenido en todo el año.

—Interesante cómo funciona eso —comentó Colin.

—Mmm —convino Eloise—. Y, sin duda, habría dedicado una columna completa solo a vuestro baile de compromiso de mañana.

Penelope no bajó la taza de sus labios.

—¿Quieres más? —le preguntó Eloise.

Penelope asintió y le pasó la taza, aunque echó en falta tenerla ante la cara como un escudo. Comprendía que Eloise puso el tema de lady Whistledown porque no quería que Colin supiera que tenía sentimientos encontrados respecto a su matrimonio, pero de todos modos deseaba que hubiera dicho otra cosa en respuesta a la pregunta de Colin.

—¿Por qué no llamas para pedir que traigan más comida? —preguntó Eloise a Colin.

—Ya lo hice —contestó él—. Wickham me salió al paso en el vestíbulo para preguntarme si tenía hambre—. Se echó a la boca el último trozo de la galleta de Eloise—. Un hombre sabio ese Wickham.

—¿Adónde fuiste hoy, Colin? —preguntó Penelope, impaciente por dejar de lado el tema de lady Whistledown.

Él movió la cabeza como un hombre que se siente asediado.

—Que me cuelguen si lo sé. Mi madre me llevó de tienda en tienda.

—¿No tienes treinta y tres años? —preguntó Eloise, dulcemente.

Él le contestó mirándola enfurruñado.

—Yo pensaba que ya habías pasado de la edad en que mamá te lleve de aquí para allá —replicó ella.

—Mamá seguirá llevándonos de aquí para allá cuando unos seamos viejos chochos, y lo sabes —repuso él—. Además, está tan encantada con esto de verme casado, que no puedo decidirme a estropearle la diversión.

Penelope lanzó un suspiro. Seguro que por eso lo amaba. Cualquier hombre que trata tan bien a su madre seguro que tiene que ser un buen marido.

—¿Y cómo van tus preparativos para la boda? —preguntó Colin a Penelope.

Ella no tenía la menor intención de hacer un mal gesto, pero lo hizo.

—Jamás me había sentido tan agotada en toda mi vida —dijo.

Él alargó la mano y robó un buen trozo de galleta de su plato.

—Deberíamos fugarnos.

—¡Ay, sí! ¿Podríamos? —exclamó Penelope, o mejor dicho, las palabras le salieron solas.

Él pestañeó.

—En realidad, era una broma, aunque sí que me parece una idea fabulosa.

—¡Yo me encargo de la escalera! —exclamó Eloise, juntando las manos—. Para que puedas subir hasta su habitación a raptarla.

—Hay un árbol —terció Penelope—. Colin no tendría ninguna dificultad para treparlo.

—¡Por Dios! —dijo Colin—. No lo dices en serio, ¿verdad?

—No —suspiró ella—, pero podría, si tú lo dijeras en serio.

—No puede ser. ¿Sabes lo que le haría eso a mi madre? —Puso los ojos en blanco—. Por no decir a la tuya.

—Lo sé —gimió Penelope.

—Me daría caza y me mataría —dijo él.

—¿La mía o la tuya?

—Las dos. Unirían fuerzas. —Alargó el cuello mirando hacia la puerta—. ¿Dónde está la comida?

—Acabas de llegar, Colin —dijo Eloise—. Dales tiempo.

—Y yo que pensaba que Wickham era un brujo capaz de hacer aparecer comida con un gesto de la mano —gruñó él.

—¡Aquí tiene, señor! —dijo Wickham, entrando con una enorme bandeja.

—¿Lo veis? —dijo Colin arqueando las cejas y mirando a Eloise y luego a Penelope—. Os lo dije.

—¿Por qué será que presiento que oiré esas palabras muchísimas veces en mi futuro? —comentó Penelope.

—Lo más seguro, porque las oirás —contestó Colin. La miró con una sonrisa de lo más descarada—. Pronto te enterarás de que casi siempre tengo razón.

—Vamos, por favor —gimió Eloise.

—Podría tener que ponerme de parte de Eloise en esto —dijo Penelope.

Él se llevó una mano al corazón, mientras con la otra agarraba un bocadillo.

—¿En contra de tu marido? Me siento herido.

—Todavía no eres mi marido.

—La gatita tiene uñas —dijo Colin a Eloise.

Eloise lo miró con las cejas arqueadas.

—¿Y no te diste cuenta de eso antes de proponerle matrimonio?

—Claro que me di cuenta —repuso él, tomando un bocado—. Pero no creí que las usaría conmigo.

Entonces miró a Penelope con una expresión tan ardiente que ella sintió que se le derretían los huesos.

—Bueno —dijo Eloise, levantándose—, creo que dejaré unos momentos solos a este par de inminentes recién casados.

—¡Qué previsora! —comentó Colin.

Eloise lo miró con un gesto displicente.

—Cualquier cosa por ti, querido hermano. O mejor dicho —añadió, con una sonrisa de complicidad—, cualquier cosa por Penelope.

Colin se levantó y miró a su prometida.

—Parece que he bajado de categoría en la jerarquía de favoritos.

Penelope sonrió detrás de su taza.

—Voy a hacer mi norma no meterme jamás en una pelea entre hermanos Bridgerton.

—¡Ah, no! —rio Eloise—. No podrías cumplirla, futura señora Bridgerton. Además —añadió con una sonrisa pícara—, si crees que esto es una pelea, espera a ver una de verdad.

—¿Quieres decir que no he visto ninguna?

Eloise y Colin negaron con la cabeza de una manera que inspiraba miedo.

¡Ay, Dios!

—¿Hay algo que deba saber? —preguntó.

Colin sonrió de un modo muy pícaro.

—Ya es demasiado tarde.

Penelope miró a Eloise con expresión desvalida, pero esta solo se echó a reír y salió del salón, cerrando firmemente la puerta.

—Bueno, ese sí ha sido un gesto simpático por parte de Eloise —replicó Colin.

—¿Qué? —preguntó Penelope, con cara de inocente.

A él le brillaron los ojos.

—La puerta.

—¿La puerta? ¡Ah, la puerta!

Sonriendo, Colin fue a sentarse junto a ella en el sofá. Había un algo delicioso en Penelope aquella tarde lluviosa. Apenas la había visto desde que se comprometieron, los planes para la boda solían hacerle eso a una pareja, y sin embargo no había abandonado sus pensamientos ni siquiera cuando estaba durmiendo.

Curioso cómo le ocurrió eso. Había pasado años sin pensar en ella a no ser que la tuviera delante de la cara, y ahora impregnaba todos sus pensamientos.

Todos sus deseos.

¿Cómo ocurrió eso?

¿Cuándo ocurrió?

¿Importaba acaso? Tal vez lo único importante era que la deseaba y que ella era, o al menos sería, suya. Una vez que le pusiera el anillo en el dedo, no tendrían ningún sentido los cómos, los porqués ni los cuándos, siempre que se le marchara esa locura que sentía.

Le puso un dedo en la mejilla y le giró la cara hacia la luz. Vio que le brillaban los ojos de expectación y sus labios, ¡Dios santo!, ¿cómo era posible que los hombres de Londres nunca se hubieran fijado en lo perfectos que eran?

Sonrió. Eso era una locura permanente. Y él no podría estar más complacido.

Jamás había sido contrario al matrimonio, simplemente se oponía a un matrimonio aburrido. No era selectivo; simplemente deseaba pasión, amistad, comunicación intelectual y unas buenas risas de cuando en cuando; una esposa de la que no deseara alejarse.

Por sorprendente que pareciera, había encontrado eso en Penelope.

Lo único que debía hacer era asegurarse de que Su Gran Secreto continuara siendo eso: un secreto.

Porque no se creía capaz de soportar la pena que vería en sus ojos si la excluían de la sociedad.

—¿Colin? —susurró ella, soltando un suspiro por sus labios, lo que provocó que deseara besarla.

Él acercó la cara.

—¿Mmm?

—Estás muy callado.

—Estaba pensando.

—¿El qué?

Él la miró con cariño.

—Se nota que has pasado demasiado tiempo con mi hermana.

—¿Qué quieres decir con eso? —preguntó ella, curvando los labios de una manera que no le dejaba dudas de que nunca evitaría bromear con él.

Lo tendría siempre en estado de alerta.

—Parece que le has tomado gusto a la perseverancia.

—¿A la tenacidad?

—A eso también.

—Pero eso es bueno.

Tenían los labios a solo unos centímetros de distancia, pero el deseo de continuar con la broma era demasiado fuerte.

—Cuando eres perseverante declarando obediencia a tu marido, entonces es bueno.

—¿Ah, sí?

Él bajó el mentón en un mínimo gesto de asentimiento.

—Y cuando eres tenaz agarrando mis hombros cuando te beso, entonces también es buena la tenacidad.

Ella abrió sus oscuros ojos de un modo tan delicioso que él tuvo que añadir:

—¿No te parece?

Y entonces ella lo sorprendió.

—¿Así? —le preguntó, colocando las manos en sus hombros. Su tono era valiente; sus ojos, seducción pura.

¡Por Dios, sí que le gustaba que lo sorprendiera!

—Esto es un comienzo —dijo—. Quizá tengas que... —puso una mano sobre la de ella y se la presionó, clavándole los dedos en la piel— agarrarme con más tenacidad.

—Comprendo —susurró ella—. ¿Lo que quieres decir entonces es que no debo soltarte jamás?

Él se lo pensó un momento.

—Sí —contestó, cayendo en la cuenta de que esas palabras tenían un significado más profundo, fuera esa su intención o no—. Eso es exactamente lo que quiero decir.

Y ya no fue suficiente con las palabras. Posó los labios sobre los de ella, y el beso fue suave durante un momento, hasta que lo embargó la avidez. Entonces la besó con una pasión que ni siquiera sabía que tenía dentro. Eso no iba de deseo, o al menos no era solo deseo.

Era necesidad.

Era una sensación extraña, ardiente y feroz en su interior, que le exigía reclamarla para él, afirmar su posesión, marcarla como suya.

La deseaba desesperadamente, y no tenía la menor idea de cómo soportaría todo ese mes que faltaba para la boda.

—¿Colin? —dijo ella, cuando él la iba bajando, hasta dejarla tendida de espaldas en el sofá.

Él le estaba besando la mandíbula, y luego el cuello, y tenía los labios tan ocupados que no logró articular ninguna palabra.

—¿Mmm?

—Estamos... ¡Oh!

Él sonrió, mordisqueándole suavemente el lóbulo de la oreja. Si ella lograba terminar la frase es que no la estaba seduciendo tan bien como debería.

—¿Decías...? —susurró él, y luego la besó apasionadamente en la boca para torturarla.

Apartó los labios justo para que ella dijera «Solo ib...» y volvió a besarla, y lo embriagó el placer al oírla gemir de deseo.

—Perdona —dijo, metiendo las manos por debajo del vestido y haciéndole todo tipo de caricias en las pantorrillas—, ¿qué ibas a decir?

—¿Yo? —preguntó ella, con los ojos nublados.

Él subió más las manos, hasta hacerle cosquillas en las corvas.

—Ibas a decir algo —dijo, apretando las caderas contra ella, porque creía que estallaría en llamas en ese mismo instante si no lo hacía—. Creo... —susurró, deslizando la mano por la suave piel de su muslo— que ibas a decir que deseabas que te acariciara aquí.

Ella ahogó una exclamación, luego gimió y al fin logró decir:

—No creo que fuera a decir eso.

Él sonrió, con la boca sobre su cuello.

—¿Estás segura?

Ella asintió.

—¿Entonces quieres que pare?

Ella negó con la cabeza. Enérgicamente.

Podría poseerla en ese mismo instante, comprendió él. Podría hacerle el amor ahí mismo, en el sofá de su madre, y ella no solo se lo permitiría, sino que además disfrutaría de todos las maneras en que debe disfrutar una mujer.

No sería una conquista, ni siquiera sería seducción.

Sería mucho más que eso. Tal vez incluso...

Amor.

Se quedó inmóvil.

—¿Colin? —susurró ella, abriendo los ojos.

¿Amor?

No era posible.

—¿Colin?

O tal vez sí.

—¿Pasa algo?

No era que le tuviera miedo al amor, ni que no creyera en él. Simplemente no lo había... esperado.

Siempre había pensado que el amor golpea a un hombre como un rayo, que un día está ganduleando en alguna fiesta, muerto de aburrimiento y de repente ve a una mujer y sabe al instante que su vida va a cambiar para siempre. Eso fue lo que le ocurrió a Benedict, y el cielo sabía que era increíblemente feliz con Sophie, y en esos momentos estaban muy felices pasando un tiempo en el campo.

Pero con Penelope... se le había ido metiendo en el corazón sigilosamente. El cambio había sido lento, pero constante, y si eso era amor...

Si era amor, ¿no lo sabría él?

La miró detenidamente, curioso, pensando que tal vez encontraría la respuesta en sus ojos, o en el espesor de su pelo, o en la forma como le colgaba, ligeramente torcido, el corpiño de su vestido. Tal vez si la observaba un buen rato, lo sabría.

—¿Colin? —repitió ella, en un tono que ya parecía nervioso.

La volvió a besar, esta vez con fiera resolución. Si eso era amor, ¿no se haría evidente cuando se besaban?

Pero si su mente y su cuerpo estaban funcionando por separado, el beso estaba claramente confabulado con su cuerpo, porque mientras la confusión de su mente continuaba tan borrosa como siempre, la necesidad de su cuerpo era cada vez más evidente.

¡Demonios! Ya incluso le dolía. Y no podía hacer nada en el salón de su madre, aun cuando Penelope lo deseara tanto como él.

Se apartó y bajó la mano por su pierna hacia el borde de la falda.

—No podemos continuar aquí —dijo.

—Lo sé —dijo ella.

Su tono era tan triste que él detuvo la mano en su rodilla, y casi perdió la resolución de hacer lo correcto y atenerse a los dictados del decoro.

Pensó rápido. Era posible que lograra hacerle el amor sin que entrara alguien y los sorprendiera. Dios sabía que en el estado en que se encontraba él, lo resolvería de una forma vergonzosamente rápida.

—¿Cuándo es la boda? —gruñó.

—Dentro de un mes.

—¿Qué costaría adelantarla dos semanas?

Ella lo pensó un instante.

—Soborno o chantaje. Tal vez las dos cosas. Nuestras madres no cederán fácilmente.

Él gimió, friccionó las caderas contra las de ella durante un delicioso momento y se retiró de encima. No podía poseerla en ese momento. Ella iba a ser su esposa. Ya habría ocasiones para revolcones ilícitos en sofás durante el día, pero al menos la primera vez, debía hacerlo en una cama.

—¿Colin? ¿Te pasa algo? —preguntó ella, alisándose el vestido y arreglándose el pelo. Aunque no había manera de que este quedara presentable sin un espejo, un cepillo y tal vez una doncella.

—Te deseo —susurró él.

Ella lo miró sorprendida.

—Solo te lo digo para que lo sepas. No quiero que pienses que me detuve porque no me gustas.

—¡Ah! —Lo miró como si quisiera decir algo. Parecía casi feliz por sus palabras—. Gracias por decírmelo.

Él le tomó la mano y se la apretó.

—¿Estoy hecha un desastre? —preguntó ella.

Él asintió.

—Pero eres *mi* desastre.

Y se sentía exultante por ello.

16

A Colin le encantaba caminar, y lo hacía con mucha frecuencia para despejar su mente, de modo que no fue ninguna sorpresa que se pasara buena parte del día siguiente paseando por Bloomsbury, Fitzrovia, Marylebone y otros barrios de Londres. Cuando levantó la vista comprobó que estaba en el centro de Mayfair, en Grosvenor Square; para ser exactos, delante de la casa en la ciudad de los duques de Hastings, el último de los cuales daba la casualidad que estaba casado con su hermana Daphne.

Hacía tiempo que no tenía una conversación con ella, aparte del parloteo familiar habitual. De todos sus hermanos, Daphne era la que estaba más cerca de él en cuanto a edad, y siempre había habido entre ellos un lazo especial, aun cuando ya no se veían tanto como antes, con los frecuentes viajes de él y la ocupada vida familiar de ella.

La casa Hastings era una de esas grandes mansiones que se encuentran en los barrios de Mayfair y St. James. Grande y de planta cuadrada, estaba construida con la elegante piedra gris de Portland, y era absolutamente imponente con su esplendor ducal.

Lo cual hacía aún más divertido, pensó sonriendo, que su hermana fuera la actual duquesa. No podría imaginarse una mujer menos altiva o imponente. De hecho, a Daphne le costaba encontrar marido cuando estuvo en el mercado del matrimonio, justamente porque era tan amistosa y llana que los caballeros tendían a considerarla más una amiga que una potencial esposa.

Pero todo cambió cuando conoció a Simon Basset, el duque de Hastings, y ahora era una respetable señora de la alta sociedad, con cuatro hijos de diez, nueve, ocho y siete años. A veces le seguía pareciendo extraño que ella fuera madre mientras él seguía llevando la vida libre y sin ataduras de un soltero. Habiendo solo un año de diferencia entre ellos, habían pasado juntos por las diversas fases de la vida. Incluso después de casarse, las cosas no cambiaron demasiado, pues ella y Simon asistían a las mismas fiestas que él, y tenían muchos intereses y actividades en común.

Pero luego ella comenzó a reproducirse y, si bien él estaba encantado de dar la bienvenida en su vida a un nuevo sobrino o sobrina, cada recién nacido lo hacía comprender más que Daphne había cambiado y él no.

Pero todo eso iba a cambiar muy pronto, pensó sonriendo cuando la cara de Penelope pasó por su mente.

Hijos. Encontraba muy agradable la idea, la verdad.

No había tenido la intención de visitarla, pero estando por allí, bien podría pasar a saludarla, así que subió la escalinata y golpeó con la enorme aldaba de bronce. Jeffries, el mayordomo, abrió la puerta casi inmediatamente.

—Señor Bridgerton —dijo—, su hermana no le esperaba.

—No, decidí darle una sorpresa. ¿Está en casa?

—Iré a ver —dijo el mayordomo, aunque ambos sabían que Daphne jamás se negaría a recibir a un miembro de su familia.

Mientras Jeffries iba a informar a Daphne de su presencia, Colin esperó en el salón, vagando de aquí para allá, tan desasosegado que no fue capaz de sentarse ni de quedarse quieto en un lugar. Pasados unos minutos, apareció Daphne en la puerta, algo despeinada, pero con un aspecto tan feliz como siempre.

¿Y por qué no iba a estarlo?, pensó él. Todo lo que había deseado era convertirse en esposa y madre, y por lo visto la realidad había más que superado sus sueños.

—Hola, hermana —la saludó con una sonrisa sesgada, y luego se acercó para darle un rápido abrazo—. Tienes... —le señaló el hombro.

Ella se miró el hombro y sonrió azorada al ver la mancha gris oscura que había en la tela rosa de su vestido.

—Carboncillo —dijo con pesar—. Estaba enseñándole a dibujar a Caroline.

—¿Tú?

—Lo sé, lo sé. No podría haber elegido peor maestra, pero ayer decidió que le gusta el arte, y yo fui la única que consiguió con tan poco tiempo de aviso.

—Tendrías que enviarla a ver a Benedict —sugirió Colin—. Seguro que le encantaría darle una o dos clases.

—La idea ya se me había pasado por la cabeza, pero seguro que cuando lo tenga todo dispuesto, ella estará interesada en otra cosa. —Le indicó un sofá—. Siéntate. Pareces un león enjaulado.

Él se sentó, aunque se sentía muy nervioso.

—Y antes de que lo preguntes, ya le dije a Jeffries que traiga comida. ¿Bastarán unos bocadillos?

—¿Oíste gruñir mi estómago desde el otro lado del salón?

—Más bien desde el otro lado de la ciudad. —Se rio—. ¿Sabías que, siempre que truena, David dice que es tu estómago?

—¡Ay, por Dios! —masculló Colin, aunque riendo. Su sobrino era un crío muy listo.

Daphne sonrió de oreja a oreja y se acomodó en los cojines del sofá, juntando las manos en la falda con elegancia.

—¿Qué te trae por aquí, Colin? No es que necesites ningún motivo, por supuesto. Siempre me encanta verte.

Él se encogió de hombros.

—Simplemente pasaba por aquí.

—¿Fuiste a ver a Anthony y Kate? —preguntó ella. La casa Bridgerton, donde vivía su hermano mayor con su familia, estaba en esa misma plaza, justo enfrente—. Benedict y Sophie ya están ahí con los niños, ayudando en los preparativos para el baile de tu compromiso de esta noche.

Él negó con la cabeza.

—No, te he elegido a ti como víctima.

Ella volvió a sonreír, pero esta vez con una buena dosis de curiosidad.

—¿Te pasa algo?

—No, nada —se apresuró a contestar él—. ¿Por qué me lo preguntas?

—No lo sé —dijo ella, ladeando la cabeza—. Te encuentro raro.

—Solo estoy cansado.

Ella asintió comprensiva.

—Los planes para la boda, sin duda.

—Sí —dijo él, agarrándose al vuelo a su deducción, aunque no sabía qué podría querer ocultarle a su hermana.

—Bueno, recuerda que sea lo que sea por lo que estés pasando —dijo ella con una sonrisa indolente—, es mil veces peor para Penelope. Siempre es peor para las mujeres, créeme.

—¿En las bodas o en todo? —preguntó él, dócilmente.

—En todo. Sé que los hombres pensáis que estáis al mando, pero...

—Jamás pensaría que estamos al mando de nada —dijo él, y no de un modo totalmente sarcástico.

Ella volvió a poner una expresión indolente.

—Las mujeres tenemos mucho más que hacer que los hombres. Especialmente en las bodas. Con todas las pruebas que le han hecho a Penelope para el vestido, seguro que ya se siente como un alfiletero.

—Le sugerí que nos fugáramos —le contó Colin—, y creo que deseó que lo estuviera diciendo en serio.

Daphne se echó a reír.

—Me alegra tanto que te vayas a casar con ella, Colin.

Él asintió, con la intención de no decir nada, pero de pronto se oyó decir:

—Daph...

—¿Sí?

Él abrió la boca, la cerró y luego dijo:

—No, no te preocupes.

—¡Ah, no! Ahora no te vas a callar. Ya me has picado la curiosidad.

Él tamborileó sobre el sofá.

—¿Crees que llegará pronto la comida?

—¿Tienes hambre o simplemente quieres cambiar el tema?

—Siempre tengo hambre.

Ella estuvo callada unos instantes.

—Colin —dijo al fin, con voz dulce—, ¿qué ibas a decir?

Él se levantó de un salto y empezó a pasearse. No podía estarse quieto. Se detuvo, se giró a mirarla y vio su cara de preocupación.

—No es nada —dijo, aunque luego continuó—: ¿Cómo sabe uno? —preguntó, sin darse cuenta de que dejaba inconclusa la pregunta.

—¿Cómo sabe uno qué? —preguntó ella.

Él se detuvo ante la ventana. Daba la impresión de que iba a llover. Tendría que pedirle prestado un coche a Daphne si no quería quedarse empapado en el largo camino a casa. Aunque no entendía por qué estaba pensando en la lluvia cuando lo que realmente quería saber era...

—¿Cómo sabe uno qué, Colin? —repitió Daphne.

Él se giró a mirarla y soltó las palabras:

—¿Cómo se sabe si es amor?

Ella se lo quedó mirando, con sus grandes ojos castaños muy abiertos por la sorpresa y los labios entreabiertos, absolutamente inmóvil.

—Olvida la pregunta —replicó él.

—¡No! —exclamó ella, levantándose de un salto—. Me alegra que me lo hayas preguntado. Me alegra mucho. Solo... solo me sorprendió.

Él cerró los ojos, disgustado consigo mismo.

—No puedo creer que te haya preguntado eso.

—No, Colin. No seas estúpido. De verdad, es encantador que lo hayas hecho. Y me siento halagada de que hayas acudido a mí, cuando...

—Daphne... —dijo él, en tono de advertencia.

Ella tenía la costumbre de andarse por las ramas, y él no estaba de ánimo para seguir sus divagaciones.

De repente, ella se le acercó y le dio un fuerte abrazo. Dejando luego las manos sobre sus hombros, dijo:

—No lo sé.

—¿Perdón?

Ella sacudió un poco la cabeza.

—No sé cómo se sabe si es amor. Creo que es diferente para cada persona.

—¿Cómo lo supiste tú?

Ella se mordió el labio inferior unos segundos y al final contestó:

—No lo sé.

—¿Qué?

Ella se encogió de hombros, impotente.

—No lo recuerdo. Hace mucho tiempo. Tan solo... lo supe.

Él se apoyó en la ventana y se cruzó de brazos.

—¿Quieres decir entonces que si uno no sabe si está enamorado, probablemente no lo está?

—Sí —dijo ella—. ¡No! No es eso lo que quiero decir.

—¿Entonces qué quieres decir?

—No lo sé —contestó ella con voz débil.

Él la miró fijamente.

—¿Y cuánto tiempo llevas casada? —masculló.

—Colin, no bromees. Solo trato de ser útil.

—Y agradezco el intento, pero de verdad, Daphne...

—Lo sé, lo sé —interrumpió ella—. Soy una inútil. Pero escúchame: ¿te gusta Penelope? —Entonces hizo una inspiración, horrorizada—. Porque estamos hablando de Penelope, ¿verdad?

—¡Por supuesto! —exclamó él.

Ella soltó un suspiro de alivio.

—Estupendo, porque si no, puedo asegurarte que no tendría ningún consejo para ti.

—Me voy —dijo él bruscamente.

—No, no te vayas —suplicó ella, poniéndole la mano en el brazo—. Quédate, Colin, por favor.

Él la miró, suspirando y sintiéndose derrotado.

—Colin —dijo ella, llevándolo hasta el sofá y empujándolo hasta dejarlo sentado—, escúchame. El amor crece y cambia día a día. Y no es como un rayo caído del cielo que te transforma al instante en una persona diferente. Sé que Benedict dice que a él le ocurrió así, pero, ¿sabes?, Benedict no es normal.

Él deseó muchísimo tragarse ese anzuelo, pero no logró reunir la energía suficiente.

—A mí no me ocurrió así —continuó ella—, y no creo que fuera así para Simon, aunque, sinceramente, tampoco se lo he preguntado.

—Pues deberías.

Ella detuvo el movimiento de la boca, que estaba empezando a formar una palabra, y se quedó con el aspecto de un pajarillo sorprendido.

—¿Para qué?

Él se encogió de hombros.

—Para que puedas decírmelo.

—¿Qué? ¿Es que crees que para los hombres es diferente?

—Todo lo demás lo es.

Ella frunció el ceño.

—Creo que estoy comenzando a sentir compasión por Penelope.

—Ah, pues bien hecho —convino él—. Seré un marido horrible, seguro.

—Claro que no —dijo ella, dándole una palmada en el brazo—. ¿Por qué demonios dices eso? Jamás le serías infiel.

—No —convino él. Guardó silencio un momento y, cuando volvió a hablar, su voz fue más suave—: Pero podría amarla menos de lo que se merece.

—¡Pero podrías amarla! —exclamó ella, levantando las manos, exasperada—. ¡Por el amor de Dios, Colin! El solo hecho de que estés preguntándole a tu *hermana* sobre el amor significa que ya estás a medio camino.

—¿Tú crees?

—Si no lo creyera, te lo habría dicho. —Suspiró—. Deja de pensar tanto, Colin. Descubrirás que el matrimonio es mucho más fácil si simplemente te dejas llevar.

Él la miró desconfiado.

—¿Cuándo te volviste tan filosófica?

—Cuando viniste a verme y me propusiste el tema —repuso ella al instante—. Te vas a casar con la persona correcta. Deja de preocuparte tanto.

—No estoy preocupado —dijo él automáticamente.

Pero claro que lo estaba, así que no se molestó en defenderse cuando ella lo miró con expresión sarcástica. Aunque lo que lo preocupaba no era si Penelope era la mujer correcta. De eso estaba seguro.

Y tampoco lo preocupaba si su matrimonio iba a ser bueno. De eso también estaba seguro.

No, lo preocupaban cosas estúpidas, como si la amaba de verdad. Y no porque fuera a ser el fin del mundo si la amaba (o el fin del mundo si no la amaba), sino porque encontraba muy inquietante no saber exactamente qué sentía.

—¿Colin?

Miró a su hermana, que lo observaba con expresión confundida. Luego se levantó con la intención de marcharse antes de quedar en ridículo, y se inclinó para besarle la mejilla.

—Gracias —dijo.

Ella entrecerró los ojos.

—No sé si lo dices en serio o es una burla por haberte sido tan inútil.

—Me has sido totalmente inútil —dijo él—. Pero las gracias siguen siendo sinceras.

—¿He ganado puntos por el esfuerzo?

—Algo así.

—¿Ahora vas a la casa Bridgerton?

—¿A qué? ¿A quedar en ridículo también con Anthony?

—O con Benedict —dijo ella—. También está ahí.

Lo terrible de las familias numerosas es que nunca falta la oportunidad de quedar en ridículo ante un hermano, pensó él.

—No —dijo, esbozando una sonrisita—. Creo que volveré a casa caminando.

—¿Caminando? —repitió ella, boquiabierta.

—¿Crees que podría llover? —preguntó él, haciendo un gesto hacia la ventana.

—Usa mi coche, Colin. Y, por favor, espera a que lleguen los bocadillos. Seguro que son muchísimos y, si te vas ahora, yo me comeré la mitad y luego me sentiré culpable el resto del día.

Él asintió y volvió a sentarse. Y lo alegró haberlo hecho. Siempre le había gustado el salmón ahumado, así que se llevó un plato al coche y lo devoró durante el trayecto mientras miraba la lluvia torrencial por la ventanilla.

Cuando los Bridgerton daban una fiesta, lo hacían de verdad. Y cuando los Bridgerton daban un baile de compromiso, bueno, si lady Whistledown hubiera seguido escribiendo, habría necesitado por lo menos tres columnas para relatar el acontecimiento.

Incluso aquel baile de compromiso, que había sido organizado en el último minuto (debido a que ni lady Bridgerton ni la señora Featherington iban a darles a sus hijos la más mínima oportunidad de echarse atrás con un largo cortejo), podía considerarse *la fiesta* de la temporada.

Aunque en parte las prisas, pensaba Penelope con sarcasmo, tenían menos que ver con la fiesta en sí misma que con las habladurías sobre por qué Colin Bridgerton elegiría a alguien como Penelope Featherington por esposa. No había sido tan terrible cuando Anthony Bridgerton se casó con Kate Sheffield, que tampoco había sido considerada un diamante de primerísima calidad. Pero por lo menos Kate no era «vieja». No podría ni empezar a contar las veces que había oído susurrar la palabra «solterona» a su espalda durante los últimos días.

Pero aunque las habladurías eran un poco tediosas, no la molestaban, porque seguía flotando en la nube de su felicidad. Una mujer no puede haberse pasado toda su vida adulta enamorada de un hombre y luego no quedarse atontada cuando él le pide que se case con él.

Aunque todavía no acababa de comprender cómo había ocurrido aquello.

Pero había ocurrido. Y eso era lo único que importaba.

Y Colin era todo lo que siempre había soñado en un prometido. Había estado a su lado durante toda la velada, y no creía que lo hiciera para protegerla de los cotilleos. La verdad es que se sentía bastante indiferente a ellos.

Era como si..., Penelope sonrió soñadora. Era como si él se mantuviera a su lado porque realmente quería.

—¿Has visto a Cressida Twombley? —le susurró Eloise al oído mientras Colin bailaba con su madre—. Está verde de envidia.

—Eso se debe al vestido —dijo Penelope con expresión muy seria.

Eloise se echó a reír.

—¡Ay, ojalá lady Whistledown siguiera escribiendo! Se despacharía con ella.

—Se supone que ella es lady Whistledown —dijo Penelope con cautela.

—¡Menuda tontería! Jamás he creído que Cressida fuera lady Whistledown, y creo que tú tampoco.

—Supongo que no —concedió Penelope.

Aunque pensaba que guardaría mejor su secreto si aseguraba creerse el cuento de Cressida, quienes la conocían lo encontrarían tan poco característico de ella que resultaría muy sospechoso.

—Cressida solo quería el dinero —continuó Eloise, desdeñosa—, o tal vez la fama. Probablemente ambas cosas.

Penelope observó a su contrincante, que estaba al otro lado del salón, rodeada por sus amigos de siempre, aunque se habían congregado otras personas, probablemente para cotillear sobre lady Whistledown.

—Bueno —dijo—, es evidente que ha logrado fama.

Eloise asintió.

—No logro entender por qué la invitaron. Está claro que no existe ningún cariño entre tú y ella, y a ninguno de nosotros nos cae bien.

—Colin insistió en que la invitaran.

Eloise la miró boquiabierta.

—¿Por qué?

Penelope sospechaba que el motivo era la declaración de Cressida de que ella era lady Whistledown. Aunque mayoría de los aristócratas no sabían si mentía, ninguno quería arriesgarse a no invitarla a una fiesta y que luego resultara que era verdad.

Y ni Colin ni ella podían tener ningún motivo para saberlo con seguridad.

Pero eso no se lo podía decir a Eloise, así que le dijo el resto, que también era cierto:

—Tu madre no quería dar pie a cotilleos haciéndole un feo y, además, Colin dijo... —Se ruborizó, lo que resultaba muy dulce.

—¿Qué?

—Dijo que quería que Cressida se viera obligada a verme triunfante —terminó, sin poder dejar de sonreír.

—¡Vaya! —dijo Eloise, con aspecto de necesitar una silla—. Mi hermano está enamorado.

El rubor de Penelope se volvió de un rojo intenso.

—¡¿Está enamorado?! —exclamó Penelope—. ¿Te lo ha dicho?

Escuchar ese efusivo comentario de Eloise produjo en Penelope algo maravilloso y horrible al mismo tiempo. Por una parte, siempre es agradable compartir los momentos más maravillosos con la mejor amiga, y el entusiasmo de Eloise era contagioso. Pero, por otra parte, esos sentimientos no estaban del todo justificados, porque Colin no la amaba, o al menos no se lo había dicho.

Aunque actuaba como si lo hiciera, y ella se aferraba a esa idea, tratando de centrarse en eso y no en el hecho de que nunca hubiera pronunciado las palabras.

Los actos hablan más fuerte que las palabras, ¿no?

Y los actos de él la hacían sentirse como una princesa.

—¡Señorita Featherington! ¡Señorita Featherington!

Penelope miró a la izquierda y sonrió. Esa voz solo podía pertenecer a lady Danbury.

—Señorita Featherington —dijo lady Danbury, abriéndose paso con su bastón entre el gentío, hasta quedar frente a Penelope y Eloise.

—Lady Danbury, ¡qué alegría verla!

—Je, je, je —rio lady Danbury, con su arrugada cara rejuvenecida por la fuerza de su sonrisa—. Siempre es una alegría verme, digan lo que digan. Y tú, demonio de niña, mira lo que has hecho.

—¿No es lo mejor? —preguntó Eloise.

Penelope miró a su mejor amiga. Incluso con sus sentimientos encontrados, Eloise siempre se sentía sinceramente emocionada por ella. De pronto no le importó que estuvieran en medio de un atiborrado salón de baile y todo el mundo la mirara como si fuera un bicho raro en la placa de un microscopio para hacer un estudio biológico. Se volvió hacia Eloise y le dio un fuerte abrazo.

—Te quiero —le susurró al oído.

—Lo sé —le susurró Eloise.

Lady Danbury golpeó fuertemente el suelo con el bastón.

—¡Todavía sigo aquí, señoritas!

—¡Ay, perdone! —exclamó Penelope, azorada.

—No pasa nada —la tranquilizó lady Danbury, con una indulgencia nada habitual—. Resulta agradable ver abrazarse a dos muchachas en vez de apuñalarse por la espalda.

—Gracias por venir a felicitarme —dijo Penelope.

—No me habría perdido esto por nada del mundo. Todos esos idiotas, tratando de entender qué hiciste para lograr que se casara contigo cuando lo único que hiciste fue ser tú misma.

Penelope entreabrió los labios, sintiendo que los ojos se le nublaban por las lágrimas.

—¡Oh, lady Danbury! Eso es lo más bonito...

—No, no —interrumpió lady Danbury—, nada de eso. No tengo el tiempo ni la inclinación para sentimentalismos.

Pero Penelope observó que sacaba su pañuelo y se lo pasaba discretamente por los ojos.

—¡Ah, lady Danbury! —dijo Colin, llegando hasta el grupo y pasando posesivamente el brazo por el de Penelope—. Me alegro de verla.

—Señor Bridgerton —saludó la anciana secamente—, solo vine a felicitar a su prometida.

—¡Vaya! Pero es que soy yo el que merece la felicitación.

—¡Qué palabras más ciertas! —dijo lady Danbury—. Creo que tiene razón. Nadie sabe el premio que se lleva.

—Yo lo sé —dijo él, tan serio que Penelope pensó que se desmayaría de la emoción.

—Y si nos disculpa —continuó Colin tranquilamente—, debo llevarme a mi prometida para presentársela a mi hermano...

—Ya conozco a tu hermano —interrumpió Penelope.

—Considéralo una tradición. Es necesario que te dé la bienvenida oficial a la familia.

—¡Ah! —dijo ella, sintiendo un agradable calorcillo por su interior ante la idea de convertirse en una Bridgerton—. ¡Qué encantador!

—Como iba diciendo —continuó Colin—, Anthony quiere hacer el brindis y luego bailaré un vals con Penelope.

—Muy romántico —dijo lady Danbury.

—Sí, bueno, es que yo soy un tipo romántico —dijo Colin, como si tal cosa.

Eloise soltó un sonoro bufido.

Él se giró hacia ella con una ceja arqueada.

—Lo soy.

—Por el bien de Penelope, eso espero —replicó Eloise.

—¿Siempre son así? —preguntó lady Danbury a Penelope.

—La mayor parte del tiempo.

Lady Danbury asintió.

—Eso es bueno. Mis hijos rara vez se hablan entre ellos. No por mala voluntad, por supuesto. Simplemente no tienen nada en común. Es triste, la verdad.

Colin apretó el brazo de Penelope.

—Tenemos que irnos.

—Sí, claro —convino ella.

En el instante en que se giraba para dirigirse hacia Anthony, al que veía al otro lado del salón, cerca de la pequeña orquesta, oyó un tumulto en la puerta.

—¡Atención! ¡Atención!

En una fracción de segundo sintió que la sangre le abandonaba la cara. «¡Oh, no!», se oyó susurrar. Aquello no debía ocurrir, no esa noche al menos.

—¡Atención!

«¡El lunes!», gritó su mente. Le había dicho a su impresor que el lunes, en el baile de los Mottram.

—¿Qué pasa? —preguntó lady Danbury.

Diez niños, unos pilluelos en realidad, entraban en el salón corriendo. Llevaban unos fajos de papeles y los arrojaban como si fuera confeti.

—¡La última hoja de lady Whistledown! —gritaban todos—. ¡Leedla! ¡Leed la verdad!

17

Colin Bridgerton era conocido por muchas cosas.

Era conocido por su buena apariencia, lo que no era ninguna sorpresa, ya que todos los hombres Bridgerton eran conocidos por ello.

Era conocido por su sonrisa sesgada, que era capaz de derretir el corazón de una mujer desde el otro extremo de un salón lleno de gente. Incluso una vez fue causa de que una jovencita perdiera del todo el conocimiento, o por lo menos se desmayó delicadamente, y al golpearse la cabeza en una mesa perdió del todo el conocimiento.

Y era también conocido por su encanto y su capacidad para hacer sentirse cómoda a cualquier persona con una sonrisa llana y un comentario divertido.

Por lo que no era conocido, y de hecho muchas personas jurarían que ni siquiera lo tenía, era por su mal genio.

Y debido a su extraordinario (y, por lo tanto, desconocido) autodominio, nadie iba a ver ni un atisbo de su mal genio aquella noche tampoco. Aunque la que pronto sería su esposa pudiera despertar al día siguiente con un buen moretón en el brazo.

—Colin —dijo ella suavemente, mirándose donde le tenía agarrado el brazo.

Pero él no la soltó. Sabía que le estaba haciendo daño, sabía que no era nada bueno que le estuviera provocando dolor, pero se sentía tan furioso en ese momento que, o bien le apretaba el brazo con todas sus fuerzas, o daba rienda suelta a su mal genio delante de sus conocidos más queridos.

Tomado todo eso en cuenta, creía que la opción elegida era la mejor.

Iba a matarla. En cuanto se le ocurriera alguna manera de sacarla del maldito salón, la mataría. Habían acordado que lady Whistledown era algo del pasado, que iban a dejar el asunto en paz. Aquello no debería haber ocurrido jamás. Solo invitaba al desastre, a la ruina, a la deshonra.

—¡Esto es fabuloso! —exclamó Eloise, capturando al vuelo una hoja—. Absolutamente sensacional. Apuesto a que ha salido de su retiro para celebrar vuestro compromiso.

—¡Qué gracioso sería, ¿verdad?! —exclamó Colin en tono burlón.

Penelope no dijo nada, pero estaba muy pálida.

—¡Oh, cielos!

Colin miró a su hermana, que estaba leyendo con la boca abierta.

—¡Cójame una, Bridgerton! —ordenó lady Danbury, golpeándole la pierna con el bastón—. No puedo creer que haya publicado un sábado. Tiene que ser buena.

Colin se agachó y recogió dos hojas del suelo. Le pasó una a lady Danbury y miró la otra, aunque estaba bastante seguro de saber qué decía.

Tenía razón.

Nada detesto más que a un caballero que encuentre divertido
darle a una dama una desdeñosa palmadita en la mano di-
ciendo: «Es la prerrogativa de una mujer cambiar de deci-
sión». Y, efectivamente, dado que pienso que uno siempre ha
de apoyar sus palabras con sus actos, procuro que mis opi-
niones y decisiones sean firmes y verídicas.

Por eso, amables lectores, cuando escribí mi hoja del 19
de abril, mi verdadera intención era que fuera la última. Sin
embargo, acontecimientos que escapan a mi control (o esca-
pan a mi aprobación, en realidad) me obligan a poner mi
pluma sobre el papel una última vez.

Señoras y señores, esta autora NO ES lady Cressida
Twombley. Esa dama no es otra cosa que una impostora in-
trigante, y me rompería el corazón ver mis años de arduo tra-
bajo atribuidos a una persona como ella.

REVISTA DE SOCIEDAD DE LADY WHISTLEDOWN
24 de abril de 1824

—Esto es lo mejor que he visto en mi vida —dijo Eloise en un
alegre susurro—. Puede que en el fondo sea una mala persona,
porque nunca había sentido tanta felicidad por la derrota de alguien.

—¡Por Dios! —exclamó lady Danbury—. Yo tampoco soy una
mala persona y encuentro que esto es delicioso.

Colin no dijo nada. No se fiaba de su voz. No se fiaba de sí
mismo.

—¿Dónde está Cressida? —preguntó Eloise, alargando el cuello—. ¿Alguien la ve? Apostaría a que ya se marchó. Debe de sentirse humillada. Si yo fuera ella me sentiría así.

—Usted nunca será ella —dijo lady Danbury—. Usted es una persona decente.

Penelope guardó silencio.

—De todos modos, uno casi siente pena por ella —continuó Eloise jovialmente.

—Pero solo «casi» —acotó lady Danbury.

—Ah, eso seguro. Apenas «casi», la verdad sea dicha.

Colin continuaba ahí de pie, apretando los dientes.

—¡Y yo me he ahorrado mil libras! —exclamó lady Danbury.

—¡Penelope! —exclamó Eloise, dándole un codazo—. No has dicho una sola palabra. ¿No te parece maravilloso?

—No melo puedo creer —dijo Penelope, asintiendo.

Colin le apretó más fuerte el brazo.

—Ahí viene tu hermano —susurró ella.

Él miró a la derecha. Anthony venía caminando hacia ellos, con Violet y Kate pegadas a sus talones.

—Bueno, esto nos deja ahora en segundo lugar —dijo Anthony, poniéndose al lado de Colin. Saludó a las damas con una inclinación de cabeza—. Eloise, Penelope, lady Danbury.

—Yo diría que ahora nadie escuchará el brindis de Anthony —dijo Violet paseando la vista por el salón.

La actividad era frenética alrededor. En el aire seguían flotando varias hojas y la gente se resbalaba sobre las que ya habían caído al suelo. El murmullo de los susurros era constante e irritante, y Colin tenía la sensación de que le iba a salir volando la tapa de los sesos.

Tenía que marcharse. Ya. O, por lo menos, lo antes posible.

La cabeza le martilleaba y se sentía acalorado, con la piel ardiente. Era casi como la pasión, solo que no lo era pasión. Era furia, indignación, la horrible y negra sensación de haber sido traicionado por la persona que debería estar siempre de su parte y sin condiciones.

Era curioso. Penelope era la que tenía el secreto, la que tenía más que perder. El problema era de ella, no de él. Eso lo sabía racionalmente, pero en cierto modo eso ya no importaba; eran un equipo y ella había actuado sin su consentimiento.

Penelope no tenía ningún derecho a ponerse en esa delicada posición sin consultarlo con él antes. Él era su marido, o lo sería, y era su deber impuesto por Dios protegerla, lo quisiera ella o no.

—¿Colin, te encuentras bien? —le preguntó su madre—. Te veo algo raro.

—Haz el brindis —dijo él, mirando a Anthony—. Penelope no se encuentra bien y tengo que llevarla a su casa.

—¿Estás indispuesta? —le preguntó Eloise a Penelope—. ¿Qué te pasa? No habías dicho nada.

Penelope se las arregló para decir con mucho aplomo:

—Solo me duele un poco la cabeza.

—Sí, Anthony —dijo Violet—, haz el brindis para que Colin y Penelope puedan bailar su vals. Ella no se podrá marchar hasta que no lo hagan.

Anthony se limitó a asentir e hizo un gesto a Colin y a Penelope para que lo siguieran hasta el otro extremo del salón. Un trompetista sopló fuerte su instrumento para pedir silencio a los asistentes a la fiesta. Todos obedecieron, tal vez porque creyeron que el anuncio que se iba a hacer se referiría a lady Whistledown.

—Señoras y señores —dijo Anthony en voz alta, agarrando una copa de champán que le ofreció un lacayo—, sé que todos sienten curiosidad por la reciente intrusión de lady Whistledown en nuestra fiesta, pero debo recordarles para qué nos hemos reunido aquí esta noche.

Aquel debería haber sido un momento perfecto, pensó Colin. Iba a ser una noche triunfal para Penelope, su noche para brillar, para mostrarle al mundo lo hermosa, encantadora e inteligente que era.

Era la noche en la que él haría públicas sus intenciones, en la que se aseguraría de que todos supieran que él la había elegido y ella lo había elegido a él.

Y lo único que deseaba ahora era agarrarla por los hombros y sacudirla hasta quedarse sin fuerzas. Ella lo estaba poniendo todo en peligro, incluso su propio futuro.

—Como cabeza de la familia Bridgerton —continuó Anthony—, siento una enorme alegría cuando uno de mis hermanos elige esposa. O esposo —añadió sonriendo, mirando hacia Daphne y Simon.

Colin miró a Penelope. Estaba muy erguida y muy quieta con su vestido de satén de color azul hielo. No estaba sonriendo, lo cual tendría que parecerle extraño a los cientos de personas que la estaban mirando. Pero tal vez pensarían que simplemente estaba nerviosa. Después de todo, había cientos de personas mirándola. Cualquiera en su lugar estaría nervioso.

Aunque si una estuviera junto a ella, como él, vería el terror en sus ojos y el rápido movimiento de su pecho debido a la respiración irregular.

Estaba asustada.

Estupendo. Debería estarlo. Asustada de lo que podría ocurrirle si se descubría su secreto. Asustada de lo que le ocurriría cuando ellos tuvieran la oportunidad de hablar.

—Por lo tanto —concluyó Anthony—, es un inmenso placer para mí alzar mi copa para brindar por mi hermano Colin y por su futura esposa, Penelope Featherington. ¡Por Colin y Penelope!

Colin se miró la mano y vio que alguien le había puesto en ella una copa de champán. La levantó, empezó a llevársela a los labios y entonces se lo pensó mejor y la acercó a la boca de Penelope. Mientras la multitud aplaudía enloquecida, él la observó mientras bebía un sorbo tras otro, obligada a hacerlo hasta que él le apartó la copa, cosa que no hizo hasta que ella la hubo terminado.

Entonces cayó en la cuenta de que su infantil exhibición de poder lo había dejado sin beber a él, lo que necesitaba muchísmo, así que agarró la copa que Penelope tenía en la mano y se la bebió de un trago.

La multitud gritó sus vivas aún más alto.

Entonces él se le acercó a susurrarle al oído:

—Ahora vamos a bailar. Vamos a bailar hasta que los demás se hayan unido a nosotros en la pista y ya no seamos el centro de atención. Entonces tú y yo saldremos de aquí. Y hablaremos.

Ella movió el mentón en un imperceptible gesto de asentimiento.

Él le tomó la mano y la llevó a la pista de baile. Entonces le colocó la otra mano en la cintura al tiempo que la orquesta tocaba las primeras notas de un vals.

—Colin —susurró ella—, no era mi intención que ocurriera esto.

Él se fijó una sonrisa en la cara. Después de todo, se trataba de su primer baile oficial con su prometida.

—Ahora no —le ordenó.

—Pero...

—Dentro de diez minutos tendré que decirte muchísimas cosas, pero por el momento simplemente bailemos.

—Solo quería decirte...

Él le apretó más la mano, en un gesto de advertencia. Ella frunció los labios, lo miró a la cara un breve instante y desvió la mirada.

—Debería estar sonriendo —susurró, sin mirarlo.

—Entonces sonríe.

—*Tú* deberías estar sonriendo.

—Tienes razón —dijo él—. Debería.

Pero no sonrió.

Penelope sintió deseos de fruncir el ceño. Con toda sinceridad, tenía muchas ganas de llorar, pero consiguió curvar las comisuras de los labios en una sonrisa. Todo el mundo la estaba mirando y sabía que estarían examinando hasta sus más mínimos movimientos; analizando y evaluando cada expresión que pasaba por su rostro.

Había pasado muchos años sintiéndose invisible y detestándolo. Y en ese momento daría cualquier cosa por unos breves minutos de anonimato.

No, no cualquier cosa. No daría a Colin. Si tenerlo significaba que se pasaría el resto de su vida sometida al escrutinio de la alta sociedad, entonces lo haría. Y si tener que soportar su rabia y desdén en un momento como aquel formaba parte del matrimonio, también lo haría.

Sabía que él se enfurecería con ella por publicar una última hoja. Le temblaron las manos cuando volvió a escribirla, y estuvo aterrada todo el tiempo que permaneció en la iglesia Saint Bride (y durante todo el trayecto de ida y vuelta), segura de que en el momento más inesperado aparecería él y cancelaría la boda porque no soportaba casarse con lady Whistledown.

Pero lo hizo de todos modos.

Sabía que cometía un error, pero sencillamente no podía permitir que Cressida Twombley se llevara el mérito por el trabajo de su vida. ¿Y sería demasiado pedir que Colin hiciera el esfuerzo de verlo desde su punto de vista? Le habría resultado difícil permitir que cualquier persona confesara ser lady Whistledown, pero que fuera Cressida era insoportable. Ya le había aguantado demasiado a aquella mujer.

Además, sabía que Colin no la abandonaría una vez que se hiciera público el compromiso. Eso era parte del motivo de que le dijera a su impresor que repartieran la revista el lunes, durante el baile de los Mottram. Bueno, eso y el hecho de que no le parecía bien que la repartiera en el baile de su propio compromiso, sobre todo conociendo la fuerte oposición de Colin al respecto.

¡Maldito señor Lacey! Sin duda lo había hecho para asegurarse la máxima circulación de la revista. Leyéndola podía saberse que una invitación al baile de compromiso de un Bridgerton era el acontecimiento más codiciado de la temporada. ¿Pero por qué le importaría eso? No lo sabía, puesto que aumentar el interés en la revista no le haría ganar más dinero. *Whistledown* ya había llegado a su fin y ni ella ni el señor Lacey recibirían ni una libra más por su publicación.

A no ser que...

Frunció el ceño y suspiró. Probablemente el señor Lacey esperaba que ella cambiara de opinión.

Sintió más fuerte la presión de la mano de Colin en la cintura y lo miró. Sus ojos estaban clavados en los de ella y se veían verdes a la luz de las velas. O, tal vez, simplemente ella sabía que eran muy verdes; seguro que se los vería color esmeralda en la oscuridad.

Él hizo un gesto hacia los demás bailarines, que ya llenaban la pista de baile.

—Es el momento de escapar —dijo.

Ella le contestó con un gesto de asentimiento. Ya le habían dicho a la familia de él que ella no se encontraba bien y deseaba irse a casa, por lo que nadie le daría mucha importancia a su partida. Y aunque no estaría bien visto que viajaran solos en el coche de él, bueno, a veces se relajaban las normas para las parejas que ya estaban comprometidas, sobre todo en noches tan románticas.

Se le escapó una risita de pánico. Esa noche tenía todas las papeletas para convertirse en la menos romántica de su vida.

Colin la miró interrogante, con una ceja arqueada.

—No es nada —dijo ella.

Él le apretó la mano, aunque no con demasiado afecto.

—Quiero saberlo.

Ella se encogió de hombros, derrotada. No se imaginaba diciendo nada que estropeara la noche más de lo que ya lo había hecho.

—Solo estaba pensando que esta noche debería haber sido romántica.

—Podría haberlo sido —repuso él, en tono seco.

Aflojó la presión de su mano en la cintura, pero la retuvo con la otra, apretándole los dedos para llevarla entre los bailarines hasta la puerta cristalera que daba a la terraza.

—Aquí no —susurró Penelope, mirando nerviosa hacia el salón de baile por encima del hombro.

Sin dignarse a contestarle, él continuó internándola en la oscuridad. Llegaron a una esquina y, al doblarla, se encontraron solos. Pero no se detuvieron ahí. Echando una rápida mirada alrededor para asegurarse de que no había nadie, él empujó una puerta que casi pasaba inadvertida.

—¿Qué es esto? —preguntó ella.

Su respuesta fue empujarla por la cintura, haciéndola entrar en un oscuro vestíbulo.

—¡Sube! —ordenó, indicándole la escalera.

Penelope no sabía si debía sentir miedo o entusiasmo, pero empezó a subir la escalera, muy consciente de la ardiente presencia de él a su espalda.

Cuando ya habían subido varios tramos, Colin la adelantó, abrió una puerta y asomó la cabeza al pasillo. No había nadie, por lo que entró, llevándola con él agarrada de la mano. Caminaron silenciosamente por el pasillo (que Penelope ya había reconocido: ahí estaban los aposentos de la familia), hasta llegar a la puerta de una habitación donde ella no había estado nunca.

Era la habitación de Colin. Ella siempre lo había sabido, aun cuando en todos los años que había ido a ver a Eloise jamás había hecho nada más que pasar la mano por la madera de la maciza puerta. Hacía años que Colin no vivía allí, pero su madre había insistido en mantener su habitación; no se sabía si él podría necesitarla, decía, y tuvo razón, como se demostró al comienzo de aquella temporada, cuando Colin volvió de Chipre y no tuvo ninguna casa alquilada.

Él abrió la puerta y la hizo entrar detrás de él. La habitación estaba tan oscura que ella avanzó a trompicones y, cuando se detuvo, fue porque chocó con él, que se había detenido.

Él la asió por los brazos para sujetarla, pero luego no se los soltó, simplemente la tuvo agarrada en la oscuridad. No era un abrazo, pero sus cuerpos se tocaban. Ella no veía nada, pero lo sentía, lo olía y oía su respiración. Su aliento impregnaba el aire, acariciándole suavemente la mejilla.

Era un sufrimiento.

Era el éxtasis.

Él bajó lentamente las manos por sus brazos desnudos, torturándola, y, de pronto, se apartó.

A eso le siguió el silencio.

Ella no sabía qué había esperado. Que él le gritara, la insultaría, le ordenara que le diera una explicación.

Pero él no hacía ninguna de esas cosas. Seguía allí de pie en la oscuridad, forzando las cosas, forzándola a decir algo.

—¿Podrías... podrías encender una vela? —preguntó al fin.

—¿No te gusta la oscuridad? —preguntó él arrastrando las palabras.

—No ahora. No así.

—Comprendo —dijo él—. ¿Quieres decir entonces que podría gustarte así?

De pronto ella sintió sus dedos en la piel, deslizándose por el borde del corpiño.

Y de pronto los quitó.

—No —dijo, con la voz trémula.

—¿Que no te acaricie? —preguntó él en tono burlón, y a ella la alegró no poder verle la cara—. Pero eres mía, ¿no?

—Todavía no.

—Sí que lo eres. Tú te encargaste de eso. Fuiste muy lista al programar las cosas. Esperaste a nuestro baile de compromiso para hacer tu último anuncio. Sabías que yo no quería que publicaras esa última hoja. ¡Te lo prohibí! Acordamos...

—¡No acordamos nada!

Él pasó por alto la exclamación.

—Esperaste hasta...

—No acordamos nada —repitió ella, decidida a dejarle claro que no había incumplido su palabra. Lo que fuera que hubiera hecho, no le había mentido. Bueno, aparte de mantener en secreto la revista de lady Whistledown durante casi doce años, pero él no había sido el único engañado—. Y sí —reconoció, porque no le parecía correcto empezar a mentir—, sabía que no me abandonarías. Pero esperaba...

No pudo terminar, pues se le cortó la voz.

—¿Esperabas qué? —preguntó él después de un silencio interminable.

—Esperaba que me perdonaras —susurró ella—, o por lo menos que me entendieras. Siempre te creí el tipo de hombre que...

—¿Qué tipo de hombre? —preguntó él, pasado un instante de silencio.

—Es culpa mía —dijo ella, oyéndose la voz cansada y triste—. Te he puesto en un pedestal. Has sido tan agradable todos estos años que pensé que eras incapaz de hacer otra cosa.

—¿Qué demonios he hecho que no sea agradable? Te he protegido, pedí tu mano, he...

—No has intentado verlo desde mi punto de vista —le interrumpió.

—¡Porque has actuado como una idiota! —exclamó él, casi en un gruñido.

A eso le siguió el silencio; el tipo de silencio que irrita los oídos, que roe el alma.

—No sé qué más decir —dijo Penelope al fin.

Colin desvió el rostro. No sabía por qué lo hacía, pues no la veía en la oscuridad. Pero algo que detectó en su voz lo inquietó. Le pareció vulnerable, cansada, triste. Eso lo hacía desear comprenderla, o por lo menos intentarlo, aunque estaba seguro de que ella había cometido un terrible error. Cada vez que notaba que se le entrecortaba un pelín la voz se calmaba su furia. Seguía enfadado, pero había perdido las ganas de demostrarlo.

—Te van a descubrir, ¿sabes? —dijo, en voz baja y controlada—. Has humillado a Cressida. Debe de estar furiosa y no descansará hasta descubrir a la verdadera lady Whistledown.

Penelope se alejó unos pasos, y él oyó el frufrú de sus faldas.

—Cressida no es lo bastante inteligente para descubrirme. Además, no voy a escribir más, así que no habrá ninguna oportunidad de que cometa un desliz y revele algo. —Pasado un momento añadió—: Tienes mi palabra.

—Es demasiado tarde.

—No es demasiado tarde —protestó ella—. ¡Nadie lo sabe! Nadie lo sabe aparte de ti, y te avergüenzas tanto de mí que no puedo soportarlo.

—¡Vamos, Penelope, por el amor de Dios! —exclamó él—. No me avergüenzo de ti.

—¿Podrías encender una vela, por favor? —suplicó ella.

Colin fue hasta la cómoda y hurgó en un cajón en busca de una vela y algo para encenderla.

—No me avergüenzo de ti —repitió—, pero sí creo que has actuado de un modo muy estúpido.

—Puede que tengas razón, pero yo debo hacer lo que creo que es correcto.

—No piensas —dijo él, pasando por alto su comentario y girándose a mirarla mientras encendía la vela—. Olvida, aunque yo no puedo hacerlo, lo que le ocurriría a tu reputación si se descubriera quién eres realmente. Olvida que te aislarían y hablarían de ti a tus espaldas.

—Esas son personas de las que no vale la pena preocuparse —dijo ella, con la espalda derecha como una vara.

—Tal vez no —concedió él, cruzándose de brazos y mirándola fijamente—. Pero te dolerá. No te gustará, Penelope. Y a mí tampoco.

Ella tragó saliva. Estupendo, pensó él. Tal vez había logrado hacerla comprender.

—Pero olvida todo eso —continuó—. Te has pasado los diez últimos años insultando a la gente.

—He dicho muchas cosas agradables también —replicó ella, con sus oscuros ojos brillantes por las lágrimas sin derramar.

—Sí, claro que sí. Pero esas no son las personas de las que vas a tener que preocuparte. Me refiero a las ofendidas. —Se le acercó y le sujetó los brazos—. Penelope, habrá personas que desearán hacerte daño —dijo, apremiante.

Dijo esas palabras para ella, pero estas se volvieron y le perforaron el corazón a él.

Trató de imaginarse la vida sin Penelope; le resultó imposible.

Solo unas semanas atrás ella era... Se detuvo a pensar. ¿Qué era? ¿Una amiga? ¿Una conocida? ¿Una persona a la que veía pero en la que nunca se había fijado?

Y ahora era su prometida y pronto sería su esposa. Y tal vez... tal vez era algo más que eso. Algo más profundo, algo más precioso.

—Lo que quiero saber —dijo, obligándose a volver al tema para impedir que su mente vagara por caminos tan peligrosos— es por qué no aprovechaste una coartada perfecta si de lo que se trata es de continuar siendo anónima.

—¡Porque de lo que se trata no es de continuar o no siendo anónima! —dijo ella, casi gritando.

—¿Quieres que te descubran? —preguntó él, mirándola boquiabierto.

—No, claro que no. Pero este es mi trabajo. Es el trabajo de mi vida. Es lo único que tengo para demostrar que he vivido, y si no puedo llevarme el mérito de haberlo hecho, que me cuelguen si se lo lleva otra persona.

Colin abrió la boca para replicar, pero, ante su sorpresa, comprobó que no se le ocurría nada. El trabajo de su vida. Penelope tenía un trabajo así.

Él no.

Ella no podía poner su nombre en su trabajo, pero cuando estaba sola en su habitación podía mirar en retrospectiva los números de sus revistas publicadas, señalarlos y decirse «Esto, esto, esto es lo que he hecho en mi vida».

—¿Colin? —susurró ella, sorprendida por su silencio.

Era increíble, continuó pensando él. No entendía cómo no se había dado cuenta antes, cuando ya sabía que era inteligente, encantadora, ingeniosa y creativa. Pero todos esos adjetivos, y muchos otros que aún no se le habían ocurrido, no daban con su verdadera talla.

Era sencillamente increíble.

Y él..., ¡Dios de los cielos!, le tenía envidia.

—Me voy —dijo ella en voz baja, girándose y echando a caminar hacia la puerta.

Por un instante él no reaccionó. Su mente seguía paralizada, deslumbrada por aquellas revelaciones. Pero cuando vio su mano en el pomo, comprendió que no podía dejar que se marchara. Ni aquella noche ni nunca.

—No —dijo con la voz ronca, cruzando la distancia que los separaba—. No —repitió—. Quiero que te quedes.

Ella lo miró. Sus ojos eran dos pozos de confusión.

—Pero si has dicho...

Él ahuecó las manos en su cara.

—Olvida lo que he dicho.

Y entonces fue cuando comprendió que Daphne tenía razón. Su amor no fue como un rayo caído del cielo. Comenzó con una sonrisa, una palabra, una mirada burlona. Con cada segundo que había pasado en presencia de ella fue aumentando hasta llegar a ese momento, en que de repente lo supo.

La amaba.

Seguía furioso con ella por haber publicado esa última hoja, y se sentía muy avergonzado por envidiar que hubiera encontrado un trabajo y un objetivo en su vida, pero aun con todo eso, la amaba.

Y si la dejaba salir por esa puerta en aquel momento, no se lo perdonaría jamás.

Tal vez esa era la definición de amor. Que uno la deseara, la necesitara, la adorara de todos modos, aunque estuviera furioso con ella y dispuesto a atarla a la cama para que no saliera a crearse más problemas.

Aquella era la noche. Aquel era el momento. Se sentía a rebosar de emoción y tenía que decírselo. Tenía que «demostrárselo».

—Quédate —le susurró y la atrajo hacia él, con fuerza, ávidamente, sin pedir disculpas ni dar explicaciones—. Quédate —repitió, llevándola hacia su cama.

Y en vistas de que ella no decía nada, lo dijo una tercera vez:

—Quédate.

Ella asintió.

Él la tomó en brazos.

Esa era Penelope, y eso era amor.

18

En el instante en que asintió, en realidad en el instante anterior a asentir, Penelope comprendió que accedía a algo más que a un beso. No sabía qué había hecho cambiar a Colin, por qué estaba tan furioso un momento y tan cariñoso al siguiente.

No lo sabía, pero la verdad era que no le importaba.

Una cosa sí sabía: él no hacía eso, besarla con tanta delicadeza, para castigarla. Algunos hombres podrían usar el deseo como arma, la tentación como venganza, pero Colin no era uno de ellos.

Simplemente él no era así.

Con todas sus calaveradas y diabluras, con todas sus bromas y humor ácido, era un hombre bueno y noble. Y sería un marido bueno y noble.

Eso lo sabía tan bien como se conocía a sí misma.

Y si él la estaba besando apasionadamente, bajándola hasta su cama y cubriéndole el cuerpo con el suyo, lo hacía porque la deseaba y su afecto había superado a su rabia.

Afecto por ella.

Le correspondió el beso poniendo en él toda su pasión, toda su alma, hasta el último recoveco. Tenía años y años de amor por ese hombre, y lo que le faltaba en técnica lo compensaba con ardor. Se agarró de su pelo, se movió debajo de él, sin preocuparse de su apariencia.

Esta vez no estaban en un coche ni en el salón de la madre de él. No había que preocuparse de que los sorprendieran, ni ninguna necesidad de que ella se pusiera presentable en diez minutos.

Aquella era la noche en que podría demostrarle todo lo que sentía por él. Correspondería a su deseo con el suyo y en silencio haría sus promesas de amor, fidelidad y consagración.

Cuando acabara la noche, él sabría que lo amaba. Tal vez no dijera las palabras, tal vez ni siquiera las susurrara, pero él lo sabría.

O tal vez ya lo sabía. Era extraño: siempre le fue muy fácil ocultar su vida secreta como lady Whistledown, pero qué difícil era no mostrar el corazón en los ojos cuando lo miraba.

—¿Cuándo empecé a necesitarte tanto? —susurró él, apartando ligeramente la cara, hasta que se tocaron la punta de la nariz.

Entonces ella pudo verle los ojos, casi negros a la tenue luz de la vela, pero muy verdes en su mente, fijos en los de ella. Su aliento era cálido, su mirada ardiente, y la hacía sentir calor en partes del cuerpo en las que nunca se permitía pensar.

Él bajó la mano por su espalda, deslizándola expertamente por los botones hasta que ella sintió suelto el corpiño, primero alrededor de los pechos, luego alrededor de las costillas y luego alrededor de la cintura.

Y luego ni siquiera ahí.

—¡Dios mío, qué hermosa eres! —dijo él, su voz apenas más alta que un murmullo.

Y, por primera vez en su vida, Penelope lo creyó de verdad.

Encontraba muy escandaloso y seductor el hecho de tener desnudas esas partes tan íntimas delante de otro ser humano, pero no sintió vergüenza. Colin la estaba mirando con tanta pasión, acariciándola con tanta reverencia, que lo único que pudo sentir fue la avasalladora sensación de que estaba viviendo su destino.

Él le deslizó la mano por la sensible piel de un pecho, primero atormentándolo con las yemas de los dedos, y luego la subió dando suaves caricias, hasta dejarla cerca de la clavícula.

Ella sintió apretarse algo por dentro. No sabía si era su caricia o la forma como la miraba, pero algo la estaba cambiando.

Se sentía rara.

Maravillosa.

Él estaba arrodillado en la cama junto a ella, todavía totalmente vestido, mirándola con una expresión de orgullo, de deseo, de posesión.

—Nunca imaginé que fueras así —susurró, bajando la mano hasta rozarle el pezón con la palma—. Nunca imaginé que fuera a desearte así.

Penelope hizo una inspiración entrecortada y retuvo el aliento al sentir una estremecedora sensación recorriéndola. Pero algo en sus palabras la inquietó, y él debió de ver esa reacción en sus ojos, porque le preguntó.

—¿Qué te pasa?

—Nada —dijo ella, e iba a continuar con la negativa, pero se detuvo. Su matrimonio debía basarse en la sinceridad, y no le haría ningún favor a ninguno de los dos si se callaba sus verdaderos sentimientos—. ¿Cómo creías que era? —le preguntó en voz baja.

Él la miró, confundido por la pregunta.

—Has dicho que nunca imaginaste que yo sería así —explicó—. ¿Cómo creías que era?

—No lo sé. Hasta hace unas semanas, no creo que me lo hubiera planteado.

—¿Y desde entonces? —insistió ella, sin saber por qué necesitaba su respuesta; solo sabía que la necesitaba.

Con un rápido movimiento él se colocó a horcajadas sobre ella y se inclinó hasta que la tela de su chaleco le rascó el vientre y los pechos, hasta que su nariz tocó la de ella y su aliento caliente le bañó la piel.

—Desde entonces —gruñó— he pensado mil veces en este momento. Me he imaginado cien pares de pechos diferentes, todos bonitos, deseables y llenos, suplicando mi atención. Pero nada, y permíteme que lo repita por si no me oíste la primera vez, nada se acercaba a la realidad.

—¡Ah! —dijo ella.

Y eso fue lo único que se le ocurrió decir.

Él se quitó la chaqueta y el chaleco, quedándose solo con su fina camisa de lino y las calzas, y después no hizo otra cosa que mirarla, con una sonrisa curvándole la comisura de los labios, mientras ella se movía debajo de él, cada vez más excitada y ávida bajo su implacable mirada.

Y entonces, cuando ella estuvo segura de que no podría soportarlo un segundo más, él se inclinó y le cubrió los pechos con las manos, apretándolos ligeramente, como si quisiera comprobar su peso y forma. Gimiendo roncamente, retuvo el aliento y colocó los dedos de forma que los pezones sobresalieran entre ellos.

—Quiero que te sientes, para poder verlos llenos, bonitos y grandes, y luego ponerme detrás de ti para ahuecar las manos en ellos. —Acercó los labios a su oído y bajó la voz a un susurro—. Y deseo hacerlo delante de un espejo.

—¡¿Ahora?! —exclamó ella.

Él pareció pensar en ello durante un instante y luego negó con la cabeza.

—Después —dijo, y luego repitió en tono más resuelto—: Después.

Penelope abrió la boca para preguntarle algo, no sabía qué, pero antes de que alcanzara a decir una sola palabra, él susurró:

—Lo primero es lo primero.

Y bajó la boca hasta su pecho, excitándolo primero con un suave soplido y luego cerrando los labios alrededor. Rio quedamente cuando ella gritó de sorpresa y se arqueó, separando el cuerpo de la cama.

Continuó con la tortura hasta que ella pensó que se pondría a gritar, y luego pasó al otro pecho, en el que lo repitió todo. Pero esta vez liberó una de las manos y esta pareció estar en todas partes, acariciando, excitando tentando. Sentía la mano en el vientre, luego en la cadera, luego en el tobillo y luego subiendo por debajo de la falda.

—Colin —resolló, moviéndose debajo de él cuando él deslizó suavemente los dedos por la delicada piel de la corva.

—¿Quieres apartarte o acercarte más? —le preguntó él en un susurro, sin apartar los labios de su pecho.

—No lo sé.

Él levantó la cabeza y le dirigió una sonrisa burlona.

—Estupendo.

Se bajó de la cama y lentamente se quitó el resto de la ropa; primero la camisa de lino y luego las botas y las calzas. Y, mientras lo hacía, en ningún momento desvió los ojos de los de ella. Cuando terminó, fue a tironearle el vestido, que ya estaba todo enrollado alrededor de la cintura y las caderas, presionándole ligeramente el trasero al levantarla para pasar la tela por debajo.

Y así quedó ella ante él, sin otra cosa que sus transparentes medias. Él se detuvo entonces, demasiado hombre para no pararse a disfrutar de la vista, y luego se las bajó por las piernas y las sacó por los pies hasta dejarlas caer al suelo.

Ella se estremeció al sentir el aire nocturno, así que él se acostó a su lado, apretando el cuerpo contra el suyo, infundiéndole su calor mientras saboreaba su sedosa piel.

La necesitaba. Era humillante cuánto la necesitaba.

Estaba duro, excitado y tan atormentado por el deseo que era una maravilla que todavía pudiera ver. Y, sin embargo, mientras su cuerpo clamaba por desahogarse, él estaba poseído por una extraña calma, una inesperada sensación de autodominio. En algún momento eso había dejado de tener que ver con él; tenía que ver con ella, no, con los dos, con esa maravillosa unión y ese milagroso amor que solo estaba empezando a valorar.

La deseaba, ¡Dios de los cielos!, la deseaba. Pero más deseaba sentirla estremecerse debajo de él, gritar de placer, mover la cabeza de un lado a otro mientras él la llevaba al éxtasis.

Deseaba que a ella le gustara, que lo amara, y que *supiera*, cuando estuvieran el uno en los brazos del otro, sudorosos y saciados, que ella le pertenecía.

Porque él ya sabía que le pertenecía a ella.

—Dime si hago algo que no te gusta —le dijo, sorprendido por lo temblorosa que le salió la voz.

—No podrías —susurró ella, acariciándole la mejilla.

Ella no lo entendía. Eso casi lo hizo sonreír, y probablemente lo habría hecho si no hubiera estado tan preocupado por conseguir que su primera experiencia fuera placentera. Pero sus palabras susurradas solo podían querer decir una cosa: que ella no tenía ni idea de lo que significaba hacer el amor con un hombre.

—Penelope —dijo, cubriéndole la mano con la suya—. Tengo que explicarte una cosa. Podría hacerte daño. No sería mi intención, pero podría y...

—No podrías —repitió ella—. Te conozco. A veces creo que te conozco mejor de lo que me conozco a mí misma. Y nunca harías nada que me doliera.

Él apretó los dientes para no gruñir.

—No adrede —explicó, sin poder evitar un leve matiz de exasperación en la voz—, pero podría y...

—Deja que lo juzgue yo —dijo ella, agarrándole la mano y llevándosela a la boca para besársela de todo corazón—. Y en cuanto a lo otro...

—¿Qué otro?

Ella sonrió y él tuvo que pestañear, porque habría jurado que ella parecía como si él la divirtiera.

—Me dijiste que te lo dijera si hacías algo que no me gustaba.

Él la miró fijamente a la cara, hipnotizado por sus labios al formar las palabras.

—Te prometo que me gustará todo —dijo ella.

Una extraña burbuja de alegría comenzó a hincharse dentro de él. No sabía qué dios benévolo se la había otorgado, pero se le ocurrió que necesitaría estar más atento la próxima vez que fuera a la iglesia.

—Me gustará todo —repitió ella—, porque estoy contigo.

Él le sujetó la cara entre las manos, mirándola como si fuera la criatura más maravillosa que hubiera pisado la tierra.

—Te amo —susurró ella—. Te he amado durante años.

—Lo sé —dijo él, sorprendiéndose a sí mismo.

Lo sabía, pensó, pero tal vez lo apartaba de su mente porque su amor lo hacía sentirse incómodo. Es difícil saberse amado por una joven decente y buena y no corresponderla. No podía dejarla de lado porque le caía bien y no habría podido perdonarse si pisoteaba sus sentimientos. Y no podía coquetear con ella por esos mismos motivos.

Y, por lo tanto, se decía que lo que sentía ella no era amor. Le resultaba más fácil convencerse de que ella estaba simplemente encaprichada con él, que no entendía lo que era el verdadero amor (¡como si él lo hubiera sabido!), y que finalmente encontraría a otro y se establecería en una vida feliz.

Al llegar a ese pensamiento, que ella podría haberse casado con otro, se quedó casi paralizado por el miedo.

Estaban acostados el uno junto al otro y ella lo estaba mirando con el corazón en los ojos, toda su cara vibrante de felicidad, como si por fin se sintiera libre por haber dicho las palabras. Y notó que en su expresión no había ninguna expectación. No le había dicho que lo amaba con el fin de oír su respuesta. Ni siquiera la esperaba.

Le había dicho que lo amaba simplemente porque quiso. Porque eso era lo que sentía.

—Yo también te amo —susurró, y apretó los labios sobre los de ella en un intenso beso.

Después se apartó un poco para ver su reacción.

Penelope lo miró un largo rato en silencio. Finalmente tragó saliva, de un modo extraño, y dijo:

—No tienes que decir eso solo porque yo lo dije.

—Lo sé —contestó él sonriendo.

Ella se limitó a mirarlo, tan solo abriendo mucho los ojos.

—Y tú también lo sabes —dijo él dulcemente—. Acabas de decir que me conoces mejor de lo que te conoces a ti misma. Así que sabes que yo nunca habría dicho esas palabras si no las dijera en serio.

Y entonces ahí, desnuda en la cama de él, rodeada por sus brazos, Penelope comprendió que así era. Colin no mentía, no mentía en nada importante, y no podía imaginarse nada más importante que el momento que estaban compartiendo.

Él la amaba. Eso no era algo que hubiera esperado, ni algo que se hubiera permitido esperar jamás, y sin embargo ahí estaba, como un resplandeciente milagro en su corazón.

—¿Estás seguro? —preguntó.

Él asintió, estrechándola más entre sus brazos.

—Lo comprendí esta noche, cuando te pedí que te quedaras.

—¿Cómo...?

No pudo acabar la pregunta, porque ni siquiera sabía qué preguntar. ¿Cómo sabía que la amaba? ¿Cómo ocurrió? ¿Cómo lo hacía sentirse?

Pero él debió de entender que no sabía cómo formular la pregunta, porque contestó:

—No lo sé. No sé cuándo ni cómo ocurrió y, para ser sincero, tampoco me importa. Pero sé que esto es cierto: te amo y me detesto por no haber visto tu verdadero ser en todos estos años.

—Colin, no —suplicó ella—. Nada de recriminaciones. Nada de pesares. No esta noche.

Pero él sonrió, colocándole un dedo sobre los labios para silenciar su súplica.

—No creo que hayas cambiado —dijo—, al menos no demasiado. Pero entonces un día caí en la cuenta de que veía algo diferente cuando te miraba. —Se encogió de hombros—. Tal vez cambié yo. Tal vez crecí.

Ella le colocó un dedo en los labios, silenciándolo tal como hiciera él con ella.

—Tal vez yo crecí también.

—Te amo —dijo él, inclinándose a besarla.

Y esta vez ella no pudo contestar porque la boca de él continuó sobre la de ella, ávida y exigente.

Él sabía exactamente qué hacer; cada movimiento y roce de su lengua, cada mordisqueo de sus dientes le hacían discurrir estremecedoras sensaciones hasta el fondo mismo de su ser. Se entregó, pues, a la dicha del momento, a la llama de su deseo. Sentía sus manos por todas partes, lo sentía a él por todas partes; sus dedos sobre su piel, su pierna metiéndose entre las de ella.

Estrechándola en sus brazos, él rodó con ella hasta dejarla encima de él, quedando él de espaldas. Le agarró las nalgas y las apretó con tanta fuerza contra él que sintió clavarse en la piel la prueba de su deseo.

Penelope lanzó una exclamación ante aquella asombrosa intimidad, pero él ahogó la exclamación con sus labios, besándola con fiereza.

Y nuevamente ella se encontró de espaldas con él encima, hundiéndola en el colchón con su peso, dejándole sin aire los pulmones. Deslizó la boca hasta su oreja y luego la bajó hasta la garganta y ella notó que el cuerpo se le arqueaba como por voluntad propia, como si pudiera doblarse para apretarse contra el de él.

No sabía qué debía hacer, pero sí sabía que tenía que moverse. Su madre ya le había dado su «charlita», como la llamó, explicándole que debía quedarse quieta debajo de su marido para dejar que él obtuviera su placer.

Pero de ninguna manera habría podido quedarse inmóvil, de ninguna manera podría impedir que sus caderas se apretaran contra las de él, ni que sus piernas rodearan las suyas. Además, no quería *dejar* que él obtuviera su placer, deseaba dárselo, participar.

Y deseaba sentir placer ella también. Fuera lo que fuese aquello que sentía acumularse por dentro, esa tensión, ese deseo, necesitaba liberarlo, y no lograba imaginarse que ese momento, esas sensaciones, no fueran los más exquisitos de su vida.

—Dime qué debo hacer —dijo, con la voz ronca por el deseo.

Colin le abrió las piernas y le deslizó las manos por los costados hasta llegar a los muslos y luego se los apretó.

—Déjame hacerlo todo yo —dijo, jadeante.

Ella le agarró las nalgas, presionándolas para apretarlo más contra ella.

—No. Dímelo —insistió.

Él dejó de moverse un instante, mirándola sorprendido.

—Acaríciame.

Ella relajó las manos sobre sus nalgas y sonrió.

—Te estoy acariciando.

—Muévelas —gimió él.

Ella deslizó las manos hasta sus muslos, haciendo suaves círculos, sintiendo el suave vello.

—¿Así?

Él asintió enérgicamente.

Ella le deslizó las manos hacia delante hasta tenerlas muy cerca de su miembro.

—¿Así?

Él le agarró una de las manos.

—No, eso ahora no.

Ella lo miró confundida.

—Después lo entenderás —gruñó él, abriéndole más las piernas y deslizando una mano por entre sus cuerpos hasta tocar su lugar más íntimo.

—¡Colin!

Él sonrió con picardía.

—¿Creías que no te iba a tocar así?

Y como para ilustrar sus palabras, uno de sus dedos comenzó a danzar por su sensible piel, haciéndola arquear las caderas con tanta fuerza que lo levantó a él también y luego volvió a hundirse en el colchón, estremecida por el deseo.

Él le deslizó los labios hasta la oreja.

—Hay mucho más —le susurró.

Penelope no se atrevió a preguntar qué. Ya había muchísimo más de lo que le había explicado su madre.

Entonces él le introdujo un dedo, lo que la hizo ahogar otra exclamación (la que lo hizo reír encantado) y empezó a acariciarla lentamente ahí.

—¡Ay, Dios! —gimió ella.

—Estás casi lista para mí —dijo él, más jadeante—. Muy mojada, pero muy estrecha.

—Colin, ¿qué...?

Él introdujo otro dedo, poniendo fin a toda su capacidad de hablar con inteligencia.

Tuvo la sensación de que se estiraba por dentro, pero le gustó. Debía de ser muy mala, muy lasciva, porque lo único que deseaba era abrir más y más las piernas hasta quedar totalmente abierta para él. Por lo que a ella se refería, él podía hacerle cualquier cosa, tocarla y acariciarla como se le antojara.

Mientras no parara.

—No podré esperar mucho más —resolló él.

—No esperes.

—Te necesito.

Ella le sostuvo la cara entre las dos manos, obligándolo a mirarla.

—Yo también te necesito.

Entonces desaparecieron los dedos, y ella se sintió extrañamente hueca, vacía, pero eso solo duró un segundo, porque notó otra cosa en la entrada, algo duro, caliente y muy exigente.

—Esto podría dolerte —dijo Colin, apretando los dientes, como si esperara sentir dolor él.

—No me importa.

Él tenía que hacérselo agradable.

—Lo haré suave —dijo, aunque su deseo ya era tan feroz que no sabía si sería capaz de cumplir su promesa.

—Te deseo —dijo ella—. Te deseo y necesito algo, aunque no sé el qué.

Él la penetró un poquito, pero lo sintió como si le introdujera todo el miembro.

Ella se quedó en silencio, excepto por los sonidos de su respiración pasando por sus labios entreabiertos.

Otra pulgada, otro paso más cerca del cielo.

—Penelope —gimió, clavándose en los brazos para no aplastarla con su peso—. Dime que te gusta, por favor.

Aunque, si ella decía que no, lo iba a matar tener que apartarse.

Ella asintió, pero dijo:

—Necesito un momento.

Él tragó saliva, obligándose a respirar por la nariz, con cortas inspiraciones y espiraciones. Era la única manera en que podía contenerse. Tal vez ella necesitaba ensancharse alrededor de su miembro, relajar los músculos. Nunca la había penetrado ningún hombre y estaba exquisitamente estrecha.

De todos modos, no veía la hora de que tuvieran la oportunidad de hacerlo tantas veces que él no tuviera que contenerse.

Cuando la sintió relajarse, empujó un poco más, hasta llegar a la prueba de su virginidad.

—¡Ay, Dios! Esto te va a doler. No puedo evitarlo, pero te prometo que solo te dolerá esta vez, y no será mucho.

—¿Cómo lo sabes? —preguntó ella.

Él cerró los ojos, desesperado. Típico de Penelope hacerle preguntas.

—Créeme —dijo, evadiendo la pregunta.

Entonces embistió fuerte, hundiéndose en su calor hasta la base de su miembro, hasta saber que estaba dentro de ella por completo.

—¡Oh! —exclamó ella, expresando en su cara la conmoción.

—¿Cómo te sientes?

—Creo que bien —repuso ella asintiendo.

Él se movió con cuidado.

—¿Lo sientes bien?

Ella volvió a asentir, pero la expresión de su cara era de sorpresa, tal vez estaba un poco aturdida.

A él empezaron a movérsele las caderas como por voluntad propia, incapaz de quedarse quieto estando ahora tan cerca de la liberación, aunque tratando de entrar y salir lo más lentamente posible. Ella era perfección pura alrededor de él, y cuando notó que sus gemidos eran de deseo y placer, no de dolor, se soltó y cedió al avasallador deseo que corría por sus venas.

La sentía moverse, agitarse, más y más excitada, y rogaba poder contenerse hasta que ella tuviera su orgasmo. Ella respiraba rápido, jadeante, con el aliento caliente, y le clavaba los dedos en los hombros mientras movía rápidamente las caderas y le apretaba acicateando su necesidad hasta el frenesí.

Y entonces llegó. A ella le salió de los labios el sonido más dulce que había escuchado en toda su vida; gritó su nombre al tiempo que se le tensaba y estremecía todo el cuerpo de placer, y él pensó «Algún día la miraré. Veré su cara cuando llegue a la cima del placer».

Pero no en ese momento; ya estaba llegando él al orgasmo y tenía los ojos cerrados con la fuerza del éxtasis. Le salió su nombre entrecortado mientras hacía el último y fuerte embiste, y luego se relajó encima de ella, totalmente desprovisto de fuerzas.

Durante un minuto solo hubo silencio, los únicos movimientos los de sus pechos al tratar de recuperar el aliento, esperando que sus cuerpos agitados se establecieran en esa estremecida dicha que se siente al estar en los brazos del ser amado.

O, al menos, eso era lo que Colin pensaba que debía ser. Había estado con otras mujeres antes, pero acababa de comprender que nunca había hecho el amor, no hasta que tumbó a Penelope en su cama y empezó su baile íntimo con un beso en sus labios.

Era diferente a todo lo que había sentido antes.

Eso era amor.

Y se iba a agarrar a él con todas sus fuerzas.

19

No resultó muy difícil conseguir que adelantaran la fecha de la boda.

Cuando iba de vuelta a su casa en Bloomsbury (después de hacer entrar sigilosamente a una muy despeinada y desarreglada Penelope en su casa de Mayfair) a Colin se le ocurrió que podría haber un muy buen motivo para celebrar la boda más pronto.

Claro que era muy improbable que ella se hubiera quedado embarazada con ese único encuentro amoroso. Además, tuvo que reconocer que si se hubiera quedado embarazada, el bebé sería ochomesino, lo cual no era tan sospechoso en un mundo lleno de hijos nacidos a solo seis meses de la boda. Por no decir que los primeros bebés solían tardar más en nacer (ya tenía los suficientes sobrinos para saber que eso era así), con lo que el hijo nacería a los ocho meses y medio, lo cual ya no era nada insólito.

Así que no había ninguna necesidad urgente de adelantar la boda.

Aparte de que él deseaba adelantarla.

Así pues, tuvo una charlita con las dos madres, en la que, como si tal cosa, dejó caer vagas insinuaciones y circunloquios que daban a entender muchísimo sin decir nada explícito, y ellas se apresuraron a aceptar su plan de adelantar la boda.

Sobre todo cuando él las llevó a creer, erróneamente, que sus «intimidades» con Penelope habían ocurrido hacía ya unas cuantas semanas.

Pero unas pocas mentirijillas no son una transgresión tan grande cuando se dicen para servir a un bien mayor.

Y una boda adelantada, reflexionaba cuando estaba en la cama cada noche, reviviendo aquella noche con Penelope y deseando ardientemente que ella estuviera a su lado, sin duda servía a un bien mayor.

Las madres, que se habían hecho inseparables esos últimos días preparando la boda, protestaron al principio, preocupadas por las habladurías (que en ese caso serían ciertas), pero lady Whistledown vino en su rescate de un modo totalmente indirecto.

Los cotilleos en torno a lady Whistledown y Cressida Twombley, y sobre si las dos eran o no la misma persona, hacían furor como nada visto u oído en Londres hasta ese momento. De hecho, las habladurías eran tan imposibles de evitar, que nadie se paró a pensar en el cambio de fecha de la boda Bridgerton-Featherington.

Lo cual venía muy bien a los Bridgerton y a las Featherington.

Con la excepción, quizá, de Colin y Penelope, que no se sentían especialmente cómodos cuando la conversación pasaba al tema de lady Whistledown. Penelope ya estaba acostumbrada, por supuesto; en los diez últimos años no pasaba un mes sin que alguien hiciera alguna elucubración en su presencia acerca de lady Whistledown. Pero Colin seguía tan molesto y furioso por su vida secreta que ella había empezado a sentirse incómoda. Varias veces había intentado sacarle el tema, pero él se cerraba en banda y le decía que no quería hablar sobre ello (y en un tono muy poco característico en él).

Solo podía deducir que él se avergonzaba de ella, y si no de ella exactamente, de su trabajo como lady Whistledown, y eso era como una puñalada en el corazón, porque el trabajo de escribir era la única parte de su vida que podía señalar con orgullo y sensación de logro. Había *hecho* algo con su vida. Se había convertido en un gran éxito, aunque no pudiera firmar su trabajo. ¿Cuántos de sus contemporáneos, hombres o mujeres, podían afirmar lo mismo?

Bien podía estar dispuesta a dejar atrás a lady Whistledown y vivir su nueva vida como la señora Colin Bridgerton, pero eso no significaba de ninguna manera que se avergonzara de lo que había hecho.

¡Ay, si Colin pudiera enorgullecerse también de sus logros!

Creía con todas las fibras de su ser que él la amaba. Colin jamás mentiría en algo así. Podía recurrir a muchas palabras ingeniosas y pícaras sonrisas para hacer sentirse feliz y satisfecha a una mujer sin decir palabras de amor que no sentía. Pero tal vez era posible, y habiendo observado el comportamiento de él ya estaba segura de que era posible, que alguien pudiera amar a una persona y de todos modos avergonzarse de ella y sentir cierto desagrado.

Simplemente no se había imaginado que eso pudiera doler tanto.

Una tarde en la que iban caminando por Mayfair, cuando solo faltaban tres días para la boda, volvió a intentar sacar el tema. Por qué, no lo sabía, ya que no podía imaginarse que su actitud hubiera cambiado desde la última vez, pero no pudo controlarse. Además, esperaba que el hecho de ir por la calle, donde podía verlos todo el mundo, lo obligara a mantener la sonrisa en la boca y escuchar lo que tenía que decirle.

Calculó que a la distancia que estaban de la Casa Número Cinco, donde los esperaban para tomar el té, tendrían cinco minutos para conversar antes de que él la hiciera entrar en la casa y cambiara de tema.

—Creo que tenemos un asunto pendiente del que hablar —dijo.

Él arqueó una ceja y la miró con curiosidad, pero con una sonrisa juguetona. Ella sabía cuál era su intención: utilizar su encanto para desviar la conversación. En cualquier instante esa sonrisa adquiriría ese sesgo infantil y diría algo para cambiar el tema sin que ella se diera cuenta, algo como...

—¿No es algo muy serio para un día tan soleado?

Ella decidió no perder la paciencia.

—Colin, me gustaría que no intentaras cambiar el tema cada vez que hablo de lady Whistledown.

—Creo que no te oí mencionar su nombre, o supongo que debería decir *tu* nombre —dijo él en tono tranquilo—. Además, lo único que hice fue elogiar el buen tiempo.

Penelope sintió el deseo de plantar los pies firmemente sobre la acera y obligarlo a detenerse, pero estaban en público (culpa de ella, claro, por elegir ese lugar para iniciar la conversación), por lo que continuó caminando con paso tranquilo, aunque los dedos se le enroscaron como pequeños puños.

—La otra noche, cuando publicaron mi última hoja, estabas furioso conmigo.

—Ya se me pasó —dijo él, encogiéndose de hombros.

—No lo creo.

Él giró la cabeza y la miró con expresión de superioridad.

—¿Y ahora me vas a decir lo que siento?

Un golpe tan bajo no podía quedar sin respuesta.

—¿No es eso lo que debe hacer una esposa?

—Todavía no eres mi esposa.

Penelope contó hasta tres, luego decidió continuar hasta diez, antes de contestar:

—Lamento si lo que hice te molestó, pero no tenía otra opción.

—Tenías todas las opciones del mundo, pero de ninguna manera voy a discutir ese asunto en Bruton Street.

Y estaban en Bruton Street. Vaya, qué estúpida, había hecho el cálculo de distancia y tiempo sin tener en cuenta el paso que llevaban. Solo les quedaba un minuto para llegar a la escalinata de la casa.

—Te aseguro que la que tú conoces no saldrá nunca más de su retiro.

—No tengo palabras para expresar mi alivio.

—Desearía que no fueras tan sarcástico.

Él se volvió a mirarla con los ojos relampagueantes. Su expresión era tan distinta a la de aburrimiento que tenía solo un instante antes, que ella casi retrocedió un paso.

—Ten cuidado con lo que deseas, Penelope. El sarcasmo es lo único que mantiene a raya mis verdaderos sentimientos. Y te aseguro que no los deseas tener a la vista.

—Creo que sí —dijo ella, con voz débil, porque no sabía si deseaba verlos de verdad.

—No pasa un día sin que me vea obligado a pararme a pensar qué demonios voy a hacer para protegerte si se descubre tu secreto. Te amo, Penelope. ¡Dios me asista!, pero te amo.

Penelope habría pasado muy bien sin esa súplica a Dios, pero la declaración de amor le sentó muy bien.

—Dentro de tres días —continuó él— seré tu marido. Haré la solemne promesa de protegerte hasta que la muerte nos separe. ¿Entiendes lo que significa?

—¿Me salvarás de monstruos merodeadores?

La expresión de él le dijo que no lo encontraba nada divertido.

—¡Cómo querría que no estuvieras tan enfadado! —murmuró.

Él la miró con expresión de incredulidad, como si pensara que ella no tenía ningún derecho a decir nada.

—Si estoy enfadado se debe a que no me gustó saber lo de tu última hoja al mismo tiempo que todos los demás.

Ella asintió, mordiéndose el labio inferior.

—Te pido disculpas. Sí que tenías derecho a saberlo antes, ¿pero cómo podría habértelo dicho? Habrías intentado impedírmelo.

—Exactamente.

Estaban a solo unas casas de la Número Cinco. Si quería preguntarle algo tendría que hacerlo rápido, pensó ella.

—¿Estás seguro...?

Se interrumpió, no sabía si deseaba terminar la pregunta.

—¿Estoy seguro de qué?

Ella negó con la cabeza.

—Nada, no es nada.

—Es evidente que es algo.

—Simplemente se me ocurrió... —Miró hacia un lado, por si la vista del paisaje urbano le daba el valor que necesitaba para continuar—. Estaba pensando...

—Suéltalo, Penelope.

Era tan extraño que él hablara en ese tono cortante que eso la empujó a seguir:

—Me preguntaba si tal vez tu inquietud por mi... mi...

—¿Vida secreta? —suplió él, arrastrando las palabras.

—Si lo quieres llamar así... Se me ocurrió que tal vez tu inquietud no nace de tu deseo de proteger mi reputación.

—¿Qué quieres decir? —preguntó él en tono cortante.

Ella ya había hecho la pregunta; no le quedaba más remedio que continuar.

—Creo que te avergüenzas de mí.

Él la miró fijamente durante tres segundos y al final dijo:

—No me avergüenzo de ti. Ya te lo dije una vez.

—¿Qué pasa, entonces?

A él le vacilaron los pies y, antes de darse cuenta, estaba detenido ante la puerta de la Casa Número Tres. La casa de su madre estaba dos casas más allá, y estaba bastante seguro de que los estaban esperando desde hacía cinco minutos, y...

Y no lograba que se le movieran los pies.

—No me avergüenzo de ti —repitió, sobre todo porque no se decidía a decirle la verdad: que le tenía envidia, que envidiaba su éxito, que la envidiaba a ella.

Ese era un sentimiento muy feo, una emoción muy desagradable. Lo corroía, produciéndole un vago sentimiento de vergüenza cada vez que alguien sacaba a relucir a lady Whistledown. Lo cual, dado cómo estaban en ese momento los cotilleos en Londres, ocurría más o menos diez veces al día. Y no sabía qué hacer al respecto.

Su hermana Daphne le comentó un día que él siempre sabía qué decir, siempre sabía hacer sentir cómodos a los demás. Había pensado en eso durante varios días después de que ella se lo dijera y llegado a la conclusión de que su capacidad para hacer sentir bien a los demás debía provenir de sus sentimientos consigo mismo.

Era un hombre que siempre se sentía a gusto en su piel. No sabía a qué se debía ese don, tal vez a que tuvo unos buenos padres, o tal vez era simple suerte. Pero ese último tiempo se sentía incómodo y eso se iba extendiendo a todos los detalles de su vida. Le gritaba a Penelope y casi no hablaba en las fiestas.

Y todo se debía a su detestable envidia y a la vergüenza que la acompañaba.

¿O no?

¿Se sentiría tan envidioso de Penelope si no notara ya una carencia en su propia vida?

Esa era una interesante pregunta desde el punto de vista psicológico, o al menos lo sería si se refiriera a otra persona, no a él.

—Mi madre nos está esperando —dijo secamente, sabiendo que eludía el problema, y odiándose por ello, pero incapaz de hacer otra cosa—. Y estará tu madre ahí también, así que es mejor que no nos retrasemos.

—Ya vamos con retraso —observó ella.

Él la agarró del brazo y la llevó hacia la Casa Número Cinco.

—Mayor razón para no quedarnos aquí.

—Me evitas —dijo ella.

—¿Cómo voy a evitarte si te estoy tomando del brazo?

Ella lo miró con el ceño fruncido.

—Has evitado mi pregunta.

—Lo hablaremos después, cuando no estemos en medio de Bruton Street, con a saber cuántas personas mirando por la ventana.

Entonces, para demostrar que no aceptaría más protestas, le puso una mano en la espalda y la empujó, con poca delicadeza, para que empezara a subir la escalinata.

Una semana después no había cambiado nada aparte de su apellido, pensaba Penelope.

La boda fue mágica, con una ceremonia y fiesta discretas, para gran consternación de la sociedad londinense. Y la noche de bodas, bueno, también fue mágica.

Y el matrimonio era mágico también. Colin era un marido maravilloso: simpático, pícaro, amable, atento...

A excepción de cuando surgía el tema de lady Whistledown.

Entonces se volvía..., bueno, ella no sabía bien en qué se convertía, aparte de que no era él mismo. Desaparecía su encanto, su locuacidad, todo lo maravilloso que lo hacía ser el hombre que amaba desde hacía tanto tiempo.

En cierto modo era casi divertido. Durante mucho tiempo todos sus sueños habían girado en torno a casarse con ese hombre. Y de pronto en esos sueños comenzó a aparecer el momento en que ella le revelaba tímidamente su secreto. Él reaccionaba con incredulidad al principio y luego con entusiasmo y orgullo. ¡Qué extraordinaria era ella al haber engañado a todo Londres durante tantos años! ¡Qué ingeniosa al escribir esas frases tan bien redactadas! Le admiraba la inventiva, le elogiaba el éxito. En algunos sueños él incluso le sugería la idea de ser su informante secreto.

Le había parecido el tipo de cosa que a él le gustaría, justo el tipo de tarea divertida, enrevesada, que él disfrutaría.

Pero las cosas no resultaron así.

Él decía que no se avergonzaba de ella, y tal vez incluso creía que eso era cierto, pero ella no conseguía creerle. Le vio la cara cuando él juró que lo único que deseaba era protegerla. Pero ese deseo de protegerla era un sentimiento enérgico, fiero, ardiente, y cuando Colin hablaba de lady Whistledown sus ojos se tornaban inexpresivos y aburridos.

Trataba de no sentirse desilusionada. Se decía que no tenía ningún derecho a esperar que Colin estuviera a la altura de sus sueños, que la visión que ella tenía de él era idealizada, pero...

Pero seguía deseando que fuera el hombre que había soñado.

Y se sentía culpable por cada punzada de desilusión. ¡Ese era Colin! ¡Colin, por el amor de Dios! Colin, que estaba tan cerca de la perfección como cualquier ser humano podría esperar. Ella no tenía ningún derecho a encontrarle defectos, pero...

Pero se los encontraba.

Deseaba que él se enorgulleciera de ella. Lo deseaba más que cualquier otra cosa en el mundo, más aún de lo que lo deseó a él todos aquellos años en que lo observó desde lejos.

Pero apreciaba y valoraba su matrimonio, y aparte de esos momentos incómodos, también apreciaba y valoraba a su marido. Así que dejó de mencionar a lady Whistledown; estaba cansada de la expresión de Colin. No deseaba verle esas arruguitas de tensión alrededor de la boca.

Y no era que se pudiera evitar eternamente el tema; en cada incursión que hacían en la alta sociedad era inevitable que saliera a relucir su alter ego. Pero no tenía por qué sacar el tema en casa.

Así fue como una mañana durante el desayuno, mientras conversaban amistosamente y echaban una mirada al diario de la mañana, ella intentó encontrar otros temas de conversación.

—¿Te parece que hagamos un viaje de luna de miel? —le preguntó, extendiendo una generosa capa de mermelada de frambuesas en su panecillo.

Tal vez no debería comer tanto, pensó, pero la mermelada estaba deliciosa y, además, siempre comía mucho cuando estaba nerviosa. Frunció el ceño, primero mirando el panecillo y luego a nada en particular. No se había dado cuenta de que estuviera tan nerviosa. Había creído que sería capaz de esconder el problema de lady Whistledown en algún recóndito recoveco de su mente.

—Tal vez más avanzado el año —contestó Colin, alargando la mano hacia el plato de mermelada—. ¿Me pasas la tostada, por favor?

Ella se la pasó en silencio.

Él levantó la vista, o bien para mirarla a ella o a la fuente con arenques ahumados, era difícil saberlo.

—Pareces decepcionada.

Tal vez debería sentirse halagada porque él levantó la vista de su comida. O igual fue para mirar los arenques y ella estaba en medio. Lo más probable era que fuera eso; era difícil competir con la comida por la atención de Colin.

—¿Penelope?

Ella pestañeó.

—Te dije que pareces decepcionada.

—¡Ah, sí! Bueno, supongo que lo estoy —lo miró con una trémula sonrisa—. Nunca he estado en ninguna parte y tú has estado en todas. Supongo que pensaba que podrías llevarme a algún sitio que te haya gustado especialmente. A Grecia, tal vez, o a Italia. Siempre he deseado visitar Italia.

—Te gustaría —dijo él distraído, con la atención más puesta en los huevos que tenía en el plato que en ella—. Venecia sobre todo.

—¿Entonces por qué no me llevas?

—Te llevaré —dijo él, pinchando un trozo de beicon con el tenedor y metiéndoselo en la boca—. Solo que no ahora.

Penelope lamió un poco de mermelada del panecillo y trató de no parecer demasiado afligida.

—Si quieres saberlo —suspiró Colin—, el motivo de que no quiera que nos marchemos es... —Miró hacia la puerta abierta y frunció los labios, molesto—. Bueno, no lo puedo decir aquí.

Penelope abrió mucho los ojos.

—¿Quieres decir...? —dibujó una gran «W» sobre el mantel.

—Exactamente.

Ella lo miró sorprendida, y un tanto sobresaltada. La asombraba que él hubiera sacado el tema y más aún que no pareciera demasiado molesto.

—¿Pero por qué? —preguntó al fin.

—Si llegara a descubrirse el secreto —dijo él enigmáticamente, por si hubiera algún criado cerca, que era lo habitual—, quiero estar aquí para controlar el daño.

Penelope se desinfló en su silla. Nunca encontraba agradable que la llamaran «un daño», que era lo que él acababa de hacer. Bueno, de forma indirecta al menos. Miró fijamente su panecillo, tratando de determinar si tenía hambre. No la tenía, la verdad.

Pero se lo comió de todos modos.

20

Unos días después, cuando Penelope volvía de una salida de compras con Eloise, Hyacinth y Felicity, encontró a su marido sentado ante el escritorio de su estudio. Estaba leyendo algo, muy encorvado, lo que no era típico en él.

—¿Colin?

Él levantó la cabeza sobresaltado. No debió de oírla entrar, aunque ella no había hecho nada para silenciar sus pasos.

—Penelope —dijo, levantándose mientras ella entraba—, ¿cómo te ha ido en tu..., eh, lo que fuera que saliste a hacer?

—Compras —dijo ella, sonriendo divertida—. Fui de compras.

—Eso. Así que fuiste de compras —dijo él, balanceándose sobre uno y otro pie—. ¿Compraste algo?

—Una papalina —repuso ella, tentada de añadir «y tres anillos de diamantes», para ver si él la estaba escuchando.

—Estupendo, estupendo —murmuró él, impaciente por volver a lo que fuera que tenía sobre su escritorio.

—¿Qué estás leyendo?

—Nada —contestó él, casi automáticamente—. Bueno, en realidad, uno de mis diarios.

En su cara apareció una expresión extraña, algo azorada, desafiante, casi como si lo avergonzara que lo hubiera sorprendido y, al mismo tiempo, la desafiara a preguntar más.

—¿Puedo mirarlo? —preguntó ella con voz dulce y nada desafiante, o al menos eso esperaba.

Le resultaba extraño que Colin se sintiera inseguro. Pero hablar de sus diarios parecía provocarle una vulnerabilidad sorprendente y... conmovedora.

Ella se había pasado gran parte de su vida considerándolo una torre invencible de felicidad y buen humor. Era seguro de sí mismo, apuesto, querido e inteligente. ¡Qué fácil tenía que ser pertenecer a los Bridgerton!, había pensado en más de una ocasión.

Muchas veces, más de las que podría contar, cuando se tendía en la cama al llegar a casa después de tomar el té con Eloise y su familia, había deseado haber nacido en la familia Bridgerton. La vida era fácil para ellos, pensaba. Eran inteligentes, atractivos, ricos y caían bien a todo el mundo.

Y era imposible odiarlos por llevar esas existencias tan espléndidas porque eran muy simpáticos.

Bueno, ella ya era una Bridgerton, al menos por matrimonio, y era cierto, la vida era mejor siendo una de ellos. Aunque eso tenía menos que ver con algún gran cambio que se hubiera producido en sí misma y más con que estaba perdidamente enamorada de su marido. Y, por un fabuloso milagro, él le correspondía.

Pero la vida no era perfecta, ni siquiera para los Bridgerton.

Incluso Colin, el hombre de la sonrisa llana y el humor pícaro, tenía sus puntos débiles. Lo acosaban sueños frustrados e inseguridades secretas. ¡Qué injusta había sido cuando

¡había pensado que en su vida no había espacio para las debilidades!

—No tengo por qué leerlo todo —lo tranquilizó—. Uno o dos párrafos, los que tú quieras. Tal vez algo que te guste especialmente.

Él miró el cuaderno abierto, con la cara sin expresión, como si las palabras estuvieran escritas en chino.

—No sabría qué elegir —masculló—. Todo se parece, la verdad.

—Claro que no. Eso lo sé mejor que nadie. —De pronto miró alrededor, vio que la puerta estaba abierta y se apresuró a cerrarla—. He escrito incontables columnas, y te aseguro que no se parecen. Algunas me encantaban. —Sonrió nostálgica, recordando la oleada de satisfacción y orgullo que sentía siempre que escribía una columna que parecía salir redonda, o una frase o un párrafo realmente bueno—. Era maravilloso. ¿Entiendes lo que quiero decir?

Él negó con la cabeza.

—Esa sensación que tienes —explicó ella— cuando sabes que la frase te ha salido bordada, que las palabras que has elegido son exactamente las correctas. Y eso es algo que solo tú puedes valorar cuando llevas un buen rato sentado ahí, abatido y encorvado mirando la hoja de papel en blanco, sin saber qué escribir.

—Lo conozco bien —dijo él.

Penelope trató de reprimir una sonrisa.

—Sé que conoces esa sensación. Eres un escritor espléndido, Colin. He leído tus escritos.

Él la miró alarmado.

—Solo lo que ya sabes —lo tranquilizó ella—. Jamás leería tus diarios sin tu permiso. —Se ruborizó al recordar que así fue como leyó esas páginas acerca de Chipre—. Bueno, ya no lo hago —añadió—. Pero lo encontré estupendo, Colin, casi mágico. Y en alguna parte dentro de ti tú también lo sabes.

Él continuó mirándola, como si no supiera qué decir. Era una expresión que ella había visto en muchísimas caras, pero jamás en la suya. Una expresión muy extraña. Sintió deseos de llorar, de estrecharlo entre sus brazos. Pero, sobre todo, tenía la intensa necesidad de restablecer la sonrisa en su cara.

—Sé que tienes que haber experimentado esos momentos que he descrito —insistió—. Esos en que sabes que lo que has escrito es bueno. —Lo miró esperanzada—. Sabes lo que quiero decir, ¿verdad?

Él no contestó.

—Lo sabes. Sé que lo sabes. No puedes ser un escritor y no saberlo.

—No soy un escritor.

—Claro que lo eres. La prueba está ahí —hizo un gesto hacia el diario y avanzó unos pasos—. Colin, por favor, ¿me permites leer un poco más?

Por primera vez vio que él parecía indeciso, lo que consideró una pequeña victoria.

—Tú has leído todo lo que yo he escrito —dijo, tratando de convencerlo—. Así que es justo que...

Se interrumpió al verle la cara. No habría sabido describir su expresión, pero le recordó una muralla.

—¿Colin? —susurró.

—Prefiero guardármelo para mí —dijo él secamente—, si no te importa.

—No, claro que no —dijo ella, pero los dos sabían que estaba mintiendo.

Colin continuó tan callado que a ella no le quedó más remedio que disculparse y dejarlo solo en su estudio.

Le había hecho daño.

¡Qué más daba que no hubiera sido su intención! Ella había tratado de acercarse y él había sido incapaz de abrirse.

Y lo peor era que ella no lo entendía. Creía que él se avergonzaba de ella. Él le había dicho que no, pero como no se había atrevido a decirle la verdad, que la envidiaba, ella no podría creerle.

¡Demonios! Él tampoco lo habría creído porque, en cierto modo, estaba mintiendo. O, por lo menos, reservándose una verdad que lo incomodaba.

Pero en el instante en que ella le recordó que él había leído todo lo que ella había escrito, algo se volvió negro dentro de él.

Él había leído todo lo que ella había escrito porque lo había publicado. En cambio, sus escritos permanecían muertos en sus diarios, bien guardados para que nadie pudiera leerlos.

¿Importaba que un hombre escribiera si nadie lo leía? ¿Tenían sentido las palabras si nadie las oía?

No había considerado publicar sus diarios hasta que Penelope se lo había sugerido hacía unas semanas, y la idea lo consumía día y noche (cuando no estaba consumido por Penelope, claro está). Pero se sentía atenazado por el miedo. ¿Y si ningún editor quería publicarle? ¿Y si alguno los publicaba pero solo porque la suya era una familia rica y poderosa? Él deseaba más que nada ser él mismo, ser conocido por sus obras, no por su apellido o posición, y ni siquiera por su sonrisa o encanto.

Y luego estaba la posibilidad más aterradora de todas: ¿y si publicaba sus escritos y no les gustaban a nadie?

¿Cómo soportaría algo así? ¿Cómo podría vivir siendo un fracasado?

¿O era peor continuar como ahora, siendo un cobarde?

A última hora de la tarde, Penelope se levantaba por fin de su sillón para beber una reparadora taza de té y luego vagaba sin rumbo por el dormitorio. Cuando se instalaba en la cama sobre unos almohadones con un libro que se estaba obligando a leer, apareció Colin.

No dijo nada, simplemente se quedó ahí de pie, sonriéndole. Pero esta no era una de sus sonrisas habituales, de esas que provocan en el otro corresponderle a la sonrisa.

Era una sonrisa leve, tímida, azorada.

Una sonrisa de disculpa.

Penelope dejó el libro sobre su vientre con el lomo hacia arriba.

—¿Puedo? —preguntó Colin, señalando el lugar que había vacío en la cama junto a ella.

—Por supuesto —dijo ella, moviéndose hacia la derecha y dejando el libro en la mesilla de noche.

—He marcado algunos pasajes —explicó él, enseñándole el diario mientras se acomodaba en la cama—. Si quieres leerlos para... —se aclaró la garganta— para darme una opinión, eso sería... —volvió a toser—, eso sería aceptable.

Penelope miró el diario, que estaba elegantemente encuadernado en piel carmesí, y luego lo miró a él. Tenía la cara seria, los ojos sombríos, y aunque estaba muy quieto (ni si quiera se retorcía las manos o jugueteaba con ellas) se veía claramente que estaba nervioso.

Nervioso. Colin. Algo inimaginable.

—Me sentiría honrada —dijo dulcemente, quitándole el cuaderno de las manos.

Vio que algunas páginas estaban marcadas con cintas, de modo que lo abrió con delicadeza en una de las páginas seleccionadas.

14 de marzo de 1819
Las Highlands son curiosamente castañas

—Eso lo escribí cuando fui a Escocia a visitar a Francesca —interrumpió él.

Penelope le dirigió una indulgente sonrisa, a modo de pequeño reproche por su interrupción.

—Perdona —masculló él.

Alguien habría pensado, al menos alguien de Inglaterra, que las montañas y los valles serían de un exquisito color verde esmeralda. Al fin y al cabo, Escocia se encuentra en la misma isla y, a decir de todos, padece las mismas lluvias que atormentan a Inglaterra.

Me han dicho que a estos extraños cerros color beige se los llama «mesetas», y son tristes, castaños y desiertos. Y, sin embargo, conmueven el alma.

—Eso fue cuando estaba a cierta altura —explicó él—. Cuando estás más abajo, o cerca de los lagos, es muy diferente.

Penelope se giró a echarle una miradita.

—Lo siento —masculló él.

—¿Quizá estarías más cómodo si no leyeras por encima de mi hombro? —sugirió ella.

Él pestañeó, sorprendido.

—Yo diría que ya lo has leído todo —dijo ella. Al ver su mirada de incomprensión, añadió—: Así que no necesitas hacerlo ahora.

—Esperó una reacción y no hubo ninguna—. Así que no necesitas mirar por encima de mi hombro —concluyó.

—¡Ah! —dijo él apartándose—. Lo siento.

Ella lo miró.

—¡Fuera de la cama, Colin!

Con cara de sentirse castigado, Colin se bajó de la cama y fue a sentarse en un sillón en el extremo más alejado de la habitación. Allí se cruzó de brazos y empezó a golpetear con el pie en el suelo, en una especie de danza impaciente.

Tap tap tap, tapiti tap tap tap.

—¡Colin!

Él la miró muy sorprendido.

—¿Qué?

—¡Deja de dar golpecitos con el pie!

Él se miró el pie como si fuera un objeto desconocido.

—¿Lo estaba haciendo?

—Sí.

—¡Ah! —Cruzó con más fuerza los brazos en el pecho—. Lo siento.

Penelope volvió la atención al diario.

Tap tap tap.

—¡Colin!

Él plantó firmemente los pies sobre la alfombra.

—No pude evitarlo. Ni siquiera me di cuenta de que lo hacía.

Descruzó los brazos y los apoyó en los brazos del sillón, pero no parecía estar relajado. Tenía tensos y flexionados los dedos de ambas manos.

Ella lo miró un momento, esperando a ver si realmente sería capaz de estarse quieto.

—No lo volveré a hacer —la tranquilizó él—. Te lo prometo.

Ella le echó una última mirada y volvió la atención a la página que tenía delante.

En cuanto al pueblo, los escoceses detestan a los ingleses, y muchos dirían que con toda razón. Pero individualmente son muy amistosos, deseosos de ofrecer un vaso de whisky, *una comida caliente o un lugar abrigado para dormir. Un grupo de ingleses o, la verdad sea dicha, cualquier inglés que vista cualquier tipo de uniforme, no encuentra una calurosa bienvenida en un pueblo escocés. Pero si un inglés solitario va caminando por su calle principal, la gente de la localidad lo saluda con los brazos abiertos y anchas sonrisas.*

Eso fue lo que me ocurrió cuando estuve en Inveraray, a la orilla del Loch Fyne. Pulcra ciudad, bien planificada, que diseñó Robert Adam cuando el duque de Argyll decidió trasladar a toda la aldea para dar cabida a su nuevo castillo, está situada al borde del agua, con sus casas encaladas en ordenadas hileras que se cruzan en ángulo recto (sin lugar a duda, una existencia extrañamente ordenada para alguien como yo, criado en medio de las tortuosas intersecciones de Londres).

Estaba tomando mi almuerzo en el George Hotel, disfrutando de un buen whisky *en lugar de la habitual cerveza que se podría beber en un establecimiento similar en Inglaterra, cuando caí en la cuenta de que no tenía idea de cómo llegar a mi siguiente destino, ni de cuánto tiempo tardaría en llegar ahí. Me acerqué al dueño (un tal señor Clark), le expliqué mi intención de visitar el castillo Blair, y luego no pude hacer otra cosa que pestañear maravillado y desconcertado cuando* el resto de los ocupantes de la posada intervinieron inesperadamente ofreciendo consejos.

—¿El castillo Blair? —tronó el señor Clark (era un hombre bastante atronador, nada dado a hablar bajo)—. Muy bien, pues, si quiere ir al castillo Blair, sin duda le convendrá dirigirse al oeste, hacia Pitlochry y desde ahí tomar hacia el norte.

Esto fue recibido por un coro de aprobación y otro coro igualmente alto de desaprobación.

—¡Oh, no! —gritó otro (cuyo apellido era MacBogel, según me enteré después)—. Tendrá que atravesar el lago Tay, y mejor receta para el desastre no se ha probado jamás. Mejor que se dirija primero al norte y después avance hacia el oeste.

—Sí —intervino un tercero—, pero entonces se encontrará con el Ben Nevis. ¿Me vas a decir que una montaña es un obstáculo más pequeño que un insignificante lago?

—¿Llamas insignificante al lago Tay? Te diré que nací en la orilla del lago Tay y nadie lo va a llamar insignificante en mi presencia. (No tengo idea de quién dijo esto ni, en realidad, de quién dijo todo lo que sigue, pero todo se dijo con gran sentimiento y convicción).

—No tiene por qué hacer todo el camino hasta el Ben Nevis. Puede virar al oeste en Glencoe.

—Jo, jo, jo, y una botella de whisky. No hay ningún camino decente que lleve al oeste de Glencoe. ¿Quieres matar al pobre muchacho?

Y así continuaron yendo y viniendo los consejos. Si el lector ha observado que dejé de escribir quién dijo qué se debe a que el bullicio de voces era tan abrumador que era

imposible distinguir a nadie, y esto continuó sus buenos
diez minutos, hasta que habló Angus Campbell, anciano
de ochenta años por lo menos, y por respeto todos se calla-
ron.

—Lo que necesita hacer —resolló Angus— es viajar al sur
hasta Kintyre, volver al norte y cruzar el fiordo de Lorne has-
ta Mull, para que de ahí pueda cruzar hasta Iona, luego na-
vegar hasta Skye, cruzar a tierra firme y llegar a Ullapool,
bajar a Inverness, presentar sus respetos en Culloden y de ahí
puede proseguir al sur hasta el castillo Blair, pasando por
Grampian si quiere para ver cómo se hace una verdadera bo-
tella de whisky.

A este discurso siguió un silencio absoluto. Finalmente
un valiente señaló: —Pero eso le llevará meses.

—¿Y quién ha dicho que no? —dijo Campbell, con un
leve matiz de belicosidad—. El sassenach está aquí para
ver Escocia. ¿Me vas a decir que podrá decir que ha hecho
eso si lo único que hace es seguir una línea recta de aquí a
Perthshire?

Me sorprendí sonriendo y tomé la decisión en el acto. Se-
guiría esa ruta exacta, y cuando regresara a Londres sabría
en mi corazón que conocía Escocia.

Colin observaba a Penelope mientras leía. De tanto en tanto
ella sonreía, y a él le daba un vuelco el corazón, y de pronto cayó
en la cuenta de que su sonrisa se había hecho permanente y tenía
los labios fruncidos como para reprimir la risa.

Cayó en la cuenta de que él también estaba sonriendo.

Lo había sorprendido mucho la reacción de ella la primera
vez que leyó sus escritos; su reacción fue muy apasionada,

aunque al mismo tiempo fue muy analítica y precisa en sus comentarios. Ya todo adquiría sentido. Ella era escritora también, probablemente mejor que él, y de todas las cosas de este mundo, entendía de palabras.

Le costaba creer que hubiera tardado tanto en pedirle consejo. El miedo, suponía, se lo había impedido. El miedo, la preocupación y todas esas estúpidas emociones que él creía que lo rebajaban.

¿Quién habría supuesto que le importaría tanto la opinión de una mujer? Había trabajado en sus diarios durante años, relatando esmeradamente sus viajes, tratando de describir más de lo que veía y hacía, tratando de captar lo que *sentía*. Y nunca jamás se los había enseñado a nadie.

Hasta ese momento.

No había nadie a quien hubiera deseado enseñárselos. No, eso no era cierto. En el fondo, había deseado enseñárselos a un buen número de personas, pero nunca le pareció que era el momento oportuno, o temía que la persona mintiera o dijera que algo era bueno cuando no lo era, solo para no herir sus sentimientos.

Pero Penelope era distinta. Era escritora, una escritora condenadamente buena, además. Y si ella decía que sus escritos en el diario eran buenos, podía creer que era cierto.

Ella frunció un poco los labios al dar la vuelta a una página, luego frunció el ceño al no poder voltearla se mojó el dedo, asió la página y continuó leyendo.

Y volvió a sonreír.

Colin soltó el aliento, que había retenido sin darse cuenta.

Finalmente ella dejó el cuaderno en su falda, abierto en la parte que había estado leyendo, y lo miró.

—¿Supongo que querías que parara al final de esta parte?

Él no sabía qué había esperado que dijera, por lo que eso lo desconcertó.

—Eh..., si quieres... —tartamudeó—, si quieres leer más, estaría bien, supongo.

Fue como si el sol se hubiera instalado en la sonrisa de ella.

—¡Pues claro que quiero leer más! —exclamó—. No veo la hora de saber qué ocurrió cuando fuiste a Kintyre, a Mull, a... —frunciendo el ceño miró la página— a Skye, a Ullapool, a Culloden y a Grampian. —Volvió a mirar el cuaderno—. ¡Ah, sí! Y al castillo Blair, por supuesto, si llegaste ahí al fin. Supongo que ibas a visitar a algún amigo.

Él asintió.

—A Murray —dijo, refiriéndose a un compañero de colegio cuyo hermano era el duque de Atholl—. Pero debo decirte que al final no seguí la ruta recomendada por Angus Campbell. Para empezar, ni siquiera encontré caminos que conectaran la mitad de los lugares que me recomendó.

—Tal vez deberíamos ir en nuestro viaje de luna de miel —dijo ella, con ojos soñadores.

—¿A Escocia? —preguntó él, muy sorprendido—. ¿No prefieres viajar a algún lugar caluroso y exótico?

—Para alguien que solo ha viajado a cien millas de Londres, Escocia *es* exótica —repuso ella con descaro.

—Te aseguro que Italia lo es mucho más —dijo él, sonriendo y cruzando la habitación hasta sentarse en el borde de la cama—. Y más romántica.

Ella se ruborizó, cosa que a él le encantó.

—¡Ah! —dijo, con expresión azorada.

Él pensó cuánto tiempo podría azorarla hablándole de romance y de amor y todas las espléndidas actividades que acompañaban esos temas.

—Iremos a Escocia en otra ocasión —le aseguró—. De todos modos, cada cierto tiempo voy al norte a visitar a Francesca.

—Me sorprendió que me pidieras la opinión —dijo Penelope tras un momento.

—¿A qué otra persona se la iba a pedir?

—No lo sé —repuso ella, muy interesada de repente en mirarse los dedos que tenía clavados en la colcha—. A tus hermanos, supongo.

Él le cubrió una mano con la suya.

—¿Qué saben ellos de escribir?

Ella alzó el mentón y sus sinceros ojos castaños se encontraron con los de él.

—Sé que valoras sus opiniones.

—Eso es cierto —concedió él—, pero valoro más la tuya.

Le observó atentamente el rostro, y vio las emociones que pasaban por ella.

—Pero no te gusta lo que escribo —dijo ella, su voz vacilante y esperanzada al mismo tiempo.

Él le puso la mano en la curva de la mejilla, sujetándola con delicadeza para que ella lo mirara mientras hablaba.

—Nada podría estar más lejos de la verdad —dijo, con ardiente intensidad—. Pienso que eres una escritora maravillosa. Defines claramente la esencia de una persona con una sencillez e ingenio incomparables. Durante diez años has hecho reír a la gente; la has hecho estremecerse, asustarse, pensar, Penelope. No sé qué podría ser un triunfo mayor. Por no decir —continuó, casi como si no pudiera parar una vez que había comenzado— que escribes acerca de la alta sociedad, nada menos. Escribes sobre ella y la conviertes en divertida, interesante e ingeniosa, cuando todos sabemos que no puede ser más aburrida.

Durante un largo rato Penelope no pudo decir nada. Todos esos años se había enorgullecido de su trabajo y sonreía para sus adentros siempre que alguien citaba algo de una de sus hojas o se reía de algunas de sus pullas. Pero no tenía a nadie con quien comentar sus triunfos.

Ser una escritora anónima era muy solitario.

Pero ahora tenía a Colin. Y aunque el mundo nunca sabría que lady Whistledown era la poco atractiva y solterona por mucho tiempo Penelope Featherington, Colin lo sabía. Y estaba llegando a comprender que, aun cuando eso no fuera lo único que importaba, sí era lo que más importaba.

Pero seguía sin entender su comportamiento.

—¿Por qué, entonces, te pones tan distante cada vez que saco el tema? —le preguntó, midiendo las palabras.

—Es difícil de explicar —dijo él pasado un momento, casi en un murmullo.

—Soy buena para escuchar.

Él bajó la mano que tenía ahuecada tan amorosamente en su cara y la puso sobre su rodilla. Y entonces dijo algo que ella jamás habría esperado.

—Te tengo envidia. —Se encogió de hombros—. Lo siento.

—No sé qué quieres decir —dijo ella, sin poder evitar que la voz le saliera tan débil como un susurro.

—Mírate, Penelope. —Le asió las dos manos y se las giró hasta dejar las palmas enfrentadas—. Eres todo un éxito.

—Un éxito anónimo.

—Pero tú lo sabes y yo lo sé. Además, no es a eso a lo que me refiero. —Le soltó una mano y se pasó los dedos por el pelo, buscando las palabras—. Tú has hecho algo. Tienes un volumen de trabajo.

—Pero tú tienes...

—¿Qué tengo yo, Penelope? —interrumpió él, con la voz agitada, levantándose y comenzando a pasearse—. ¿Qué tengo yo?

—Bueno, me tienes a mí —dijo ella, pero le faltó fuerza a su voz; sabía que no era eso lo que él quería decir.

Él la miró agotado.

—No me refiero a eso, Penelope...

—Lo sé.

—Necesito algo a lo que pueda dedicarme —dijo él por encima de la corta frase de ella—. Necesito un objetivo. Anthony tiene uno y Benedict también, mientras que yo no soy nadie.

—Colin, no. Eres...

—Estoy harto de que se me considere nada más que un... —se interrumpió.

—¿Qué, Colin? —preguntó ella, sobresaltada por la expresión de repugnancia que le cruzó el rostro.

—¡Por Cristo! —maldijo él en voz baja.

Ella lo miró con los ojos como platos. Colin no era dado a soltar maldiciones.

—No me lo puedo creer —dijo él, moviendo bruscamente la cabeza hacia la izquierda, casi como si fuera a encogerse.

—¿Qué? —suplicó ella.

—Me he quejado a ti —dijo él, incrédulo—. Me he quejado sobre lady Whistledown contigo.

—Muchas personas lo han hecho, Colin. Estoy acostumbrada.

—No me lo puedo creer. Me quejé contigo de que lady Whistledown me hubiera llamado «encantador».

—A mí me llamó «cítrico demasiado maduro» —dijo ella, tratando de poner alegría en el asunto.

Él dejó de pasearse y la miró molesto.

—¿Te reíste de mí mientras yo lloriqueaba que lo único que recordarían de mí las generaciones futuras sería lo que aparecía en la revista de lady Whistledown?

—¡No! Supongo que me conoces lo bastante bien para saberlo.

Él movió la cabeza como si no la creyera.

—No puedo creer que haya estado sentado quejándome de que no tenía ninguna habilidad cuando tú tenías todas las revistas.

Ella se bajó de la cama; no soportaba seguir sentada mientras él se paseaba como un tigre enjaulado.

—Colin, no podías saberlo.

—De todos modos. —Suspiró disgustado—. La ironía sería estupenda si no fuera dirigida a mí.

Penelope abrió la boca para hablar, pero descubrió que no encontraba las palabras para expresar todo lo que sentía. Él tenía a su haber tantos éxitos que ella ni siquiera podía empezar a contarlos. No eran cosas que se pudieran recoger en una columna de la *Revista de Sociedad de Lady Whistledown*, pero eran igual de especiales.

Tal vez más especiales.

Recordó las muchas veces que lo había visto hacer sonreír a alguien, todas las veces que lo vio pasar de largo ante las jovencitas populares para ir a sacar a bailar a una fea. Pensó en los lazos fuertes, casi mágicos, que tenía con sus hermanos. Si esos no eran logros, no sabía qué podía serlo.

Pero sabía que esos no eran el tipo de logros a los que él se refería. Sabía lo que él necesitaba: un objetivo, una vocación.

Algo para demostrar al mundo que era más de lo que creían que era.

—Publica las memorias de tus viajes —le dijo.

—No voy a...

—Publícalas. Corre el riesgo y descubre si vuelas.

Él la miró a los ojos un momento y luego su mirada pasó al cuaderno que ella todavía tenía en las manos.

—Necesitan una corrección —masculló.

Penelope se echó a reír, porque sabía que había ganado. Y él había ganado también. Aún no lo sabía, pero lo había hecho.

—Todo necesita una corrección —dijo, ensanchando la sonrisa con cada palabra—. Bueno, excepto yo, supongo —bromeó—. O tal vez sí la necesitaba —añadió, encogiéndose de hombros—. Nunca lo sabremos porque no tenía a nadie que me corrigiera.

De pronto él levantó la vista.

—¿Cómo lo hacías?

—¿Cómo hacía qué?

Él frunció los labios, impaciente.

—Sabes qué quiero decir. ¿Cómo hacías la revista? Era algo más que escribirla. Tenías que imprimirla y distribuirla. Alguien tiene que haber sabido quién eras.

Ella lanzó un largo suspiro. Había guardado tanto tiempo esos secretos que le resultaba difícil revelarlos, incluso a su marido.

—Es una larga historia. Tal vez deberíamos sentarnos.

Él la llevó de vuelta a la cama y los dos se acomodaron, apoyados en los almohadones con las piernas estiradas.

—Era muy joven cuando empecé —comenzó ella—. Solo tenía diecisiete años, y ocurrió por casualidad.

Él sonrió.

—¿Cómo puede ocurrir por casualidad una cosa así?

—Lo escribí como broma, para divertirme. Me sentía tan desgraciada esa primera temporada... —Lo miró muy seria—. No sé si lo recordarás, pero en ese tiempo pesaba casi diez kilos más que ahora, y no es que ahora esté delgada como a la moda.

—Yo te encuentro perfecta —dijo él, lealmente.

Y eso formaba parte, pensó ella, de que ella lo encontrara perfecto a él.

—En todo caso —continuó—, no me sentía demasiado feliz, así que escribí una descripción bastante mordaz de la fiesta a la que había asistido la noche anterior. Después escribí otra y otra. No las firmaba lady Whistledown, simplemente las escribía para divertirme y las escondía en mi escritorio. Pero resulta que un día se me olvidó esconderlas.

—¿Qué ocurrió? —preguntó él, inclinándose hacia ella, absolutamente interesado.

—Mi madre y mis hermanas habían salido y yo sabía que tardarían bastante en volver, porque entonces mi madre pensaba que podría convertir a Prudence en un diamante de primerísima calidad y sus compras les llevaban todo el día.

Colin hizo un gesto circular con la mano, indicándole que fuera al grano.

—Bueno, resulta que decidí trabajar en el salón porque mi habitación tenía olor a humedad, porque alguien dejó la ventana abierta durante una lluvia torrencial, bueno, igual fui yo. Pero entonces tuve que ausentarme un momento para ir a atender..., bueno, ya sabes.

—No —dijo él—. No lo sé.

—Atender a mi asunto —susurró ella, ruborizándose.

—Ah, ya —dijo él, descartándolo, no interesado en esa parte de la historia—. Continúa.

—Cuando volví al salón, estaba ahí el abogado de mi padre. Y estaba leyendo lo que yo había escrito. Me horroricé.

—¿Y qué pasó?

—No pude hablar durante todo un minuto. Pero entonces vi que él se estaba riendo, y no porque pensara que yo era una estúpida, sino porque encontraba bueno lo que había escrito.

—Es que escribes bien.

—Eso lo sé ahora —dijo ella, sonriendo sarcástica—, pero tienes que recordar que entonces tenía diecisiete años. Y decía cosas bastante horribles.

—Sobre personas horribles, seguro.

—Bueno, sí, pero de todas maneras... —Cerró los ojos, dejando pasar los recuerdos por su cabeza—. Eran personas populares, influyentes. Personas a las que yo no les caía muy bien. La verdad es que no me importaba que fueran horribles conmigo si se descubría lo que yo escribía. En realidad habría sido peor porque eran personas horribles. Me habrían arruinado la vida y yo habría arruinado a toda mi familia conmigo.

—¿Qué ocurrió entonces? Supongo que fue de él la idea de publicarlas.

Penelope asintió.

—Sí. Él lo organizó todo con el impresor, que a su vez buscó a los niños para repartirlas. Y fue idea de él dar gratis la hoja las dos primeras semanas. Dijo que necesitábamos crear adicción en la alta sociedad.

—Yo estaba fuera del país cuando comenzó a aparecer la hoja —dijo Colin—, pero recuerdo que mi madre y mis hermanas me lo contaban todo acerca de ella.

—La gente se fastidió cuando los niños exigieron el pago después de esas dos semanas gratis. Pero todos pagaron.

—Brillante idea la de tu abogado —dijo Colin.

—Sí, era muy inteligente.

Él captó el uso del tiempo pasado.

—¿Era?

Ella asintió con tristeza.

—Murió hace unos años. Pero sabía que estaba enfermo, así que antes de morir me preguntó si quería continuar. Supongo que entonces podría haber dejado de escribir, pero no tenía ninguna otra cosa que hacer, y lógicamente ninguna perspectiva de matrimonio. —Levantó la cabeza y lo miró—. No quiero decir que... Es decir...

Él curvó los labios en una sonrisa de reproche a sí mismo.

—Puedes regañarme todo lo que quieras por no haberte propuesto matrimonio años antes.

Penelope lo miró sonriendo. ¿Era de extrañar que amara a ese hombre?

—Pero solo si terminas tu historia —añadió él en tono firme.

—De acuerdo —dijo ella, obligándose a poner la atención a lo que tenía entre manos—. Después de que el señor... —lo miró vacilante—. No sé si debo decir su nombre.

Colin comprendió que ella se dividía entre su amor y confianza en él y su lealtad al hombre que, con toda probabilidad, fue como un padre para ella después de que su verdadero padre se fuera de este mundo.

—No pasa nada —le dijo dulcemente—. Ya murió. Su nombre no tiene importancia.

Ella dejó salir el aliento que tenía retenido.

—Gracias —dijo, mordiéndose el labio inferior—. No es que no me fíe de ti, es que...

—Lo sé —dijo él, tranquilizador, apretándole los dedos—. Si más adelante quieres decírmelo, de acuerdo. Y si no quieres, de acuerdo también.

Ella asintió, sus labios apretados en las comisuras, en esa expresión que ponen las personas cuando se están esforzando por no llorar.

—Él lo tenía todo organizado, así que después de que muriera, yo me entendía directamente con el impresor. Establecimos un sistema para la entrega de los originales, y los pagos continuaron como siempre, depositándolos en una discreta cuenta a mi nombre.

Colin hizo una inspiración al imaginar cuánto dinero debía de haber acumulado en todos esos años. ¿Pero cómo podría haberlo gastado sin despertar sospechas?

—¿Has retirado dinero?

Ella asintió.

—Cuando llevaba unos cuatro años escribiendo, murió mi tía abuela y le dejó su propiedad a mi madre. El abogado de mi padre escribió el testamento. No tenía mucho, así que sacamos mi dinero y simulamos que era de ella. —Se le alegró el rostro y sacudió la cabeza aturdida—. Mi madre se sorprendió. Jamás se había imaginado ni en sueños que la tía Georgette fuera tan rica. Estuvo sonriendo durante meses. Nunca he visto nada igual.

—Fuiste muy generosa.

Penelope se encogió de hombros.

—Era la única manera de poder usar mi dinero.

—Pero se lo diste a tu madre.

—Es mi madre —dijo ella, como si eso debiera explicarlo todo—. Me mantenía. Todo se iba a gastar en lo mismo.

Él deseó decir algo más, pero se calló. Portia Featherington era la madre de Penelope, y si Penelope la quería, él no se lo iba a impedir.

—Desde entonces —dijo ella—, no he tocado nada. Bueno, no para mí. He dado algún dinero a obras benéficas. —Su expresión se volvió sarcástica—. Anónimamente, claro.

Él estuvo callado un rato, tomándose un tiempo para pensar en todo lo que ella había hecho durante esos diez años, todo sola y en secreto.

—Si quieres usar el dinero ahora —dijo al fin—, deberías hacerlo. Nadie hará ninguna pregunta si de repente tienes más fondos. Eres una Bridgerton después de todo. —Se encogió de hombros modestamente—. Es bien sabido que Anthony estableció unos buenos fondos para todos sus hermanos.

—No sabría qué hacer con todo ese dinero.

—Cómprate algo nuevo —sugirió él. ¿No les gustaba comprar a todas las mujeres?

Ella lo miró con una expresión inescrutable.

—No sé si entiendes cuánto dinero tengo —dijo, evasiva—. No creo que pueda gastarlo todo.

—Resérvalo para nuestros hijos, entonces —dijo él—. Yo he tenido la inmensa suerte de que mi padre y mi hermano tuvieran a bien proveerme, pero no todos los hijos menores tienen tanta suerte.

—Ni las hijas —dijo ella—. Nuestras hijas deberían tener dinero propio. Aparte de sus dotes.

Colin tuvo que sonreír. Esas disposiciones eran excepcionales, pero qué típico de Penelope insistir en ello.

—Lo que tú quieras —dijo con cariño.

Ella sonrió y suspiró, reclinándose nuevamente en los almohadones. Le deslizó los dedos por el dorso de la mano, pero su mirada era distante y él dudó de que fuera consciente de esos movimientos.

—Tengo que hacerte una confesión —dijo ella entonces, en voz baja y un poco tímida.

Él la miró dudoso.

—¿Más grande que la de *Whistledown*?

—Diferente.

—¿Qué?

Ella desvió los ojos del punto en la pared en que parecía estar concentrada y fijó toda su atención en él.

—De aquí a un tiempo me he sentido un poco... —se mordió el labio, como buscando la palabra— impaciente contigo. No, eso no. Decepcionada.

Colin sintió una extraña sensación de hormigueo en el pecho.

—¿Decepcionada en qué sentido? —preguntó, cauteloso.

Ella encogió levemente los hombros.

—Parecías tan molesto conmigo... Por lo de *Whistledown*.

—Ya te dije que eso se debía...

—No, por favor, déjame terminar —dijo ella, colocándole una mano en el pecho—. Te dije que pensé que se debía a que te avergonzabas de mí, y traté de no hacerle caso, pero me dolía mucho. Pensaba que te conocía, que sabía quién eras, y me costaba creer que esa persona se sintiera tan superior a mí, que sintiera vergüenza por mis logros.

Él se limitó a mirarla en silencio, esperando que continuara.

—Pero lo curioso es que... —se giró a mirarlo con una animada sonrisa—. Lo curioso es que no era porque te avergonzaras de mí. Todo se debía a que deseabas algo similar para ti. Algo como *Whistledown*. Ahora lo encuentro una tontería, pero me preocupaba mucho que no fueras el hombre perfecto de mis sueños.

—Nadie es perfecto —dijo él en voz baja.

—Lo sé. —Se le acercó más y le dio un impulsivo beso en la mejilla—. Eres el hombre imperfecto de mi corazón, y eso es mejor todavía. Siempre creí que eras infalible, que llevabas una vida de cuento, que no tenías ninguna preocupación, ni miedos, ni sueños frustrados. Pero no era justa al pensar eso.

—Nunca me he avergonzado de ti, Penelope —susurró él—. Nunca.

Continuaron sentados en agradable silencio, hasta que de pronto Penelope preguntó:

—¿Te acuerdas de que te pregunté si podríamos hacer un viaje de luna de miel algún día?

Él asintió.

—Podríamos usar parte de mi dinero *Whistledown* para eso. ¿Qué te parece?

—*Yo* pagaré el viaje de luna de miel.

—Estupendo —dijo ella con expresión altiva—. Puedes sacar el dinero de tu asignación trimestral.

Él la miró sorprendido y luego lanzó una carcajada.

—¿Me vas a dar dinero para pequeños gastos? —le preguntó sin poder borrarse la sonrisa.

—Dinero para plumas —corrigió ella—. Para que puedas trabajar en tus diarios.

—Dinero para plumas —repitió él—. Me gusta.

Ella sonrió y le tomó de las manos.

—A mí me gustas tú.

Él le apretó las manos.

—Y a mí me gustas tú.

Penelope suspiró y apoyó la cabeza en su hombro.

—¿Tiene que ser así de maravillosa la vida?

—Creo que sí —susurró él—. Sí, lo creo.

21

Una semana después, Penelope estaba sentada ante el escritorio del salón leyendo uno de los diarios de Colin y anotando en otras hojas las preguntas o comentarios que se le iban ocurriendo. Él le había pedido que lo ayudara a corregir sus escritos, tarea que ella encontraba apasionante.

Lógicamente le producía una dicha inmensa que él le hubiera confiado esa importante tarea. Significaba que se fiaba de su juicio, que la consideraba inteligente, que pensaba que ella sería capaz de mejorar lo que él había escrito.

Pero su felicidad se debía a algo más. Necesitaba un trabajo, algo que hacer. Los primeros días después de renunciar a la revista *Whistledown* había disfrutado muchísimo de su nuevo tiempo libre; era como tener unas vacaciones por primera vez en diez años. Lo aprovechó para leer como una loca todas esas novelas y libros que había comprado y que esperaban a que tuviera el tiempo para leerlos. También lo aprovechó para salir a hacer largas caminatas y cabalgar por el parque, para pasar el rato sentada en el patio trasero de la casa de Mount Street, exponiendo la cara al sol primaveral unos minutos, el tiempo suficiente para disfrutar de su calor, pero no tanto para tostarse las mejillas.

Y estaban también, cómo no, los preparativos para la boda y su miríada de detalles, que le consumían muchísimo tiempo. Con todo eso no había tenido ocasión de comprender lo que echaba en falta en su vida.

Cuando trabajaba en la revista *Whistledown*, la escritura propiamente dicha no le llevaba demasiado tiempo, pero siempre tenía que estar alerta, observando y escuchando. Y cuando no estaba escribiendo estaba pensando en lo que iba a escribir, o intentando retener en la memoria alguna frase, expresión o dicho ingenioso que hubiera oído hasta que pudiera llegar a casa para anotarlo.

Todo eso había sido un gran ejercicio mental y no se había dado cuenta de cuánto lo echaba de menos hasta que por fin volvió a tener tiempo.

Estaba escribiendo una pregunta acerca de la descripción de Colin de una villa toscana en la página 143 del segundo volumen de sus diarios cuando el mayordomo llamó discretamente a la puerta abierta para advertirla de su presencia. Sonrió azorada. Tendía a absorberse tanto en su trabajo que Dunwoody ya había aprendido, por experiencia, que si quería captar su atención tenía que hacer algún ruido.

—Tiene una visita, señora Bridgerton.

Penelope levantó la vista, sonriendo. Probablemente era una de sus hermanas, o tal vez una de las hermanas Bridgerton.

—¿Sí? ¿Quién?

Él entró y le pasó una tarjeta de visita. Ella la miró y ahogó dos exclamaciones, una de asombro y otra de abatimiento. Impresas en las clásicas letras negras sobre fondo crema, había dos sencillas palabras: Lady Twombley.

¿Cressida Twombley? ¿A qué demonios se debía su visita?

Empezó a sentir inquietud. Cressida no la visitaría jamás a no ser que fuera con un fin desagradable. En realidad, Cressida jamás hacía nada que no fuera con un fin desagradable.

—¿Quiere que le diga que se marche? —le preguntó Dunwoody.

—No —suspiró Penelope. No era una cobarde y Cressida Twombley no la iba a convertir en una—. La recibiré. Simplemente dame un momento para ordenar estos papeles. Pero...

Dunwoody se detuvo en seco y ladeó la cabeza, esperando que continuara.

—Ah, no importa —dijo ella.

—¿Está segura, señora Bridgerton?

—Sí. No. —Se le escapó un gemido; estaba indecisa, y esa era otra transgresión más para añadir a la ya larga lista de transgresiones de Cressida; la iba a convertir en una estúpida tartamuda—. Lo que quería decir es... Si continúa aquí pasados diez minutos, podrías inventarte algún tipo de urgencia que haga absolutamente necesaria mi presencia?

—Creo que eso se puede arreglar.

—Excelente, Dunwoody —dijo ella con una débil sonrisa.

Esa era tal vez la manera más fácil, porque no se creía capaz de encontrar el momento perfecto en la conversación para decirle a Cressida que debía marcharse, y lo último que deseaba era quedarse atrapada en el salón con ella toda la tarde.

El mayordomo asintió y salió. Penelope ordenó los papeles, cerró el diario de Colin y lo puso encima para evitar que los volara la brisa que entraba por la ventana. Se levantó, se dirigió tranquilamente al sofá y se sentó en el medio, con la esperanza de parecer relajada y serena.

Como si una visita de Cressida se pudiera calificar de relajante.

Pasado un momento apareció Cressida y entró mientras el mayordomo anunciaba su nombre. Como siempre, estaba hermosa, con cada pelo dorado de su melena en el lugar perfecto, su piel sin mácula, sus ojos brillantes, su ropa al último grito de la moda y en la mano un bolsito que hacía juego con la ropa a la perfección.

—Cressida, ¡qué sorpresa verte!

«Sorpresa» fue la palabra más educada que se le ocurrió, dadas las circunstancias.

Cressida curvó los labios en una sonrisa misteriosa, casi felina.

—No me cabe duda —murmuró.

—¿No te vas a sentar? —le preguntó Penelope, más que nada porque debía hacerlo.

Se había pasado toda su vida siendo educada, por lo que le habría resultado difícil dejar de serlo en ese momento. Le indicó un sillón cercano, el más incómodo del salón.

Cressida se sentó en el borde del sillón, como si lo encontrara menos que agradable, aunque eso no se podía detectar por su expresión. Su postura era elegante, su sonrisa inamovible, y se veía tan tranquila y serena como cualquiera tenía derecho a estarlo.

—Seguro que te estarás preguntando a qué he venido —dijo.

No tenía ningún sentido negarlo, así que Penelope asintió.

—¿Cómo encuentras la vida de casada? —preguntó entonces Cressida, de sopetón.

Penelope pestañeó.

—¿Perdón?

—Debe de ser un cambio de vida increíble —dijo Cressida.

—Sí, pero muy agradable —repuso Penelope, cautelosa.

—Mmm, sí. Debes de tener una gran cantidad de tiempo libre ahora. Sin duda no sabrás qué hacer.

Penelope sintió una desagradable sensación por la piel.

—No entiendo qué quieres decir.

—¿No?

—No —contestó Penelope, algo irritada, cuando quedó claro que Cressida necesitaba una respuesta.

Cressida guardó silencio un momento, pero su expresión de gata ante un plato de nata decía muchísimo. Paseó la mirada por el salón hasta posar los ojos en el escritorio donde había estado sentada Penelope.

—¿Qué son esos papeles? —preguntó.

Penelope miró los papeles, que estaban muy ordenados debajo del diario de Colin. De ninguna manera podía saber Cressida que fueran algo especial. Ella ya estaba sentada en el sofá cuando entró en el salón.

—No veo qué interés pueden tener para ti mis papeles personales —dijo.

—Oh, no te ofendas —dijo Cressida, con un amago de risa que Penelope encontró bastante aterrador—. Solo quería tener conversación educada. Preguntar por tus intereses.

—Comprendo.

—Soy muy observadora.

Penelope arqueó una ceja, interrogante.

—De hecho, mi capacidad de observación es bien conocida en los mejores círculos de la alta sociedad.

—Yo no debo de tener ninguna conexión con esos impresionantes círculos, entonces —murmuró Penelope.

Pero Cressida estaba tan inmersa en sus propias palabras que, al parecer, no la oyó.

—Por eso —dijo, en tono reflexivo— se me ocurrió que podría convencer a la alta sociedad de que yo era lady Whistledown.

A Penelope le retumbó el corazón en el pecho.

—¿Entonces reconoces que no lo eres? —preguntó, cautelosa.

—¡Ah! Creo que sabes que ya no lo soy.

A Penelope comenzó a cerrársele la garganta, pero se las arregló para conservar la apariencia de serenidad.

—Perdón, no te he entendido.

Cressida sonrió, pero convirtió su expresión risueña en cruel.

—Cuando se me ocurrió ese ardid pensé «No puedo perder». O bien convencía a todo el mundo de que era lady Whistledown, o no me creían y entonces yo iba a parecer muy ingeniosa cuando dijera que había fingido ser lady Whistledown para descubrir a la verdadera culpable.

Penelope guardó silencio, muy quieta.

—Pero no salió como lo había planeado. Lady Whistledown resultó ser mucho más astuta de lo que había supuesto. —Entrecerró los ojos y los mantuvo así hasta que su cara adquirió un aire siniestro—. Su última hojita me convirtió en un hazmerreír.

Penelope no dijo nada; apenas se atrevía a respirar.

—Y entonces... —continuó Cressida, enronqueciendo la voz a un tono muy bajo—. Y entonces tú, ¡tú!, tuviste el descaro de insultarme delante de toda la aristocracia.

Penelope dejó escapar un suspiro de alivio. Tal vez Cressida no sabía su secreto; tal vez solo se trataba de su insulto en público en esa fiesta, cuando la llamó mentirosa y le dijo, ¡cielo santo!, ¿qué le dijo? Algo muy cruel, seguro, pero bien merecido, sin duda.

—Podría haber tolerado el insulto si hubiera venido de otra persona —continuó Cressida—, pero de alguien como tú..., bueno, eso no podía quedar sin respuesta.

—Tendrías que pensártelo dos veces antes de insultarme en mi propia casa —dijo Penelope en voz baja, y aunque detestaba esconderse detrás del apellido de su marido, añadió—: Ahora soy una Bridgerton. Llevo el peso de su protección.

Esa advertencia no hizo ninguna mella en la máscara de satisfacción que tenía fijada Cressida en su bonita cara.

—Creo que será mejor que escuches lo que tengo que decir antes de amenazarme.

Penelope comprendió que debía escuchar; era mejor saber qué sabía Cressida que cerrar los ojos y fingir que todo iba bien.

—Continúa —dijo, secamente.

—Cometiste un error importante —dijo Cressida, apuntándola con el dedo y moviéndolo de arriba abajo—. No se te ocurrió pensar que yo jamás olvido un insulto, ¿verdad?

—¿Qué quieres decir, Cressida? —preguntó Penelope, casi en un susurro, aunque intentó que la voz le saliera fuerte y enérgica.

Cressida se levantó y se alejó, moviendo ligeramente las caderas, como si quisiera pavonearse.

—A ver si logro recordar tus palabras exactas —dijo, dándose golpecitos con un dedo en la mejilla—. No, no, no me las recuerdes. Seguro que me acordaré. ¡Ah, sí! Ahora las recuerdo —Se dio media vuelta para mirarla a la cara—. Creo que dijiste que siempre te había gustado lady Whistledown. Y luego, y te doy el mérito, en una frase evocadora, memorable, dijiste que se te rompería el corazón si resultara ser alguien como lady Twombley. —Sonrió—. La que sería yo.

A Penelope se le secó la boca y le temblaron los dedos. Sintió la piel como hielo.

Porque aunque no recordaba qué había dicho exactamente cuando insultó a Cressida, sí recordaba lo que escribió en esa última hoja, la que por equivocación distribuyeron en el baile de su compromiso. Aquella que...

Aquella que, en ese momento, Cressida puso bruscamente sobre la mesita de centro, delante de ella.

Señoras y señores, esta autora NO ES lady Cressida Twombley. Esa dama no es otra cosa que una impostora intrigante, y me rompería el corazón ver mis años de arduo trabajo atribuidos a una persona como ella.

Penelope miró la hoja, aunque no tenía por qué leerla, sabía de memoria cada palabra.

—¿Qué quieres decir? —preguntó, aun sabiendo que era inútil fingir que no lo sabía.

—Eres más inteligente de lo que quieres aparentar, Penelope Featherington. Sabes que lo sé.

Penelope continuó mirando fijamente la incriminadora hoja de papel, sin poder apartar los ojos de esas fatales palabras.

«Me rompería el corazón...».

«Me rompería el corazón...».

«Me rompería el...».

—¿No dices nada? —preguntó Cressida.

Aunque no le veía la cara, Penelope sintió su dura y desdeñosa sonrisa.

—Nadie te creerá —dijo.

—A duras penas logro creerlo yo —rio Cressida—. Tú, precisamente. Pero al parecer eres más lista de lo que dejas ver. Lo bastante lista —añadió, recalcando las palabras— para saber que una vez que yo encienda la chispa de este chisme, la voz correrá como un reguero de pólvora.

Penelope sentía girar la cabeza por dentro en mareadores círculos. ¡Ay, Dios! ¿Qué le diría a Colin? ¿Cómo se lo diría? Tenía que decírselo, ¿pero encontraría las palabras?

—Nadie lo creerá al principio —continuó Cressida—. En eso tienes razón. Pero luego comenzarán a pensar, y las piezas del rompecabezas comenzarán a encajar, lento pero seguro. Alguien recordará haberte dicho algo que acabó en una columna de *Whistledown*. O que estabas presente en una determinada fiesta. O que vio a Eloise Bridgerton fisgoneando y, ¿no sabe todo el mundo que las dos os lo contáis todo?

—¿Qué es lo que quieres? —preguntó Penelope en voz baja, levantando la cabeza para mirar a su enemiga.

—Ah, esa era la pregunta que estaba esperando. —Cressida entrelazó las manos a la espalda y comenzó a pasearse—. Lo he pensado muchísimo. En realidad, retrasé casi toda una semana mi venida aquí para poder reflexionar sobre el asunto.

Penelope tragó saliva, incómoda por la idea de que Cressida sabía su secreto desde hacía casi una semana, mientras ella vivía alegremente su vida, sin saber que el cielo estaba a punto de caerle sobre la cabeza.

—Desde el principio he sabido, lógicamente —continuó Cressida—, que lo que quería era dinero. Pero la pregunta era ¿cuánto? Tu marido es un Bridgerton, cierto, así que tiene sus buenos fondos, pero claro, es un hijo pequeño y no tiene tan gordo el bolsillo como el vizconde.

—¿Cuánto, Cressida? —preguntó Penelope entre dientes.

Sabía que la mujer le estaba dando largas solo para torturarla y que no diría una cifra mientras no se sintiera dispuesta a ello.

—Entonces caí en la cuenta —continuó Cressida, sin hacer caso de la pregunta— de que tú tienes que ser bastante rica también. A no ser que fueras una idiota consumada, y considerando tu éxito en ocultar tu secretito he revisado mi primera opinión de ti, así que no creo que lo seas, tendrías que haber hecho una fortuna escribiendo esa hoja durante todos estos años. Y a juzgar por todas las apariencias externas —le miró despectiva el vestido de tarde—, no te la has gastado. Así que solo puedo deducir que todo el dinero está en una discreta cuentecita bancaria en alguna parte, esperando que lo retires.

—¿Cuánto, Cressida?

—Diez mil libras.

—¡Estás loca! —exclamó Penelope.

—No. Solo soy muy lista.

—No tengo diez mil libras.

—Creo que mientes.

—¡Te aseguro que no!

Y no mentía. La última vez que vio el estado de su cuenta, tenía 8.246 libras, aunque calculaba que con los intereses esta cifra habría aumentado en unas cuantas libras. Era una suma de dinero enorme, seguro, suficiente para tener feliz a cualquier persona sensata durante varias vidas, pero no eran diez mil, y no eran algo que deseara entregar a Cressida Twombley.

Cressida sonrió, muy serena.

—Estoy segura de que sabrás qué hacer. Entre tus ahorros y el dinero de tu marido, diez mil libras es una suma insignificante.

—¡Diez mil libras nunca son una suma insignificante!

—¿Cuánto tiempo necesitas para reunir el dinero? —preguntó Cressida, como si ella no hubiera dicho nada—. ¿Un día? ¿Dos días?

—¿Dos días? —repitió Penelope, boquiabierta—. ¡No lo podría reunir ni en dos semanas!

—Ah, o sea, que tienes el dinero.

—¡No!

—Una semana —dijo Cressida, en tono seco—. Quiero el dinero dentro de una semana.

—No te lo daré —susurró Penelope, más para ella que para Cressida.

—Me lo darás —dijo Cressida confiadamente—. Si no, te arruinaré.

—¿Señora Bridgerton?

Penelope levantó la vista y vio a Dunwoody en la puerta.

—Hay un asunto urgente que requiere su atención. Ahora mismo.

—Muy bien, pues —dijo Cressida, echando a andar hacia la puerta—. Ya he terminado. —Salió al vestíbulo y allí se giró, obligando a Penelope a verla perfectamente situada en la puerta—. ¿Tendré noticias tuyas pronto? —le preguntó en tono dulce e inocente, como si se refiriera a algo de tan poco peso como una invitación a una fiesta o a la hora de una reunión en un establecimiento benéfico.

Penelope asintió levemente, solo con el fin de librarse de ella.

Pero qué más daba eso, pensó. La puerta de la calle podía cerrarse y Cressida podía marcharse, pero sus problemas no iban a ir a ninguna parte.

22

Transcurridas tres horas, Penelope seguía en el salón sentada en el sofá, seguía mirando al espacio, seguía tratando de encontrar una manera de solucionar sus problemas.

Corrección: «problema», en singular.

Solo tenía un problema, pero por su volumen igual podían ser mil.

No era una persona agresiva y no recordaba ninguna ocasión en que hubiera tenido un pensamiento violento, pero en ese momento le habría retorcido alegremente el cuello a Cressida Twombley.

Con mucho pesimismo observaba la puerta, esperando la llegada de su marido, pensando que cada segundo que pasaba la acercaba más al momento de la verdad, en que tendría que explicárselo todo.

Él no le diría «Te lo dije»; jamás diría una cosa así.

Pero lo pensaría.

Ni por un instante se le había ocurrido la idea de no decírselo. La amenaza de Cressida no era el tipo de cosa que se puede ocultar a un marido y, además, necesitaría su ayuda.

No sabía qué debía hacer, pero fuera lo que fuese, no podría hacerlo sola.

Pero había una cosa que sí sabía con certeza: no quería pagarle a Cressida. Esta no se conformaría jamás con diez mil libras si creía que podía obtener más. Si capitulaba en esos momentos se pasaría el resto de la vida entregándole dinero.

Lo cual significaba que, dentro de una semana, Cressida Twombley le diría a todo el mundo que Penelope Featherington Bridgerton era la infame lady Whistledown.

Calculó que tenía dos opciones. Podía mentir y decir que Cressida era una estúpida, con la esperanza de que todos la creyeran, o podía buscar la manera de desviar la revelación de Cressida para su propio provecho.

Pero por su vida que no sabía cómo.

—¿Penelope?

La voz de Colin. Deseó volar a arrojarse en sus brazos y, al mismo tiempo, escasamente logró girarse a mirarlo.

—¿Penelope? —repitió él en tono más preocupado, apresurando el paso—. Dunwoody me dijo que Cressida estuvo aquí.

Se sentó al lado de ella y le acarició la mejilla. Ella le miró la cara y vio las arruguitas de preocupación en las comisuras de sus ojos, sus labios ligeramente entreabiertos susurrando su nombre.

Y entonces fue cuando se dio permiso para llorar.

Era increíble cómo podía contenerse, mantener todo guardado dentro hasta que lo veía. Pero estando ya él ahí, lo único que pudo hacer fue hundir la cara en su cálido pecho, acurrucarse más entre sus brazos.

Como si él, con su sola presencia, pudiera hacer desaparecer sus problemas.

—¿Penelope? ¿Qué ha pasado? —le preguntó él en tono dulce y preocupado.

Penelope se limitó a sacudir la cabeza, y ese movimiento tendría que bastar hasta que encontrara las palabras, reuniera el valor y le pararan las lágrimas.

—¿Qué te ha hecho?

—¡Ay, Colin! —dijo ella, sacando de alguna parte la energía para levantar la cabeza y poder verle la cara—. Lo sabe.

—¿Cómo? —preguntó él, palideciendo.

Penelope sorbió por la nariz y se pasó el dorso de la mano por la nariz.

—Por mi culpa.

Él le pasó un pañuelo sin apartar los ojos de su rostro.

—No es culpa tuya —dijo en tono seco.

Ella curvó los labios en una triste sonrisa. Su tono duro era para Cressida, pero ella también se lo merecía.

—Lo es —dijo, con tono de resignación—. Ocurrió exactamente como dijiste. No presté atención a lo que escribí. Cometí un desliz.

—¿Qué hiciste?

Ella se lo contó todo, desde el momento en que entró Cressida hasta su exigencia de dinero. Le explicó su mala elección de palabras, que iba a ser su ruina, pero eso no era una ironía, porque de veras se sentía como si se le estuviera rompiendo el corazón.

Pero mientras hablaba notó que él se alejaba; la estaba escuchando pero no estaba ahí con ella. En sus ojos había una expresión ausente, como si estuviera mirando a lo lejos, aunque los tenía entreabiertos.

Estaría planeando algo.

Eso la aterró.

Y la fascinó.

Lo que fuera que estuviera planeando, era por ella. Le fastidiaba que hubiera sido su estupidez la que lo había puesto en ese dilema, pero no pudo quitarse el hormigueo de entusiasmo que le discurría por la piel al mirarlo.

—¿Colin? —preguntó, vacilante. Había estado hablando un minuto entero y él todavía no decía nada.

—Yo me ocuparé de todo —dijo él—. No quiero que te preocupes en lo más mínimo.

—Te aseguro que eso es imposible —le dijo ella con voz trémula.

—Me tomo muy en serio mis promesas del matrimonio —contestó él, en un tono casi aterrador—. Creo que prometí honrarte y mantenerte.

—Deja que yo te ayude. Juntos podemos resolverlo.

A él se le curvó una comisura de la boca en una insinuación de sonrisa.

—¿Tienes una solución?

—No —negó ella con la cabeza—. He estado pensando toda la tarde y no sé, aunque...

—¿Aunque qué? —preguntó él, arqueando las cejas.

Ella abrió la boca, luego frunció los labios y volvió a abrirlos para decir:

—¿Y si le pidiera ayuda a lady Danbury?

—¿Quieres pedirle que le pague a Cressida?

—No —repuso ella, aunque el tono de él indicaba que no lo decía en serio—. Le voy a pedir que sea yo.

—¿Qué?

—Todos creen que ella es lady Whistledown, de todos modos. Al menos, muchas personas lo creen. Si ella hiciera una confesión...

—Cressida la refutaría al instante —interrumpió Colin.

—¿Quién creería a Cressida más que a lady Danbury? —dijo ella, mirándolo con los ojos muy abiertos—. Yo no me atrevería a contradecir a lady Danbury en nada. Si ella dijera que es lady Whistledown, probablemente hasta yo lo creería.

—¿Qué te hace pensar que podrías convencer a lady Danbury de que mintiera por ti?

—Bueno —repuso ella mordiéndose el labio—, le caigo bien.

—¿Le caes bien?

—Sí, bastante. Creo que le gustaría ayudarme, sobre todo porque detesta a Cressida casi tanto como yo.

—¿Crees que su afecto por ti la llevaría a mentirle a toda la aristocracia? —preguntó él, dudoso.

Ella se hundió en el asiento.

—Vale la pena preguntárselo.

Él se levantó de repente y fue a asomarse a la ventana.

—Prométeme que no recurrirás a ella.

—Pero...

—Prométemelo.

—Te lo prometo, pero...

—Sin peros. Si es necesario, contactaremos con lady Danbury, pero no antes de que yo haya tenido la oportunidad de pensarlo a ver si se me ocurre otra cosa. —Se pasó la mano por el pelo—. Tiene que haber otra solución.

—Tenemos una semana —dijo ella dulcemente, pero no encontró tranquilizadoras sus palabras, y era difícil imaginarse que para él lo fueran.

Entonces él se dio media vuelta, con un giro tan enérgico y preciso que podría haber sido un militar.

—Volveré —dijo, dirigiéndose a la puerta.

—¡¿Adónde vas?! —exclamó ella, levantándose de un salto.

Él se detuvo con la mano puesta en el pomo.

—Tengo que pensar.

—¿No puedes pensar aquí conmigo?

A él se le suavizó la cara y volvió a su lado. Le agarró tiernamente la cara entre las manos, susurrando su nombre.

—Te quiero —le dijo en voz baja y ardiente—. Te amo con todo lo que soy, todo lo que he sido y todo lo que espero ser.

—Colin...

—Te amo con mi pasado y te amo con mi futuro. —La besó dulcemente en los labios—. Te amo por los hijos que tendremos y por los años que estaremos juntos. Te amo por todas y cada una de mis sonrisas y, más aún, por todas y cada una de las tuyas.

Penelope se apoyó en el respaldo de un sillón.

—Te amo —repitió él—. Lo sabes, ¿verdad?

Ella asintió, y cerró los ojos dejándose acariciar las mejillas.

—Tengo cosas que hacer —dijo él—, y no podré concentrarme si estoy pensando en ti, preocupándome de si lloras, pensando que estás sufriendo.

—Estoy bien —susurró ella—. Estoy bien ahora que te lo he contado.

—Yo lo solucionaré —prometió él—. Solo necesito que confíes en mí.

—Te confío mi vida —dijo ella, abriendo los ojos.

Él sonrió y de pronto ella comprendió que tenía razón. Todo iría bien. Tal vez no se arreglarían las cosas ese día ni al día siguiente, pero sí pronto. La tragedia no podía coexistir en un mundo con una de las sonrisas de Colin.

—No creo que llegue a ese punto —dijo él con cariño, le hizo otra caricia en la mejilla y bajó los brazos a los costados. Caminó hasta la puerta y se volvió a mirarla cuando agarró el pomo—. No te olvides de la fiesta de mi hermana esta noche.

A Penelope se le escapó un gemido.

—¿Tenemos que ir? Lo último que necesito ahora es presentarme en público.

—Tenemos que ir. Daphne no ofrece bailes con mucha frecuencia y lo sentiría muchísimo si no asistiéramos.

—Lo sé —suspiró Penelope—. Lo sé. Lo sabía mientras me quejaba. Lo siento.

—No pasa nada. —Sonrió sarcástico—. Tienes derecho a estar un poco malhumorada hoy.

—Sí —dijo ella, tratando de sonreír también—. Lo tengo, ¿verdad?

—Volveré —prometió él.

—¿Adónde...?

No terminó la pregunta. Era evidente que él no quería que le hicieran preguntas. Pero él la sorprendió contestando:

—A ver a mi hermano.

—¿A Anthony?

—Sí.

Ella asintió alentadora.

—Ve. Yo estaré bien.

Los Bridgerton siempre encontraban fuerza en otros Bridgerton. Si Colin necesitaba el consejo de su hermano, debía acudir a él sin tardanza.

—Acuérdate de prepararte para el baile de Daphne —dijo él, abriendo la puerta.

Ella le hizo un desanimado gesto de despedida cuando él salió.

Después se fue a la ventana para verlo pasar, pero él no apareció. Debió de salir por la puerta de atrás en dirección a las caballerizas. Suspirando, se sentó en el alféizar de la ventana. No se había dado cuenta de lo mucho que deseaba haberlo visto una última vez antes de que se marchara.

Ojalá supiera lo que estaba planeando.

Ojalá supiera si tenía un plan.

Pero al mismo tiempo se sentía extrañamente tranquila. Colin lo arreglaría todo. Él lo había dicho y jamás mentía.

Comprendía que su idea de pedirle ayuda a lady Danbury no era la mejor solución, pero a no ser que a él se le ocurriera algo mejor, ¿qué otra cosa podían hacer?

Por el momento trataría de sacarse todo el asunto de la cabeza. Estaba tan cansada, tan agotada, que en ese momento lo único que necesitaba era cerrar los ojos y no pensar en nada aparte de los ojos verdes de su marido y la luz brillante de su sonrisa.

Mañana.

Mañana ayudaría a Colin a resolver el problema.

Esa tarde descansaría. Echaría una cabezada, a ver si lograba dormir, e intentaría imaginar cómo se enfrentaría a la alta sociedad esa noche, sabiendo que Cressida estaría ahí, observándola y a la espera de que diera un paso en falso.

Cualquiera diría que después de doce años de fingir que no era otra cosa que la feúcha Penelope Featherington, ya estaría acostumbrada a representar papeles y a ocultar su verdadero ser.

Pero eso era cuando su secreto estaba seguro; ahora todo era diferente.

Se acomodó en el sofá y cerró los ojos.

Todo era diferente, sí, pero eso no significaba que tuviera que ser peor.

Todo iría bien. Iría bien. Tenía que ir bien.

¿No?

Colin ya empezaba a lamentar su decisión de usar el coche para ir a casa de su hermano.

Habría preferido caminar. El uso vigoroso de sus piernas, pies y músculos era la única salida socialmente aceptable para su furia. Pero el tiempo era esencial, e incluso con el tráfico, el coche lo llevaría a Mayfair más rápido que sus pies.

Pero de pronto las paredes de la calle le parecieron demasiado juntas y el aire demasiado denso, y, ¡maldición!, ¿era ese carro de la leche volcado el que bloqueaba la calzada?

Abrió la puerta y se asomó, colgando del coche aunque este seguía en marcha.

—¡Dios de los cielos! —masculló al ver la escena.

La calzada estaba cubierta de cristales rotos, la leche corría por todas partes y no logró distinguir quiénes chillaban más, si los caballos que estaban enredados en las riendas o las señoras de la acera, cuyos vestidos estaban salpicados de leche.

Bajó de un salto, con la intención de ayudar a despejar la calle, pero no tardó en ver que la circulación por Oxford Street estaría bloqueada durante al menos una hora, con o sin su ayuda. Se acercó a asegurarse de que los caballos del carro de la leche estuvieran bien atendidos, informó a su cochero que continuaría a pie y echó a andar.

Miraba desafiante las caras de las personas que se cruzaban con él, disfrutando perversamente cuando desviaban la mirada al ver su expresión de hostilidad. Casi deseaba que alguien hiciera un comentario para poder descargar su furia a puñetazos. Aunque la única persona a la que realmente deseaba estrangular era Cressida Twombley, en esos momentos cualquiera habría sido un buen blanco.

La furia lo desequilibraba, lo volvía irracional. Lo transformaba en otro.

Todavía no entendía bien qué había ocurrido cuando Penelope le contó lo de la amenaza de Cressida. Era más que rabia, más que furia. Era algo físico; discurría por sus venas, le vibraba bajo la piel.

Deseaba darle un puñetazo a alguien.

Deseaba patear cosas, clavar los puños en una pared.

Sintió furia cuando Penelope publicó su última hoja; en realidad, pensó que era imposible que pudiera experimentar una furia mayor.

Pero se equivocó.

O tal vez lo que sentía en esos momentos era, simplemente, otro tipo de rabia. Alguien quería hacerle daño a la persona que amaba por encima de todas las demás.

¿Podía tolerar eso? ¿Podía permitir que ocurriera?

La respuesta era muy sencilla: no.

Tenía que impedirlo. Tenía que *hacer* algo.

Después de tantos años de andar despacio por la vida, riéndose de las travesuras de los demás, era hora de que actuara.

Levantó la vista y lo sorprendió ver que ya estaba delante de la casa Bridgerton. Curioso que ya no le pareciera su hogar. Se había criado ahí, pero ahora era la casa de su hermano.

Su hogar estaba en Bloomsbury. Su hogar estaba con Penelope. Su hogar estaba en cualquier parte con Penelope.

—¿Colin?

Se giró hacia la voz. Anthony estaba en la acera, al parecer de vuelta de algún recado.

—¿Pensabas llamar? —le preguntó Anthony haciendo un gesto hacia la puerta.

Colin lo miró aturdido, cayendo en la cuenta de que estaba absolutamente inmóvil en la escalinata y solo Dios sabía cuánto tiempo llevaba ahí.

—¿Colin? —repitió Anthony, frunciendo el ceño, preocupado.

—Necesito tu ayuda —dijo Colin.

Solo necesitó decir eso.

Penelope ya estaba vestida para el baile cuando entró su doncella con una nota de Colin.

—Dunwoody lo recibió del mensajero —explicó la doncella y después de hacerle una venia se retiró para que pudiera leer la nota tranquilamente.

Penelope pasó el dedo enguantado bajo la solapa del sobre, lo abrió y sacó la hoja en que vio la bonita y pulcra letra que le era tan conocida desde que comenzara a corregir los diarios de Colin.

Esta noche iré al baile por mi cuenta. Por favor, ve a la Casa Número Cinco. Mi madre Eloise y Hyacinth te estarán esperando para acompañarte a la casa Hastings.

Con todo mi amor,
Colin

Para ser alguien que escribía tan bien en sus diarios, no era muy bueno escribiendo notas, pensó Penelope sonriendo.

Se levantó y se alisó la fina seda de la falda. Había elegido un vestido de su color favorito, verde salvia, con la esperanza de que le infundiera valor. Su madre siempre decía que, cuando una mujer se ve bien, se siente bien. Dios sabía que había pasado ocho años de su vida sintiéndose bastante mal con los vestidos que su madre aseguraba que le sentaban bien.

Llevaba el pelo recogido hacia arriba muy flojo, en un peinado que le quedaba bien a la cara, y al peinarla su doncella le había metido algo (no se atrevió a preguntar qué) por entre los mechones que hacía destacar sus reflejos cobrizos.

El pelo rojizo no estaba muy de moda, claro, pero Colin le dijo una vez que le encantaba la viveza que le daba a su pelo la luz de las velas, así que decidió que esa era una ocasión en que ella y la moda tendrían que estar en desacuerdo.

Cuando llegó abajo, el coche ya la estaba esperando, y el cochero ya había recibido la orden de llevarla a la Casa Número Cinco.

Era evidente que Colin se había ocupado de todo. No sabía por qué eso la sorprendía; él no era el tipo de hombre que olvidara los detalles. Pero ese día él estaba preocupado por otra cosa. Era extraño que se hubiera tomado el tiempo para enviar órdenes al personal para que la llevaran a la casa de su madre cuando ella podría haberlo hecho igual de bien.

Tenía que estar planeando algo. ¿Pero el qué? ¿Iría a interceptar a Cressida Twombley para embarcarla hacia una colonia como prisionera?

No, demasiado melodramático.

Tal vez había descubierto algún secreto de Cressida y pensaba chantajearla. Silencio por silencio.

Asintió aprobadora mientras el coche traqueteaba por Oxford Street. Eso tenía que ser. Típico de Colin idear algo tan adecuado e ingenioso. ¿Pero qué podría haber descubierto sobre Cressida en tan poco tiempo? En todos sus años como lady Whistledown jamás había oído ni un susurro de algo escandaloso referente a Cressida.

Cressida era cruel, y mezquina, pero jamás se salía de las reglas de la alta sociedad. Lo único realmente atrevido que había hecho en su vida fue confesar que era lady Whistledown.

El coche viró al sur para entrar en Mayfair y a los pocos minutos se detuvo delante de la Casa Número Cinco. Eloise debió de haber estado mirando por la ventana, porque bajó prácticamente volando por la escalinata y habría chocado con el coche si el cochero no se hubiera bajado en ese preciso instante, bloqueándole el camino.

Saltando de un pie al otro, Eloise esperó que el cochero abriera la puerta; estaba tan impaciente que a Penelope la sorprendió que no hiciera a un lado al cochero para abrirla ella misma. Una vez abierta, no hizo caso de la mano que le tendía el cochero para ayudarla y subió de un salto, se le enredó un pie en la falda y estuvo a punto de caer de bruces al suelo. Tan pronto como se enderezó, miró a ambos lados con una expresión furtiva y cerró bruscamente la puerta, y por poco no le arrancó la nariz al cochero.

—¿Qué pasa? —preguntó.

Penelope la miró fijamente.

—Lo mismo podría preguntarte yo.

—¿Sí? ¿Por qué?

—Porque casi volcaste el coche en tu prisa por subirte adentro.

—¡Ah! —Eloise sorbió por la nariz, restándole importancia—. De eso solo tú tienes la culpa.

—¿Yo?

—¡Sí, tú! Quiero saber qué pasa. Y necesito saberlo esta noche.

Penelope estaba muy segura de que Colin no le había dicho nada a su hermana sobre el chantaje de Cressida, bueno, a no ser que su plan consistiera en poner a Eloise a hostigarla hasta matarla.

—No sé qué quieres decir —dijo.

—¡Tienes que saber lo que quiero decir! —insistió Eloise, mirando por encima del hombro hacia la casa. La puerta se estaba abriendo—. ¡Ah, qué mal! Ya vienen mi madre y Hyacinth. ¡Dímelo!

—¿Decirte el qué?

—Por qué Colin nos envió una nota terriblemente enigmática ordenándonos que nos pegáramos a ti como «cola» toda la noche.

—¿Eso hizo?

—Sí, ¿y puedo señalar que subrayó la palabra «cola»?

—Y yo que pensé que el énfasis era tuyo —dijo Penelope, sarcástica.

—Penelope —dijo Eloise, enfurruñada—, este no es el momento para que te rías de mí.

—¿Cuándo es el momento?

—¡Penelope!

—Perdona, no pude resistirme.

—¿Sabes de qué iba esa nota?

Penelope negó con la cabeza. Lo cual no era del todo una mentira, se dijo. No sabía lo que tenía planeado Colin para esa noche.

Justo entonces se abrió la puerta y subió Hyacinth de un salto.

—¡Penelope! —exclamó muy entusiasmada—. ¿Qué pasa?

—No lo sabe —contestó Eloise.

Hyacinth la miró molesta.

—Se ve que llegaste aquí antes.

Violet asomó la cabeza.

—¿Os estáis peleando? —preguntó a Penelope.

—Solo un poco —contestó ella.

Violet subió y se sentó al lado de Hyacinth, al frente de Penelope y Eloise.

—Muy bien, no es que yo os los pueda impedir. Pero dime, ¿qué quiso decir Colin al ordenarnos que nos pegáramos a ti como cola?

—La verdad es que no lo sé.

Violet la miró con los ojos entrecerrados, como evaluando su sinceridad.

—Muy categórica la nota. Subrayó la palabra «cola», ¿sabes?

—Lo sé —repuso Penelope.

—Ya se lo dije —explicó Eloise al mismo tiempo.

—La subrayó dos veces —añadió Hyacinth—. Si su tinta hubiera sido más oscura, yo habría tenido que salir a matar un caballo, para hacer la cola con la piel.

—¡Hyacinth! —exclamó Violet.

—Todo esto es muy extraño —dijo Hyacinth, encogiéndose de hombros.

—En realidad —dijo Penelope, deseosa de cambiar el tema, o al menos desviarlo un poco—, lo que yo me pregunto es qué se va a poner Colin.

Eso captó la atención de todas.

—Salió de casa con su ropa de tarde —explicó Penelope— y no volvió. No me imagino que vuestra hermana vaya a aceptar nada inferior a un traje completo de gala para su baile.

—Se pondrá algo de Anthony —dijo Eloise con despreocupación Tienen exactamente la misma talla. Y la misma de Gregory también. Solo Benedict es diferente.

—Cinco centímetros más alto —acotó Hyacinth.

Penelope asintió, fingiendo interés. Miró por la ventanilla al notar que el coche iba más lento. Seguramente el cochero trataba de agenciárselas para pasar por entre los coches que abarrotaban Grosvenor Square.

—¿A cuántas personas se espera esta noche? —preguntó.

—Creo que invitaron a quinientas —contestó Violet—. Daphne no ofrece fiestas con mucha frecuencia, pero lo que le falta en frecuencia lo compensa con cantidad.

—Detesto las multitudes —masculló Hyacinth—. No voy a poder hacer una respiración decente en toda la noche.

—Tengo suerte de que hayas sido la última —le dijo Violet, con agotado cariño—. No habría tenido energía para ninguna hija más después de ti, estoy segura.

—Lástima que no fuera la primera, entonces —dijo Hyacinth, con su descarada sonrisa—. Imagínate toda la atención que podría haber tenido. Por no decir la fortuna.

—Ya eres toda una heredera tal como estás —dijo Violet.

—Y siempre te las arreglas para ser el centro de atención —bromeó Eloise.

Hyacinth se limitó a sonreír de oreja a oreja.

—¿Sabías —dijo Violet a Penelope— que esta noche van a estar todos mis hijos? No recuerdo la última vez que estuvimos todos juntos.

—¿Y para tu fiesta de cumpleaños? —preguntó Eloise.

—No, Gregory no pudo dejar la universidad para venir.

—Supongo que no esperarán que nos pongamos todos en fila según tamaño y cantemos una melodía festiva, ¿verdad? —dijo Hyacinth, solo medio en broma—. Ya me lo imagino: Los Bridgerton a Coro. Haríamos una fortuna en el escenario.

—Estás de un humor muy sarcástico esta noche —le comentó Penelope.

Hyacinth se encogió de hombros.

—Solo me estoy preparando para mi inminente transformación en cola. Me parece que eso exige una cierta preparación mental.

—¿Un estado mental pegajoso?

—Exactamente.

—Tenemos que casarla pronto —dijo Eloise a su madre.

—Tú primero —replicó Hyacinth.

—Estoy trabajando en ello —dijo Eloise de forma enigmática.

—¡¿Qué?!

La exclamación sonó con un volumen muy alto, porque salió de tres bocas al mismo tiempo.

—Eso es todo lo que voy a decir —contestó Eloise, en un tono que hizo comprender a todas que lo decía en serio.

—Yo llegaré al fondo —aseguró Hyacinth a su madre y a Penelope.

—No me cabe duda —contestó Violet.

Eloise se limitó a alzar el mentón y mirar por la ventanilla.

—Hemos llegado —anunció.

Las cuatro damas esperaron a que el cochero abriera la puerta y bajaron una a una.

—¡Por Dios! —dijo Violet aprobadora—. Daphne se ha superado a sí misma.

Era difícil no detenerse a mirar. Toda la casa Hastings estaba iluminada. Había velas en todas las ventanas y antorchas en los esconces de las paredes exteriores. También llevaba antorchas el ejército de lacayos que iba a recibir los coches.

—¡Qué lástima que lady Whistledown no esté aquí! —comentó Hyacinth, con su voz carente por una vez de su descaro—. Le habría encantado esto.

—Tal vez está aquí —dijo Eloise—. En realidad, es probable que esté.

—¿Daphne ha invitado a Cressida Twombley? —preguntó Violet.

—Seguro que sí —dijo Eloise—. Y no es que yo crea que ella es lady Whistledown.

—No creo que nadie lo crea ya —repuso Violet, poniendo el pie en el primer peldaño de la escalinata—. Vamos, niñas, la noche nos espera.

Hyacinth se adelantó para acompañar a su madre y Eloise comenzó a subir al lado de Penelope.

—Siento magia aquí —comentó Eloise, mirando alrededor, como si nunca hubiera estado en un baile en Londres—. ¿No la sientes?

Penelope se limitó a mirarla, temiendo que si abría la boca soltaría todos sus secretos. Eloise tenía razón. Había algo extraño, eléctrico en el aire, una especie de energía crepitante, la que se siente justo antes de una tormenta eléctrica.

—Casi la siento como un momento decisivo —murmuró Eloise—, como si a uno pudiera cambiarle la vida totalmente, todo en una noche.

—¿Qué quieres decir, Eloise? —le preguntó Penelope, alarmada por la expresión que veía en los ojos de su amiga.

—Nada —dijo Eloise, encogiéndose de hombros. Pero seguía dibujada una sonrisa misteriosa en sus labios cuando pasó el brazo por el de Penelope y susurró—: Vamos, la noche nos espera.

23

Penelope había estado muchas veces en la casa Hastings, tanto en fiestas formales como en reuniones familiares, pero jamás había visto tan hermoso ni tan mágico el antiguo y majestuoso edificio como esa noche.

Las damas Bridgerton y ella estaban entre los primeros en llegar; lady Bridgerton siempre decía que era de muy mala educación que los miembros de la familia se atuvieran a la regla de llegar tarde que estaba tan de moda. Y era agradable llegar tan temprano, pensó. Podría ver las decoraciones sin tener que abrirse paso entre la multitud.

Daphne había decidido no dar un tema a su baile, a diferencia del baile egipcio de la semana anterior y el griego de hacía dos semanas. Había decorado su casa con la misma sencilla elegancia con la que vivía su vida diaria. Cientos de velas en candelabros adornaban las paredes y las mesas, su luz parpadeante reflejándose en las enormes lámparas de araña que colgaban del cielo raso. Las ventanas estaban cubiertas por vaporosas cortinas plateadas, con una tela semejante a la que uno se podría imaginar vestían las hadas. Los lacayos, que normalmente vestían librea azul con dorado, esa noche llevaban azul con adornos plateados.

El ambiente casi la hacía sentirse una princesa en un cuento de hadas.

—Me encantaría saber cuánto ha costado todo esto —comentó Hyacinth con los ojos muy abiertos.

—¡Hyacinth! —la regañó Violet, dándole una palmadita en el brazo—. Sabes que es de mala educación preguntar esas cosas.

—No he preguntado. Solo he dicho que me encantaría saberlo. Además, solo es Daphne.

—Tu hermana es la duquesa de Hastings —dijo Violet—, y como tal tiene ciertas responsabilidades. Harías bien en recordarlo.

—Pero supongo que estarás de acuerdo —repuso Hyacinth, colgándose de su brazo y apretándole afectuosamente la mano— en que es más importante recordar, sencillamente, que es mi hermana.

—Te ha pillado —dijo Eloise sonriendo.

—Hyacinth —suspiró Violet—, vas a ser mi muerte.

—No, yo no —replicó Hyacinth—. Será Gregory.

Penelope tuvo que reprimir la risa.

—Aún no veo a Colin —dijo Eloise, alargando el cuello.

—¿No? —Penelope paseó la vista por el salón—. ¡Qué raro!

—¿Te dijo que estaría aquí antes de que llegaras?

—No, pero no sé por qué pensé que estaría.

Violet le dio unas palmaditas en el brazo.

—Seguro que no tardará en llegar, Penelope. Y entonces todas sabremos cuál es ese gran secreto que lo ha hecho insistir en que no nos apartemos de tu lado. Y no es que eso lo consideremos una tarea engorrosa —se apresuró a añadir abriendo los ojos como alarmada—. Sabes que adoramos tu compañía.

Penelope le sonrió, tranquilizadora.

—Lo sé. El sentimiento es mutuo.

Ya quedaba solo un grupo de personas delante de ellas en la fila de recepción, así que no tardarían mucho en saludar a Daphne y a su marido Simon.

—¿Qué le pasa a Colin? —preguntó Daphne tan pronto como comprobó que los otros invitados no podían oírla.

Puesto que la pregunta parecía dirigida principalmente a ella, Penelope se vio obligada a contestar:

—No lo sé.

—¿También envió aquí una nota? —preguntó Eloise.

—Sí —asintió Daphne—. Tenemos que vigilarla, decía.

—Podría ser peor —dijo Hyacinth—. Nosotras tenemos que pegarnos a ella como cola. —Se le acercó más—. Subrayó «cola».

—Y yo que pensaba que no era una tarea engorrosa —bromeó Penelope.

—Ah, no lo eres —dijo Hyacinth alegremente—, pero encuentro algo placentero en la palabra «cola». Se desliza por la lengua de una manera bastante agradable, ¿no te parece? Cooolllllllla.

—¿Soy yo o a esta se le ha caído un tornillo? —preguntó Eloise.

Hyacinth se encogió de hombros sin hacerle caso.

—Por no decir el drama —continuó—. Me siento como si formara parte de un fabuloso complot de espionaje.

—Espionaje —gimió Violet—. ¡Dios nos asista a todos!

Daphne se les acercó con mucho dramatismo:

—A nosotros nos dijo que...

—No es una competición, esposa —terció Simon.

Ella lo miró molesta y continuó, dirigiéndose a su madre y sus hermanas:

—Nos dijo que vigiláramos que no se acercara a lady Danbury.

—¡A lady Danbury! —exclamaron todas.

A excepción de Penelope, que tenía una muy buena idea de por qué Colin podría querer que se mantuviera alejada de la anciana condesa. Tenía que haber ideado algo mejor que su plan de convencer a lady Danbury de que mintiera diciéndole a todo el mundo que ella era lady Whistledown. Tenía que ser la teoría del doble chantaje. ¿Qué otra cosa podía ser? Tenía que haber descubierto algún secreto horrible acerca de Cressida.

Se sintió casi mareada de placer.

—Yo creí que eras muy buena amiga de lady Danbury —le dijo Violet.

—Lo soy —repuso ella, tratando de parecer perpleja.

—Esto es muy curioso —dijo Hyacinth, dándose golpecitos en la mejilla con el dedo índice—. Muy curioso.

—Eloise, estás muy callada —dijo Daphne de repente.

—Solo ha hablado para decir que estoy loca —señaló Hyacinth.

Eloise había estado mirando al vacío, o tal vez a algo que estaba detrás de Daphne y Simon, sin prestar atención a la conversación.

—¿Mmm? —dijo—. ¡Ah, bueno! No tengo nada que decir, supongo.

—¡¿Tú?! —exclamó Daphne.

—Exactamente lo que estaba pensando —dijo Hyacinth.

Penelope pensaba igual que Hyacinth, pero decidió guardárselo. No era típico de Eloise no intervenir con una opinión, menos aún en una noche como esa, que a cada segundo iba pareciendo más envuelta en el misterio.

Eloise simplemente se encogió de hombros.

—Todas estabais hablando muy bien —dijo—. ¿Qué podría haber añadido yo a la conversación?

Y eso Penelope lo encontró muy extraño. El disimulado sarcasmo sí le era característico, pero Eloise siempre pensaba que tenía algo que añadir a una conversación.

—Deberíamos avanzar —dijo Violet—. Estamos comenzando a retener a los demás invitados.

—Nos veremos —dijo Daphne—. Y... ¡Ah!

Todas se le acercaron.

—Tal vez os interese saber —susurró Daphne— que lady Danbury aún no ha llegado.

—Eso simplifica mi trabajo —dijo Simon, con aspecto de estar cansado de tanta intriga.

—El mío no —terció Hyacinth—. Sigo teniendo que pegarme a ella...

—... como cola —terminaron todas, incluida Penelope.

—Bueno, yo sí —insistió Hyacinth.

—Y hablando de cola —dijo Eloise cuando se alejaban de Daphne y Simon—. Penelope, ¿te parece que puedes conformarte con dos raciones un rato? Yo debo separarme un momento.

—Yo iré contigo —declaró Hyacinth.

—No podéis marcharos las dos —dijo Violet—. Estoy segura de que Colin no quería que Penelope se quedara solo conmigo.

—¿Puedo ir cuando ella vuelva, entonces? —preguntó Hyacinth haciendo una mueca—. No es algo que pueda evitar.

Violet miró a Eloise, expectante.

—¿Qué?

—Esperaba que dijeras lo mismo.

—Yo soy muy decorosa —dijo Eloise, sorbiendo por la nariz.

—¡Vamos, por favor! —masculló Hyacinth.

Violet emitió un gemido.

—¿Estás segura de que deseas que continuemos a tu lado? —le preguntó a Penelope.

—Me parece que no tengo elección —contestó Penelope, divertida.

—Ve —dijo Violet a Eloise—. Pero date prisa.

Eloise asintió y luego, ante la sorpresa de todas, se acercó a Penelope a darle un rápido abrazo.

—¿Y esto por qué? —le preguntó Penelope, sonriendo afectuosa.

—Ningún motivo —repuso Eloise, dirigiéndole una sonrisa muy parecida a las de Colin—. Solo que creo que esta va a ser una noche especial para ti.

—¿Sí? —preguntó Penelope, cautelosa, sin saber qué podría haber adivinado Eloise.

—Bueno, está claro que va a ocurrir algo. No es propio de Colin actuar con tanto secreto. Y quería ofrecerte mi apoyo.

—Vas a volver dentro de unos minutos —dijo Penelope—. Lo que sea que ocurra, si es que ocurre algo, no te lo vas a perder.

Eloise se encogió de hombros.

—Fue un impulso. Un impulso nacido de una amistad de doce años.

—Eloise Bridgerton, ¿es que te vas a poner sentimental conmigo?

—¿Ahora? Creo que no —contestó Eloise simulando estar horrorizada.

—Eloise, ¿te vas a ir de una vez? —interrumpió Hyacinth—. No puedo esperar toda la noche.

Eloise echó a andar haciendo un rápido gesto de despedida con la mano.

Toda la hora siguiente, Penelope, Violet y Hyacinth se mantuvieron juntas, hablando con otros invitados y avanzando como un ser gigantesco.

—Tres cabezas y seis piernas tenemos —comentó Penelope, caminando hacia una ventana, seguida por las dos Bridgerton.

—¿Cómo has dicho? —preguntó Violet.

—¿De verdad quieres mirar por la ventana o solo quieres ponernos a prueba? —le preguntó Hyacinth—. ¿Y dónde está Eloise?

—Quería ponerte a prueba a ti —dijo Penelope—. Y seguro que a Eloise la ha detenido algún invitado. Tú y yo sabemos muy bien que hay muchas personas con las que es difícil cortar una conversación.

—¡Vaya! —masculló Hyacinth—. Alguien necesita revisar su definición de «cola».

—Hyacinth, si necesitas ir a alguna parte y dejarme unos minutos, por favor, ve. —Miró a Violet—. Usted también. Si necesita irse, le prometo que continuaré aquí en este rincón hasta que vuelva.

Violet la miró horrorizada.

—¿Y faltar a la palabra de Colin?

—Eh... ¿Le dio su palabra?

—No, pero eso estaba implícito en su petición, no me cabe duda. ¡Ah, mira! —exclamó—. ¡Ahí está!

Penelope hizo una señal para captar la atención de su marido lo más discretamente que pudo, pero toda su prudencia la estropeó Hyacinth al agitar vigorosamente los brazos, gritando:

—¡¡Colin!!

Violet emitió un gemido.

—Lo sé, lo sé —dijo Hyacinth, sin el más leve asomo de arrepentimiento—. Debo ser más señorita.

—Si lo sabes, ¿por qué no lo haces? —dijo Violet, con el tono de una madre.

—¿Qué gracia tendría eso?

—Buenas noches, señoras —dijo él, besando a su madre y ocupando su lugar al lado de Penelope mientras le pasaba el brazo por la cintura.

—¿Y bien? —preguntó Hyacinth.

Colin se limitó a arquear una ceja.

—¿Nos lo vas a decir?

—Todo a su tiempo, querida hermana.

—Eres un hombre horrible, horrible —masculló Hyacinth.

—Oye, ¿y qué le ha ocurrido a Eloise?

—Esa es una muy buena pregunta —masculló Hyacinth, justo en el momento en que Penelope decía:

—No tardará en volver.

Él asintió, al parecer no demasiado interesado.

—Mamá, ¿cómo has estado? —preguntó a Violet.

—¿Has estando enviando notas por toda la ciudad y quieres saber cómo he estado yo?

Él sonrió.

—Sí.

Violet comenzó a mover un dedo delante de él, cosa que tenía prohibido hacer en público a sus hijos.

—Ah, eso sí que no, Colin Bridgerton. No te vas a escapar de explicarlo. Soy tu madre, ¡tu madre!

—Conozco muy bien el parentesco —replicó él.

—No te vas a poner a bailar el vals aquí y distraerme con una frase ingeniosa y una sonrisa seductora.

—¿Encuentras seductora mi sonrisa?

—¡Colin!

—Pero has hecho una buena observación —dijo él.

Violet pestañeó.

—¿Sí?

—Sí, lo del vals. —Ladeó ligeramente la cabeza—. Creo que oigo el comienzo de uno.

—Yo no oigo nada —dijo Hyacinth.

—¿No? Una lástima. —Le tomó la mano a Penelope—. Vamos, esposa. Creo que este es nuestro baile.

—Pero si nadie está bailando.

—Lo estarán —dijo él, sonriéndole satisfecho.

Entonces, antes de que cualquiera pudiera hacer un comentario, tiró de la mano de Penelope y la introdujo en medio del gentío.

—¿No querías bailar? —le preguntó Penelope, jadeante, cuando pasaron junto a la pequeña orquesta, cuyos miembros parecían estarse tomando un descanso.

—No, solo quería escapar —explicó él, pasando por una puerta lateral, llevándola con él.

Después de subir una estrecha escalera, de pronto se encontraron en una salita de estar cuya única luz era la de las antorchas encendidas fuera de la ventana.

—¿Dónde estamos? —preguntó Penelope, mirando alrededor.

—No lo sé. Me pareció un lugar tan bueno como cualquier otro.

—¿Me vas a decir qué pasa?

—No, primero te voy a besar.

Y antes de que ella pudiera contestar (y no que hubiera protestado), los labios de él se apoderaron de los de ella en un beso ávido, avasallador y tierno a la vez.

—¡Colin! —exclamó ella en la fracción de segundo que él apartó los labios para respirar.

—Ahora no —dijo él, volviéndola a besar.

—Pero... —alcanzó a decir ella.

Era el tipo de beso que la embargaba de la cabeza a las puntas de los pies, por la forma como él le mordisqueaba los labios y sus manos le apretaban las nalgas y se deslizaban por su espalda. Era el tipo de beso que le habría flojeado las rodillas y hecho desmayarse en el sofá, permitiéndole hacer con ella lo que quisiera, cuanto más escandaloso mejor, aunque estuvieran a unos pocos metros de los quinientos aristócratas invitados, pero...

—¡Colin! —exclamó, logrando apartar la boca.

—¡Shhh!

—¡Colin, tienes que parar!

Él la miró como un cachorrito perdido.

—¿Debo?

—Sí.

—Supongo que vas a decir que por toda la gente que tenemos cerca.

—No, aunque esa es una buena razón a considerar.

—¿Considerar y rechazar, tal vez? —preguntó él, esperanzado.

—¡No! Colin... —se desprendió de sus brazos y se apartó unos cuantos centímetros, no fuera que su cercanía la tentara a olvidarse de sí misma—. Colin, tienes que decirme qué pasa.

—Bueno. Te estaba besando y...

—Eso no es lo que quiero decir y lo sabes.

—Muy bien. —Se alejó, y sus pasos sonaron fuertes. Cuando se giró a mirarla, su cara estaba mortalmente seria—. He decidido qué hacer respecto a Cressida.

—¿Sí? ¿Qué? ¡Dímelo!

La expresión de él se volvió algo triste.

—En realidad, creo que sería mejor que no decírtelo hasta que el plan esté en marcha.

Ella lo miró incrédula.

—No lo dices en serio.

—Bueno... —él miró hacia la puerta, como con la esperanza de escapar.

—Dímelo.

—Muy bien —suspiró él, y volvió a suspirar.

—¡Colin!

—Voy a hacer un anuncio —dijo él, como si eso lo explicara todo.

Ella estuvo un momento sin decir nada, pensando que todo se aclararía si esperaba y lo pensaba, pero eso no le resultó, así que preguntó, lentamente y con cautela:

—¿Qué tipo de anuncio?

—Voy a decir la verdad —dijo él, con la expresión muy resuelta.

—¿Sobre mí?

Él asintió.

—¡No puedes hacer eso!

—Penelope, creo que es lo mejor.

A ella le subió el terror a la garganta y se le cerraron los pulmones.

—No, Colin, no puedes. ¡No puedes hacer eso! ¡No es un secreto tuyo que puedas revelar!

—¿Quieres pagarle a Cressida el resto de tu vida?

—No, claro que no. Pero puedo pedirle a lady Danbury...

—¡No le vas a pedir a lady Danbury que mienta por ti! —espetó él—. Eso es indigno de ti y lo sabes.

Penelope ahogó una exclamación ante la dureza de su tono. Pero en el fondo sabía que él tenía razón.

—Si estabas tan dispuesta a permitir que otra te usurpara tu identidad, deberías haber dejado que lo hiciera Cressida.

—No podía —susurró ella—. No a ella.

—Muy bien. Entonces es hora de que los dos salgamos a la luz y afrontemos las consecuencias.

—Colin, quedaré deshonrada.

Él se encogió de hombros.

—Nos iremos al campo.

Ella negó con la cabeza, tratando de encontrar las palabras para explicarse. Él le tomó las manos.

—¿De veras importa tanto? —le dijo dulcemente—. Penelope, yo te quiero. Mientras estemos juntos seremos felices.

—No es eso —dijo ella, tratando de soltarse una mano para limpiarse las lágrimas.

Pero él no la soltó.

—¿Qué es, entonces?

—Tú también quedarás deshonrado.

—No me importa.

Ella lo miró muda de incredulidad. Decía eso tan tranquilo, tan indiferente a algo que cambiaría toda su vida, que la cambiaría de maneras que ni podía imaginarse.

—Penelope, esta es la única solución —dijo él, en tono tan tolerante que ella casi no lo pudo soportar—. O lo decimos al mundo nosotros o lo dice Cressida.

—Podríamos pagarle.

—¿Es eso lo que quieres, de verdad? ¿Darle todo el dinero que has ganado trabajando tan arduamente? Igual podrías haberla dejado que dijera al mundo que ella era lady Whistledown.

—No puedo permitirte hacer esto —dijo ella—. Me parece que no entiendes lo que significa estar fuera de la sociedad.

—¿Y tú lo entiendes?

—Mejor que tú.

—Penelope...

—Intentas actuar como si no importara, pero sé que no lo sientes así. Te enfureciste tanto cuando publiqué esa última hoja porque pensabas que yo no debía arriesgarme a que se descubriera el secreto.

—Y resultó que tenía razón —comentó él.

—¿Lo ves? ¿Lo ves? Todavía estás molesto conmigo.

Colin lanzó un largo suspiro. La conversación no iba en la dirección que había esperado. No se le había ocurrido que ella le echaría en cara su anterior insistencia de que no le dijera a nadie lo de su vida secreta.

—Si no hubieras publicado esa última hoja —dijo—, no estaríamos en esta posición, es cierto, pero ahora es discutible, ¿no te parece?

—Colin, si le dices al mundo que yo soy lady Whistledown y todos reaccionan como creemos que lo harán, jamás verás publicados tus diarios.

A él se le paró el corazón.

Porque entonces fue cuando la entendió.

Ella ya le había dicho que lo amaba, y le había demostrado su amor también, de todas las maneras que él le había enseñado, pero nunca, hasta ese momento, lo había visto tan claro, tan franco, tan puro. Todas sus súplicas de que no hiciera el anuncio, todas eran por él.

Tragó saliva para pasar el nudo que se le había formado en la garganta, trató de encontrar palabras, incluso tuvo que tratar de respirar.

Ella le tocó la mano, con ojos suplicantes, sus mejillas todavía mojadas por las lágrimas.

—No podría perdonármelo jamás —le dijo—. No quiero destruir tus sueños.

—No fueron mis sueños hasta que te conocí —susurró él.

—¿No quieres publicar tus diarios? —le preguntó ella, pestañeando confusa—. ¿Solo lo ibas a hacer por mí?

—¡No! —dijo él, porque ella se merecía una sinceridad total—. Lo deseo. Es mi sueño. Pero es un sueño que tú me diste.

—Eso no significa que pueda estropeártelo.

—No me lo vas a estropear.

—Sí, yo...

—No —dijo él enérgicamente—, no. Y conseguir que publiquen mi trabajo no se compara ni de cerca con mi verdadero sueño, que es pasar el resto de mi vida contigo.

—Eso lo tendrás siempre —dijo ella dulcemente.

—Lo sé. —Le sonrió y luego adoptó su sonrisa engreída—. ¿Qué tenemos que perder, entonces?

—Posiblemente más de lo que podamos imaginar.

—Y posiblemente menos. No olvides que soy un Bridgerton. Y que tú también lo eres ahora. Ejercemos nuestro poder en esta ciudad.

Ella abrió mucho los ojos.

—¿Qué quieres decir?

Él se encogió de hombros modestamente.

—Anthony está dispuesto a darte todo su apoyo.

—¿Se lo dijiste a Anthony?

—Tenía que decírselo. Él es el cabeza de familia. Y hay muy pocas personas en esta tierra que se atrevan a contrariarlo.

—¡Ah! —Penelope se mordió el labio, considerando todo eso—. ¿Y qué dijo? —preguntó entonces, porque tenía que saberlo.

—Se sorprendió.

—Eso me lo imaginaba.

—Y se mostró bastante complacido.

A ella se le iluminó la cara.

—¿Sí?

—Y divertido. Dijo que era digna de admiración la persona capaz de guardar tantos años un secreto así. Dijo que no veía las horas de contárselo a Kate.

—Supongo, entonces, que tendrás que hacer el anuncio. El secreto ya se sabe.

—Anthony no dirá nada si yo se lo pido. Eso no tiene nada que ver con mi motivo para desear decir la verdad al mundo.

Ella lo miró expectante, recelosa.

—La verdad es —dijo Colin, tironeándole la mano y acercándola a él—que me siento orgulloso de ti.

Ella notó que estaba sonriendo y lo encontró de lo más extraño, porque solo hacía un momento no podía imaginarse que alguna vez podría volver a sonreír.

Él acercó la cara hasta tocar su nariz con la suya.

—Quiero que todo el mundo sepa lo orgulloso que me siento de ti. Cuando haya terminado no habrá ni una sola persona en Londres que no reconozca lo inteligente que eres.

—De todos modos podrían odiarme —dijo ella.

—Podrían —concedió él—, pero ese será problema de ellos, no nuestro.

—¡Ay, Colin, cuánto te quiero! —suspiró ella—. Y eso es algo excelente.

—Lo sé —sonrió él.

—No, de verdad. Antes pensaba que te amaba, y estoy segura de que lo hacía, pero no es nada comparado con lo que siento ahora.

—Estupendo —dijo él, con un destello posesivo en sus ojos—, así es como me gusta a mí. Ahora ven conmigo.

—¿Adónde?

—Aquí —dijo él, abriendo una puerta.

Pasmada, Penelope se encontró en un pequeño balcón del que se dominaba la vista de todo el salón de baile.

—¡Ay, Dios mío! —exclamó, tirando de él para hacerlo retroceder hasta la oscura salita.

Nadie los había visto; todavía podían escapar.

—¡Shhh! Valentía, cariño —dijo él.

—¿No podrías poner el anuncio en el diario? —susurró ella, apremiante—. ¿O decírselo a alguien y dejar que se propague el rumor?

—No hay nada como un gesto grandioso para que surta efecto un mensaje.

Ella volvió a tragar saliva. En cuanto a gestos, ese sí iba a ser grandioso.

—No soy muy buena siendo el centro de atención —dijo, esforzándose por recordar cómo se respira a un ritmo normal.

Él le apretó la mano.

—No te preocupes, yo sí.

Paseó la vista por la multitud hasta que sus ojos encontraron los del anfitrión, su cuñado el duque de Hastings. Entonces hizo un gesto de asentimiento y el duque echó a andar hacia la orquesta.

—¿Simon lo sabe? —preguntó Penelope en un susurro.

—Se lo dije cuando llegué —respondió Colin, distraídamente—. ¿Cómo crees que pude encontrar la salita con el balcón?

Y entonces ocurrió algo de lo más extraordinario. Apareció un verdadero ejército de lacayos y comenzaron a pasar copas altas de champán a todos los invitados.

—Aquí están las nuestras —dijo Colin, agarrando dos copas que estaban en un extremo de la baranda—. Tal como lo pedí.

Penelope tomó la suya en silencio, todavía sin comprender del todo lo que se estaba desarrollando a su alrededor.

—Probablemente esta ya esté menos burbujeante —le susurró Colin, en un tono de complicidad con el que, comprendió ella, intentaba relajarla—. Pero es lo mejor que conseguí dadas las circunstancias.

Apretando la mano de Colin, aterrada e impotente, Penelope vio cómo Simon hacía callar a la orquesta y ordenaba a la multitud de invitados que volvieran la atención hacia su hermano y su hermana, que estaban en el balcón.

Su hermano y su hermana, pensó maravillada. Sí que creaban lazos fuertes los Bridgerton. Jamás se habría imaginado que vería el día en que un duque la llamara «hermana».

—Señoras y señores —dijo Colin, su voz fuerte y segura resonando en todo el salón—, quiero proponer un brindis por la mujer más extraordinaria del mundo.

Discurrió un suave murmullo por el salón, y Penelope se mantuvo inmóvil, viendo cómo todos la miraban.

—Estoy recién casado —continuó Colin, seduciendo a los asistentes a la fiesta con su sonrisa sesgada—, por lo tanto, tendréis que consentirme mi comportamiento de enamorado.

Risas amistosas pasaron ondulando por la muchedumbre.

—Sé que muchos os sorprendisteis cuando le pedí a Penelope Featherington que se casara conmigo. Yo mismo me sorprendí.

Por el aire subieron unas pocas risitas nada amables, pero Penelope se mantuvo inmóvil, muy erguida. Colin diría lo correcto, lo sabía. Colin siempre decía lo correcto.

—No me sorprendió que me enamorara de ella —dijo él con énfasis, mirando a la gente desafiante, como diciendo «A ver si se atreven a hacer un comentario»—. Lo que me sorprendió fue haber tardado tanto tiempo. La conozco desde hace muchos años, y no sé por qué nunca me había tomado el tiempo para mirar al fondo, para mirar dentro, para ver a la mujer hermosa, inteligente e ingeniosa en la que se había convertido.

Penelope sintió rodar las lágrimas por la cara, pero no se movió; en realidad, casi ni podía respirar. Había esperado que él revelara su secreto y, en cambio, le estaba haciendo ese increíble regalo, esa espectacular declaración de amor.

—Por lo tanto —continuó Colin—, teniéndoos a todos por testigos, quiero decirte, Penelope —se volvió hacia ella, tomándole la mano libre—: te quiero, te amo, te adoro. Adoro el suelo que pisas. —Volviéndose hacia la multitud, alzó la copa—: ¡Por mi mujer!

—¡Por tu mujer! —gritaron todos, atrapados en la magia del momento.

Colin bebió y Penelope también lo hizo, aunque no podía dejar de pensar en qué momento les diría el verdadero motivo de ese discurso.

—Deja tu copa, querida —susurró él, quitándole la copa y dejándola sobre la baranda.

—Pero...

—Me interrumpes demasiado —la regañó él.

Entonces la estrechó entre sus brazos y la besó apasionadamente ahí mismo, en el balcón delante de todos los miembros de la aristocracia.

—¡Colin! —exclamó ella en el instante que él le dio la oportunidad de respirar.

Él sonrió con su sonrisa pícara mientras el público rugía su aprobación.

—¡Ah, una última cosa! —exclamó entonces.

Todos daban golpes en el suelo con los pies, pendientes de sus palabras.

—Me marcharé pronto de la fiesta. En realidad ahora mismo. —Miró de reojo a Penelope, con expresión pícara—. No me cabe duda de que lo comprenderéis.

Los hombres silbaron y ulularon, mientras Penelope se ponía roja.

—Pero, antes de irme, tengo que decir una última cosa. Una última cosa, por si todavía alguien no me cree cuando os digo que mi mujer es la mujer más ingeniosa, más inteligente, más encantadora de todo Londres.

—¡Noooo! —gritó una voz en la parte de atrás del salón.

Penelope comprendió que era Cressida.

Pero ni siquiera Cressida podía con la multitud. Nadie la dejó pasar, nadie hizo el menor caso de sus gritos.

—Podríamos decir que mi mujer tiene dos apellidos de soltera —dijo Colin, muy serio—. Como es lógico, todos la conocéis como Penelope Featherington, como la conocía yo. Pero lo que no sabíais, y lo que ni siquiera yo tuve la inteligencia para descubrir hasta que ella me lo dijo... —esperó hasta que se hizo el silencio en el salón— es que es también la brillante, la ingeniosa, la extraordinaria, la pasmosamente magnífica..., ah, todos sabéis a quién me refiero —movió el brazo como para abarcar a toda la muchedumbre—. ¡Os revelo a mi mujer! —dijo, su amor y orgullo resonando en el salón—. ¡Lady Whistledown!

Por un momento reinó el silencio. Era casi como si nadie se atreviera a respirar.

Y entonces comenzó: clap, clap, clap. Un aplauso lento y metódico, pero con tanta fuerza que todos tuvieron que girarse para ver quién se había atrevido a romper el pasmado silencio.

Era lady Danbury.

Había puesto su bastón en la mano de alguien y estaba con los brazos en alto aplaudiendo fuerte, con una ancha sonrisa de orgullo y placer.

Entonces comenzó a aplaudir otra persona. Penelope giró la cabeza para ver quién era.

Anthony Bridgerton.

Y luego Simon Basset, el duque de Hastings.

Y luego las mujeres Bridgerton, luego las mujeres Featherington, y luego otro y otro y otro, hasta que todos los presentes aplaudieron y vitorearon.

Penelope no se lo podía creer.

Mañana se acordarían de enfadarse con ella, de sentirse irritados por haber sido engañados tantos años, pero esa noche...

Esa noche lo único que podían hacer era admirar y vitorear.

Para una mujer que había tenido que llevar en secreto todas sus habilidades, eso era todo lo que podría haber soñado.

Bueno, casi todo.

Todo lo que había soñado siempre estaba a su lado, rodeándole la cintura con el brazo. Y cuando lo miró, él le estaba sonriendo con un amor y un orgullo que le dejó atascado el aire en la garganta.

—Enhorabuena, lady Whistledown —susurró.

—Prefiero señora Bridgerton —repuso ella.

—Excelente elección —sonrió él.

—¿Podemos irnos? —susurró ella.

—¿Ahora?

Ella asintió.

—Ah, pues sí —dijo él entusiasmado.

Y nadie los volvió a ver durante varios días.

Epílogo

—¡Ya está! ¡Ya está aquí!

Penelope levantó la vista de los papeles que tenía esparcidos en el escritorio. Colin estaba en la puerta de su pequeño despacho, saltando sobre uno y otro pie como un escolar.

—¡Tu libro! —exclamó, levantándose con la mayor rapidez que le permitía su desgarbado cuerpo—. ¡Ay, Colin! Déjame verlo. Déjame verlo. No veía la hora.

Él le pasó el libro sin poder reprimir una sonrisa.

—¡Ooohhh! —exclamó ella, dándole vueltas entre las manos al delgado libro encuadernado en piel, mirándolo por todos lados. Se lo acercó a la cara y aspiró—. ¡Vaya! ¿No te gusta el olor de los libros nuevos?

—Mira esto, mira esto —dijo él, impaciente, apuntando a su nombre sobre la cubierta.

Penelope sonrió de oreja a oreja.

—¡Mira tú, y qué elegante! —Pasó el dedo por las palabras, leyendo—: *Un inglés en Italia*, por Colin Bridgerton.

Él parecía estar a punto de reventar de orgullo.

—Ha quedado bien, ¿verdad?

—Ha quedado mejor que bien. ¡Es perfecto! ¿Cuándo saldrá *Un inglés en Chipre*?

—El editor dice que cada seis meses. Después de ese quieren publicar *Un inglés en Escocia*.

—¡Ay, Colin, qué orgullosa estoy de ti!

Él la abrazó y apoyó el mentón en su cabeza.

—No habría podido hacerlo sin ti.

—Sí que habrías podido —repuso ella.

—Calla y acepta el elogio.

—Muy bien —dijo ella sonriendo, aun cuando él no le veía la cara—, no habrías podido. De ninguna manera habrías podido publicarlo sin esta correctora tan competente.

—De mí no vas a oír nada que lo contradiga —dijo él dulcemente, besándole la cabeza y luego soltándola—. Siéntate. No deberías estar de pie tanto rato.

—Estoy bien —le aseguró ella.

Pero se sentó de todos modos. Colin estaba muy protector desde el instante en que le comunicó que estaba embarazada, y estando ya de ocho meses, él estaba insufrible.

—¿Qué son esos papeles? —le preguntó él, mirándolos.

—¿Esto? Ah, nada importante. —Comenzó a ordenarlos en pilas—. Es solo un proyecto en que estaba trabajando.

Él se sentó al frente.

—¿Sí? ¿Qué?

—Es…, bueno, en realidad…

—¿Qué es, Penelope? —insistió él, con cara de estar divirtiéndose mucho con su tartamudeo.

—Me encontraba sin nada que hacer desde que terminé de revisar tus diarios —le explicó ella—, y descubrí que echaba de menos escribir.

Él se inclinó hacia ella, sonriendo.

—¿En qué estás trabajando?

Ella se ruborizó; no sabía por qué.

—En una novela.

—¿Una novela? ¡Vamos, Penelope, eso es fantástico!

—¿Tú crees?

—Pues claro que sí. ¿Cómo se titula?

—Bueno, solo llevo escritas unas doce páginas, y queda mucho trabajo por hacer, pero creo, si no decido cambiarla mucho, que se titulará *La fea del baile*.

—¿Sí? —dijo él, mirándola con ojos cálidos, casi humedecidos.

—Es un poco autobiográfica —reconoció ella.

—¿Solo un poco?

—Solo un poco.

—¿Pero tiene un final feliz?

—Por supuesto. Tiene que tenerlo.

—¿Tiene que tenerlo?

Ella alargó la mano por encima del escritorio y la puso sobre la de él.

—Finales felices es lo único que sé hacer —susurró—. No sabría escribir ninguna otra cosa.

Julia Quinn

Tras flirtear con la Medicina, decidió dedicarse a su vocación de escritora y se ha convertido en una de las autoras de novela romántica de más éxito. Entre sus obras más populares están las series de novelas protagonizadas por la familia Bridgerton.

Visítala en la web www.juliaquinn.com

Nube de tags
Romance – Regencia – Romance
Código BIC: FRH | Código BISAC: FIC027050

books4pocket

www.books4pocket.com